民國文學與文化研究

李怡、張堂錡　主編

第二輯

《民國文學與文化研究》

創刊：2015 年 12 月
出刊：2016 年 06 月

通訊地址：台北市文山區指南路 2 段 64 號政治大學中文系
E-mail：minguo1919@gmail.com

【本刊的「專題論文」與「一般論文」均送請兩位學術同行進行匿名審查通過。】

民國文學與文化研究　第二輯

目　次

書評書論

圓桌座談 民國史料與民國文學

觀念交鋒

台灣作家與魯迅

■陳芳明
（政治大學台灣文學研究所講座教授）

作者簡介

陳芳明，台灣高雄人，1947 年生。輔仁大學歷史系學士，台灣大學歷史研究所碩士，美國華盛頓大學歷史系博士班候選人。曾任教於靜宜大學中文系、暨南國際大學中文系，後赴政治大學中文系任教，同時成立台灣文學研究所，現為政治大學講座教授。從事歷史研究與台灣文學研究，並致力於文學批評與文學創作，著有散文集《掌中地圖》、《風中蘆葦》、《夢的終點》、《時間長巷》、《掌中地圖》、《昨夜雪深幾許》、《晚天未晚》、《革命與詩》等；詩評集《詩和現實》、《美與殉美》；文學評論集《典範的追求》、《危樓夜讀》、《深山夜讀》、《楓香夜讀》；學術研究《左翼台灣：殖民地文學運動史論》、《殖民地台灣：左翼政治運動史論》、《後殖民台灣：文學史論及其周邊》、《台灣新文學史》等。

一、魯迅精神的確立

文學的美學與理論從來不是侷限在作家的國境之內，如果他的文學所表現出來的思想深度，正好也反映了其他同樣情境國家的文化生態，則他所生產的文學作品，就很有可能在不同空間、不同時間發生一定的影響效用。正如薩依德（Edward Said）在他的論文〈旅行中的理論〉（Traveling Theory）所指出，文學作品或文學理論一旦誕生之後，往往不會只是存在於他所賴以生存的家國。在恰當時機，作家的美學與理論很有可能在不同時間、不同地點持續傳播。理論的傳播或美學的傳播有兩種方式，一種是空間的旅行，一種是時間的旅行。就空間的旅行而言，歐洲的現代主義越洋傳播到美洲大陸。同樣的，透過帝國文化的影響力，甚至也傳播到東亞國家。亞洲最先完成現代化的日本，在 1900 年就開始發生現代主義運動。無論是詩或小說，日本作家遠遠走在其他亞洲國家之前。中國的上海藉由租界地的空間，最早接受了現代主義的洗禮，那是 1920 年代左右。對於殖民地台灣而言，必須要到 1930 年代，才看見現代主義運動的影子。租界地或殖民地總是被概括為遲到的現代性（belated modernity），就在於點出現代文化效應總是與先進的帝國，存在著時間落差。

並非所有的美學或理論都會順利獲得接受，薩依德指出，一種理論被引進到一個新的國度或城市，最先一定會引起抗拒（resistance）。但是經過一段時間的接受過程，最後終於會得到包容（accommodation）。薩依德後來又寫一篇文章進一步指出，外來的理論或美學一旦被包容接受之後，在地的美學接受者還會在外來影響的基礎上，進一步發明（invention）新的內容。換言之，美學或理論從來不會維持穩定不變的狀態。在不同的空間、不同的時間，原有的內容總會慢慢受到改造。能夠把外來的影響轉化為全新的發明，這就變成在地化的一部分。

從這樣的觀點來看，魯迅文學在整個東亞所發生的文化影響，在文學史上應該不是令人訝異的事。魯迅最初是以庚子賠款到日本留學，他在仙台醫學院準備要吸收最先進的現代知識。但是，他在教室看見了日俄戰爭的幻燈片之後，在他內心起了風暴，使他的留學計畫終於發生重大轉向。幻燈片的內容其實是日俄戰爭的戰場影像，他看到幻燈片裡一位留著辮子的中國間諜，被日本軍以殺雞儆猴的方式處決。死刑進行之際，圍觀的都是帶著好奇眼光的中國老百姓。他們對自己的同胞即將被處死，內心並未產生任何騷動，反而只是冷冷地旁觀他的同胞如何被槍決。魯迅見到這一幕，終於覺悟。如果他成為醫生，大概救活不了多少中國人。如果中國人的心已經死掉，救活他們並沒有任何意義。

魯迅決定放棄學醫，前往東京，準備成為一位作家。文學，可以帶來思想的啟蒙，也可以看見先進國家的文化態度。介紹國外文學，可以讓讀者發現現代化國家的思維方式與價值觀念。他的抉擇，可能使中國喪失了一位傑出醫生，卻為中國換取了一位從事啟蒙工作的現代作家。魯迅小說《阿 Q 正傳》，對於 1920 年代的中國知識分子造成極大震撼。小說相當精確描繪了中國人精神勝利法的身段，他能夠寫出這部小說，便是在已經現代化的帝國日本受到薰陶。終其一生，魯迅所提出的國民性改造，便是要透過文學傳播告誡中國知識分子，在思想層次上必須要不斷提升。

從《阿 Q 正傳》、〈狂人日記〉，一直到 1930 年代所寫的雜文，每個文字都有他深層的寄託。他希望能喚醒落後的中國、無聲的中國，能夠發出自己的聲音，也能夠對自己的文化落後不斷提出批判。他所寫的〈故鄉〉，已經成為整個東亞知識分子的原型。在現代文化的衝擊下，在帝國主義的侵略下，所有的知識分子都被迫離鄉背井，去追求全新的現代化知識。而學成歸國的知識分子，一旦回到故鄉時，才發現那是一個永恆不變的空間。魯迅回家的方式，為東亞知識分子提供了一個極為鮮明的範式。安土重遷的中國人如果不追求改變，則永遠停留在被欺侮、被損害、被凝視的境地。魯迅精神其實是追求現代化的精神，也是要澈底改變中國人精神勝利法的一種期待。

二、魯迅文學的傳播

殖民地台灣的新文學運動發軔時，是在 1920 年代。在那段時期，魯迅仍然健在。由於台灣作家可以閱讀從對岸中國寄來的報刊雜誌，不時可以看見魯迅的最新書寫。縱然進口的報刊雜誌不時受到日本警察的檢查，中國的文學作品還是源源不斷的輸入台灣。在新文學運動初期，《台灣民報》文藝欄的主編賴和大量轉載中國新文學作品，而魯迅的《阿 Q 正傳》

也連載發表於《台灣民報》上。在那段時期，魯迅文學的影響並未顯著。但是，透過中國新文學作品的閱讀與轉載，確實使當時台灣作家學習了如何使用白話文。定居在北京的張我軍以及去中國旅行的張秀哲與張深切，曾數度拜訪了魯迅。住在北京的魯迅，在他的日記裡曾經提到這三位張姓台灣作家，但是對話的內容並未留下任何紀錄，只有張秀哲翻譯了一冊《國際勞動問題》，邀請魯迅為他作序。張我軍去拜訪魯迅時，曾經提出一個問題：「中國人似乎都忘記台灣了，誰也不大提起。」魯迅的回答是：「不，那倒不至於的，只因為本國太破爛，內憂外患非常之多，自顧不暇了，所以只能將台灣這些事情暫且放下。」他們的對話就寫在魯迅的序裡。

至少可以推知，台灣作家前往北京拜訪魯迅，正好可以說明魯迅的影響力逐漸在殖民地台灣慢慢擴散。數度拜訪過魯迅的張我軍，在 1924、25 年之交，於《台灣民報》發動了對台灣傳統文學的宣戰。他一共發表下列幾篇文章：〈致台灣青年的一封信〉、〈糟糕的台灣文學界〉、〈為台灣的文學界一哭〉、〈請合力拆下這座敗草叢中的破舊殿堂〉。這些抨擊舊文學的檄文，其中的思維方式並非來自魯迅，而是來自胡適與陳獨秀。這說明了台灣文學所受的影響，並非來自單一的作家，而是展開多元的接受。文學觀念的傳播，從來都不是依照固定的進程，而是散漫、模糊、籠統地傳播。新文學觀念到達台灣後，在不同作家的書寫策略上，也許產生一定的效應，卻未彰顯確切的格局。魯迅的意義在那段時期，應該與胡適、陳獨秀並置在一起。

文學傳播不必然要呈現於作家對作家的影響，而是在讀書市場上，特定作家如何被看見。具體而言，1920 年代的台灣新文學運動，基本上只停留在魯迅閱讀史。而這樣的閱讀產生何種程度的效應，顯然無法在殖民地作家身上可以探測出來。比較受到注意的，應該是台灣新文學之父賴和。賴和被尊稱為「台灣的魯迅」，顯然是指他對第二代作家的啟蒙與影響。賴和一方面從事醫生工作，一方面介入新文學運動，同時又參加台灣文化協會的演講活動。這些作為，似乎在魯迅身上也可以看到。但是，賴和並沒有放棄醫學，他一輩子都堅持懸壺濟世，又同時介入了台灣新文學運動。賴和的人格，應該比魯迅精神還要開闊許多。但無可懷疑，賴和文字所流露的批判精神，應該可以與魯迅相提並論。

台灣作家對魯迅的閱讀進入 1930 年代以後，似乎開始產生變化。第二世代的殖民地作家與第一代的賴和最大不同之處，便是中文閱讀的能力顯然稍稍降低。這是因為台灣總督府所推行的日語教育已經產生巨大影響。第一代台灣作家基本上都還具備能力閱讀傳統文學，同時也可以嘗試書寫古典詩。日語教育的普及化，使第二世代的台灣作家逐漸與漢文書寫疏離。整個 1930 年代中文能力表達最好的，當推葉榮鐘與朱點人。其餘的中文書寫者，如楊守愚、王詩琅，就已經顯露中文能力的落差。究其原因，留日的台灣學生也開始加入新文學的陣營。他們以日語思考並書寫，使得文學生態開始發生重大變化。他們對於魯迅文學的閱讀，恐怕不是透過中文的途徑。這種微妙變化，正好區隔了第一代與第二代殖民地作家的分野。

在這段時期，正是魯迅移居到上海租界地，開始躲避國民黨特務的監視。上海時期的魯迅，也正是他雜文寫作最為旺盛的階段，而這段時期，也正是中國左翼作家聯盟成立之際。魯迅縱然被尊奉為文壇領袖，卻與中國共產黨發生緊張關係。因為左翼作家聯盟的背後，受到中國共產黨的指導。一身傲骨的魯迅，根本不可能接受黨的指揮。他的處境極為險惡，也就是國民黨企圖追捕他，而共產黨則企圖領導他。魯迅曾經使用「橫跨」一詞，來形容自己腹背受敵的狀況。當時他所寫的雜文，似乎與台灣文壇產生隔閡。最主要原因是，滿州事變發生後，台灣總督府對於中國來台的任何書籍刊物，開始進行嚴厲的檢查。

1936 年 10 月魯迅去世時，楊逵主編的《台灣新文學》，在同年 11 月特地推出追悼魯迅的文字。這篇文字出自王詩琅的手筆，反而楊逵當時生病請假，沒有留下任何文字。楊逵對於魯迅的閱讀，恐怕必須在 1938 年才有機會獲讀日本改造社主編的《大魯迅全集》。這套全集，事實上是由一位日本的警察入田春彥遺贈給他的。入田春彥受總督府的命令，跟蹤、監視楊逵。那時中日戰爭已經爆發，這位日本警察跟蹤楊逵許久，卻反而越佩服楊逵的人格與風格。總督府認為他工作不力，有意把他調離台灣，沒想到入田春彥選擇自殺。他留下遺書，表示願意把《大魯迅全集》，贈給他所尊敬的楊逵。楊逵對這位文學巨人的認識，恐怕較同時期其他台灣作家還要遲晚。以這樣的閱讀為契機，在戰後初期，楊逵才有可能翻譯魯迅作品，介紹給台灣青年。《台灣新文學》同時也刊出另一篇黃得時所寫的〈大文豪魯迅去世；回顧他的生涯作品〉，黃得時承認，他至遲在 1929 年才閱讀魯迅作品。這篇文章承認，魯迅是東亞誕生的世界性文豪。

三、戰後台灣與魯迅

戰後初期，許多中國左翼作家紛紛來到台灣。其中最值得注意的是，魯迅同鄉許壽裳。他受到陳儀的邀請，擔任台灣省編譯館館長。而魯迅在北京成立未名社的朋友，包括臺靜農、李霽野，也都來到台灣工作。他們都是魯迅的親密夥伴，甚至魯迅的崇拜者，如李何林、黎烈文，以及私淑魯迅的畫家黃榮燦，都在台灣文壇非常活躍。台灣行政長官公署為了拉攏更多台籍知識分子，而在台北成立台灣文化協進會，並且出版機關刊物《台灣文化》。在那段時期，魯迅還未變成一個禁忌的名字，報刊雜誌不時發表文章介紹魯迅。在台中的官方報紙《和平日報》，背後是由台灣共產黨領袖謝雪紅所操控。其中的主筆是楊克煌，是謝雪紅畢生的革命夥伴。這份報紙的外省記者包括王思翔（後改名張禹）、樓憲、周夢江，都非常崇拜魯迅。對他們而言，簡直就是精神領袖。

許壽裳對於同鄉的文友魯迅，發表許多文章介紹這位思想巨人的生平與文學。許壽裳在台灣所寫的文章，後來結集成為兩冊，一冊是台灣文化協進會所出版的《魯迅的思想與生活》（1947），一本是他去世後，北京為他出版的文集《我所認識的魯迅》（1952）。具體而言，在中華人民共和國建立之前，許壽裳是第一位有系統、有計畫地為他的朋友魯迅，寫下無數文字。他所出版的兩本書，都為後來的中國魯迅書寫立下典範。中國共產黨還未建立政權之前，台灣社會可以說是發表紀念魯迅文字最豐富的地方。但是，1948 年許壽裳突然遭到暗殺，死於宿舍裡。後人猜測他的犧牲，可能與介紹魯迅文字有密切關係。如果推理可以成立的話，應該是國民黨在內戰中不斷失利而產生的效應。在國民黨有效統治之下的地區，再也不能毫無禁忌地公開討論魯迅文學。許壽裳之死，確實給來台的左翼知識分子一個重大警告。後來留在台灣的臺靜農與黎烈文，雖然在台大教書，再也絕口不提他們與魯迅的關係。

《台灣文化》主編蘇新，是 1930 年代台灣共產黨的領導人之一。他在 1946 年推出「魯迅逝世十周年紀念專號」，也可能是國共內戰期間，少數紀念魯迅的刊物。這說明了進入戰後時期，魯迅思想對台灣知識分子的召喚始終未減。如果沒有國共內戰發生，魯迅思想的傳播可能會持續發展下去。然而，國共的政治對決，終於還是對文學傳播造成相當大的影響。特別是 1949 年 12 月，國民政府正式撤退到台灣之後，國共對峙從此壁壘分明。而左翼作家的文學作品，在台灣都成為禁書。再加上思想檢查的嚴苛，使得留在中國的作家作品便完全與台灣社會斷裂了。

建立中華人民共和國的毛澤東，開始神格化魯迅的地位。尤其他把魯迅定位為「最偉大的文學家，最偉大的思想家，最偉大的革命家」之後，更加切斷了魯迅文學在台灣傳播的可能。相形之下，國民黨統治下的台灣則開始妖魔化所有留在中國的作家。當然被貶抑最強烈的，當屬魯迅。曾經與魯迅有過論戰的梁實秋出版過三本書，包括對徐志摩、聞一多、魯迅的批評在內，他給予最高評價的當屬徐志摩無疑，畢竟他們都是屬於新月派。而對於聞一多的介紹則多所保留，主要原因在於聞一多在內戰期間參加的民主同盟，被認為有親共之嫌，梁實秋對於聞一多的新詩成就顯得相當保守。而曾經與魯迅有過論戰的梁實秋，當然對於這位文學巨人筆下毫不留情。

鄭學稼在 1950 年代，於香港出版了《魯迅正傳》。從書的命名可以看出，他對魯迅的貶抑。直到 1978 年，他又改寫成增訂版的《魯迅正傳》。筆鋒稍有保留，但至少對魯迅的敬意依稀可見。而身為國民黨思想宣傳工作者劉心皇，則出版了一冊《魯迅這個人》，極盡扭曲史實之能事，對魯迅的貶抑毫不留情，甚至指控他可能與日本軍隊有某種程度的勾結。1987 年台灣解嚴時，魯迅文學也受到解禁，但是台灣年輕世代的知識分子，對於 30 年代文學的記憶已經變得非常稀薄。甚至有關魯迅作品的閱讀，也完全退潮了。

當民國文學的討論在中國內部方興未艾之際，反而台灣學界對民國文學的討論還有待加強。這種記憶的斷裂，反映了國共對峙的後遺症。無可否認，殖民地時代的台灣知識分子對魯迅相當崇拜，原因固然很複雜，但基本上還是受到日本讀書市場的影響。在反共年代，國民黨一方面宣傳仇日思想，一方面推動反共情緒，使台灣文化界既無法與殖民地時代的文學銜接，也無法與民國時期的文學傳統有任何繼承關係。這種雙重的斷裂，使得民國時期的文學記憶變得非常稀薄。魯迅文學的傳播，便是最為鮮明而具體的佐證。

在「民國」發現「史料」

■李怡

作者簡介

1966年生，文學博士。現為北京師範大學文學院教授，北京師範大學「民國歷史文化與文學研究中心」主任。兼任中國現代文學研究會副會長。主編學術期刊《現代中國文化與文學》、《大文學評論》、《民國文學與文化研究》（與張堂錡教授合作）等。主要著作有《中國現代新詩與古典詩歌傳統》、《日本體驗與中國現代文學的發生》、《現代性：批判的批判》、《作為方法的「民國」》等，近年來致力民國文學研究，提出「民國機制」等重要命題。

中國文學的「千年之變」出現在清末民初，因為文化的交融，因為國家體制的變革，更因為近代知識分子的艱苦求索，文學的樣式、構成和格局都發生了巨大的變化，儘管有如錢基博所說某些前朝遺民不認「民國」，在無奈中誕生了文學的「現代」之名，但是事實上，視「民國乃敵國」的文化人畢竟稀少，大多數的「現代」作家還是願意將自己的夢想寄託在這樣一個「人民之國」——民國，並且在如此的「新中國」觀察中積累自己的「現代」經驗。中國的「現代經驗」孕育於「民國」，或者說「民國」的經驗就是中國人真正的「現代」經驗。

「民國」與「現代」的深度糾纏為我們今天的文學史打開了一片嶄新的天地，這就是「民國文學」研究在新世紀出場的歷史淵源，回到民國歷史的新的研究有助於破除多年來霧霾般揮之不去的「現代性」焦慮，在中國自身的歷史情景中重新發現自己。

當然，這一新的學術動向也只是近十年的事情，在「中國現代文學」學科更為長久的歷程中，「現代」主要還是一種被政治意識形態所塗抹的事物，與黑暗的民國——舊社會無甚關聯。於是，問題產生了：一個袪除了國家歷史情態的「現代文學史」究竟是怎樣的歷史呢？或者說，沒有了「民國」故事的中國現代文學能夠由什麼構成呢？

百年來的中國文學發展史常常被描繪為一部你死我活的「階級鬥爭史」，是「新中國」戰勝「民國」的歷史，也是「黨的」、「人民的」、「正義」的力量不斷戰勝「封建的」、「反動的」、「腐朽的」力量的歷史，這樣的政治鬥爭最終演化成了文學史描寫的「主流」、「支流」和「逆流」，當然，我們能夠讀到的主要是「主流」的史料，能夠理所當然進入討論話題的也屬於「主流文學現象」。殊不知，「新中國」與「民國」原本不是對立的意義，自清末以降，如何建構起一個「人民之國」的「新中國」就是幾代民族先賢與新知識階層的強烈願望，當「新中國」的理想被我們從「民國」中驅除，這一段曾經的歷史也就被大大簡化了。而且即便是官方意識形態認可的「主流」，在不同的歷史時期也存在著定義的差別，比如在 1950 年代，一切「革命的」、「現實主義的」、「左翼」的都稱作主流，但是當「文革」降臨，隨著文藝界領導人周揚的倒台，1930 年代的左翼卻不再「主流」；到了新時期，隨著「思想解放」運動的開展，一些研究者才開始小心翼翼地發掘某些「支流」，進而是作為「批判審視」之用的「逆流」，文學史的面貌為之擴大。到今天，不僅左翼文學之外的自由主義文學聲名顯赫，當年作為「新文學」批判對象的「鴛鴦蝴蝶派文學」資料也得到了空前的整理和勘探，當然，還包括國民黨右翼的文學思想與文學創作。

同樣的情況我們也可以在近年來的抗戰文學研究熱與淪陷區文學研究熱中看到。抗戰文學研究與淪陷區文學研究在近年來都先後為我們貢獻了許多的珍貴史料，這裡同樣是一個重新認識「抗戰」與「淪陷」的精神意義的問題。僅以抗戰為例，傳統文學史研究是將抗戰文學的中心與主流定位於抗戰救亡，這樣，出現在當時的許多豐富而複雜的文學現象就只有備受冷落了。長期以來，我們重視的就僅僅是抗戰歌謠、歷史劇等等，描述的中心也是重慶的「進步作家」，西南聯大位居昆明，為抗戰「邊緣」，自然就不受重視，即便是抗戰中心重慶內部，也僅僅以「文協」或接近中國共產黨的作家為中心。近年來，眾所周知的是西南聯大的文學活動引起了相當的關注，而重慶文壇也不僅僅只有抗戰歷史劇，其「邊緣」如北碚復旦大學等的文學活動也開始成為碩士甚至博士論文的選題，這無疑得益於人們在觀念上的重大變化：從「一切為了抗戰」到「抗戰為了人」的重大變化。文學作為關注人類精神生活的重要方式，最有價值的恰恰是它能夠記錄和展示人在不同生存境遇中的心靈變化。

由此看來，「現代」與「民國」的複雜糾葛已經深深地影響了文學文獻的意義，包括它的保存、整理和進一步的研究，如何在「中國現代文學」的框架中正視「民國」的豐富與複雜，是這一段文學文獻能否得以完整呈現的關鍵。

百年來中國文學的文獻史料整理保存起步很早，且逐漸形成了自己的傳統。1935 年良友圖書公司推出的《中國新文學大系》列有「史料卷」，盡可能收錄各種期刊雜誌和文學流派的創立資訊及豐富的作家小傳，到上海文藝出版社 2009 年推出最新的《中國新文學大系 1976-2000》也大體繼續沿襲這一傳統，百年中國新文學的作家、作品及期刊雜誌的主要資訊已經獲得了盡可能詳盡的展示。自 1980 年代開始，各種規模的現代文學史料整理工作陸續展開，為文學史的研究奠定了堅實的基礎。但是，僅僅有「新文學」的「現代」並不是完整的現代，而除去了「民國」印記的「現代」也不是真實的「現代」。在「民國文學」的框架中，可以被我們發掘、重視的文學文獻依然不少。

除了上述文學本身的種種「史料」——文學作品以及思潮、流派、運動等各種資訊——外，在「民國」所能發現或者說應該發掘的東西還包括另外一部分，這就是所謂的「文學周邊」。最近一段時間，「文學周邊」的內容也開始進入「文學研究」，例如文學生存的政治、經濟、法律、軍事環境，文學作為社會文化現象所承受的各種「制度」的制約和優惠等等，包括出版發行、著作權保護以及審查禁忌之類，這在很大程度上獲益於西方 1990 年代中期開始傳入的「文化研究」方法，也就是說將「文學」納入到整個「社會文化」結構中加以綜合性地考察。當然，放在民國歷史文獻的角度來看，自覺發掘這些「周邊」的歷史材料，可能更具有特殊的價值。

「民國」首先是一個古老民族如何求得新生的歷史，在這裡，如何走出傳統的專制社會，如何應對世界的巨大變化，如何在列強競爭當中生存發展，如何調整我們固有的文化與「闖入」的他者對話，都是一些十分棘手的問題。與這些現實的、關乎生存的問題比較，我們的歷史遭遇可能有別於發達的資本主義世界，我們的文學並不單純就是對「藝術」本身的癡迷和沉醉，作家、讀者乃至整個社會、整個民族都對它寄予了太多的「文學之外」的期待。對於這些期待的優劣得失的判斷是一回事，但是正視並以此為認知基準卻必不可少，這樣的研究，最後當然就是將「文學之內」與「文學之外」結合了起來，或者說將「文學」與「文學周邊」連為一體，「大文學」的框架和認知在一個相當長的時間內都頗為有效。在這個意義上，我們所要面對的「史料」實則相當豐富，一系列的國家、社會的文獻——包括政治、經濟、外交、軍事、法律、社團、教育等等都很可能改變我們對文學的理解和想像，重視文學的「周邊」不僅必要，而且往往將帶來諸多意想不到的啟示。

民國文學文獻：搶救與整理
——一個民國文獻工作者的一些零碎感想

■劉福春

作者簡介

1956 年生於吉林省前郭縣。1980 年畢業於吉林大學中文系，同年到中國社會科學院文學研究所工作，主要從事中國新詩史研究和新詩文獻的收集與整理，現任中國社會科學院文學研究所研究員和中國社會科學院研究生院教授。中華文學史料學學會常務副會長，北京大學中國詩歌研究院研究員，首都師範大學中國詩歌研究中心兼職研究員。出版有《20 世紀中國文藝圖文志·新詩卷》、《文革新詩編年史》、《中國新詩書刊總目》、《尋詩散錄》、《中國新詩編年史》等學術著作，編有《中國現代詩論》、《新詩名家手稿》、《馮至全集》（詩歌卷）、《紅衛兵詩選》、《牛漢詩文集》、《曹辛之集》、《謝冕編年文集》等。

一、歷史正在消失

民國文學（大陸主要指 1949 年前的文學，也有稱現代文學或新文學）已經走過了一百年。近些年，詩歌界又在迎接新詩百年的到來，出書、研討，一個接著一個，熱鬧空前。一百年對於文學創作者來講可能是個節日，可對我們文學史研究者，特別是民國文獻工作者來說，恐怕並不值得那麼興奮。一百年對我們意味著什麼？第一、我們賴以生存的書報刊這些紙質文本，因為紙張酸性強，脆化、老化加劇，已經基本臨近閱讀、使用的極限；第二、隨著一批批老作家和老文學工作者的故去，那些存活在歷史的參與者和見證者頭腦中的鮮活的歷史永遠無法打撈。

2005 年 2 月 8 日《人民日報》海外版的消息：國家圖書館民國文獻目前中度以上破損已達 90%以上，民國初年的文獻已 100%破損，有相當數量的文獻一觸即破，瀕於毀滅。國家圖書館副館長講：「若干年後，我們的後人也許能看到甲骨文、敦煌遺書，卻看不到民國的書刊」。（施芳〈六十七萬件民國文獻亟待保護〉）

近些年各地不斷舉行作家誕辰一百周年的紀念會，事實上，上世紀 30 年代及以前從事文學工作的前輩均已超過了一百歲，基本都已離我們而去。魯迅生於 1881 年，今年應舉行誕辰一百三十五周年的紀念會；胡適生於 1891 年，今年該紀念他誕辰一百二十周年。那些長壽老人，冰心生於 1900 年，卒於 1999 年，離世已經十七年；臧克家 1905 年生，2004 年逝世，已經告別十二年；最長壽的章克標，1900 年生，一百零八歲過世，也已經走了八年。到現在，1940 年代的作家還有一些健在，但也不是很多。有影響的「九葉」詩人中健在的只有一葉，鄭敏先生也已九十六歲。

我 1980 年 2 月到中國社會科學院文學研究所工作，真真切切地體驗了這三十六年所發生的巨大變化。在 1980 年代，我們到圖書館查閱的是原書、原報、原刊，而現在只能看整理出來的縮微化或數位化文本；那時你有問題需請教，即使找不到當事人，也可以找到旁觀者。1990 年代初我編選《新詩名家手稿》時，汪靜之、冰心、臧克家、馮至、卞之琳、艾青等老詩人都健在，否則很多手稿將會失收。最沒有想到的，短短的三十多年，我當時編撰《中國現代新詩總書目》所記錄的有關新詩著作的資料，現在有一些已經成了「孤證」，因為有的書三十年前在圖書館查閱到了，後來再去查找卻下落不明；有些書刊圖書館不藏，是在作者手裡見到的，隨著作者的故去再見到也是很困難的。

有一事感受很深，以前專門寫過文章，這次還要提起。二十幾年前，我在圖書館裡找到一本署名李邨哲的新詩集《黑人》。「李邨哲」是舒群用過的名字，而「黑人」也是他用過的一個筆名，於是我推測這是舒群的詩集。但從所見到的舒群研究資料來看，似乎從沒有提到過他有詩集出版，於是我作了詳細的筆記，準備當面向舒群請教。可是當我敲開舒群的家門時，舒群剛剛去世，問其親屬，都不很清楚。後來我寫了〈《黑人》——舒群的一本軼詩集〉一文，考證出這確是舒群所作，但仍有一些問題說不清楚。如果稍早一點去見舒群可能問題就都能解決，只晚一點這些問題也許就成了永遠的謎。

歷史正在消失，或者已經消失。

二、保護與使用

歷史正在消失，文獻的搶救迫在眉睫。

早在 1980 年代現代文學研究界就提出「搶救」問題，針對的主要是健在的老作家、老文學工作者，而對損壞越來越嚴重的民國文獻進行原生性保護與搶救的重視則是進入本世紀之後。

2005 年 2 月 8 日《人民日報》海外版發表〈六十七萬件民國文獻亟待保護〉，同年 7 月 14 日《重慶商報》刊文〈重慶圖書館民國文獻損毀過半〉，2007 年 11 月 22 日《新華日報》告急〈南圖館藏民國文獻急需搶救〉，2011 年 5 月 19 日《光明日報》呼籲〈快！搶救保護民國時期文獻〉。終於，「2011 年，國家圖書館聯合全國各省公共圖書館策劃了民國時期文獻保護計畫項目，得到中央有關部委的高度重視和大力支持，並得到財政部 2012 和 2013 年度經費支持。」（〈民國時期文獻保護工作座談會舉行〉，見《圖書館理論與實踐》2013 年第 6 期）

對於亟待保護的民國文獻這無疑是個好消息，但也使民國文獻的使用者遇到了更大的困難。2011 年 9 月 1 日《北京日報》刊文〈民國文獻：使用與保護的博弈〉，文章講：

> 南京圖書館也藏有大量民國時期的文獻資料。5 年前，那裡只對那些有副本、目前保存條件還不錯的文獻提供閱覽。然而，符合這樣條件的文獻微乎其微。而且，民國圖書一般只對特定的研究機構和學者有限開放，且需要分管主任嚴格審批。如今，此類限制倒是取消了，「圖書館也免費開放了，可他們依然沒有放下『高高在上』的姿態，為什麼不能多投入一些人力物力改善書籍狀況，而且也不是所有資料都進行了數位化。」網友「清風不識字」在「圖書館之家」論壇的發言引來眾多跟帖，不少網友認為，公共服務型圖書館之路還很漫長。

保護與使用的矛盾本來一直就存在，現今顯得更為突出。

更讓人糾結的是，「搶救」和「整理」這一相關聯的話題，卻又顯得十分矛盾，對於弱不禁風的民國文獻來說，「整理」也是一次「損壞」。

好在圖書館在重視民國文獻「原生性保護」的同時，還進行了「再生性保護」，主要是民國文獻的縮微化或數位化。規範最大的應該是大學數字圖書館國際合作計畫（China Academic Digital Associative Library，CADAL），專案 2002 年開始建設，項目一期建設一百萬冊（件）數字資源，2009 年 8 月項目 2 期正式立項，歷經三年，新增數位資源一百五十萬冊（件）。（潘晶〈大學數字圖書館國際合作計畫的回顧與展望〉，《大學圖書館學報》2013 年第 4 期）

這些縮微化或數位化的民國文獻，無疑為我們民國文學文獻的整理提供了極大的方便，當然還存在著多種不足。問題是，縮微化或數位化是否能完全代替紙質文本，怕的是這彷彿一座旋轉的門，一面打開又一定是另一面的關閉，其結果可能是通向閱讀原始文獻的門以後很難再打開。

三、文獻的熱與冷

對於民國文學文獻的收集和整理，現代文學研究界開始得還是比較早，並在 1980 年代形成了熱潮。

現在看來，1980 年代果真是民國文學文獻收集整理的最輝煌時期，一大批現代文學研究者參與了這一工作，取得了相當豐碩的成果。其中規模較大的是，1979 年由中國社會科學院文學研究所現代文學研究室發起並組織眾多高等院校和科研機構參加編輯的《中國現代文學史資料彙編》，分為《中國現代文學運動、論爭、社團資料叢書》、《中國現代作家作品研究資料叢書》、《中國現代文學書刊資料叢書》甲乙丙三種。1978 年還創刊了《新文學史料》，專門刊登文學史料。

然而，1980 年代後期和進入 1990 年代後這一熱情漸漸變冷。

首先遇到的是出版困難。以《中國現代文學史資料彙編》為例，這套資料彙編原計劃有二百多種，實際出版不到一百種，印數也不斷下滑，《柯仲平研究資料》（陝西人民出版社 1988 年 1 月出版）才印五百冊。有些資料已經編輯完成交給了出版社，但至今未能出書，其下落令人擔憂。

最大的問題還在於參與者的減員。應該講，對大多數原本重心就在「研究」的參與者來說，從未將所參與的史料整理工作當作主業，范伯群《冰心研究資料．編後記》就說，「這本《冰心研究資料》可算是我們寫作《冰心評傳》的副產品。」（《冰心研究資料》，北京出版社 1984 年 12 月出版）隨著現代文學研究界對「觀念」的不斷強化，「不務正業」者越來越少。

進入本世紀，隨著「學術規範」的強調，對民國文獻史料的重視度大大提高，似乎文獻史料導致了「學術的轉向」並使之回到了中心。但粗略地考查可以看出，重視文獻、利用文獻者多，而具體做基礎文獻整理者少之又少。幾年前，文學研究所與智慧財產權出版社合作出版《中國文學史料全編．現代卷》，我是組織者之一，特別想組織編輯出版一些新資料，結果只出了一種李怡、易彬編的《穆旦研究資料》，其他都是《中國現代文學史資料彙編》的重印。

當然這與我們組織不利有關係，但實際的情況是，在現今以論文為中心，不斷量化的科研管理制度下，如果讓一位研究者拿出幾年或更長的時間來做基礎文獻的整理，可能性是很小的，即使有人想做，現行的學術制度似乎也不允許。

四、尷尬的學術地位

經常會有人問我，是什麼原因讓我從事文獻整理並堅持到如今。我想來想去，只能回答是興趣。也許這回答不夠全面，但事實上並無大錯，除了興趣的滿足，從事這一工作在學術方面還能得到什麼呢？

在現行的學術體制下面，民國基礎文獻史料成果學術地位不高或沒有學術地位。在一般的觀念中，民國文獻工作還多作為拾遺補缺、剪刀加漿糊之類的簡單勞動來對待。史料工作只是一般性的資料工作，沒有進入學術研究範疇；成果一直屬於一般性資料，不是研究成果，有些地方甚至連工作量都不算。更加奇怪的，好像是此類工作越多離「研究」就越遠，因此常常有人善意地勸我寫文章，似乎只有寫成文章我所做的工作才能提升到學術。

民國文獻的重要性是沒有人懷疑的，但文獻整理工作的學術地位很低，根本無法與古典文獻學科的地位相比。一般看來，民國文獻工作只是服務於研究工作，本身還不構成研究，文獻工作是簡單而費力，有用而不討好的不用腦的腦力勞動。因此，在古代文學研究領域，書目、年表之類都屬於「著」，像孫楷第《日本東京所見小說書目》、傅惜華《元代雜劇全目》、吳文治《中國文學史大事年表》等，而在現代文學研究領域，書目、年表之類則多為「編」，連「編著」都不敢署。

民國文獻整理不能只靠興趣來支撐，更要靠制度的保障。所以我一直呼籲，像古典文獻學科那樣，建立現當代文獻學科。學科獨立了，有了制度的保障，才能使民國文獻整理工作，有合法的身分和健康地發展。民國文獻或現代文獻是中國現代文學研究的一個重要分支學科，應該具有獨立的學科地位。

隨著社會分工越來越細，文獻史料工作已經能夠成為一門相對獨立的學科，而且確有自己的研究範圍、自己的治學方法和獨立的學術價值。作為文獻，無疑是為史的研究和作家作品研究服務的，而對於文獻工作卻未盡然。如果將文獻工作與研究工作（理論的、思辨的、抽象的、概括的）視為兩種不同的學術工作，文獻工作無疑是一切研究工作的開始，可研究工作未必一定就是文獻工作的目的。文獻工作有自己要達到的高度與深度。如果說研究工作是總結，是創新，文獻工作則是發掘，是求真。研究工作與文獻工作的關係應該是互動的，沒有文獻工作，研究工作就很難進行和深入；沒有研究工作的帶動，文獻工作也失去了最終意義。或者將文獻工作稱之為基礎研究可能更合適一些。

從某種意義講，文獻工作標誌著一個研究學科的成熟。這話聽起來也許不夠嚴密，我這裡想講的是一個成熟的學科對文獻的強調。比如古代文學研究應該是一個成熟學科，它的研究要求基本上不能有文獻上的錯誤，也就是所說的「硬傷」；而在現代文學特別是當代文學研究中，一篇論文、一本研究著作有幾條或者十幾條文獻史料錯誤是常見的，也並不因此妨礙其成為有影響的著作。

在很多領域已經難於達到「真實」的高度的時候，而「真實」對文獻工作來說只是一個底線。在現今信譽普遍缺失的年代，文獻工作從事的是可信的工作。

文獻工作也是一種學術品格的表現。收集文獻要鍥而不捨，整理史料又要耐心細緻。從事這項工作要耐得住寂寞，經得住誘惑，坐得住冷板凳，而且一坐就要幾年、十幾年或更多，這在現今浮躁的學術環境中是一種學術品格的修煉。這工作是成書難、出版難，而出版了學術評價又不高，在這種情況下，仍然還有辛勤的開墾者，沒有一份熱愛之心是堅持不住的。但願民國文獻的整理工作能夠吸引來更多的專業人士來做，通過不懈的努力，取得更多更好的成績。

經典重刊

「民國文學風範」在台灣的再思考

■丁帆

作者簡介

丁帆，1952 年生。現任南京大學文學院教授、博士生導師、南京大學中國新文學研究中心主任、中國現代文學研究學會會長、《揚子江評論》主編。著有《中國鄉土小說史》、《重回「五四」起跑線》、《中國新時期小說主潮》、《中國大陸與台灣鄉土小說比較史論》等書十餘種，並主編《中國現代文學史》、《大學語文》、《高中語文》等多種。

眾所周知，以往大陸的現代文學史是以「中國現代文學史」的名頭只撰寫大陸部分，而其台灣部分卻是一部分專攻台灣文學的人撰寫「台灣文學史」，反之，台灣的學者也是以此來爭其對「中國現代文學史」的正統地位。這種政治壁壘從 90 年代逐漸被打破，陸續出版的中國現代文學史開始從拼貼台灣文學入史到逐漸將台灣文學自然有機地融入到整體的中國現代文學史的論述序列之中。應該說這是文學史的一種進步表現。作為一部文學史，地域文學由於種種政治的原因，而所發生的文學現象，應該成為文學史論述的一個組成部分，無非就是其在文學史中所占的比重多少而已，而作為一種研究，討論得越深入則越好。

那麼，所謂政治上的「民國」，在大陸的 1949 年 10 月 1 日那一天的下午三點，隨著毛澤東代表中央人民政府宣告「中華人民共和國成立了」就已經終止。但是，國民黨遷移台灣後仍然沿用著「中華民國」的國號，仍以「民國政府」名稱，這是一個歷史事實。可以清楚地看到，他們雖然在政治上已經大勢已去，然而，在文化統治和文學管制上卻變本加厲地沿襲民國時期的壓迫方針，甚至是有過之而無不及。但是從另一個角度來說，文學藝術界對那種反五四文化傳統的抗爭卻也是從來沒有中止過，這也是文學與政治搏戰的「民國遺風」，從中可以尋覓到一條清晰的文學與政治抗爭的線索。換言之，「民國政府」將統治文學的整套方針和經驗都帶到台灣來了，而來台的大陸作家，以及台灣的本土作家都在不同程度上保持著「民國文學風範」，為「人的文學」創作而努力奮鬥。從這個意義上來說，1912 年至 1949 年以前民國文學的許多文學運動、文學鬥爭和文學論爭仍然在延續，只不過是換了一個空間，從大陸轉移至台灣而已。

如果說從 1912 年到 1949 年間的中國現代文學史，即「民國文學史」，是一個以五四新文學傳統為核心內容和主潮的文學流脈的話，那麼從這個意義上來說，「民國文學史」自 1949 年以後在台灣仍然處於一個在不斷抗爭中發展的狀態，它只是一種隱性的呈現而已。我這裡需要進一步申明的是：作為一種文學的研究，它是和政治上承認「中華民國」是毫不相干的事情，我只是指出台灣文學在 1949 年以後有著一條政府背離「民國文學」精神，而知識分子精英和民間文學力量在努力抗爭的「暗線」存在，恰恰是這條「暗線」與大陸文學發展呈大體一致的走向狀態。緣此，我才採取與大陸和台灣學者不一樣的視角來看問題，或許從中能夠窺探到一些人們習焉不察的文學癥結問題所在。當然，也必須承認的事實是，「民國文學史」1949 年以後在台灣是以苟延殘喘的發展趨勢延續的，正因為它的隱蔽性，就使人忽略了它的存在。

因為我在三篇文章中都提出了「民國文學」[1]的概念問題，也聽到了許多贊同和不能苟同的意見，不管如何，我想，能夠將此問題充分地展開討論，將會是推動文學史研究格局改變的好事情。只要是在學術和學理的層面展開論爭，肯定是大有裨益的。

這次我不從整個文化史和思想史的角度，以及學科格局的角度來談問題，而是從文學史的發展和延續的角度來考察「民國文學史」的客觀存在，雖然這條支脈是呈越來越細的狀態。

毋庸置疑，作為小斷代的文學史，「民國文學史」在 1949 年以前的歷史是容易被人所接受的，因為，它作為政治意識形態的認同，在國家、民族、黨派和文化層面上是絕無問題的。相對而言，1949 年以後的「台灣文學」表述就很艱難了。因為國民黨政府潰敗而遷移進入該地區，不僅政治發生了巨大的變化，文學也發生了巨大的質和量的變化，以黨派和政府來控制文化和文學的思維和政策也就成為試圖駕馭文學走向和思潮的必然。雖然，在很長一段時間裡，國民黨政府還是以「民國文學」自居，但是它在國家層面上的合法性實際已不復存在。然而，從文學自身的訴求來說，作為對「民國文學風範」和精神層面的承傳和反傳承，還是一直有著連續性的。

作為對「民國文學風範」的承續，我們可以看出，尤其明顯的是民初通俗文學對其武俠、言情文學的影響是一以貫之的，這裡需要說明的一個觀點是，我從來就不以為言情小說就是反五四文化傳統的，相反，它在某種程度上是迎合五四新文化思潮的，張恨水等人的作品就為明證。這也是五四新文學運動需要澈底反思的問題——將通俗文學一棍子打死，實際上是「窩裡鬥」，通俗文學本身就是現代傳媒的產兒，雖然在內容上還沒有

---

[1] 丁帆：〈中國現當代文學史斷代談片〉，《當代作家評論》第 3 期（2010 年）。〈新舊文學的分水嶺——尋找被中國現代文學史遺忘和遮蔽的七年（1912-1919）〉發表在《江蘇社會科學》第 2 期（2011 年）、《新華文摘》2011 年第 6 期。〈給新文學史重新斷代的理由——關於「民國文學」構想及其它的幾點補充意見〉發表在《中國現代文學研究叢刊》第 3 期（2011 年）。

完全擺脫封建主義的羈絆，但是它的現代性的合理存在是不容忽視的。而我們的文學史恰恰在這一點上，仍然堅持對由民國文學進一步高漲的通俗文學保持批判、鄙視與忽視的態度，絕對是一種「相煎太急」式的誤傷，其理念是不符合歷史唯物主義的，也是不符合歷史唯心主義的。從這個角度來觀察 1949 年以後的台灣地區的文學流脈，我以為從很大程度上來說，台灣地區的作家更自覺地繼承了「民國文學風範」，不僅承續和繁榮了民初武俠與言情小說，而且也從內容與形式上深化了這個領域的創作。

而鄉土文學脈絡更是清晰可陳的，它甚至一度成為台灣文學的主潮。從這個意義上來說，我以為雖然作為國家意義上顯形的「民國文學」已經呈逐漸消亡的狀態，和大陸斷代後的「共和國文學」對舉的應該是「台灣地區文學」；但是，作為文學本體的「民國文學」仍然是以一種潛在隱形的發展脈絡前行的，它是在與政府的文化統治抗爭中得以延續和發展的，在一定程度上，也在一定的時段中，繼承了新文學的傳統，它是以暗線形式存在於台灣文學之中的。

倘若「民國文學史」作為中國現代文學史種概念中的一個屬概念而存在的話，那麼，我們就可以尋覓到一條自足而合理的類文學史和時段文學史邏輯發展的線索：從 1912 年肇始的「民國文學」一直延伸到 1949 年，進入台灣後，開始從一個正統的地位逐步進入一個被邊緣化的過程，乃至於最後被林林總總的文學潮流和現象所遮蔽和覆蓋。但是，你又不能否認，即便是以暗線形式存在，它依然是有跡可循的。如前所述，我們更容易承認 1949 年以前顯性的「民國文學史」，而作為 1949 年以後轉移到台灣地區的文學，它以國家名義命名的文學史的格局已經不復存在（儘管台灣有些學者或隱或現地仍然沿用這樣一種稱謂），但是，在創作領域裡，許多作家的文學觀念和文學思維方式仍然沉浸在「民國文學」的寫作慣性之中，乃至於起碼在很長一段時期內在創作方法上仍然保持和延續著「民國文學風範」（我這裡要強調的是，我所指的「民國文學風範」就是五四新文學傳統，特指五四前後包括俗文學在內的「人的文學」內涵）。也就是說，在台灣，「民國文學風範」在 50 年代被政治化和黨化阻隔以後，經過一段時間的掙扎後，又開始逐漸恢復五四新文學的傳統。

不可否認的是，自 1949 年至 70 年代末左右的很長一段時間裡，兩岸的文學格局都不約而同地進入了一個「為政治服務」的「黨治文學」的階段。雖然兩岸的意識形態是水火不相容的，但是其思維方式卻是驚人的相似。倘若我們將這一時段兩岸的文學做一個比較的話，那麼，不難看出其中許多文學思潮和文學創作都是「同多異少」的，「黨同伐異」成為兩岸文學創作思潮中的一個共同現象。但是，不容忽視的問題是，儘管政治意識形態相異，其民族認同性卻是任何黨派與政治力量都不可改變的事實，因為「書同文」的文學根性就決定了一個民族文學相同的基本走向。

1949 年無論對於台灣還是大陸，都是一個標誌性年份，它意味著兩岸一個新時代的開始，無論是「共和國文學」，還是「台灣文學」（抑或仍然是被國民黨政權稱之為「民國文學」），都面臨並試圖實施清理包括文學在內的意識形態問題。50 年代兩岸政黨都不約而同地開始了政治純化運動，文學自然也在其中。毫無疑問，1949 年以前承傳下來的新文學傳統，均在兩岸逐漸被扭曲和邊緣化，甚至被討伐而逍遁。對「五四」新文學傳統的反叛，成為黨派統治文學藝術的自覺行為，尤其是國民黨政權，更是視五四新文學為「洪水猛獸」。兩岸創作的政治化傾向成為這一時段文學的書寫特徵，都分別烙上了深深的政治痕跡，很多作品淪為意識形態的「傳聲筒」，文學成為政治宣傳工具已經是不爭的事實。學者們普遍認為，在這方面，大陸比台灣更甚：從 1949 年至「文革」結束，三十年的大陸文學在政治的深潭裡走向了左的極端；而台灣 1950 年代的文學卻是在政治的泥淖中滑向了右的極端。

在 50 年代的台灣文學中，意識形態化的政治小說，亦即「反共小說」，要求文學為特定的政治目的服務，以達到與政治的一體化。如果就以「民國文學史」中最重要的「鄉土小說」領域而言，其自 1949 年後在台灣的變異就值得深刻反思[2]。1950 年 5 月，有著濃厚政治色彩的「中國文藝協會」成立，它提出：「反共救國」是台灣作家的最高使命：「以能應用多方面文藝技巧發揚國家民族意識及著有反共抗俄之意義者為原則。」[3]台灣官方亦不遺餘力鼓吹文學的政治功用，提倡所謂的「戰鬥文學」，如張道

---

[2] 以下關於台灣鄉土文學的資料引述和部分觀點均出自筆者主編的《中國大陸與臺灣鄉土小說比較史論新稿》（修訂版即將由南京大學出版社重版）中王世誠撰寫的第三編〈五十年代鄉土小說：主流話語與民間話語的互斥與互融〉。特此說明。

[3] 葛賢甯、上官予：〈五十年來的中國新詩〉，轉引自公仲、汪義生《台灣新文學史編》（江西：人民出版社，1989 年），頁 73。

藩發表的〈論文藝作戰與反攻〉一文，就是開文藝配合政治先河的理論文章，無疑，這種文學思潮是由於國民黨兵敗退守台灣後，反思自身從 30 年代以後文化失敗原因時總結出來的所謂「經驗教訓」——沒有抓好意識形態帶來的惡果。而這又恰恰正是違背「民國文學」民主自由的文化傳統的反動理論。拼命地將文學藝術工具化，消弭文學現實主義的批判功能，正是其目的所在。其實，在大陸，也面臨著同樣的問題，以階級鬥爭為綱的「戰歌」情結覆蓋了作家的整個精神層面，成為創作的一種自覺。說句實在的話，兩岸文學的意識形態化都是對五四新文學傳統的背叛，這種「配合式」的文學創作，最終毀滅的是文學本身。

50 年代台灣地區文學在「民國政府」的干預下，或多或少都帶有政治色彩，在甚囂塵上的「反共文學」大潮中，作家大致分兩類：隨國民黨去台的政界作家和軍中作家。作為官方作家，他們在當時處於壟斷性地位，他們沒有將「民國文學風範」帶進台灣，而是把民國政府反動的文化統治制度融進了台灣地區文學。批評家葉石濤對此評論道：「來台的第一代作家包辦了作家、讀者及評論，在出版界樹立了清一色的需給體制，不容外人插進。」[4]這顯然是對大陸來台的國民黨統治約束台灣文壇的不滿，然而，更為重要的是，作為政治宣傳化的文學，開始消解五四新文學的傳統：「大陸來台的第一代作家也一樣面對了文學傳統中斷的尷尬局面。他們排斥 30 年代暴露黑暗統治的社會意識濃厚的文學，同時也幾乎拋棄了『五四』文學革命以來的民主和科學精神。30 年代的文學旗手，如老舍、巴金、沈從文、茅盾、田漢、曹禺等沒有一個來台，他們的作品也全被查禁。這使得大陸來台作家跟 30 年代、40 年代文學成了脫節的真空狀態。」[5]當然，隨著這種文化壓迫的加劇，帶來的必然是更多作家強烈的反彈。因為他們需要的不是國民黨政府對文學統治和壓迫，他們需要的是呼吸「民國文學」文化語境中的那份民主的創作空氣，需要繼承的是 20 至 30 年代民國時期文學自由的創作精神。

1950 年代的台灣文學中的政治純化運動是逆「民國文學」潮流而行的行為，是注定要走向事物的反面的，那種一時的政治瘋狂終究是文學的歧

4　葉石濤：《台灣文學史綱》，高雄：文學界雜誌社，1987 年 2 月。

5　同上。

路。這些猶如魯迅在給鄉土文學下定義時把這一類流動作家說成是「僑寓」的作家，他們那種對家鄉和土地的深刻眷戀本應該是鄉土題材的最佳突破口，然而，他們卻把它作為一種政治的宣洩，就大大降低了自身的文學品味。如反共代表作家姜貴在《旋風・自序》中直言不諱地說：「37 年冬避赤禍來台，所業尋敗，而老妻又發病，我的生活頓陷於有生以來最為無聊的景況。回憶過去種種，都如一夢。而其中最大一個創傷，卻是許多人同樣遭遇的那個『國破家亡』的況味。」雖然是一種懷鄉小說，但是因為有著極為鮮明的政治工具性目的，所以，鄉土敘事就失去了本身文化意義，而被嫁接到赤裸裸的政治敘事上。

陳紀瀅的《荻村傳》，是在當時「反共文學」中走紅的一部小說，還曾被譯成英、日、法等版本。作者試圖將小說主人公傻常順兒塑造成一個阿 Q 式的農民形象，但是由於政治宣傳的意味太濃，其主角簡直就是一個怪物式的鄉村二流子，顯然成為了一個蹩腳的政治象喻符號。然而辱罵和醜化並非藝術，過於直露的政治目的注定了這部小說不可能成為《阿 Q 正傳》，更不可能達到《阿 Q 正傳》的高度——在魯迅那裡，鄉土乃是一個國民劣根性批判的切入口，飽含著寫作主體對鄉土深厚的感情；而在陳紀瀅這裡，鄉土則成為政治發洩的道具，寫作主體對他的物件不再有同情或愛，而是充滿了厭惡和憎恨，鄉土不再是以「人」為本的文學世界了。

反共作家的這些鄉土政治化小說，當時就遭到了台灣一些批評家的指責：「儘管好評如雲，姜貴先生的小說在台灣始終是個冷門，這對『反共精神堡壘』的台灣真是一個諷刺。」[6]「現在的風氣卻是要求你這篇也『愛國』，那篇也『反攻』，非如此便不足以表示你確像一位愛國者，非如此便不為他們所歡迎，想起來真是肉麻之極，純文藝云云，純在哪裡？文藝在哪裡？嗚呼！」[7]文學史終究還是把這類作品釘在了歷史的恥辱柱上：「一般反共文學是沒有力量的，不真實的。」[8]就連軍中豪門出身的作家白先勇也曾詳細評論道：「跟隨國府遷台的行列中，也有一些早已成名的作

---

[6] 劉紹銘：〈十年來臺灣小說〉，引自《臺灣作家小說選集（二）・前言》，中國社會科學出版社，1982 年。

[7] 鍾理和：〈致鍾肇政〉，轉引自潘亞墩主編：《台港文學導論》（高等教育出版社，1990 年），頁 42。

[8] 胡菊人：《小說技巧》，台北：遠景出版社，1979 年。

家……那時他們驚魂甫定，一時尚未能從大陸所受的沉痛打擊中清醒過來，另一方面卻沒有足夠的眼光和膽量來細看清楚錯綜複雜的新形勢，所以只好盲目接受政府所宣傳的反攻神話」。故而「這些作家筆下的人物大多與現實脫節，布局情節老套公式化，故事中的主人公不管如何飽嘗流放的痛苦，總是會重臨故土，與大陸上的家人團圓結局。這些作品注滿思鄉情懷，但這種悲傷的感受老是陳腐俗套，了無新意」[9]。這豈止是一個「了無新意」可以終結的事情，這簡直就是一場背叛「民國文學風範」的鬧劇。可以看出，無論是當時清醒的作家和批評家，還是後來的文學史家，對這一段文學鬥爭都有著客觀而符合歷史潮流的評價。問題是我們從中可以看到的是「民國文學風範」作為一股「暗流」的堅韌性，從它植根於台灣地區文學的第一天起，就牢牢地紮根在每一個希望繼承新文學傳統的作家的內心世界之中了。

與政界作家同為官方主流話語的另一支——軍中作家，亦有類似的寫作傾向，常常將本應感人至深的鄉土情懷根植在政治的土壤之中，無疑是降低了文學的品質。不過，在他們那裡，反共的政治化主題只是一時之需求，隨著「民國文學風範」的恢復和作家自身的覺醒，他們中多數人自然就改弦易轍了。

所謂軍中作家，是指那些在軍隊中任職的寫作者，他們年紀較輕，勢力甚大。從事反共小說創作，對他們來說，既帶有服從意識形態，與之保持一致的軍人自覺因素，亦與他們對現實的盲視有關。這批作家有：司馬中原、朱西寧、段彩華等等。與政界作家相比，他們的小說更偏重藝術性，政治化傾向亦不那麼露骨。

由於受意識形態的影響和個人理解上的偏差，在司馬中原筆下，逝去的大陸鄉土被處理成「荒原」的意象：這一「荒原」，沒有艾略特筆下豐富深刻的文化象徵含義，而僅僅是特定的政治產物，被視為是敵人的荒蕪景觀隱喻，因而這個「荒原」中的英雄便必然喪失了應有的文化意義，而只能是一個這樣的夢吃者：「他要選取多年前他和妻共擁的月亮：那樣的月亮和那樣溫柔的情愛使他勇悍的和一切出自黑暗的野獸抗鬥，鬼子、八路，或是一隻侵迫安寧的狼」——這就是《荒原》中的反共鬥士胡癱兒臨

---

[9] 白先勇：〈流浪的中國人——臺灣小說的放逐主題〉，《明報月刊》，1970 年 1 月。

死前的內心獨白。這塊雄渾壯闊的大陸北方大地，也就失去了應有的鄉土文化蘊味，僅僅成為政治宣洩的佈景。不過，在反共小說之外，司馬中原還有一類比較成功的「鄉野傳說」小說。這其中頗有一些類似於大陸八十年代中期的「尋根小說」，如《路客與刀客》、《紅絲鳳》、《天網》、《十八里旱湖》、《荒鄉異聞》、《遇邪記》等，這些小說的背景，幾乎無一例外都是一片雄渾的、孕育了古老苦難的大草原，野火燒不盡的善惡對立故事和糾纏不休的愛恨傳奇，在這裡一幕幕上演，與此相應，小說的風格亦時而深沉，時而婉約，時而粗獷。可以這樣認為，司馬中原的「鄉野傳說」系列之所以能取得成功，恰恰與他擺脫了政治的羈絆，回歸到「民國文學風範」息息相關——只有當作家主體的觀照視角不再被政治視角同化、過濾和扭曲，只有當他以一個正常的「人」去認真地體驗歷史與生活的哀痛與歡笑時，他才能看見一個真正的鄉土世界，才能深刻地理解幾千年來鄉民們的生存狀態與情感追求，才能再現出感人至深的鄉土人性。這就是新文學精神內核所在，這才是真正的「民國文學風範」。

朱西甯也是一個前後矛盾的相似例子。前期順應意識形態的需要，他寫了許多赤裸裸的反共小說，但到後期，他則完全否定了自己的前期創作，承認那些作品「都很幼稚，很多是喊口號喊出來而非寫出來」的[10]。其實，誰都清楚，1930 年代對左翼文學中的標語口號式的創作的批判早已是前車之鑒了，但是這些「大陸客」作家們仍然重蹈覆轍，則是有失「民國文學風範」之舉，所以有評論家亦曾這樣評論他：「來台的最初六、七年，他採信實用主義，以為寫作可以為國家社會盡許多責任，有些作品難免流於口號與形式化。」[11]這些自述和評論一針見血地點出了政治化文學的致命要害，讓人想起大陸 50、60 年代的同類小說，在形式構成上是何等相似乃耳！無論是右傾還是左傾，標語口號式的政治化創作就從來不屬於文學範疇。

[10] 轉引自《臺灣作家小說選集（2）》（中國社會科學出版社，1982 年），頁 130。

[11] 張素貞：《細讀現代小說》（台北：東大圖書公司，1986 年），頁 82-83。轉引自古繼堂《臺灣小說發展史》（春風文藝出版社、遼寧教育出版社，1989 年），頁 124。

由於對虛假的政治化歷史的背棄，走向更為真實的個人鄉土記憶，司馬中原、朱西甯的後期小說便獲得了某種可貴的鄉土詩性，亦為他們帶來了一次藝術新生。這也可以視為「民國文學風範」創作的一次偉大勝利。

事實上，在「戰鬥文學」的衝擊下，50 年代台灣鄉土文學一直受到壓制，一些本土作家，如鍾理和、鍾肇政、林海音等，都或明或暗受到排擠。然而，從 50 年代台灣鄉土文學創作的整個格局來說，真正起著領銜作用的，卻正是這一批作家。正是他們堅守著「民國文學風範」和五四新文學的鄉土精神，拒不向膚淺庸俗的政治化創作大潮投降，才在他們筆下保留了鄉土民間風貌的一份真實。他們是 50 年代政治主流話語的對抗者，作為本土作家，在眾多隨遷的「外來客」的政治喧囂面前，而對台灣本土作家來說，他們不僅與超現實、反現實的政治宣傳之間有著天然的距離，而且與之格格不入。在民間與廟堂之間，在現實關懷與政治夢幻之間，在人性展現與歌功頌德之間，從藝術的本性和藝術家的良知出發，他們只能選擇前者，於是，民間化的鄉土便成為對抗政治化鄉土的立足點，而這種民間立場也恰恰就是符合「民國文學風範」的價值判斷。他們默默耕耘的背後卻蘊含著巨大的力量，一旦與覺醒了的「外來客」共同回歸「民國文學風範」和五四新文學傳統，就會形成一股勢不可擋的文學潮流，從後來形成的「鄉土文學大潮」來看，這股暗流卻是自然改變台灣文學格局的主流力量，這也不可不說是「民國文學風範」客觀存在的事實。

我之所以引證鄉土小說在 1950 年代種種遭際和它的發展軌跡，就是要證明「民國文學」的新文化傳統在台灣地區即使是意識形態統治最嚴厲的時期，也還是堅守著自身的發展軌跡的。即便是民國不在，民國文學風韻猶存。

也許，在這篇文章裡，有許多觀點還不能充分地表達清楚，似乎有閃爍其詞、詞不達意、欲言又止的不良文風，那卻不是我的本意。隨著學術討論的深入和歷史的前進，我以為許許多多文學史的問題會得到圓滿解釋的。

（本文發表於《文藝爭鳴》2011 年第 7 期，原題〈「民國文學風範」的再思考〉）

「民國文學」與「民國機制」三個追問

■李怡

作者簡介

1966年生，文學博士。現為北京師範大學文學院教授，北京師範大學「民國歷史文化與文學研究中心」主任。兼任中國現代文學研究會副會長。主編學術期刊《現代中國文化與文學》、《大文學評論》、《民國文學與文化研究》（與張堂錡教授合作）等。主要著作有《中國現代新詩與古典詩歌傳統》、《日本體驗與中國現代文學的發生》、《現代性：批判的批判》、《作為方法的「民國」》等，近年來致力民國文學研究，提出「民國機制」等重要命題。

「民國文學」的設想最早是從事現代史料工作的陳福康教授在 1997 年提出來的，[1]但是似乎沒有引起太多的注意，2003 年，張福貴先生再次提出以「民國文學」取代「現代文學」的設想，希望文學史敘述能夠「從意義概念返回到時間概念」。[2]不過，響應者依然寥寥。沉寂數年之後，在新世紀第一個十年即將結束的時候，終於有更多的學者注意到了這個問題，特別是最近兩三年，主動進入這一研究的學者大量增加，國內期刊包括《中國社會科學》、《文學評論》、《中國現代文學研究叢刊》、《文藝爭鳴》、《海南師範大學學報》、《鄭州大學學報》、《現代中國文化與文學》都先後發表了大量論文，《文藝爭鳴》與《海南師範大學學報》等還定期推出了專欄討論，張中良先生進一步提出了中國現代文學研究的「民國史視角」問題，我本人也在宣導「文學的民國機制」研究，當然，也有不少的學者從這樣那樣的角度提出了自己的質疑。在我看來，「民國文學」研究的興起和隨之而來的質疑都十分正常，它們都顯示了中國現代文學研究在經歷了半個多世紀的探索之後一次重要學術自覺和學術深化，並且與在此之前的幾次發展不同，這一次的理論開拓和質疑並不是外來學術思潮衝擊和感應的結果，從總體上看屬於中國學術在自我反思中的一種成熟。

正因為如此，我覺得很有必要以這些爭論和質疑為契機，對因「民國文學」而生的種種分歧和疑問作出認真分析和回應，從根本上說，這與其說是為了說服他人，毋寧說是為了更好地自我清理、將討論的問題引向深入。準確地說，這是一次自我的追問，我追問的問題有三：提出「民國」的文學而不是繼續簡單沿用「現代」的文學，究竟有什麼特殊的意義，「民國」何謂？作為文學研究的一種概念，所謂的「民國文學」究竟可以推進文學研究的什麼？即「民國文學」何為？最後，我本人致力於宣導文學的民國機制，這樣的研究方式究竟來自哪裡？

---

1 陳福康：〈應該「退休」的學科名稱〉，原載 1997 年 11 月 20 日《文學報》，後收入《民國文壇探微》，上海：上海書店，1999 年。

2 張福貴：〈從意義概念返回到時間概念——關於中國現代文學的命名問題〉，香港：《文學世紀》第 4 期，2003 年。

一、「民國」何謂？

新文學、近代／現代／當代文學，20世紀中國文學，我們今天已經有了這些成熟的概念，繼續提出「民國文學」，還有特殊的意義嗎？雖然以上概念或有不足，但究竟約定俗成，至於更多的弊端也可能在遙遠的未來顯現，今天的「新論」，是不是一種替未來人作無謂的操心呢？

的確，作為對百年來中國文學史的描述，「現代文學」常常是可以替代「民國文學」的；「現代文學」如果是在「現代性」意義上理解，使用時間更長，還包括了當代，這樣，「民國文學」概念可以使用的地方幾乎都可以使用「現代文學」。至少在新中國建立以前、五四以後的這一段文學，既理所當然屬於我們過去所謂的「現代文學」，又無疑可以稱作是「民國文學」。就是1911-1917這一段過去屬於「近代文學」一部分的文學，除了今天可以冠名「民國文學」，但同樣稱呼「現代文學」其實也沒有什麼絕對不可以的——既然我們可以在「現代性」的取向中廣泛使用「現代文學」到當代，那麼在今天，我們似乎也沒有必然的理由拒絕繼續將「現代」的概念向前延伸，涵蓋1911-1917甚至更早，就像今天的「現代文學史」寫作不斷將「現代」的起點前移一樣。

所以，如果不是特別所指，我對百年來文學現象的描繪還是常常使用「現代文學」，例如主編的叢書名曰「民國歷史與文學」研究，承擔課題是「民國歷史文化與中國現代文學研究」，在這裡，顯然與「民國」更緊密的聯繫是那一段獨特的「歷史文化」，而定義「文學」的常常還不得不是「現代」——雖然這「現代」的含義充滿矛盾和歧義，但究竟已經約定俗成，也就成為我們表達的最方便的一個概念吧。

但是，即便如此，我依然認為，提出「民國」概念作為「文學」的修飾與限定，卻有著它特殊的意指，在我們的「現代」長期以來不加分別地覆蓋一切的時候，這種意指微妙卻重要，需要仔細辨析。

「現代文學」依託的「現代」屬於一個世界性的歷史進程，昭示了中國文學對世界性歷史過程的一種回應和融入；但是，作為一種獨立的精神形式，中國作家肯定不是簡單以世界歷史的動向為材料書寫自我的，更激盪他們心靈的是中國歷史自身的種種情形與生命體驗，這就產生了一個

「現代」的中國意義的問題，仔細討論，用中國對世界歷史的被動回應也許並不能說明「中國現代」的真正源起，中國的「現代」是中國這個國家自己的歷史遭遇所顯現的。在這個意義上，特定的國家歷史情境才是影響和決定「中國文學」之「現代」意義的根本力量。這一國家歷史情境所包孕的各種因素便可以借用這個概念——民國。

民國從表面上看屬於特定政權的概念，或者說是以政權概念命名的歷史階段的概念，就如同兩漢文學、魏晉文學、唐宋文學、元代文學、宋代文學一樣，但是由於民國所代表的這一段歷史恰恰遭逢了巨大的歷史變遷（千年帝制的結束、中外文化的空前融會等等），所以它的確有自己值得挖掘和辨析的歷史性質——雖然漢代文學不一定有如此強烈的漢代性、唐代文學不一定有鮮明的唐代性，但我們卻可以說民國時期的文學有值得挖掘的「民國性」，「民國性」就是中國現代文學自身的「現代性」的真正的落實和呈現。從民國社會歷史的種種特性出發理解和闡述文學現象就是對中國自身歷史文化的深切觀察和尊重，中國的現代趨向自然理所當然就是民國生長的歷史現象，這裡並不存在一個邏輯上的外來的「現代性」價值轉化認證的問題，事實上也沒有中國作家將西方文學現代性的動向如何「本土化」的問題，它就是中國作家生存、發展於民國時代的種種社會歷史感受的自然表達的過程，中國文學的「現代」在「民國」的概念框架中獲得了最自然最妥帖的醞釀和表達。

在這個時候，使用「民國文學」一說不就是對文學歷史的一種十分自然的命名方式麼？

至少在以下兩種情形下，使用「民國文學」一說具有不可替代的意義：

其一是突出歷史從晚清至以後一段時間的演變，例如吉林文史出版社1980 年代至 1990 年代初陸續出版的《晚清民國小說研究叢書》，團結出版社推出的《晚清民國小說珍本叢刊》、學術論著《清末民國小說史論》[3]、《晚清民國志怪傳奇小說集研究》[4]、《清末民初漢譯法國文學研究，1897-1916》[5]《清末民國兒童文學教育發展史論》[6]及學位論文如《清末民

3 錢振綱：《清末民國小說史論》，河北：人民出版社，2008 年。
4 張振國：《晚清民國志怪傳奇小說集研究》，南京：鳳凰出版社，2011 年。
5 韓一宇：《清末民初漢譯法國文學研究，1897-1916》，北京：中國社會科學出版社，2008 年。

初文學作品中的甲午戰爭——以歷史小說為中心》[7]等等。這些名稱都與近年出現的重寫「民國文學」的思潮關係不大，屬於對歷史階段的樸素而真實的命名，就如同「民國」概念進入歷史學界，並早已經成為歷史領域的基本概念一樣。在呈現歷史階段的基本事實的時候，樸素的「民國」比糾纏於各種意識形態色彩的「現代」更為貼切。所謂「晚清盡頭是民國」，這本來就是一個無需爭論的事實。

其二是在需要特別強調這一時期文學與國家歷史的某些特點之時，使用「民國文學」就更能傳神，比如我們考察 1930 年代的國家經濟政策與文學的關係，這個時候籠統使用「現代文學」不如稱其為「民國文學」[8]；發掘建國前數十年的自然災害與文學書寫的關係，[9]研究國民黨政治文化與書報檢查制度對文學的影響，[10]或者，考察民國時期的某些獨特的文化與文學現象如民國小報，這個時候取名「民國文學」顯然也更合適……[11]總之，但凡涉及民國社會歷史與國家制度等具有明確標識性意義的文學考察，為了加以更明晰的描述，都不妨直接使用「民國文學」。同理，在我們需要突出某種現代世界的共同遭遇在中外文學歷史的對比性呈現之時，如全球資本主義文化對文學的影響，也可以繼續冠名「中國現代文學」。

考慮到目前學界對「現代文學」的廣泛使用，為了不因為概念的糾纏而干擾我們對問題本身的討論，我自己常常採取折中方案，即強調中國現代文學的「民國時期」，或者加強修飾語「民國時期的中國現代文學」、民國時期歷史文化與中國現代文學的「種種」關係等等。當然，我知道這是權宜之計，歷史的發展總是在不斷擴大過去的「相似」而認定當下的「特殊」，未來一百年或者更長時間，「現代」沒有理由永遠延長，到那時，以國家社會形態的具體演變時段標示文學，或者就自然而然了、無需爭議了。

---

6 張心科：《清末民國兒童文學教育發展史論》，北京：北京師範大學出版社，2011 年。

7 翟文棟：《清末民初文學作品中的甲午戰爭——以歷史小說為中心》，杭州：浙江大學出版社，2007 年。

8 張堂會：《民國時期的自然災害與現代文學書寫》，北京：中國社會科學出版社，2012 年。

9 例如李怡、布小繼主編：《民國經濟與現代文學》，新北：花木蘭文化出版社，2012 年。

10 例如魏朝勇：《民國時期文學的政治想像》，北京：華夏出版社，2005 年。

11 例如李楠：《晚清民國時期上海小報》，北京：人民文學出版社，2006 年。

二、「民國文學」何為？

另外一個關於「民國文學」概念的使用爭論就是它的價值取向問題。回首歷史，我們必須看到，「民國文學」之說在一開始就是本著「價值中立」的角度加以引入的。最早提出「民國文學」設想的陳福康就有這樣的主張，[12]後來相當多的「民國文學」宣導者也有大體相同的看法，他們都先後討論了舊體詩詞、通俗文學無法進入「現代文學」的現實，希望借助「民國文學」的框架予以解決，這裡有一個假定：民國文學是一個價值中立的闡述框架。

這似乎暗示了「民國文學」研究的一種可能：暫時擱置先進／落後，新／舊，現代／傳統之辨，在一個更寬闊的視域內闡述的文學現象，取得比「現代文學」敘述更豐富的成果。

作為一種新的研究方式，我基本上認同這樣多方位多層面的展開努力，不過，在我看來，這裡依然存在兩種不同的思路，其所謂「價值中立」的情形也並不相同，需要我們加以辨析。

一是文學史寫作的思路，也就是說，我們提出「民國文學」就是為了完成一部新的《民國文學史》，作為「重寫文學史」的最新的厚重的成果。在我看來，真正文學史的敘述實際上都有著自己的價值基礎，絕對的「價值中立」其實並不存在，在當前，強調文學的「民國」意義，其主要目標是為了那些為「現代」敘述所遮蔽的文學現象入史，問題在於，被「現代」所遮蔽的文學現象主要是什麼呢？是「非現代」的傳統文學樣式嗎？在我看來，這些「非現代」的傳統文學樣式固然也存在被遮蔽的現實，但是更大的被遮蔽卻存在於對整個文學史演變細節的認識和理解之中，無論是來自前蘇聯的革命史「現代觀」還是來自今日西方現代性知識話語的「現代觀」，都形成了對中國社會具體歷史情境的種種忽視。

例如前者的「反封建」之說——問題在於，中國歷史的進程本身就具有相當的特殊性，並不存在近似於西歐中世紀式的「封建制」，秦帝國形

---

12 陳福康：〈應該「退休」的學科名稱〉，原載 1997 年 11 月 20 日《文學報》，後收入《民國文壇探微》，上海：上海書店，1999 年。

成的一直延續到晚清乃至在民國依然影響深刻的專制集權統治與思維的「封建專制」並不是一回事，封土建國的「封建」時期是在秦始皇建立中央集權制之前，尤其是西周，到了東周時期，諸侯小國逐步被兼併成大國，直到秦國併吞六國，建立的是郡縣制的中央集權制，早在晚清一代覺悟的知識分子那裡，與其說是要「反封建」不如說是「反秦制」，譚嗣同的名言是：「常以為二千年來之政秦政也，皆大盜也。」[13]與其說民國的「現代」意義是「反封建」，毋寧說就是從實施秦政的「帝國」走向「民國」之後，以「三民主義」、「憲政理想」為旗幟的走出傳統專制主義的努力，當然也包括後來的中國共產黨人繼續反對國民黨獨裁壓迫、追求共產主義理想的努力，「反封建」一說雖然源遠流長，影響深遠，但是嚴格說來，依然似是而非。

後者如現代性批判中的「兩種現代性」之說，但在事實上，這樣的分類在中國文學中卻是混沌不清的，李歐梵先生一方面正確地指出：在中國，基本上找不到「兩種現代性」的區別，大多數中國作家「確實將藝術不僅看作目的本身，而且經常同時（或主要）將它看作一種將中國（中國文化，中國文學，中國詩歌）從黑暗的過去導致光明的未來的集體工程的一部分。」[14]但是，在另外一方面，他卻對中國文學在「五四」時代所追求的這種現代性缺乏足夠的同情與認同：「中國『五四』的思想模式幾乎要不得的，這種以『五四』為代表的現代性為什麼走錯了路？就是它把西方理論傳統裡面產生的一些比較懷疑的那些傳統也引進來。」[15]為什麼會出現這樣的情況呢？其實就是我們還不能真正回到民國歷史的現場。置身於中國文學發生發展的歷史情景中，我們就會知道，單純運用這些「現代性」知識是無法準確描繪中國文學獨特遭遇與選擇，五四新文化運動不是輸入了一個什麼抽象的「現代」觀念，而是如郁達夫所說「第一要算『個人』的發現」，[16]如果說西方現代作家是在超越世俗文化的基礎上實現了精神的同一性，那麼中國現代作家卻正是在重新建構自己的世俗文化的基

[13] 譚嗣同：《仁學・二七》，見周振甫選注：《譚嗣同選注》（中華書局，1981 年），頁 147。

[14] 轉引自賀麥曉：〈中國早期現代詩歌中的現代性〉，《詩探索》4 輯，1996 年。

[15] 李歐梵：《徘徊在現代和後現代之間》（上海：三聯書店，2000 年），頁 153。

[16] 郁達夫：《〈中國新文學大系〉散文二集導言》，上海：良友圖書公司，1935 年。

礎之上體現了某種精神的同一性。在反抗專制、建設「民國」的過程中，中國知識分子的物質需求與精神需要同等重要，批判專制文化的「傳統」與批判資本主義的罪惡同等重要，這裡所呈現的價值需求、文化分割與資源依託都與西方完全不同，像這樣從西方的「現代性」概念出發觀察中國現代文學的方式，其實並沒有為中國文學的問題敞露更多的細節。在這些地方，包括在與受西方知識體系影響的海外漢學的商榷方面，都還需要在民國歷史的發展中辨認我們自己的「價值」。

當然，提出「民國文學」也存在對民國時期的文學現象加以研究、闡發的思路。在這個時候，大量的文學現象的確都可以成為我們整理、分析的目標，而研究本身就是一個不斷去除遮蔽，釋放被掩蓋資訊的過程，在這個意義上，將那些為「現代」遮蔽的「非現代」文學現象加以發掘自然也有其不可替代的意義，而且在「民國文學」現場情況並不清楚的今天，各類文學材料的挖掘整理實在必不可少。

在這個意義上，我主張目前對「民國文學」的研究目標持一個寬容的態度：既大力提倡返回民國歷史現場，重新梳理中國文學重要事實的學術，也需要盡可能窮究各種文學現象的學術，對於一段長期被壓抑、被混淆的歷史，目前最缺乏的是學術界一致的努力，既要有理論建構，也要有史料發掘，既要有歷史觀的辨析，又要有大量文本的再解讀，既要有新的價值體系的建立，也要有最基礎的被遺忘的材料的梳理，既需要個性鮮明的思想開拓，也需要同舟共濟的奮力並行，只有這樣，一個新的學術空間才能夠出現並逐漸邁向成熟，而更高品質的學術成果包括有份量的《民國文學史》的問世，都必須建立在這樣一個成熟而富有對話機制的學術空間當中。

三、「民國機制」何求？

民國時期文學值得我們挖掘和剖析的「民國性」我稱之為「文學的民國機制」，在〈中國現代文學史敘述範式之反思〉一文中，我將發掘「民國機制」的思路概括為「在具體的國家歷史情態中考察中國文學的民國特性」，[17]顯然，從大的方面說，這種歷史文化的批評依然屬於傳統的文學

[17] 李怡：〈中國現代文學史敘述範式之反思〉，《中國社會科學》第 2 期，2012 年。

社會學的研究方式。於是，有對「民國文學」概念有所質疑的學人表達了這樣的困惑：既然已經有了傳統的研究，為什麼還要提出「民國機制」的研究？

在我看看，恰恰因為傳統的歷史文化批判存在種種的問題，所以需要在進一步的文學研究中加以完善和調整，針對中國現代文學提出的「民國機制」首先就是一種有效的完善方式。

《孟子・萬章下》謂：「頌其詩，讀其書，不知其人，可乎？是以論其世也。是尚友也。」這就是今天人們常常說到的「知人論世」閱讀與批評方法。章學誠《文史通義・文德》對此進一步解釋道：「不知古人之世，不可妄論古人之辭也。知其世矣，不知古人之身處，亦不可以遽論其文也。」[18]按照這個說法，中國文學的歷史文化批評「古已有之」，而強調文學與社會歷史的聯繫似乎就是一個由來已久的顛撲不破的道理，未來一切相似的理論包括來自西方的文化批評都統統可以納入這個範疇。但問題在於，所謂的「知人論世」其實本身相當的籠統和模糊，朱自清《詩言志辨》就曾經指出，孟子的「知人論世」，「並不是說詩的方法，而是修身的方法」[19]，當代學者也指出，孟子之說「實際上只是一種隨感式的評論，缺乏嚴密的內在邏輯性，因此，『知人論世』研究範式本身的理論內涵便隱含著三重意義指向：其一，讀者經由『頌其詩，讀其書』，然後才『知其人』；或讀者經由『頌其詩，讀其書』而達到『論其世』；或讀者經由『頌其詩，讀其書』，從而『知其人』，並進而『論其世』。其二，與之相反，讀者因為先『知其人』，然後才由『頌其詩，讀其書』；或讀者為『論其世』而『頌其詩，讀其書』；或讀者為『論其世』、『知其人』，而去『頌其詩，讀其書』。其三，以上兩種兼而有之。」在實際操作中，「『知人論世』的文學研究範式便先天性地秉賦了兩種痼疾：首先，它往往導致一種先入為主的文學闡釋活動，讀者不惜淡化其應有的審美感受，並忽略作品文本獨具的審美特性，而直接地將對作者或對社會的先驗理解用於對作品的解讀，以求得到一種貌似符合邏輯的有序的推理，和一種『終

[18] 章學誠：《文史通義・文德》（中華書局，1961 年），頁 60。
[19] 朱自清：《詩言志辨》，《朱自清全集》第 6 卷（江蘇：教育出版社，1996 年），頁 153。

極審判』式的獨斷定論。」[20]例如，在儒家「詩教」觀照下，「知人」往往被簡單化為一種道德評價，「論世」則淪為線性因果的政治決定論。

進入現當代以後，對我們思維產生決定性影響的馬克思主義也一向強調社會歷史之於個人精神創造的巨大決定作用，所謂存在決定意識，經濟基礎決定上層建築等等。所以早在新時期到來之前，文學的社會歷史批評幾乎就是我們唯一的研究方式。法國著名文學社會學家雅克・萊納爾德指出：「從 19 世紀開始，馬克思主義就給了文學方面的社會學研究一個很好的出發點。」[21]但是，眾所周知，在那個「唯一」的時代，我們是將馬克思主義的文學社會學與庸俗社會學混為一談，將文學的豐富性簡化為階級鬥爭政治直接反映，不是深化了對文學的認識反倒是造成了對文學的諸多傷害。

1980 年代，西方古典的社會學研究傳入中國，包括維柯的「特定時代、特定方式」說、斯達爾夫人的「民族精神」說、丹納的「種族、時代、環境」三動因說和聖伯甫的傳記批評等，對新時期中國文學研究界影響巨大。借助對「文化」的寬泛理解，各種「文化」現象與中國現代文學的關係都成了我們學術研究的新課題，諸如政治文化與文學、區域文化與文學、宗教文化與文學、校園文化與文學等等，這些研究連同 1990 年代以後興起的文學體制、文學制度研究一起，從根本上衝破了「唯一」時代的庸俗社會學的藩籬，將中國文學研究帶入到一個生機勃勃的新天地。在這個時候，「文化」扮演的是與建國後前三十年庸俗的政治批判相對立的角色，正如當時有學者所說：「『走出文學』就是注重文學的外部特徵，強調文學研究與哲學、社會學、政治學、民族學、心理學、歷史學、民俗學、文化人類學、倫理學等學科的聯繫，統而言之，從文化角度，而不只是從政治角度來考察文學。」[22]不過，類似的文化研究在取得自己顯著的成績之時卻也相對忽略了對作家主體性的深入挖掘，彷彿就是這林林總總的

[20] 郭英德：〈論「知人論世」古典範式的現代轉型〉，《中國文化研究》秋之卷，1998 年。

[21] 見張英進、于沛編：《現當代西方文藝社會學探索》（福州：海峽文藝出版社，1987 年），頁 68。

[22] 黃子平、陳平原、錢理群：《20 世紀中國文學三人談》（北京：人民文學出版社，1988 年），頁 61

「文化」直接造就了作家的創作，形成了我們中國現代文學基本面貌，作家自身生命感受的複雜性、藝術創造的可選擇性在很大的程度上被簡化了，社會文化、歷史過程與文學之間的若干「仲介」環節往往不甚分明。

1990年代至今，又從西方傳入了「文化研究」，並逐漸成為我們學術的主流趨向之一。如果說，前述的各種「文化視角」的研究主要還是透過文化來觀察文學的發展演變，即運用各種文化學說的成果來剖析文學的品質和趣味，那麼如今的「文化研究」則是打破了文學與各種社會文化之間的間隔，將文學作為社會文化關係版圖中的有機元素，其重點不在品味文學的審美個性，而是掂量和解剖其中的「文化意義」，特別是熱衷挖掘社會結構中種種的階級、權力、性別與民族的關係。這顯然大大地拓寬了我們的眼界，為我們關注尋覓文學細節與歷史細節之內在聯繫打通了思路。不過，「文化研究」理論的西方淵源也註定了它的一些關注中心（如後殖民主義批判、文化／權力關係批判、種族與性別問題、大眾文化問題、身分政治學等）與我們的「中國問題」之間並不都能夠重合。

從總體上看，我們宣導發掘「民國文學機制」，就是在汲取以上社會歷史的批評方法各自優勢的基礎上實現新的學術的超越。這種超越的方式有二：

通過充分返回民國歷史現場、潛入歷史細節實現對各種外來理論「異質關注」的超越。無疑，我們觀察、思考的諸多角度都會得益於1980年代以降的「文化視角」、1990年代至今的「文化研究」，還有馬克思主義的社會歷史批評等等，但是，我們同時也必須返回到中國國家社會的情境——民國社會歷史的具體場景之中，經過自己的體驗感受到中國文學自己的問題，並以此為基礎實現對外來理論中自然存在的「異質關注」的過濾，過濾之後的歷史文化批評一個最大程度地貼合於中國社會歷史的細節，或者說是在中國社會歷史元素的醞釀之中「再生長」的結果。

通過充分返回中國作家的精神世界、發掘其創造機能實現對文學的「外部研究」的超越，努力將「文學之內」與「文學之外」充分地結合起來。「民國文學機制」一方面要充分展示文化視角研究及文化研究的所長，但另外一方面，它又不同於純粹的文學外部研究，「機制」不等同於「體制」和「制度」，「機制」之中除了有「體制」和「制度」因素外，還有人主觀努力的因素，或者說中國作家努力實現自己創造力的因素。從「體制」的角度研究文學，我們考察的是政治、法律、經濟對於文學形態（內容和形式）的影響，從「機制」的角度剖析文學，需要我們留意的則不僅是作家如何「適應」政治、法律與經濟而創作，重要的還包括他們如何反抗這些政治、法律與經濟而創作，並且在反抗中確立和發展自己的精神追求。民國時代的政治、經濟危機促進了左翼作家的現實批判，批判現實的黑暗絕不僅僅是現實政治與經濟的簡單「反映」，它更是中國作家主動的、有意識的選擇；民國時代的書報檢查相當嚴苛，大批「不合時宜」的文學成為反覆掃蕩的對象，但顯而易見，民國文學並不是這些掃蕩的殘餘之物，掃蕩的間隙，產生了異樣的「鑽網」的文學，生成了倔強的呼喚自由的「魔羅詩力」。

研討文學的民國機制，將帶來中國文學歷史文化研究的全新格局。

（本文發表於《理論學刊》，2013 年 5 月）

回答關於民國文學的若干質疑

■張中良

作者簡介

筆名秦弓，1955 年 2 月出生於黑龍江省哈爾濱市。先後畢業於吉林大學、武漢大學、中國社會科學院研究生院，1991 年獲文學博士學位。1991 年 4 月至 1992 年 3 月在日本東京大學東洋文化研究所任外國人研究員。曾任中國社會科學院文學研究所研究員、現代文學研究室主任、中國社會科學院重點學科現代文學學科負責人。現為上海交通大學特聘教授、人文學院中文系主任，《文學評論》、《中國現代文學研究叢刊》編委，《抗戰文化研究》主編（與李建平並列）。出版《中國現代小說的敘事風貌》、《五四時期的翻譯文學》、《五四文學：新與舊》、《抗戰文學與正面戰場》、《民族國家概念與民國文學》等學術專著；在《中國社會科學》、《文學評論》、《外國文學評論》、《文藝研究》、《北京大學學報》等刊物發表論文一百五十餘篇，在《讀書》、《人民日報》等報刊上發表評論一百八十餘篇，還有《「人」與「鬼」的糾葛》等譯著。

如果說民國文學史的概念 1994 年見之於一套「中國全史」裡的《中國民國文學史》時，還只是參照歷代文學史的分法，標誌著一個時段，而沒有涉及多少民國賦予文學的意義的話[1]；那麼，2006 年秦弓提出「從民國史視角看現代文學」，2009 年李怡闡述現代文學的「民國機制」，2011 年，吉林大學出版社推出湯溢澤、廖廣莉合著的《民國文學史研究》，則漸次進入民國文學史的意義層面[2]。民國文學史的概念構成了對既有文學史觀念及文學史敘述框架的挑戰，因而引起了學術界的關注，回應者漸次增多，質疑之聲也時有所聞。文學也罷，學術也罷，怕就怕一潭死水，而有質疑、有爭論，才有活力，才有利於發展。20 世紀中國文學的歷史進程中，五四時期的新舊文學、30 年代的左翼文學陣營與第三種人之間的論爭，在過分強調鬥爭哲學的時期，曾被敘述為單一的涇渭分明的是非立場、刀光劍影的搏殺關係。其實，對立的觀點各有千秋，在高調批評對手的同時，彼此卻默默地汲取對方的優長；兩個營壘的作家也有多重的交織，有些觀點不同的作家並不因論爭而影響友情，有的論爭文章在發表之前先請對方過目。今天，我們應該從歷史的經驗教訓中汲取養分，理性地對待質疑與批評，平心靜氣地討論問題，深刻反省自身立論的罅隙，努力使材料更為扎實、豐富，觀點更具說服力。

最近，讀到幾篇對民國文學及相關概念有所質疑的論文與評論[3]，其中不乏中肯的批評與深邃的見解，受益匪淺，感激自在不言之中。在這裡不做整體的評價，只是擇取幾個需要討論的問題試做回應。

1　陳福康：〈應該「退休」的學科名稱〉，《文學報》（初發 1997 年 11 月 20 日，後收《民國文壇探隱》，上海書店 1999 年版）、張福貴：〈從意義概念返回到時間概念——關於中國現代文學的命名問題〉，《文學世紀》第 4 期（香港，2003 年）等也從時段角度提出民國文學問題。

2　關於民國文學史的討論，李怡：〈中國現代文學史的敘述範式〉，《中國社會科學》第 1 期（2012 年）、周維東：〈中國現代文學研究中的「民國視野」述評〉，《文藝爭鳴》第 5 期（2012 年）、張桃洲：〈意義與限度——作為文學史視野的「民國文學」〉，《文藝爭鳴》第 9 期（2012 年），湯溢澤：〈鮮嫩的命題　庸俗的學界——對十年來民國文學史話題的幾點反思〉，《天涯論壇》（2013 年 1 月 23 日）等，已有所梳理，恕不重複。

3　趙學勇：〈對「民國文學」研究視角的反思〉，《中國社會科學報》，2013 年 11 月 1 日；韓琛：〈「民國機制」與「延安道路」——中國現代文學史研究的範式衝突〉，《文學評論》第 6 期，2013 年。

〈「民國機制」與「延安道路」——中國現代文學史研究的範式衝突〉（以下簡稱〈衝突〉）認為，「民國機制」是一種「發明」，「民國機制」還「試圖發明一個存在於民國時期的『文化公共空間』」。「這個多元一體、開放包容的意識形態國家機器，不過是研究者對於『民國機制』的再生產，其承載了當代自由主義知識者關於一個建立在憲政民主理念之上的『公共空間』的諸多想像，而非是處於亂世中的民國時代的真實反映。」而在我的理解中，發明與發現有所不同，作為學術話語的「民國機制」，與其說是「發明」，毋寧說是「發現」，是對以前未能察覺或刻意遮蔽的實存現象的揭示，是對歷史狀態與其機理功能的提煉與概括。以「發明」來指稱「民國機制」，這種語彙選擇的背後，潛含著對民國機制的客觀性與一定的可取性不願認同的心態。在多年養成的習慣認知中，民國等同於民國政府，因其糟糕透頂才被人民共和國取而代之，既然如此，有何機制值得正面闡揚？而實際上，民國是辛亥革命的勝利成果，是歷史悠久的中國在特定階段的國家實體，是一個充滿矛盾的歷史時期，民國有過美麗的憧憬與輝煌的建樹，也有晦暗的現實與最終導致其終結大陸治權的致命弊端，無論是正面還是負面，在其政治、經濟、軍事、外交、教育、文化（包括文學、藝術）諸方面，都客觀存在著「民國機制」。如果沒有「民國機制」的存在，袁世凱的皇帝夢怎麼只做了八十三天就被反袁的槍聲驚醒，直至一命嗚呼？張勳復辟的鬧劇怎麼可能灰溜溜地收場？曹錕賄選怎麼會受到天下恥笑？魯迅作為教育部科長級的僉事怎麼可能打贏狀告教育總長章士釗的官司，官復原職？張恨水包含抨擊官場腐敗內容的《春明外史》與《八十一夢》[4]怎麼可能在報紙上連載之後又得以出版？……「民國機制」需要的是發現、承認、提煉與闡釋，而非「發明」，更無須否認。歷史實存的「民國機制」始現於民國建立之初，而「延安道路」——即使考慮到論者是以「延安道路」來替代「革命中國」或者「共和國機制」（且勿論這種替代是否合適）——則要晚出數年，那麼，應該如何理解論者所說的「『民國機制』在其發生發展的歷史過程中，其實一直面臨著來自『延

---

[4] 一種說法是因當局派人威脅性地「勸止」，「八十一夢」只做了十四個，但張恨水並未因此受到實質性的懲處，《八十一夢》也能夠正常出版；另外，或可理解為「八十一夢」取「九九八十一」之數，本來也未必要寫足八十一個。

安道路』的挑戰並被取而代之」呢？〈衝突〉一文對「民國機制」乃至民國文學研究的諸多問題似乎存在著多重隔膜。

〈對「民國文學」研究視角的反思〉（以下簡稱〈反思〉）認為，民國文學視角「是一個文學史的『政治視角』而非文學視角的命名」，擔心「『民國文學』研究過分強調民國時期的政治文化、意識形態對文學的影響，很難發掘出真正意義上的文學」。另外的場合，也有學者提醒說民國文學研究不要因為關注民國的政治經濟背景而忽略了文學本身。的確，既然是文學史研究，應該把重心放在文學上面。此前，確曾有過過分強調政治文化而影響文學價值判斷的歷史教訓，譬如 20 世紀 50 年代至 70 年代現代文學研究中佔據主流地位的新民主主義視角即是政治視角，在這一視角之下，具有新文學首創之功的胡適被戴上了改良主義的帽子，學衡派等文化守成主義的價值被澈底否定，連新文學陣營積極參與的整理國故也被視之為開歷史倒車；在新詩文體建設上別樹一幟的新月派、民族危機愈益加重背景下應運而生的民族主義文藝運動等，因其曾經與左翼有過糾葛而被劃為支流甚至「逆流」；沈從文洋溢著生機與靈氣的湘西世界、錢鍾書富於智慧的《圍城》、張愛玲幽曲深邃的《金鎖記》等，要麼一帶而過，要麼一字不提；即便是曾經給予高度評價的左翼作家，在波詭雲譎的政治風波中一旦失勢，立即從主流位置跌入冷宮。

對現代文學具有相當解釋力的「現代性」視角以及延長了時段、而在總體上仍未超越啟蒙現代性的「20 世紀中國文學」視角，雖然比新民主主義視角要開闊得多，但是，畢竟也不是文學視角，而是文化視角。這些視角將符合所謂「現代性」標準的文學納入視野，而將不符合「現代性」標準的文學現象——諸如舊體詩詞、文言小說、文言散文（包括對仗工整的聯語、情真意切的書信、慷慨陳詞的通電、富於感情色彩的報刊評論、政府褒獎烈士辭、墓誌銘等），還有內涵與文體均新舊參半的作品，如白屋詩人吳芳吉哀憐被留洋學生拋棄在家鄉的女子淒苦命運的〈婉容詞〉等——排除在外。

事實上，民國文學視角並非單一的政治視角，而是本色的文學史視角。文學史屬於歷史與文學的交叉學科，既要考察文學賴以產生的社會文化背景，又要研究以作家作品為重心的文學現象，梳理文學發展的歷史脈絡。因為以往只注意到當局的文化統制對文學的壓抑與戕害，而迴避了作家基本生活空間的法律保障與文學作品的版權保障，多關注文壇的風雲變幻，而忽略了文學的經濟基礎，所以，在民國文學研究興起之初，較多地關注政治經濟背景的作用。

民國文學之所以讓質疑者指認為「政治視角」，恐怕也與多年來人們的認知中將民國視為民國政府的代名詞有關。正因為將民國理解為民國政府，才有把民國文學當作官方文學的誤解，才有學者發問：你們研究民國文學，那麼怎樣看待延安文學？前引觀點所出論文的標題就把「民國機制」與「延安道路」對峙起來，文中稱「右翼的『民國機制』」與「左翼的『延安道路』」。其實，民國機制用「右翼」來界定大有問題，民國之初所定的民主共和的建國方略是中華民族的共同選擇，是後來國共兩黨以及其他民主黨派幾度合作的基礎，如果是「右翼」，那麼，抗戰時期及其前後延安對民國機制之核心的「民主」高度認同又如何解釋呢？左翼文學確曾受到過政府的壓迫，但左翼文學仍能存在並發展，這一方面固然緣於左翼的頑強執著與策略調整，另一方面，也不能不承認民國體制還有一定的寬容度，沒有無底線的趕盡殺絕。抗戰時期，延安文學如同中國共產黨領導的武裝力量與敵後根據地一樣迅速壯大，正是民國政治格局下才能出現的現象。

民國文學視角由歷史與文學兩個維度交織而成。歷史維度追求真與善，通過社會文化背景、文學思潮、社團、流派、經典作品的產生與傳播等典型現象及其關係的還原，呈現出民國文學的整體風貌、發展脈絡及其複雜動因，揭示其價值追求。文學維度則要考察作家的創作機理與藝術個性、作品的文體結構與審美風格。

歷史維度，有助於呈現出多元文學的豐富性、整體性。民國文學包含多種文學形態，諸如新文學與舊文學、雅文學與俗文學、作家文學與民間寫作、文本文學與口傳文學、創作文學與翻譯文學、漢族文學與少數民族文學、都市文學與鄉村文學、中心區域文學與邊地文學、世俗文學與宗教文學，等等，洋洋大觀，多元並存，且相互交織、交匯互動。承認多元一體的豐富性，並不意味著否定新文學的主體價值。新文學以超越古代、近代白話的現代語體與新的文學樣式表現現代精神觀照下的現實與歷史、社會與自然，成為民國時期的主體文學，這是民國文學史歷史維度的題中應有之意，絕不會因為叫了「民國文學史」就導致對新文學之主體價值的否認，正如不會因為叫了「現代文學史」或「20 世紀中國文學史」就湮沒了新文學的主體價值一樣。民國本身就是現代的產物與標誌，民國文學以現代文體表現現代精神，可謂渾然一體，自在天成。這樣看來，說民國文學「這一命名或者視角的建構，缺乏整體性的『中國新文學』的眼光，只是把自『五四』以來的中國文學割裂成不同的政治區域、文化語境中的文學，既抽去了中國現代文學的『現代』靈魂，又模糊了中國新文學『新』與『舊』的本質界限和區別」，實在是對民國文學視角的誤解。民國文學與新文學、現代文學、20 世紀中國文學等概念，是從不同角度觀察與提煉的結果，它們之間的關係，不是非此即彼、你死我活的排斥關係，而是一種你中有我、我中有你的交織關係，相異互補、相依並存的共生關係。

民國的民主共和目標，特定歷史背景下形成的區域分割，從傳統向現代過渡的歷史演進，使得民國文學始終沒有形成鐵板一塊的局面，這是基本史實，承認這一點並進而做實事求是的分析，才是歷史唯物主義態度，反之，用「新文學」或「現代性」的觀念對文學施之以本質主義的處理，「整體性」固然是凸顯出來，但豐富性與複雜性卻多有遮蔽，如此「整體性」也就帶上了明顯的片面性。

文學史上的不同時代誠然有其相通之處，但每個時代又自有其特色，較之古代、近代與 1949 年 10 月以後，民國文學的自由性與開放性更為突出，這一特點或可名之曰「民國風度」。文學寫作者——傳統所謂文人、近代通稱作家，結社、辦刊相當自由，只要政治上沒有對政府構成明顯的威脅，即可公開或半公開地活動，被查禁的左翼文學刊物與作品，改頭換面仍有面世的可能。即使在國民黨當局加強控制之後，批評政府的文學作品仍有一定的生存空間。中間色彩的《現代》雜誌上，能夠刊出魯迅懷念左聯五烈士的〈為了忘卻的紀念〉與周揚對蘇聯社會主義現實主義的譯介文章，丁玲被國民黨特務祕密綁架之後，《現代》刊出丁玲失蹤專輯表示關注與抗議。不僅各種社團、流派盡可千帆競發、百舸爭流，而且同一社團、流派內也是姚黃魏紫、各有千秋，即便像左聯這樣政治性與統一性頗為突出的社團，其成員的創作也並非千篇一律。從小說來看，魯迅的《故事新編》在歷史與傳說的新編中錯雜著現代細節，貌似滑稽可笑的描寫中潛含著深邃的理性思考；茅盾的長篇小說《子夜》以細膩的筆觸書寫動盪的時代，吳越文筆描繪出現代的史詩；周文的川康書寫不僅映出了大雪山的奇詭風光，而且敘寫出邊地征伐的殘酷悽楚；蔣光慈筆下既有謳歌土地革命的《田野的風》，也有通過俄國貴族女子淪落風塵折射風雲變幻中個人命運的身不由己與女性生命感受的《麗莎的哀怨》……

源遠流長的中國文學史，在不斷的開放中汲取異質養分，獲得了新的資源，大者如東漢以來佛教文化的湧入，給中國文學帶來了彼岸的觀念、豐富的譬喻、曲折的敘事結構與俗白的語體，晚清以來異域文學的翻譯，帶來了西方文化的新觀念、新的小說敘事方法與話劇形式。然而，民國時期開放的範圍之廣、力度之大、影響之深，均超越前代。個性價值得到前所未有的尊重，傳統道德受到嚴峻的挑戰，文學觀念由古代的雜文學觀變為主要認可小說、詩歌、散文、戲劇四大體裁的純文學觀，小說由古代作者羞於署本名的「小道」上升為書寫世風人心的鐘鼎重器，白話詩成為時代流行色，舶來品話劇逐漸站穩了舞臺，散文中新增了報告文學等文體，白話語體在文學中升帳掛帥。開放引進，氣象萬千，心理小說、「私小說」、寓言體小說、幽默小說，心理刻畫別出心裁，自然描寫令人耳目一新；散文詩、十四行詩、自由詩、新格律詩、幽默詩、長篇敘事詩等閃爍著奇光異彩；獨幕劇、活報劇十分活躍，多幕劇臻於成熟；小品、雜文大放異彩。翻譯文學在總量上約占創作文學的二分之一，國別、民族、語種、文體等，沒有任何限制，顯示出中國文學海納百川的寬廣胸襟，翻譯文學也成為民國文學的有機組成部分。

如此自由、開放，與其說表現了現代性，毋寧說顯示出民國風度。在據稱已經相當「現代」的晚清，無此風景。繼「現代」之後的「當代」近三十年間，價值觀與創作多有倒退或扭曲，由於時勢的緣故，民國的經典有的無法再版，如老舍的《貓城記》、沈從文的一些作品，有的做政治性倫理性的修訂，如《駱駝祥子》；資深作家已經開了頭的傑作寫不下去，如茅盾的《霜葉紅於二月花》、老舍的《正紅旗下》；幾個年輕學子組織個哲學文學讀書會，就落得個鋃鐺入獄的結局，一部歷史劇或一篇歷史小說竟至「上綱上線」到莫須有的彌天大罪，輕則作者遭難，重則株連數千人，還有多少創作的自由、開放可言！民國風度將與弘放漢風、魏晉風骨、盛唐氣象、宋朝的理風雅趣一樣載入中國文學史冊。

一個時代的文學之所以區別於其他時代的文學，固然因為整體風貌不同，但其中具有標誌性的是經典作品。感謝〈反思〉的提醒，民國文學視角的研究，在發掘更多的這一歷史時段的作品、作家時，的確應該防止「使那些『末節』及『散沙』擠入文學史，使得現代文學史敘事更加臃腫，喪失文學史建構的價值和意義。」但是，〈反思〉認為，民國文學視角「是對現代文學經典意識的背離，對現代文學經典作家及現代經典作品的遮蔽、祛魅、淡化。」這裡顯然存在著誤解，前面談到民國文學視角與新文學、現代文學等視角不是非此即彼的關係，民國文學視角既不會罔顧歷史、全面否認人們公認的文學經典，也不會讓毫無含金量的「散沙」「擠入文學史」。經典的確立是一個不斷建構的過程，其間有時光的自然淘汰，也有雲翳剝去之後的簇新發現，還有公認經典的重新認識。譬如魯迅的雜文，曾經奉為經典的〈「友邦驚詫」論〉、〈學生和玉佛〉、〈中國文壇上的鬼魅〉等，在當時自然有其批評政府的理由，但今天如果放在民國歷史背景下來考察，恐怕就會發生疑問，因為政治立場與國家立場存在著尖銳的衝突，作家在團體與國家之間如何選擇成為一個不容迴避的問題。

茅盾的《子夜》誠然具有經典價值，但其創作於 1927 年 11 月至 12 月的另一部小說《動搖》，也當躋身經典行列。作品取名《動搖》，作者的主觀意圖，是要寫出「大革命時期一大部分人對革命的心理狀態，他們動搖於左右之間，也動搖於成功或者失敗之間」[5]。讀者的確可以在作品裡找到多種「動搖」，譬如：方羅蘭愛情觀念的波動，方太太新人意志的退縮，方氏夫妻關係的罅隙，傳統倫理觀念的撼動，革命者的迷惘，既定社會秩序的破壞，等等。然而，作品的主旨與最為成功之處，與其說是寫出了動搖，毋寧說是如實而深刻地表現了那個特定時代的動盪。

《動搖》以胡國光的出場來開篇，而且在後來情節的發展中這個人物始終處於主動的地位，這一設定其實改變了作者最初主要是想表現小資產階級革命者動搖的創作意圖。胡國光本是縣城裡的劣紳，但每當革命來臨時，他都要裝出一副激進的樣子，撈取好處。自從辛亥起義那年他仗著一塊鍍銀的什麼黨的襟章，開始充當紳士，十幾年來，無論政局如何變化，他的紳士地位都沒有動搖過。大革命到來，他裝成一副極左的面孔，終於投機得逞，當選為縣黨部執行委員兼常務。他贊同、煽動農民的過激行為，攻擊穩健派「軟弱無能，犧牲民眾利益」，蠱惑民眾拿革命手段打倒穩健

5 茅盾：《我走過的道路》（中）（北京：人民文學出版社，1984 年 5 月），頁 9。

派，惟恐天下不亂，乘機渾水摸魚，擇肥而食，既保護了自己的既得利益，又攫取了垂涎已久的種種獵物。最後，當省黨部終於發現了他的本來面目，下令查辦他時，他卻泥鰍一般溜走。胡國光這一人物不僅活畫出大革命中一類實際存在的投機分子，而且也讓古往今來所有投機派——打著冠冕堂皇的旗號，追求個人利益的最大獲取——現出了原形。

這類投機派的活動確實對大革命的失敗起到了推波助瀾的作用，但《動搖》所表現的歷史複雜性顯然不止於此。在作品裡，可以看到投機派的口蜜腹劍、狡詐陰險，也可以看到反動派的瘋狂反撲、殘忍報復。土豪劣紳唆使流氓搗亂，殺死童子團員，襲擊婦女協會，輪姦剪髮女子並殘害致死；叛軍反水，腰斬革命，屠殺革命黨人及群眾，等等慘劇，令人怵目驚心。作品還寫出了在革命陣營內部，也存在著導致革命夭折的病因。胡國光之所以能夠得逞，就有賴於這種病因的呼應。其一，當時革命黨人中間存在著一種較為普遍的激進盲動情緒，恨不能早晨一覺醒來便能看見人類大同，因而主張無條件支持群眾所有要求與行動的革命黨人大有人在，贊成「解放」婢妾尼姑孀婦並為之設立所謂「解放婦女保管所」的決議，也終於在縣黨部會議上通過，為後來胡國光等人將之變成淫亂所埋下了伏筆，使「共產共妻」的謠言有所坐實，敗壞了革命的聲譽。其二，群眾盲目的復仇情緒與無限的欲望像一座一觸即發的活火山，因而，胡國光的偏激主張每每能夠得到多數的贊同。土豪劣紳造謠說，革命就是「男的抽去當兵，女的拿出來公」，南鄉農民也很容易信以為真，要將多餘的或空著的女子分而有之用之。他們攻進土豪黃老虎家裡，搶來十八歲的小妾，又把一個將近三十歲的寡婦、一個前任鄉董家的十八歲的婢女、還有兩個尼姑帶到群眾大會會場，爭執不定之後便用古老的抽籤辦法分妻。宋莊的夫權會前來干涉，南鄉的農民便集合起一千多人的大軍去掃平夫權會，吃了「排家飯」後，立刻把大批的俘虜戴上了高帽子，驅回本鄉遊行。這些「俘虜」未必都是土豪劣紳及其走狗。縣城的群眾大會上混戰一團，「解放婦女保管所」幹事錢素貞被扯破單衫褲，身上滿是爪傷的紫痕，動手的未必只是一小撮流氓。反動，殘殺，激起憤恨與悲痛，但另一面也有不介意、冷淡，或竟是快意，甚至「半個城是快意的」！流氓製造了殘害婦女的慘案之後，縣黨部的林子沖主張應該贊助群眾的要求，向公安局力爭，槍斃兇手。這自然是正義的主張。但此時方羅蘭的心裡異常的紛亂，三具血淋淋的裸體女屍提醒他復仇，流氓們的喊殺聲又給他以恐怖，「同時有一個低微的然而堅強的聲音也在他心頭發響」：

> ——正月來的賬，要打總的算一算呢！你們剝奪了別人的生存，掀動了人間的仇恨，現在正是自食其報呀！你們逼得人家走投無路，不得不下死勁來反抗你們，你忘記了困獸猶鬥麼？你們把土豪劣紳四個字造成了無數新的敵人，你們趕走了舊式的土豪，卻代以新式的插革命旗的地痞；你們要自由，結果仍得了專制。所謂更嚴厲的鎮壓，即使成功，亦不過你自己造成了你所不能駕馭的另一方面的專制。告訴你罷，要寬大，要中和！惟有寬大中和，才能消弭那可怕的仇殺。現在槍斃了五六個人，中什麼用呢？這反是引到更厲害的仇殺的橋樑呢！

方羅蘭的這一段心理話語，向來被我們的批評家與文學史家當作革命意志動搖的表徵，其實問題並不如此簡單。誠然，方羅蘭性格上有軟弱與猶疑遲緩的一面，這在上面的話語裡的確有所體現。但他並不是一個沒有主見、沒有定性的人。他一出場就對胡國光抱有警惕，粉碎了胡國光要當商會委員的陰謀，而後針對胡國光的一系列表面上激進而實際上居心叵測的言行予以揭露、回擊。面對流氓殘害婦女的暴行，他何嘗不感到震驚、憤怒與悲痛，當聞知流氓又向縣黨部衝來時，他也深感到「沒有一點武力是不行的」。與其說他的革命意志不堅定，毋寧說他性格中多了幾分柔弱少了幾分果決，在急需行動的時候，他耽於思索，在急需以眼還眼、以牙還牙的復仇時刻，他卻認准了「寬大中和」。然而，他對盲目的仇殺與新式專制的擔心卻並非毫無道理，簡直可以說的確包含著真理性的探詢。人的佔有欲和復仇欲等原始欲望被無節制地調動起來以後，其破壞力不可估量，如果任其宣洩氾濫，勢必在打破舊的不平等之際，釀成新的人間悲劇。方羅蘭並非放棄革命與暴力，而是對盲目的暴力表示憂慮，對專制的更迭表示懷疑。而這恰恰表明了知識分子的獨立思考精神。十月革命期間，俄國曾經發生了許多以「革命」的名義做出的殘酷暴行與醜惡勾當，諸如：私刑、訛詐、偷竊、搶劫以及由此引起的殺戮、行賄受賄、掌權的新貴欺壓百姓、內訌性的屠殺，等等，這些暴行和醜行明明是人類的原始本性不加節制的結果，與領導者的引導失誤有關，但卻被某些革命輿論工具稱作

「資產階級的挑撥離間」，或者被人當作「社會革命」的必然。高爾基對此深表憂慮，他說那些打著「社會革命」的旗號做出的違背正義、公道的行徑，實際上是在葬送革命的前途。他還說：「最令我震驚，最使我害怕的，是革命本身並沒有帶來人的精神復活的徵兆，沒有使人們變得更加誠實，更加正直，沒有提高人們的自我評價和對他們勞動的道德評價。」[6]高爾基的這一觀念在 1917 年 5 月至 1918 年 7 月於他所編輯的《新生活報》發表之後，長期被當作「不合時宜的思想」，不得收入《高爾基文集》，直到七十年後才重見天日。方羅蘭的思索長期以來不被認同，實在是不足為怪。但經歷了大半個世紀的風風雨雨，其價值理當得到重新認識。實際上，對方羅蘭的猶疑、思索，作者的敘事態度不盡是否定，在切合人物性格邏輯的描寫中，也滲透著作者一定程度上的認同。作品中方太太說到自己並未絕望時，有一句自我辯解的話：「跟著世界跑的或者反不如旁觀者看得明白；他也許可以少走冤枉路。」茅盾從牯嶺回到上海以後，並未急於尋找黨的組織，而是選擇了一種停下來思索的姿態。方太太的話未始不是他內心的一種聲音，方羅蘭的內心話語雖然並不就是作者的觀點，但大概也表露出一點他停下來思索的結果。從 1924 年國共合作，到 1928 年北伐戰爭結束，史稱國民革命，這是民國歷史的重要環節，而《動搖》正是反映這一歷史環節的經典之作，在民國文學視角下重讀《動搖》，不僅有助於確認茅盾的經典作家地位，而且有益於全面把握民國歷史，從中汲取深刻的歷史教訓。

孫毓棠長達七百六十餘行的敘事詩《寶馬》，以往重視不夠，如果將其還原到抗戰爆發前民族危機的背景下考察，就會體悟到其中蘊含的意義與力度。西元前 104 年、西元前 102 年，漢武帝兩次發兵進攻大宛國，終於獲勝，震懾了整個西域，開闢了中外交流新篇章，而且便利了整個東西方經濟、文化的交流。大宛國之戰後，漢朝「發使十餘輩抵宛西諸外國，求奇物，因風覽以伐宛之威德」。並在敦煌置酒泉都尉，派「田卒」數百人駐紮輪台，「屯田」供給漢王朝使節，並「領護」臣服於漢的西域外臣國。在此基礎上，漢宣帝神爵二年（西元前 60 年）在烏壘城（今新疆輪台東野雲溝附近）設立西域督護府（轄玉門關、陽關以西天山南北，西包

---

[6] 高爾基：《不合時宜的思想》，江蘇：人民出版社，1998 年 1 月。

烏孫、大宛、蔥嶺範圍內西域諸國——初為三十六國，後增至五十國）。經歷了複雜的歷史變遷之後，清乾隆年間，新疆正式納入中國的版圖。由於清朝官員的腐敗及民族政策的失誤，19 世紀新疆各地起義頻仍，沙俄與英國趁機插足新疆，企圖將新疆劃入自己的勢力範圍。經左宗棠等率清軍奮戰，終於收復了新疆，於 1884 年開始實行與內地一樣的省制。清朝為民國所更替之後，國家的版圖完整地繼承下來。但是，1921 年 7 月外蒙古宣布獨立，對邊疆穩定形成巨大的衝擊。1928 年到 1933 年，圍繞著新疆最高權利的交替，新疆也進入了一個社會動亂和政治動亂持續不斷的歷史時期。新疆的政治獨立性與財政獨立性激增，中央政府在新疆的政治影響力明顯下降。政界與知識界對新疆問題都十分關注，知識界提出了兩種不同的意見：一是「派遣大員論」，以宣撫為基礎；再一種是「派遣軍隊論」，主張以武力鎮壓為基礎。孫毓棠一向關注中外關係，學士論文即為《中俄北京條約及其背景》，此時，他作為專攻兩漢史的歷史學者，對新疆問題決不會漠然無知。另一方面，日本帝國主義步步進逼，全面侵華戰爭一觸即發。在這種情勢下，聞一多建議他以李陵故事為題材寫敘事詩，他自然難以接受，反而很容易想到李廣力征大宛國的故事。他回到中國古代文獻裡去，用心體會歷史情境與民族精神，在內憂外患的重重危機刺激之下，終於僅用十幾天工夫就寫成了這首大氣磅礴的長詩。孫毓棠在〈我怎樣寫《寶馬》〉[7]裡袒露了自己的創作動機，他說，伐宛「這件事在中國民族的歷史中當然具有相當重要的地位，它是張騫的鑿空及漢政府推行對匈奴強硬政策的必然的結果，這次征伐勝利以後，漢的聲威才遠播於西域，奠定了新疆內附的基礎。在今日萎靡的中國，一般人都需要靜心回想一下我們古代祖先宏勳偉業的時候，我想以此為寫詩的題材，應該不是完全無意義的。」「已往的中國對我是一個美麗的憧憬，愈接近古人言行的記錄，愈使我認識我們祖先創業的艱難，功績的偉大，氣魄的雄渾，精神的煥發。俯覽山川的雋秀，仰瞻幾千年文華的絢爛，才自知生為中國人應該是一件多麼光榮值得自豪的事。四千年來不知出頭過多少英雄豪傑，產生過多少驚心動魄的故事。回想到這些，彷彿覺得中國人不應該弄到今天這樣萎靡飄搖，失掉了自信。這或許是因為除了很少數以外，國人大半忘掉了自己

7 孫毓棠：〈我怎樣寫《寶馬》〉，天津《大公報・文藝》，1937 年 5 月 16 日。

的祖先，才弄到今日國中的精神界成了一片荒土。當然，到今日的中國處處得改善，人人得忍苦向前進；但這整個的民族欲求精神上的慰安與自信，只有回顧一下幾千年的已往，才能邁步向偉大的未來。這話說出來似乎很幼稚，但這是我個人一點幼稚的信念，因此我才寫《寶馬》這首詩。」

正是在 20 世紀 30 年代的特定背景下，基於如此動機，對祖先宏勳偉業的自豪感貫穿了《寶馬》全篇。第一節寫漢朝「天下第一處富麗堂皇的國度」時，字裡行間流溢出敘事者發自內心的讚歎，後來又借姑師王之口稱讚「大漢的威嚴」。詩中說到「他們要囊括四海，席捲八荒，都因為／這是先祖先宗遺留的責任」，這裡用的是複數，可見不只是漢武帝的個人意志，而是在當時歷史背景下「猛將忠臣」所代表的強勢民族的集體意志。所以，當大宛國拒絕獻寶馬且有辱漢使的消息傳來，天子下令西伐大宛後，「鼉鼓一聲敲，萬人的歡呼直沖上／雲霄，旌旗搖亂了陽春的綠野」，將士喊的誓詞是：「為爭漢家社稷的光榮，／男兒當萬里立功名。這一程／不屠平貴山，無顏再歸朝見天子。」雖說「萬人的歡呼」不無奴性的服從與庶民的盲動，但也確有民族尊嚴感、社稷責任感在起作用。正因為有了這種精神，我們才能聽到將軍對玉門都尉的回答：「丈夫該終生以塞外為家，有鋼刀／還怕什麼天地的災異！」這很容易讓人聯想起唐代邊塞詩「伏波惟願裹屍還，定遠何須生入關」，「黃沙百戰穿金甲，不破樓蘭終不還」的豪邁氣概；我們也才能理解漢軍何以能夠闖過征途上的暴風狂沙、冷風寒冰、天山大雪，在攻城中捨生忘死、前仆後繼，硬是從屍體堆成的山陵登上城堞，迫使大宛國降漢。

也許與歷史學者深邃的洞察力和超越性的思考有關，《寶馬》宏大的結構與精緻的細節所蘊涵的內容極其複雜。這裡沒有偏激的情緒宣洩，沒有單一的歌頌和貶抑，多條線索相互交織，多種色調渾融一體，雄渾蒼涼的畫卷展示出歷史的原生態，但分明已經經過了理性的燭照。戰爭是殘酷的，和平是美好的，戰爭在破壞安寧之後贏得了更大的安寧。衝鋒陷陣是可敬的，但血肉之軀的毀滅又是何等的淒慘。勝利是光榮的，但光榮的代價又是多麼的沉重。盟約時，「兩軍啞著疲憊的喉嚨歡呼出萬歲」；凱旋回到玉門關時，當初浩浩蕩蕩出關的十六萬八千四百多壯士及十三萬匹牛馬、無數的驢騾與橐駝，只剩下「瘦馬七千，和一萬來名凹著頰拖著腿的像幽魂的老騎士」。將軍捧牒封侯，校尉除官加爵，寶馬也敕封為「天馬」，而「殘傷的兵卒人人也都拜奉了皇恩：／四匹帛，二兩黃金，還有輕飄飄的／一頁還鄉的彩關傳。」更有十幾萬父兄長眠玉門關外。結尾的兩個傳說更加強化了征宛之戰的矛盾性，一個肯定了征宛的功績，另一個傳說則說天馬具有神奇功能。這與其說是傳說，毋寧說是黎民百姓對和平安寧的由衷期待。如此複雜的社會意蘊，顯然不能簡單地評斷說《寶馬》是歌頌漢武帝的或是諷刺「窮兵黷武」、反戰的。它是一部真實表現歷史原生態的史詩，一部深邃洞察歷史複雜性的史詩，一部寄託著詩人憂國之心與民族性格理想的史詩。而這一獨特品格，離開題材的歷史背景與詩人創作的民國時代則無法準確把握。

通過現實題材的《動搖》與歷史題材的《寶馬》之分析，可以看出民國文學視角非但不會遮蔽、沖淡真正的文學經典，反而會發掘出曾經被遮蔽的經典，深化對公認的經典的認識；進而言之，民國文學視角非但不會壓抑文學性，反而能夠促進文學性的解放與發揚；這樣也才有助於保持中國現代文學學科的「鮮活性、豐富性與動態性」（〈反思〉）。

（本文發表於《學術月刊》，2014 年 3 月）

專題論文

《中央日報》副刊與民國文學

主持人語

■張武軍

《中央日報》做為中國國民黨的中央直屬黨報，有著其特殊的時代地位與代表性，自民國 17 年 2 月（1928 年 2 月）在上海創刊，至民國 95 年（2006 年 6 月）迫於經營壓力於台灣停刊，前後將近 80 年的歷史進程，堪稱中國歷史上影響最大的報紙之一。它先後在上海、南京、武漢、重慶、台北等地出刊，見證和承載了時代的滄桑與歷史變遷。值得注意的是，不僅是《中央日報》本身，其文藝副刊也在民國文學史上佔有重要地位，然則，台灣和大陸學界對《中央日報》副刊都缺乏應有的關注。基於此，本刊乃著手策劃「《中央日報》副刊與民國文學」專題，期望透過對《中央日報》副刊的整體梳理和研究做出貢獻，同時推進「副刊學」和「民國文學」的研究。

基於這樣的學術探索，本次專題一共刊發了張武軍、田松林、金黎、陳靜、趙麗華、王婉如的 6 篇論文。這一系列論文通過在原始資料的整理和耙梳基礎上，對不同時期的《中央日報》副刊進行分析和探討國民黨人的文學理念和文學活動。如田松林對民國 17 年（1928 年）上海《中央日報》的《摩登》副刊考察，著重在有關文學和革命、摩登（現代性）的重新思考；王婉如對早期《中央日報》副刊中「革命」與「反革命」話題的精彩分析；張武軍和金黎對《中央日報》和抗戰文藝關係的全新闡釋；陳靜和趙麗華對抗戰結束後國民黨文藝理念的重新建構這一話題的探索，都是對《中央日報》副刊細緻研究後的成果體現。這些論述既帶給我們對國民黨文藝的更深入理解，也帶給我們對整個民國文學歷史進程的全新認知，同時對「副刊學」研究產生了部分的推進性作用。

《中央日報》副刊與抗戰文學的發生

■張武軍[1]

作者簡介

1977 年生，現為西南大學文學院教授，重慶中國抗戰大後方中心教授。2014-2015 年，在政治大學以「民國歷史與抗戰文化」為題進行訪學交流。在《文學評論》、《中國現代文學研究叢刊》等重要刊物發表論文三十餘篇；出版學術專著《從階級話語到民族話語——抗戰與左翼文學的話語轉型》、《民國語境與左翼文學民族話語考釋》、《魯迅研究》、《孩子應該讀的魯迅》、《中國現代文學的巴蜀視野》等多部，主持各種資助專案十餘項。近些年來主要從事抗戰文學和文化思潮研究，民國歷史文化與文學研究。

內容摘要

有關抗戰文學的發生，學界一直關注不夠，僅有的論述也大都側重於強調共產黨領導下的《新華日報》副刊以及左翼人士主導下的「文協」的成立。然而，重新考察和分析《中央日報》和《新華日報》副刊，從「盧溝橋主題藝術運動」的策劃到聯合作家們團結起來成立「文協」等全國性組織，都是由《中央日報》及副刊或台前或幕後所主導。事實上，《新華日報》副刊在抗戰時期的繁榮正說明了民國文學機制的有效性，從民國文學的視野出發，我們可進一步發掘抗戰文學的豐富性、多元性和開放性。

關鍵詞：《中央日報》、《新華日報》、民國機制、抗戰文學

---

[1] 基金專案：本文係中央高校基本科研專案重點專案「民國歷史文化與抗戰文學研（SWU1309379）、重慶抗戰大後方研究協同創新中心科研基金培育專案（CQKZ20130302）階段性成果。

一、前言

今天有關抗戰文學的發生，大陸的文學史基本上都會從「七七事變」後中共中央通電宣言這一歷史背景講起，然後談及《新華日報》的成立以及共產黨人和左翼作家主導下成立「文協」（中華全國文藝界抗敵協會）。唐弢等主編的《中國現代文學史》就是這樣描述的：「1937 年 12 月，以中國共產黨首席代表身分參加抗日民族統一戰線工作、擔任軍委會政治部副部長的周恩來同志來到武漢。他十分關心抗日文藝運動的開展，親自領導了以武漢為中心的國統區文藝運動。他通過武漢的八路軍辦事處和黨在國統區公開發行的《新華日報》，以及親身參加和組織各種抗日的文藝活動，……把聚集在武漢的大批文藝工作者組織起來，除了一部分輸送到延安和各個抗日民主根據地，絕大部分的文藝工作者，通過中華全國文藝界抗敵協會和郭沫若主持的軍委會政治部第三廳，都被吸收到抗日民族統一戰線中來，組成一支浩浩蕩蕩的抗日文藝大軍。」[2]在這樣的描述中，《新華日報》以及副刊之於抗戰文學的意義常常被強調，尤其是大家把《新華日報》和「文協」成立關聯起來，並由此證明了「文協」的成立是共產黨人和周恩來起到了主導作用。

然而，《新華日報》創刊於 1938 年 1 月 11 日，「文協」也是在 1938 年 1 月才開始籌備。那麼在這之前的文學思潮和文學動向呢？這可是真正關係到抗戰文學的發生問題，而且在此之前，左翼文學界圍繞著抗戰和民族話語曾經有過巨大的分歧，這就是著名的「兩個口號」之爭。從「兩個口號」的巨大分歧到形成全國一致的抗戰文藝，這很顯然並不是一個簡單的過程。然而，有關左翼文學的話語轉型和抗戰文學的發生，我們總是籠統地描述為自然而然的發生或含混地一筆帶過。1980 年代，樓適夷在為《中國抗日戰爭時期大後方文學書系》作序時就提到：「盧溝橋事件與八一三上海全面抗日戰爭的爆發，使一時展開的所謂兩個口號的內部論爭，自然歸結為一個口號：『抗戰文藝』，使所有文藝工作者都站在這面共同

---

[2] 唐弢、嚴家炎主編：《中國現代文學史》（北京：人民出版社，1989 年），頁 3-4。

的大旗之下了。」[3]作為《新華日報》的《團結》副刊的主編，樓適夷也參與了「文協」早期的籌備工作，他的這一闡述很具有代表性，然而「自然歸結為」抗戰文藝的說法太過簡單和含混。其實，「兩個口號」論爭期間，就有人提出過抗戰文藝這一說法，例如楊晉豪在「兩個口號」論爭時期就提議：「為了使現階段的中國文藝運動，能有一個更自然，更正確而且更通俗的文藝口號起見，所以我特在已存兩個口號——『國防文學』和『民族革命戰爭的大眾文學』——之外，另又提出了『抗戰文藝』這一口號。……『國防』和『抗戰』在中文的意義上顯然是很有出入的。前者是對於正在侵略進來的敵國外患作防禦，而後者是對於已經侵略進來的敵人以及壓榨的人們立即作反抗的戰爭；前者是局限於一時間性一國家性的，而後者則是有延續性與國際性的；為了這一點意義，我另提出了『抗戰文藝』這一新的文藝口號，大概不至於被人誤認為是故意標新立異吧！」[4]然而，楊晉豪提出的「抗戰文藝」這一合理的說法在當時並沒有獲得左翼文學陣營的認可，由此可見，就左翼文學立場來看，抗戰文藝「自然而然」產生在邏輯上很難說清楚。

不僅大陸學界忽略抗戰文學發生這一重大命題，台灣及海外其他地區，也忽視甚至是有意迴避這個問題，因為在他們看來，抗戰文學的發生，總不免和左翼文學牽扯到一起。正如台灣一學者後來所總結的：「為何大家避談抗戰文學呢？一談到抗戰文學，就難免涉及卅年代文學及作家，一提到卅年代文學及作家，就感覺到有如燙手的山芋，總認為那是『左傾文學』」，這位學者也強調因為不願涉及「左傾作家」而避談抗戰文學，「實則這是『因噎廢食』的不智之舉」[5]。然而，這位學者所反思的現象在台灣學界是極為普遍的，所以在有關抗戰文學的發生問題上，他們會特別強調「左翼」文學界內部的矛盾、分歧，以及兩個口號最終被拋棄，以此來證明左翼和共產黨人在抗戰文學發生和發展過程中幾乎沒有什麼影響力。例如李牧在他的《三十年代文藝論》中談到，「其實，這兩個口號都是笨拙

---

3 樓適夷：《中國抗日戰爭時期大後方文學書系》，〈第一編：文學運動‧序〉（重慶：重慶出版社，1989 年），第 2 頁。

4 楊晉豪：〈〈現階段的中國文藝問題〉後記〉，《「兩個口號」論爭資料選編》下，中國社會科學院文學研究所現代文學研究室編（1982 年），頁 1045-1047。

5 李瑞騰編：《抗戰文學概說》（台北：文訊月刊雜誌社，1987 年），頁 179-180。

的，抗戰而後，自然而然地都被淘汰而稱為『抗戰文藝』了。」[6]夏志清在他的《中國現代小說史》中，有專門一個章節題為「抗戰期間及勝利以後的中國文學」，夏氏大談特談「兩個口號」之爭，然後直接過渡到抗戰後共產黨人的文藝批判和文藝鬥爭，其言下之意是想表明，在抗戰文學中左翼文學界和共產黨人實際上起到的是破壞作用。

由此可見，不論是大陸的學界還是台灣及其他海外地區的研究界，大家對於抗戰文學的發生都不怎麼關注，或者選擇各取所需的迴避。因此，我們要考察抗戰文學的發生，就必須回到當時的歷史語境中，而兩大政黨的黨報文藝副刊顯然能夠提供給我們有關抗戰文學發生的諸多歷史細節。

二

我們只要認真翻閱《中央日報》及其副刊，就不難發現，在每一次中日衝突時，《中央日報》副刊都展現出極其鮮明的抗戰姿態。「九一八」事變後不久，由王平陵、黃其起、何雙壁主編的《青白》副刊，改名為《抗日救國》特刊，把民族主義文藝的命題具體化為抗日救國的文藝，可以說這是較早提出抗戰文藝的呼聲。

1937 年盧溝橋事變發生後，當時大家還未意識到這一事件會成為中日全面戰爭的開始，《中央日報》副刊先於主刊對此事作出強烈回應，文化文藝團體比軍政人員表現出更積極的抗戰姿態。7 月 12 日，《中央日報》副刊《中央公園》幾乎開闢了盧溝橋專版，刊載蔣山的〈關於盧溝橋〉、徐亞的〈盧溝橋〉，還配有大量的盧溝橋圖片如〈盧溝橋石獅之一〉、〈橋上之御碑亭〉、〈由橋上遙望宛平〉等[7]。7 月 13 日，《中央日報》刊登了署名抱璞的〈民族抗戰聲中談談盧溝曉月〉，這不僅是首次有人提出把文藝和民族抗戰關聯起來，也是整個《中央日報》自七七盧溝橋事件來首次出現「民族抗戰」的提法，「盧溝橋已成為我們和敵人血戰肉搏的

---

[6] 李牧：《三十年代文藝論》（台北：黎明文化事業股份有限公司，1973 年版），頁 101。

[7] 蔣山：〈關於盧溝橋〉，徐亞：〈盧溝橋〉，《中央日報・中央公園》，1937 年 7 月 12 日。

所在」[8]。7 月 14 日，《中央日報》第二版出現了〈京文化團體紛電慰抗敵將士〉的報導，副刊《中央畫刊》全版都是盧溝橋和北平的名勝圖以及抗戰現場圖。7 月 15 日，《中央日報》刊登〈京文化界紛電當局，戮力殺敵捍衛國土〉的報導，在當天的副刊《貢獻》上，刊登了詩歌〈盧溝橋是我們的墳墓〉[9]，來謳歌二十九軍將士誓死守衛盧溝橋的抗戰精神，「盧溝橋是我們的墳墓」，這是守城將士當時喊出的口號，在前面的〈民族抗戰聲中談談盧溝曉月〉中也特別描述了這一情形。7 月 17 日，《中央日報》刊登了〈南京文化界商禦侮方針〉，這是一次南京文化界和文藝界的大聚會，由《時事日報》的副總編輯方秋葦、《中央日報》副刊的重要編輯王平陵等人聯名發起。在此之後的《中央日報》各個副刊，如《中央公園》、《電影周刊》、《貢獻》等各個副刊版塊，基本上都是圍繞著盧溝橋為題材以民族抗戰為主旨的詩文和藝術作品。

7 月 25 日，《中央日報》刊登了〈首都報人勞軍公演，今日開始排戲，田漢昨日講述劇情及所需演員〉的報導，並附錄了田漢〈盧溝橋〉中的唱曲〈盧溝月〉這一段。這場首都報人的勞軍公演實際上是由《中央日報》的新聞記者和副刊人員號召起來的，從報導內容來看，是《中央日報》社同仁作為召集人並提供了《中央日報》大禮堂作為活動和排演地點，除了劇本的作者和擔任編劇的田漢之外，起到主要作用的還有《中央日報》的《戲劇週刊》、《戲劇副刊》的編輯馬彥祥、余上沅，以及他們所支持建立的「中國戲劇學會」等團體。8 月 8 日、9 日，《中央日報》接連預告、報導了正式公演的〈盧溝橋〉，這是一個由兩百餘報人動員演出，並委託聘請了上海戲劇界的一些明星，如作曲的冼星海和張曙，著名的演員胡萍、王瑩、金山、戴涯等客串演出[10]，首日演出後，《中央日報》對客串明星給予很高評價，「參加客串之諸君，均甚賣力，為劇本增色不少」[11]。南京報人集體公演的〈盧溝橋〉和兩天前上海演出的〈保衛盧溝橋〉，被公認為是抗戰戲劇乃至整個抗戰文學的頭炮。而且這兩個以「盧溝橋」命

---

[8] 抱璞：〈民族抗戰聲中談談盧溝曉月〉，《中央日報・中央公園》，1937 年 7 月 13 日。

[9] 一瞥：〈盧溝橋是我們的墳墓〉，《中央日報・貢獻》，1937 年 7 月 15 日。

[10] 〈首都報人聯合四大戲院慰勞抗敵將士公演，四幕新型偉大民族戲劇盧溝橋〉，《中央日報》，1937 年 8 月 8 日。

[11] 〈報人公演盧溝橋〉，《中央日報》，1937 年 8 月 10 日。

名的戲劇演出中，有不少人如洪深和馬彥祥是兩邊都參加，從宣傳和聲勢上來看，南京報人公演的〈盧溝橋〉更具影響力。這不僅僅是因為南京報人公演的〈盧溝橋〉有田漢這樣一位戲劇界的執牛耳者作編劇，洪深和馬彥祥這樣的知名導演參與，更是由於《中央日報》社的良好組織，聯合了各大頗有影響的新聞報人共同參與，在前期的宣傳和新聞炒作以及後期的報導和評論上更勝一籌。

從《中央日報》副刊的策劃和宣傳報導來看，他們很顯然不只是把〈盧溝橋〉話劇看做一個藝術作品，儘管這齣戲劇的確是《中央日報》副刊長久以來有關「盧溝橋」系列主題的最高呈現，在藝術上尤值得稱道，特別是田漢創作的插曲歌詞〈送出征將士歌〉、〈盧溝月〉、〈盧溝橋〉，經由張曙譜曲後，藝術魅力和感染力都大大提升。事實上，《中央日報》是把「盧溝橋」系列作品當作一場藝術運動，當作一場聲勢浩大的宣傳運動來搞，而圍繞著話劇〈盧溝橋〉的種種活動則是這場運動的頂峰。正如前文所粗略列舉的，在《中央日報》的副刊各個版塊，包括繪畫木刻、攝影插圖、舊體詩詞、音樂曲調、戲劇電影、遊記散文、歷史梳理等等，都緊緊圍繞著盧溝橋來展開。但很顯然，由兩百多人參演的戲劇〈盧溝橋〉在南京大華、國民、首都、新都四大劇院公演，其重要性怎麼強調都不為過。

首先，在《中央日報》系統地策劃「盧溝橋」藝術作品及話劇〈盧溝橋〉公演活動的帶動下，大量的「盧溝橋」戲劇和小說作品問世，例如張季純的〈血灑盧溝橋〉（《光明》3 卷 4 號，1937）、胡結軒的〈盧溝橋〉（《文藝》5 卷 1、2 期，1937）、蔣青山的〈盧溝曉月〉（《文藝》5 卷 1、2 期，1937）、李白鳳的〈盧溝橋的烽火〉（《戲劇時代》1 卷 3 期，1937）、陳白塵的〈盧溝橋之戰〉（《文學月刊》9 卷 3 號）、文賽閎的〈盧溝橋〉（劇作集《毀家紓難》，1938）[12]，此外還有張天翼等人集體創作的小說〈盧溝橋演義〉影響也較大。

其次，在〈盧溝橋〉的成功上演後，營造演出場面的宏大、追求參演人數的規模、強調演出性質的公演和募捐，成為戲劇演出界開始廣泛使用的操作範式，例如其後在武漢以《大公報》策劃的〈中國萬歲〉募捐公演

---

[12] 盧溝橋主題的戲劇作品參見李鋒統計的「七七國難戲劇」目錄。李峰：〈「七七國難戲劇」述評〉，《抗戰文化研究》（2010 年）。

為代表，在重慶以新聞界策劃的〈為自由和平而戰〉募捐公演為代表。這些大型的話劇演出參與人數都超過百人，規模極其宏大，更重要的是，「公演」作為一種演出模式和運作模式被普遍採納，例如我們所熟悉的話劇史上著名的「霧季公演」。毫無疑問，這種操作範式使得話劇地位大大提升，也使得話劇在抗戰時期進入輝煌期和成熟期。而這個源頭不能不追溯到《中央日報》副刊的〈盧溝橋〉公演運動的實施，不能不提及盧溝橋事變後《中央日報》副刊整體性的連續不斷的「盧溝橋」藝術主題策劃。

最後，《中央日報》副刊上以盧溝橋主題為主導的抗戰文藝作品的刊登和傳播，使得「抗戰文學」先於「抗戰」而出現。過去我們總是把抗戰文學描述成隨著七七全面抗戰爆發自然而然發生。事實上，正如前文所提及，盧溝橋事變發生後，大家並沒有把這件事視為全面抗戰爆發的標誌，而是看作華北中日駐軍摩擦的局部事件，直到 7 月 17 日，隨著日本的步步緊逼，蔣介石在廬山發表談話，亮出「抗戰」宣言，此時仍受到國民黨政府內部軍政及外交人員的勸阻，延遲到 19 號才公開發表宣言[13]。順便提及一點，著名的廬山談話抗戰宣言，也是出自《中央日報》社長程滄波之手，「地無分南北，年無分老幼，無論何人，皆有守土抗戰之責任，皆應抱定犧牲一切之決心」，宣言中的這句話在抗戰時期反覆出現在各種文藝作品裡，出現在各種文宣口號中。事實上，即便國民政府抗戰宣言公開發表後，宋哲元依然和日本方面和談，甚至達成協議，直到 7 月 28 日，《中央日報》才有了〈和平絕望準備抗戰，一切談判昨晚完全停頓〉[14]的報導。8 月 13 日蔣介石向張治中下達全面攻擊日本上海侵略者的命令後，這才真正進入全面抗戰。當然，全面抗戰的爆發究竟起於何時並非本文要談論的核心，筆者在此想要強調的是，不是因為有了抗戰才有了抗戰文學，因為在局勢還未明朗時刻，重要的社論和報導都未輕易使用「抗戰」的字眼，而《中央日報》副刊以及文藝界卻旗幟鮮明的提倡了抗戰文學和相關主題書寫。也就是說，正是抗戰文學以及盧溝橋系列作品的呈現，成為推動抗戰發生的重要輿論力量，也可以說，正是由於大量盧溝橋的書寫以及圍繞

---

13 參見吳景平：〈蔣介石與抗戰初期國民黨的對日和戰態度——以名人日記為中心的比較研究〉，出自陳紅民主編：《中外學者論蔣介石——蔣介石與近代中國國際學術研討會論文集》（杭州：浙江大學出版社，2013 年），頁 92-108。

14 《中央日報》，1937 年 7 月 28 日。

著由此展開的藝術運動，才使得原本只是局部衝突的盧溝橋事變在其後的敘述中被塑造成全面抗戰爆發的標誌，而這場盧溝橋主題的藝術運動主導者當屬《中央日報》副刊。

三

《中央日報》副刊上出現大量直接冠之以「抗戰」名稱的作品、討論文章，這些固然是抗戰文學發生的重要標誌，但更為重要的是深層的和抗戰緊密結合在一起的文學機制的生成。作家的活動方式和組織形式是我們考察抗戰文學發生的關鍵要素。

伴隨著全國統一抗戰局面的形成，在文藝領域也開始形成全國性的組織，如中華全國電影界抗敵協會、中華全國戲劇界抗敵協會、中華全國文藝界抗敵協會、中華全國美術界抗敵協會、中華全國木刻界抗敵協會、中華全國漫畫界抗敵協會，等等。這些協會基本都冠之以「中華全國」的名義，是和以往文藝社團大不相同的新型的文藝組織。正如研究者段從學對「文協」所作的定位，「中華全國文藝界抗敵協會（以下簡稱『文協』）是中國現代文學史上明確而自覺地以領導和組織抗戰時期的文藝運動為目標的一個全國性文學組織」，「其人員組成的複雜性和包容性，超越了現代文學史上所有的文藝團體，初步建立起了一種新型的作家組織」[15]。我們以往的研究大都只是強調因抗戰發生而形成的文藝界的團結，可是我們忽略了更為深層的作家和文藝家新的組織形態的出現，這種內在的機制變革對後來文學思潮和文學觀念的影響更為深遠。

這種全國性的文藝組織的形成和《中央日報》及其副刊有著密切關係，正如前文所提及的，《中央日報》副刊策劃的話劇〈盧溝橋〉，正是在這齣戲劇大規模的排演活動中，南京以及一些上海的戲劇界同仁，在《中央日報》及《戲劇副刊》相關人士的主導下，形成了劇人大聯合。1937年7月25日，《中央日報》在報導〈盧溝橋〉公演排演的同時，另外也特別報導了劇人們的聯合談話會，「留京劇人田漢、余上沅、戴涯、萬家

---

[15] 段從學：《「文協」與抗戰時期文藝運動》（北京：北京大學出版社，2012年），頁1。

寶，暨國立戲劇學校留京同學，中國戲劇學會全體會員，發起勞軍救國募捐聯合公演，定於今（25）日下午四時，假公餘聯歡社召集南京劇人舉行談話會」。[16]由此可見，在聯合公演造就抗戰輿論的同時，《中央日報》副刊有意識地利用自己的影響力把劇作家組織起來，報導中提及的田漢、余上沅、戴涯、萬家寶（曹禺），以及盧溝橋的導演馬彥祥、洪深，這些人要麼曾經在《中央日報》副刊擔任主編、編輯，要麼是和這些擔任編輯的人是至交好友，例如田漢和《中央日報》副刊編輯王平陵關係很不錯，而洪深和《中央日報》的《戲劇運動》副刊編輯馬彥祥則是師生情誼。正是這些人憑藉《中央日報》這個平台有意識地聯合，其中和《中央日報》關係最密切的張道藩和王平陵在促使劇人聯合上所起的作用尤為重要，這為後來先於「文協」而成立的「劇協」（中華全國戲劇界抗敵協會）奠定了基礎。1937 年 12 月 31 日，「劇協」在武漢光明大戲院正式成立，理事和常務理事及各部門負責人主要就是我們上述所列舉的那些人，張道藩、王平陵、田漢、余上沅、戴涯、馬彥祥、洪深等人，加上陽翰笙和國民黨的要員陳立夫、方治，以及武漢當地漢劇社的朱雙雲、傅心一和其他地方劇或舊劇人富少舫、趙小樓等[17]。從陽翰笙當時寫的祝辭來看，他所要祝賀的並非左和右的團結而是新與舊的聯合，「團結了最不易團結的新舊劇界」，「從今天以後，我們將要努力使我們戲劇藝術在內容上無新的與舊的區分，只有在形式上才有歌劇與話劇的類別」[18]。其實抗戰時期文藝界對待「新舊」命題和前二十年的態度有了很大不同，可以說，抗戰時期幾次大的文學爭論都和新舊相關。當然，這是一個值得另外撰文詳細討論的大命題，筆者在此想要說明的是，文藝界左和右的融合團結也許不是抗戰文學發生時的重要關注點，左和右的區分、所謂左翼文人主導了抗戰文學團結局面的形成是後來人主觀立場的投射。在「劇協」班底的基礎上，1938 年 1 月中華全國電影界抗敵協會成立，正如學者提出的那樣，抗戰之前根本「不存在嚴格意義上的『左翼電影』」[19]，抗戰爆發後更無所謂夏衍、

---

16 《中央日報》，1937 年 7 月 25 日。

17 人員名單參見中國第二歷史檔案館：《中華全國戲劇界抗敵協會》檔案，卷號十一（2）789，《戰時文化界抗日團體組織活動史料選》，《民國檔案》，第 3 期（1997 年）。

18 陽翰笙：〈我的祝辭〉，《抗戰戲劇》，第 1 卷 4 期（1938 年）。

19 李永東：〈租界裡的民國機制與左翼電影的邊界〉，《文藝研究》，第 4 期（2015 年）。

陽翰笙等人後來回憶中的左右翼電影的聯合與鬥爭。和戲劇界一樣，電影界統一的協會的形成和《中央日報》的《電影周刊》以及其所聯繫起來的影人密不可分。

由此可見，不論是戲劇界還是電影界，其全國性的協會組織，都是國民黨政府通過《中央日報》副刊或台前或幕後組織起來，而「劇協」和「影協」則為文協的成立奠定了基礎，這一點研究「文協」的段從學已經著重提及：「先於『文協』成立的中華全國戲劇界抗敵協會、中華全國電影界抗敵協會等幾個全國性組織，都是以這種特殊的社會歷史心理為基礎，在有關黨政機關的支持和幫助下迅速組織起來的。這些全國性文化團體的相繼建立，把全國文藝作家組織起來的共同願望推向了新的高度，為『文協』的建立提供了積極的文化氛圍。」[20]其實不止是氛圍，更主要的是操作模式和背後的支持力量，我們對比下「文協」的各部門負責人，就可發現《中央日報》副刊的編輯人員起的作用最為重要，如曾主編《中央日報》的《青白》和《大道》副刊的王平陵，主編《文藝週刊》的中國文藝社同仁，主編《中央公園》的華林，以及和《中央日報》副刊關係密切的幕後參與者如張道藩、邵力子等人，他們既是「文協」籌備和成立過程中的主導力量，也都擔任著「文協」中的最重要職務，是「文協」成立後向前運行的核心人物。

四

在《中央日報》及其主管機構中宣部的籌畫下，「文協」等全國統一性的文藝團體先後成立，標誌著中國的文學因作家的組織形態的變化而步入一個新階段。事實上，「集中」、「一致」不僅是文藝界的訴求，也是整個文化界和宣傳領域人士在中日危機時的共同心聲，甚至他們主動提出接受國民黨政府的戰時統制。遠在西安事變發生時，之前一直對國民黨政府持有批評立場的新聞界，卻在 12 月 16 日公開發表〈全國新聞界對時局共同宣言〉，「國內輿論界，以全國各地報館通訊社一致連署，發表共同宣言，在中國新聞歷史上，尚為創舉，其意見表示已有重大影響，當可想見」，這份影響很

---

[20] 段從學：〈「文協」與抗戰時期文藝運動〉（北京：北京大學出版社，2012 年），頁 40。

大的宣言強調：「對任何主義和思想，亦應絕對以國家民族生存為最高基點」，「吾人堅信欲謀保持國家之生命，完成民族之復興，惟有絕對擁護國民政府，擁護國民政府一切對外之方針與政策」[21]。1937 年盧溝橋事變及八一三之後，《大公報》更是積極做出改變，反覆倡議減少對政府的指責，而是表決心「我們誓本國家至上、民族至上之旨」[22]。事實上，後來被我們稱之為國民黨法西斯主義體現「國家至上、民族至上、軍事第一、勝利第一」之口號，恰恰是《大公報》首先提出並一直極力宣導的。

這些言論看似與自由、民主等五四以來的價值觀念有所背離，這就是學界常常有人提及的所謂「救亡壓倒啟蒙」說，事實上，這只是一個方面。在新聞界、文藝界擁護「集中」走向一致的同時，他們「集中」在一起的機制則是依循民主、自由和憲政，而且國民黨政府的態度對知識分子和其他黨派的擁護減少了壓制性措施，換句話說，抗戰成了大家共同朝著民主憲政方向努力的契機。新的《出版法》頒布，國民黨第五屆中常會第九次會議通過的《國民黨中央文化事業計畫綱要》開始執行，正如有研究者對這一綱要的評價：「首次以是否違背或妨礙『民族利益』作為檢查刊物的標準，並且對階級鬥爭等『專門內容』不再禁止」[23]。在 1938 年頒布的《抗戰建國綱領宣傳指導大綱》中，有關言論、出版、結社的自由也得到了進一步的強化，而並非受到了更嚴酷的壓制。正如時任宣傳部長邵力子在抗戰期間宣傳方針中所表白的：「自本人服務中宣部以後，關於檢查標準，即決定不用可扣則扣的方針，而改用可不扣即不扣的方針。……數月以來，新聞界同業已都能認識，檢查為此時所必要，不僅不妨礙言論之自由，而且還能加以輔助。」[24]

由此可見，抗戰文學的發生恰恰和這些內在的機制因素關聯在一起的。上文論及了《中央日報》主導的〈盧溝橋〉公演之於抗戰文學發生的意義，其實這一演出過程中還有一個備受關注的事件，就是因抗戰言論入

---

21 〈全國新聞界對時局共同宣言〉，出自秦孝儀編：《西安事變史料》（上冊），《革命文獻》第 94 輯，頁 488-492。

22 〈報人宣誓〉，《大公報》，1939 年 4 月 15 日。

23 曹立新：《讓紙彈飛——戰時中國的新聞開放與管制研究》（新北市：花木蘭出版社，2012 年）頁 58。

24 邵力子：〈抗戰期間宣傳方針〉，《抗戰與宣傳》（獨立出版社，1938 年），頁 2。

獄的「七君子」親臨現場觀看，台上台下打成一片燃起了激情抗戰的聲音。而從最新的檔案揭示，七君子事件是背後日本軍政府武力逼迫所致[25]，而當國民政府決心抗戰時，這些壓力自然並不存在，七君子出獄預示著抗戰局面、抗戰輿論的形成和保障，而「七君子」公開亮相和〈盧溝橋〉公演的聯動，則預示了抗戰文學新氣象以及整個抗戰輿論新局面的形成。按照這樣的思路延展，我們就可發現，《新華日報》及其副刊的創設，預示著抗戰文學和文化的真正發生。因為之前共產黨人的言論的確受到了很大程度的限制，而《新華日報》的出版發行，尤其考慮到《新華日報》大多數從業人員都是從監獄裡釋放出來的政治犯，其中所體現的文學的民國機制要素更為顯著。也就是說，抗戰文學的發生既和全國性的統一性的文藝組織形態相關，也和言論、出版、結社的民主憲政理念相關。這種特性成就了抗戰文學的開放性與多樣性，也使得抗戰文學和五四以來的價值理念一脈相承。抗戰文學絕不是救亡壓倒啟蒙的體現，恰恰是啟蒙意識最高漲的時刻，例如新啟蒙運動就伴隨著抗戰出現；抗戰文學也不是革命與反革命的左右之爭，而是民主憲政理念貫徹與否的抗爭。從《新華日報》及其副刊來考察，民主自由和憲政理念一直是其最核心的價值，這也是抗戰時期整個文藝界、文化界的核心價值理念，民主黨派伴隨著抗戰越來越昌盛就是最有力的證據。

總之，正是民主憲政、自由結社等原則的有效實施和貫徹，是抗戰文學得以生成並走向繁榮的制度性保障，正是在這個意義上，我們可以把《新華日報》及其副刊的開設作為抗戰文學最終形成的主要標誌。

五、結語

從民國的歷史文化語境出發，我們可以發現《中央日報》副刊對抗戰文學生成的主導性作用，從民國的文學機制出發，我們可以發現《新華日報》副刊作為抗戰文學開放性價值的標誌性意義。這兩大報紙副刊共同處在民國歷史文化這一語境下，兩者之間是有競爭，如《中央日報》設有《戲

---

[25] 參見〈揭開「七君子」事件的內幕——日本外交檔案摘譯〉，《檔案與史學》，第2期（2004年）。

劇研究》副刊，《新華日報》也開始了《戲劇研究》，兩方都籌畫了各自的戲劇特刊；《中央日報》設有《婦女新運週刊》，《新華日報》則開設了《婦女之路》副刊。但是他們之間只是針鋒相對的敵我關係麼？且不說因為轟炸原因聯合版的開設和各大報社的輪編，《中央日報》和《新華日報》如何禮贊對方的抗戰將領和英雄，僅就副刊和文藝方面而言，兩大報紙的相互配合、合作實在是不勝枚舉。《中央日報》副刊開設屈原研究並刊登郭沫若的《屈原》，《新華日報》也極力推崇《屈原》，《中央日報》發表陳銓的劇作，《新華日報》也積極評價推介《野玫瑰》和陳銓的其他作品。兩大報紙副刊都積極推動抗戰時期戲劇運動，在唱對台戲的同時，更是在競爭中相互提升、協調促進。在民族形式和文學新舊雅俗的討論上，兩大報紙副刊都曾積極介入。在聲援貧病作家的活動中，《新華日報》固然很積極走在前面，可《中央日報》也不落後，起到的實際作用甚至更顯著。郭沫若的五十壽辰固然是《新華日報》策劃的重頭戲，可《中央日報》及其國民黨文宣領域的重要人物悉數到場。《新華日報》的《婦女之路》和《中央日報》的《婦女新運》在戰時女性形象的塑造和動員更多是相互配合而並非後來回憶者所敘述的相互詆毀。最有標誌意義的事件莫過於兩大報紙都在抗戰期間隆重紀念五四，尤其對《中央日報》來說，更是難能可貴，因為只有「在 1928 至 1931，以及 1940 至 1949 這兩大階段中，國民黨政權對於五四有較多的闡釋『熱情』」[26]，而這種熱情是通過《中央日報》的紀念體現出來的。兩大報紙對五四的紀念再一次印證之前所論述的抗戰文學和五四內在的承續。

總之，《中央日報》、《新華日報》兩大報紙副刊之間並非只是對台戲，還有更多複雜的關聯。由此可以幫助我們進一步發掘抗戰文學的豐富性、多元性和開放性。同時，我們的抗戰文學研究亟需回到民國歷史文化框架下，只要這樣，抗戰文學研究才會打開一片新天地。

---

[26] 趙麗華：《民國官營體制與話語空間：〈中央日報〉副刊研究（1928-1949）》（中國傳媒大學出版社，2011 年），頁 125。

主要參考文獻

一、專著

中國社會科學院文學研究所現代文學研究室編：《「兩個口號」論爭資料選編》，1982 年。

李牧：《三十年代文藝論》，台北：黎明文化公司，1973 年。

李瑞騰編：《抗戰文學概說》，台北：文訊月刊雜誌社，1987 年。

段從學：《「文協」與抗戰時期文藝運動》，北京：北京大學出版社，2012 年。

趙麗華：《民國官營體制與話語空間：〈中央日報〉副刊研究（1928-1949）》，中國傳媒大學出版社，2011 年。

樓適夷等編：《中國抗日戰爭時期大後方文學書系（第一編　文學運動）》，重慶：重慶出版社，1989 年。

二、原始報刊

《中央日報》，1928-1945。

《新華日報》，1938-1945。

「建文」理念與「泱泱」氣象
——談盧冀野主編的《中央日報·泱泱》

■趙麗華

作者簡介

趙麗華，北京大學中文系博士，中國傳媒大學新聞與傳播學部教師、副編審。

內容摘要

《泱泱》是《中央日報》抗戰勝利後的重要副刊。主編盧冀野本著「以舊格律傳新精神」、「舊壇盛新醴」的文學觀，匯聚傳統的詩詞曲、金石書畫作品，使該刊格調古樸典雅，延續著中央大學文科的傳統；在「建文」理念和民族精神的灌注下，《泱泱》又與時代緊密關聯，充滿了「熱力」和「生命」，展現出為現代文壇開創融通新舊文學的另一脈作品的可能性。不過，南京文史記憶中的哀婉色調與 1940 年代末南京中央政權的沒落，也使《泱泱》不可避免地在輓歌氛圍中終結。

關鍵詞：中央日報、泱泱副刊、盧冀野

《中央日報》創辦於 1928 年，是國民黨第一份中央直屬黨報，也是貫穿國民黨在大陸執政的二十二年中最重要的言論機關；1949 年元旦從南京遷往台北，2006 年 6 月 1 日正式停刊。該報「不僅記載了多少國家興亡的大事，也留下了無數的個人載沉載浮的痕跡」，[1]對研究中國近現代史價值頗大；其副刊，尤其是文藝副刊，可以豐富我們對於中國近現代文化、文學的認知。

《中央日報》「代表首都南京之意義最大」：在大陸期間，除 1928 年在上海草創，以及抗戰八年曾轉徙至長沙、重慶出版外，其餘時間都在南京，且為該地「銷行最廣之日報」，逐漸「穩坐京中第一大報的交椅」；[2]該報對南京國都地位的捍衛、[3]對自身作為「南京的報紙」[4]之體認，都強調著它與國都之關聯。其副刊的主要作者亦來自南京，包括高校、文藝社團和黨政機關等，京中高校如中央大學、金陵大學、國立戲劇學校、中央政治學校都對《中央日報》副刊有所影響，其中中央大學（包括其前身南京高師、東南大學，以下簡稱中大、南高、東大）影響力最大。中大的師生、校友在副刊作者群中占了很大比例，而中大「新聲社」之主編《新聲》、賀子遠之主編《中央公園》、徐悲鴻之主編《藝術副刊》、盧冀野之主編《泱泱》、羅根澤、段熙仲之主編《文史週刊》、朱偰之主編《山水》等，則是中大資源更直接的體現。《泱泱》和《文史週刊》一則偏向於古典詩詞曲的創作，一則偏重傳統文史的研究，最能彰顯自南高以迄中大的文科特色。本文的論述以盧冀野與其編輯的《泱泱》副刊為中心。

---

1 茹茵：〈八千天〉，《中央日報・中央副刊》，1950 年 9 月 9 日。

2 〈敬告讀者〉，《中央日報》，1938 年 9 月 15 日（3）；劉光炎：〈三十年來南京報業點滴〉，《中央日報》，1957 年 3 月 12 日（14）。

3 代表作有張其昀：〈南京乎？北京乎？〉，1946 年 3 月 26 日、〈定都南京的十大理由〉，1946 年 4 月 28 日；社論〈理由薄弱的遷都論〉，1946 年 4 月 7 日、〈建都議〉，1946 年 11 月 30 日；屠仲瀚：〈還都南京之意義〉，1946 年 5 月 4 日；張劍鳴：〈定都南京論〉，1946 年 12 月 2 日；黃育華：〈定都南京不移易論〉，1946 年 12 月 14 日等。

4 趙宋岑：〈懷念南京〉，《中央日報・地圖週刊》，1950 年 4 月 22 日。

一

《泱泱》是 1945 年 9 月《中央日報》自渝返都後重要的副刊，於 1946 年 1 月 16 日創刊，出版至 1948 年 11 月 29 日，共 646 期。該副刊格調清雅，主要刊登詩詞曲、書畫、金石等傳統文化、文學作品，以文言為主。主編為盧冀野，其文學觀念深刻影響了《泱泱》的風貌。

盧冀野（1905-1951），原名盧正坤，後改名前，字冀野，自號小疏，別號飲虹，出生於金陵書香故家。[5]1922 年入東大國文系，適逢吳梅應東大聘離開北大南下，盧得以師從吳梅治曲。在東大，除了參加以吳梅為首，由王起、唐圭璋、王玉章、葉光球國文系諸生組成的「潛社」，[6]定期結社習詞頗受師友賞識外，1926 年盧冀野在東大「東南論衡社」主辦的《東南論衡》雜誌上發表了大量詩詞曲作品、論文及雜筆。從〈所望於今之執筆者〉中盧應對「君等之《論衡》，故為艱深之修辭，其有復古之意，而甘心迷戀骸骨乎」的詰問，以及為《論衡》辯護的姿態看，他應是「東南論衡社」的主力之一。[7]《東南論衡》以文言為主，文學部分的撰稿者除吳梅、盧冀野、王玉章、唐圭璋等「潛社」同人外，還有胡先驌、劉永濟、范存忠、黃仲蘇、張世祿、厲小通等人。該刊和 1920 年代南高／東大的文科刊物《學衡》《國學叢刊》《史地學報》《文哲學報》同氣相求，與「北都新文化運動」[8]形成分庭抗禮之勢；南高、北大「隱然為中國高等教育之二大重鎮」，並在時人眼中形成「北大重革新，南高尚保守」的印象。[9]1935、1936 年之交，中大「國風社」的《國風》雜誌刊發《南京高等師範學校二十周年紀念刊》，標舉與新文化運動並峙的「南高精神」，認為在「北京方面」新文化運動興起時，南高學子保持了「不激不隨中正不倚」的姿態和對「本國文化」的尊重，在「融和新舊文化，維持學術思想的繼續和平

---

[5] 關於盧的生平，可參考朱禧的《盧冀野評傳》，南京：江蘇古籍出版社，1994 年。

[6] 「潛社」的相關史料，可參考王衛民的《吳梅評傳》第 29、228、281 等頁，河北教育出版社，2002 年。

[7] 盧冀野：〈所望於今之執筆者〉，《東南論衡》（28），1926 年 12 月 25 日。

[8] 景昌極：〈新理智運動芻議〉，《國風》第 8 卷第 4 期，1936 年 4 月。

[9] 張其昀：〈劉伯明先生逝世紀念日〉，《國風》第 1 卷第 9 期，1932 年 11 月。

衡性」方面有獨特的貢獻，這種「樸茂」的學風自南高至中大「一線相承」，形成了足以自傲的「南高精神」。[10]《國風》自身與 1920 年代的《學衡》、《東南論衡》諸刊亦「一線相承」，在人員的聚合和內在精神上有共通之處。盧冀野也是《國風》的撰稿者。

薰染於「南高精神」中，盧逐漸形成對白話／文言，新／舊文學的看法。1926 年他集數年來所作「近於舊詩詞曲」的「新體詩」，選錄三十二篇成《春雨》集，在詩序中提出「以舊格律傳新精神」的「新文學觀」：

> 所謂新文學者，以舊格律傳新精神。如南社馬君武輩，新會梁任公，其文傳誦至今。洎乎胡適海外歸來，復以新文學相號召。彼之新文學，初止於用白話而已。其後和者議紛，破除陳骸無遺（彼等稱舊律為骸骨），於是口所道，心所思，無論為情緒之表現，理知之寄託，悉名之詩，「啊，罷，啦，呀」，語尾辭遍紙上，比來報章猶可見及。若是詩篇，日數首，月積一集，識者病之。[11]

盧顯然對胡適等人提倡的新文學不以為然，而「骸骨」一說則可回溯至 1920 年代初以《文學週報》為中心的新文學陣營與南高師生間的「骸骨的迷戀」論爭[12]。對自己的「新體」嘗試，盧則頗為自得。1930 年，盧冀野又一冊新體試驗詩集《綠簾》由開明書店出版，不過，此時他對於新體已無太多熱情，對於其能否取代舊體表示出強烈的懷疑，「而今而後，說不定我或者便與此絕緣。因為這一兩年來，我最迷信『舊罈盛新醴』(New wine in old bottle）之說」，[13]事實上，盧自此罕有此種白話新體詩的創作。不管是「以舊格律傳新精神」，還是「舊罈盛新醴」，其文學觀與學衡派都頗為貼近，尤其是其中的吳宓和吳芳吉。

1932 年，學衡派重要詩人吳芳吉去世，《學衡》此時已不得定期出版，剛創立的《國風》雜誌自 1 卷 4 號起先後刊登了吳宓、柳詒徵、劉永濟、盧冀野等人的悼念詩文，與吳宓主持的《大公報· 文學副刊》上大量的追

---

10 參考該紀念刊上郭斌龢、吳俊升、張其昀、胡煥庸、景昌極等人談「南高精神」的文章，紀念刊載於《國風》第 7 卷 2 號（1935 年 9 月）、第 8 卷 1 號，1936 年 1 月。

11 盧前：《盧前詩詞曲選》（北京：中華書局，2006 年），頁 7。

12 參考劉炎生：《中國現代文學論爭史》（廣東：人民出版社，1999 年）頁 79-83。

13 盧前：《盧前詩詞曲選》（北京：中華書局，2006 年），頁 46。

悼文章相互呼應。盧此時在河南大學任教，除在《國風》上撰文外，他在自己主持的《河南民國日報》特刊《會友》（第 19 期）上發表〈吳芳吉評傳〉，並在抗戰時期他主持的《民族詩壇》[14]上繼續刊出這篇評傳，對吳在長沙所辦的《湘君》雜誌以及其駁斥胡適的〈論吾人眼中新舊文學觀〉等文頗為看重，對其堅持在詩中保留「無邪之教，逆志之說，辭達之誠，行遠之箴」，以及在藝術手法上堅持「遣韻必協，設辭必麗，起調必工，結意必遠」深以為然。[15]1938 年 10 月 10、19、21 日盧以《民族詩壇》主編人身分應教育部邀請在中央廣播電台講〈民國以來我民族詩歌〉，該演說可視為其文學觀的總結。在演說中，他認為自胡適提倡的白話詩，到後來的無韻詩、散文詩，小詩，西洋詩體等「新體白話詩」，「在內容方面說來，較舊體更覺貧弱，我們只見新的爛調套語，鋪滿紙上」，「大家認為是失敗了」，而與之「相反對」的「以新材料入舊格律」的主張則更為公允：

> 胡步曾先生的〈中國文學改良論〉、〈文學之標準〉、〈評〈嘗試集〉〉、〈評胡適〈五十年來之中國文學〉〉，這幾篇論文皆抨擊胡適而擊中要害。胡步曾先生在文學上有很深的修養，不過篤古太過。力持以新材料入舊格律的主張者是吳雨僧先生，《學衡》雜誌的主編者。他曾系統的介紹西洋文學到中國來，也能夠取異國文體之長，與我們舊有的技巧相融合。客觀的說：他的主張是最中正公允的……[16]

由此盧堅定了「舊瓶新酒」說，這裡的舊瓶，不獨為舊有詩體，還包括詞曲等「大大小小不同的瓶」。盧的代表作有《明清戲曲史》、《讀曲小識》、《八股文小史》、〈冶城舊話〉（筆記）、〈飲虹樂府〉（散曲）、〈飲虹五種〉（雜劇）、〈中興鼓吹〉（詞）等，吳梅稱其曲可「傳世行後」，將其視為自己最得意的弟子，[17]陳衍、夏敬觀等對其詩詞作品也多有推崇，吳宓在其自編的《吳宓詩集》附錄〈空軒詩話〉中，認為盧「以

---

14 《民族詩壇》，1938 年 5 月創刊於漢口，自第 1 卷第 6 期起遷至重慶出版，1945 年 12 月出至第 5 卷第 5 期後終刊，共出 29 期，由重慶獨立出版社發行。

15 〈吳芳吉評傳〉，《民族詩壇》第 3 卷 6 期，1939 年 10 月。

16 盧前：《盧前文史論稿》（北京：中華書局，2006 年），頁 280。

17 王衛民：《吳梅評傳》（石家莊：河北教育出版社，2002 年），頁 234。

其剛健愉快之精神，使吾儕中正宏通之主張，得見知於莘莘學子及芸芸群眾」，在河南編輯《會友》時亦本「以新材料入舊格律」的宗旨，多可誦之作，可見吳已將其視為同道中人。[18]盧在重慶主持《民族詩壇》時，吳宓曾從雲南來書，對該刊「多所獎勵」，並許為之撰稿。[19]

《民族詩壇》由國府監察院院長于右任發起創辦，由盧冀野主編。盧在該刊匯聚中大師生詩詞作品，撰寫其師吳梅事略以及學衡舊人吳芳吉評傳，並重新組織「潛社」，在「曲錄」欄刊出「潛社渝集」。繼《民族詩壇》後，盧編輯的便是《泱泱》。它和《民族詩壇》一起，在一定程度上延續著南高／東大文科的傳統，呼應著《學衡》《東南論衡》《國風》諸刊中「尊重本國文化」、試圖融匯新舊文化的「南高」精神。

《泱泱》徵稿啟事標明歡迎掌故、隨筆、報告文學、趣味小品、詩歌（無論新體古近體詞曲）、小說等各類文體，對於新舊體也沒有限制，事實上，646 期的《泱泱》仍以傳統的詩詞曲，以及掌故、考證、研究文字為主，所謂的新體小說、詩歌幾乎不見蹤跡，其刊頭亦為傳統的山川風物寫意畫或篆刻作品，格調古樸。在讀者的眼中，「報紙副刊大率新舊雜陳，徒資遣興，其別出蹊徑，古調獨彈者，當首推『泱泱』，逆挽頹風，保存國粹，張皇幽微，雨晦雞鳴，舍『泱泱』其又誰屬？」他們對《泱泱》也有很高的期待，希望它「作文藝之導師；執騷壇之牛耳；發揚古樸優美之文化；激發剛健充沛之正氣」。[20]盧對這份刊物十分用心，自認「是用全副精神在工作」，當出滿百期或逢周年紀念，他均寫文進行總結，在「要能廣博要能高」的自我期許下，有意將《泱泱》引向傳統文化的品鑒中，作為「全國風雅的總匯」，並彰顯泱泱「大國民的風度」。在《三年來的泱泱》中，盧頗為自得，認為《泱泱》對舊體文學抱「舊瓶新酒的主張」，經過三年時間已自成「定型」，與國內其他報紙副刊相較，顯得獨樹一幟。[21]

將《泱泱》視為與《學衡》《東南論衡》《國風》等刊一脈的刊物，一方面出於其內在文學觀及文體選擇上的一致性，也是出於人員聚合上的

---

[18] 盧前：《盧前詩詞曲選》（北京：中華書局，2006 年），頁 293-296。
[19] 〈編餘瑣談〉，《民族詩壇》第 2 卷 1 期，1938 年 11 月。
[20] 徐翼漢：〈改善「泱泱」之管見〉，《泱泱》，1946 年 12 月 8 日。
[21] 盧冀野：〈三年來的泱泱〉，《中央日報》（7），1948 年 9 月 10 日。

相似性。在《泱泱》上，柳詒徵、汪東、吳宓、汪辟疆、姚錫鈞、范存忠、鄭鶴聲、唐圭璋、王玉章等原南高或東大的師生得以文筆相聚，而諸如對王伯沆、胡翔冬等教授的悼念文章，也有濃厚的懷舊之感。

二

學衡社、國風社同人自認所持並非守舊立場，但在創作上卻未能提供多少融通中外、打通新舊的文學作品，更多是蘊含傳統文人習氣的詩詞唱和，而新文學運動卻是理論與創作並行，一步步「嘗試」，最終蔚為可觀。與《學衡》《東南論衡》《國風》等刊之偏於論不同，《泱泱》偏於文，盧冀野的主要興趣也在創作上，他延續著吳宓、吳芳吉等在《大公報・文學副刊》實踐的「以新材料入舊格律」主張[22]，以及自己在編輯《民族詩壇》時的「舊瓶裝新酒」論編輯《泱泱》，給現代文壇提供了新文學創作以外的另一脈作品，對於學衡、國風諸同人的文學實踐有所豐富，並有所突破。

盧自己的《中興鼓吹》集堪稱這種融通新舊的另一脈作品之代表，這是盧鼓吹抗日救國之詞作，在抗戰時期流傳頗廣。就版本而言，就有重慶獨立出版社（1938 年初版，1942 年再版）、貴陽文通書局（1942 年）、福建永安建設出版社（1943 年）、開明書店（1944 年）以及收入《盧前詩詞曲選》的 1947 年南京版等。時任教育部部長的陳立夫在《中興鼓吹》（1938 年重慶獨立出版社版）序言中指出，近代民族運動之興起，大多以文藝為其先鋒，就中國論，「南渡而後，始生辛陸；明社已墟，乃有顧黃」，民族存亡之感覺，以文藝家為最敏銳，最深切，盧變傳統詞體之「淺斟低唱」為「中興鼓吹」，愛國情緒躍然紙上，堪為全國作家之表。即便與盧陣營頗有不同的郭沫若，也稱賞盧作：「盧冀野先生的《中興鼓吹》集裡面的好些抗戰詞，我們讀了同樣的發生欽佩而受鼓舞」。[23]諸如虞美人、采桑子、點絳唇等慣用於描摹個人愁情的詞牌在盧筆下，亦充滿民族精神，更勿論滿江紅、沁園春、念奴嬌、破陣子、水龍吟了。這種民族精神，正是盧所謂「新材料」、「新酒」的命意所在，對於詞的更新放大如此，

[22] 劉淑玲：〈吳宓與《大公報・文學副刊》〉，《中國現代文學研究叢刊》(4)（2001年）。

[23] 郭沫若：〈民族形式商兌〉，重慶《大公報》（2），1940 年 6 月 9 日。

對於詩曲亦然。《民族詩壇》亦以發揚民族精神為職志，並由此宣導建立「民國詩」，是「中興鼓吹」之繼續與擴大。盧解釋「民國詩」，乃「以活潑、生動之形式與格調，揚示我民族特有的雍容博大之精神」，「不蹈襲古人，不歸撫域外」而堂堂正正、卓異獨立。在盧關於民國詩的敘述脈絡中，丘逢甲之詩以其「蒼莽之氣」與強烈的民族精神，開民國詩之先河；[24] 于右任之詩，「幾無不與民族有關係」，堪稱民國詩之「初基」；[25]吳芳吉之詩沖淡質樸，氣象自雄，頗顯「泱泱大國之風」，若假以天年，「其必為民國之詩創一新局」。[26]

在編輯《泱泱》時，盧再三提到的「建文」運動是對上述「中興鼓吹」、「民國詩」理念的延續。在創刊號及第一百號中，盧強調「建文運動」是《泱泱》「最大的目標」，在〈寫在《泱泱》501 號上〉中，盧指出，「中國目前需要的文學，是開明的，活潑潑的，有熱力，有生命的文學」，這也正是「建文」運動的宗旨。綜合而言，盧所提的「建文」指的是文學要用適合本民族的形式，以充沛的熱力記錄時代，發揚民族精神，展現泱泱國風。

《泱泱》發表的眾多「還都賦」便是對「建文」運動的回應。抗戰勝利，國府還都，對於這個激昂的大時代，文人自然有言。在 1946 年 5 月五日國都正式還都日，盧冀野便在《泱泱》上作有〈中興鼓吹還都獻詞〉：

> **滿江紅**
>
> 至竟還都！長思憶龍蟠虎踞。遙指望蔣山無恙，陵園雲樹。百戰艱難肩大任，八年荼毒心何況苦？看道旁父老簞壺來。從頭訴。
> 流徽榭，邀笛步。欽天閣，雨花落；盡頹垣敗壁，荒畦廢圃。萬目瘡痍誰慰藉？饑寒遍地誰安撫？幸元戎今日凱歌回，同歡舞！

唐玉虬〈還都歌〉（124 號）「長江萬裡東趨吳，強虜灰滅歌還都」、「啟我義軒開創史，按我漢唐疆域圖」諸句也充滿昂揚之氣。此外尚有趙天民的〈還京樂〉（59 號）、田勁的〈還都淚〉（155 號）、湯鶴逸的〈還都感賦〉（333 號）等，在第 162 和 209 號上，《泱泱》還出有「還都詩特輯」，作者包括成惕軒、朱偰、寄禪、錢公來等。或撫今追昔，感極而

---

[24] 盧冀野：〈于右任先生及其詩〉，《民族詩壇》第 1 卷 2 期，1938 年 6 月。
[25] 盧冀野：〈民族詩雄丘逢甲先生〉，《民族詩壇》第 2 卷 5 期，1939 年 3 月。
[26] 〈吳芳吉評傳〉，《民族詩壇》第 3 卷 6 期，1939 年 10 月。

泣，或因金甌收復而義氣昂揚，都是詩人們用傳統的詩詞曲賦對時代的記錄，「建文」之要義也在於此了。

中國傳統的節氣，也是展現「建文」之氣，凝聚國族精神的對象。《泱泱》逢清明、端午、中秋、重陽，往往列專輯紀念，或詳細考辨這些節氣及其相關習俗的由來，或以之為題吟詠唱和，或聯繫與此節氣相關的人文史跡鋪展成篇，加上相關字畫、圖譜、石刻作品的配合，民族風味都較強。諸節氣中尤以端午、重陽最受重視。端午節在 1941 年被「文協」正式設立為紀念屈原的「詩人節」，曾對抗戰起過很好的動員和激勵作用，但在抗戰後期國共兩黨間的文化權力爭奪中，對屈原的評價也在在朝、在野者間產生分歧，共產黨及其文人強調屈原身上反抗暴政、走向民間的精神，在此次文化爭奪戰中取得先機，而國民黨一方對詩人節和屈原則轉向低調以對，其報刊雜誌自 1942 年後鮮有報導和評論，[27]《中央日報》的副刊在孫伏園編輯期內曾展開對屈原精神的討論，但一直到盧編輯《泱泱》，屈原與詩人節似乎都在「禁忌」之列。〈詩人節與屈原〉重提此話題，奠定了該刊，乃至整個《中央日報》紀念屈原的基調。盧認為屈原是中國最偉大的詩人，其偉大不僅在寫出個人的高潔，尤能展現民族的優美與偉大，定 5 月 5 日為詩人節是有意義的事；盧又表示自己愛九歌中的〈國殤〉勝過〈離騷〉，來自〈國殤〉的正氣的亢音表示著中華民族的偉大。[28]自此，端午前後，《泱泱》上多關於屈原、詩人節的詩作，其他版面也有相關文章，稱賞屈原「忠君愛國」之精神。在《泱泱》1946 至 1948 年的端午紀念中，一方面有對「士人」屈原的紀念，一方面則更多對在民間「捉鬼」的鍾馗之紀念，包括考辨鍾馗身世、傳說由來等，盧還自作散曲〈鍾馗捉鬼〉，稱賞其是非分明除暴安良的精神，而斥共產黨及紅軍為「紅毛」、為待捉之鬼。[29]不管是紀念屈原、鍾馗，還是屈鍾並提，《泱泱》希望文人忠於國民黨政權的意圖還是很明顯的，「建文」之氣的胸懷也由此受到限制。另外一個最受重視的節氣是重陽節，重陽向來是傳統文士登高覽勝，吟詠唱和之日，《泱泱》以展現傳統文化為主，自然會在重陽設「登高特輯」。「登高特輯」召集于右任、張默君、姚琮、成惕軒、靳志、高

[27] 王家康：〈四十年代的詩人節及其爭論〉，《中國現代文學研究叢刊》(1)(2003 年)。
[28] 盧冀野：〈詩人節與屈原〉，《泱泱》，1946 年 5 月 6 日。
[29] 盧冀野：〈鍾馗捉鬼〉，《泱泱》，1948 年 6 月 12 日。

一涵、高二適等政府公職人員及柳詒徵、汪東、姚錫鈞、盧冀野、葉嘉瑩、朱偰等文人學者，在詩詞唱和中顯示著傳統風習的存留與文脈的延續。

建文理念不僅寄寓於傳統的詩詞曲中，也體現在國樂、印石、國畫、書法等傳統文化形態中。就國樂而言，盧在抗戰時期曾由教育部委任為福建永安國立音樂專科學校第一任校長，該校是當時國統區研習音樂的最高學府。盧在任校長時，便有意建立一種既非全然接受絲竹遺產，又非抄襲西洋樂律情調，而是合乎中華民族風俗習慣、蘊含民族精神的「國樂」；[30]在返都供職於國立禮樂館期間曾徵求「典禮樂」，希望音樂走向「中國作風」，並認為國樂的建立，關係到整個的建國工作。[31]《泱泱》討論國歌、清代祭孔樂章、民歌，探討諸如閩劇、秦腔、鳳陽花鼓等地方戲曲等，正是盧對「國樂」關注的表現。就印石言，《泱泱》介紹的最重要作品便是金石名家王王孫的〈正氣歌〉，他在抗戰期間完成的 60 方〈正氣歌〉印石，極大的鼓舞了抗戰士氣，盧認為「這是金石在戰時的一大貢獻」，這項傳統藝術以其正氣鏗然走向了時代。[32]傳統的書畫同樣是《泱泱》著力呈現的藝術，其中尤以藍田玉的〈淇園書談〉以及李樹滋談中國文人畫的系列文章最成規模。

值得專門提出的是，1947 年底《泱泱》上展開了國畫問題的論戰，該論戰由北平藝專校長徐悲鴻和國畫組秦仲文等三教授關於國畫課程等問題的爭論引起，在北平藝術界引起強烈風波的這場爭論在《泱泱》上同樣引起激烈的反響，以鄭曼青、譚竹師、金城生為代表的擁國畫派、擁徐派、折衷派各執己見，甚至到了劍拔弩張的地步。盧冀野則結合自己的「建文」主張，對論戰作出了總結和評述。他把此次中西畫的論戰，與中西樂、中西醫，乃至中西文學的爭論綜合起來，並由此把國畫論戰引向中國新的文學藝術如何建立、中國如何走向「文藝復興」這些帶有根本性的論題，希望在《泱泱》上展開討論。[33]盧自己的觀念明顯傾向於「從舊到新」而非「以新代舊」，傾向於「緩進」而非「急進」，延續著舊瓶新酒的主張，

---

[30] 盧前：《盧前筆記雜鈔》（北京：中華書局，2006 年），頁 361-362。

[31] 盧冀野：〈在進步中退步〉，《泱泱》，1946 年 5 月 1 日。

[32] 盧冀野：〈鐵筆在王孫的手裡〉，《泱泱》，1946 年 11 月 6 日。

[33] 關於國畫的論戰，參見《泱泱》，1947 年 11 月 16 日到 12 月 5 日，盧文標題為〈「國畫論戰」宣布終結——並借這「終結」轉到另一個新的論題〉。

但《泱泱》還是容納了眾多聲音，其中以中央政治大學校長顧毓琇的長文〈中國的文藝復興〉最有分量。顧文是抗戰以來繼李長之《迎中國的文藝復興》集後又一篇討論中國文藝復興問題的論文，分為〈文學革命與文藝復興〉、〈文化根源與創造活力〉、〈文化交流與時代使命〉、〈舊文藝的新認識〉、〈新文藝與新時代〉五篇，主張從「文化的根源」重找「創造的活力」，從五四的「文學革命」走向當下的「文藝復興」，打通古今中外，發抒健康、有朝氣的「盛世之音」，創作含有中國情趣和民族格調的文藝作品。[34]顧毓琇提倡的「文藝復興」，在一定程度上是對《泱泱》「建文」理念的學理化和深化。可以說，1940 年代《泱泱》以自己的建文主張以及對文藝復興問題的關注，形成了頗為厚重渾樸的風格，對中國文藝的發展方向作出了自己的探索；相對於之前的學衡派、國風社等，因為《泱泱》在具體的創作方面著力甚多，拿出了代表自家主張的大量作品，而顯得更為切實、具體。

三

盧冀野出生於南京，自稱是「生於斯，長於斯，老於斯，死於斯」的「真正南京人」，[35]在文壇上也有「金陵才子」的雅號，南京文史掌故自然在《泱泱》上佔據了重要地位。

顧毓琇在〈中國的文藝復興〉中把文藝作品分成兩種，一種是健康的「盛世之音」，一種是頹廢的「衰世之音」，認為中國要走向文藝復興，必須發揚前者，堅決排除後者，提倡有朝氣的、向上的作品，這和盧冀野提倡的建文運動，以及「開明的，活潑潑的，有熱力，有生命的文學」有著內在的相通性。上文已經談到盧如何以「建文」為旨，利用副刊展現「泱泱國風」，分析了《泱泱》的厚重渾樸處，對於《泱泱》偏於哀婉文弱，對「建文」之旨有所消解的一面我們也不該忽視。

南京曾在吳、東晉、宋、齊、梁、陳、南唐、明太祖、太平天國等朝立為國都，白眉初教授在〈國都問題〉中指出，南京作為國都共四百餘年，

---

34 顧毓琇：〈中國的文藝復興〉，《泱泱》，1947 年 12 月 15、19、22、26、28 日。
35 盧冀野：〈復興南京之路〉，《泱泱》，1946 年 3 月 3 日。

卻經歷了十個朝代，總體上「非偏安，即年促」，「除朱明以外，皆為偏安，而無一能成統一之局者」。[36]表現南京的文史風物是《泱泱》的一個重點，「偏安」、「年促」中呈現的文弱之氣也自然呈現於《泱泱》中。首先便是南京歷史上自六朝以來精緻與文弱夾雜的「奢靡之習」，作者指出，金陵為六朝首都所在，而朝廷取士，專以風貌為重，於是青年學子，競以華服為飾；明初遷杭嘉諸郡右族以實京師，達官健吏日夜馳鶩於其間，廣奢其氣，遊士豪客，競千金裘馬之風，甚至良好家庭，亦染膏唇耀首之習；晚明萬曆之際，僅以當時大丈夫所戴之冠巾而言，其名稱即有十餘種之多，而附屬裝飾品，更不勝枚舉；清初則秦淮大盛，板橋雜說所謂欲界之仙都，生平之樂國，杜濬秦淮登船鼓吹歌所謂「普天物力東南頃，豪奢橫溢撒向水」，便是當日南京豪奢、文弱生活的寫照……[37]《泱泱》中輯錄的吟詠金陵的詩詞歌賦，多夾雜哀婉之調與悲涼意境，周石公所輯〈金陵詞征〉，[38]讀來便是滿目蕭條，如江陰王東田曙之〈醉蓬萊・金陵懷古〉一詞：

> 吊青山多少，金粉風流，總歸何處。衰草茫茫，盡南朝丘墓。白下城邊，華林園裡，有夕陽來去。俛仰人間，花開花落，便成今古。七夕針拋，景陽鐘斷，六代繁華，西風禾黍。一帶寒蟬，是台城舊路。為問當年，飛飛燕子，更夢誰朱戶。如此江山，傷心小庾，江南詞賦。

楊荔裳〈渡江雲・渡江赴金陵〉一詞「魂銷，當年金粉，何處樓台，漸荒涼多少，憑檢點香箋螺墨，閒賦南朝」等句也令人感喟；張岱在《陶庵夢憶》中關於「便寓、便交際、便淫冶」的秦淮河河房以及戴名世在《夏庵集》中關於秦淮 5 月船燈之記錄，[39]雖是一片畫船簫鼓宴歌弦管之承平之景，但歷史的悲挽也如影隨形在這番影影綽綽的盛世繁華中。與這座城市相關的文人與作品，除明末「南都四公子」以及復社、幾社曾在明社將

---

[36] 白眉初：〈國都問題〉，《國聞週報》，第 5 卷 25 期，1928 年 7 月。

[37] 絕塵：〈南京歷史上的奢侈風氣〉，《泱泱》，1946 年 4 月 19 日。

[38] 周石公：〈金陵詞征〉，《泱泱》，1946 年 4 月 30 日、1946 年 5 月 1 日、1946 年 5 月 2 日。

[39] 開森：〈明代秦淮〉，《泱泱》，1947 年 6 月 15 日。

墟之際「挺其英華，奮其鐵腕」，帶來幾絲剛健之氣外，[40]更多的記憶是哀婉。南唐二主尤其是後主「以南朝天子，而為北地幽囚」，其詞作正是這種哀婉記憶的極致。《泱泱》追溯南京文史，後主李煜其人其作必然在視野之中，詹幼馨、唐圭璋、金啟華等研究者在關於後主之詞、畫、書法、性格命運的研究中與研究對象心心相通，《泱泱》也由此蒙上了輓歌般的氛圍，映照著 1940 年代末惶惶然的南京城。盧冀野在編輯《泱泱》外，還從 1946 年底開始任南京市通志館館長，並主編《南京文獻》雜誌，自 1947 年 1 月至 1949 年 2 月，共出版 26 期。《泱泱》在關於南京文史記憶方面的悲婉情調與《南京文獻》是相近的，比如該刊輯錄的咸豐年間南京文人張汝南之〈江南好辭〉集，雖曰「江南好」，實則句句含淚，緬懷著太平天國事起前金陵城的昔日繁華，而盧冀野自己所作的〈冶城話舊〉也以〈哀江南曲〉開篇。[41]

《泱泱》之呈現哀婉之氣，對該刊號召「建文」運動、展現「泱泱國風」的宗旨有所消解，一方面固然與上述文史記憶相關，更重要的則是時局使然。到 1948 年，在國共戰爭中，國民黨已經逐漸喪失自己的軍事優勢，轉向節節敗退，加之腐化的盛行和經濟的瀕臨崩潰，不獨下層民眾生活無著，包括大量公教人員在內的知識分子層生活也陷於絕望，「（滾繡球）頭上千絲白，眼前一抹黑，難關怎渡，眼巴巴渴望昭蘇。妻號寒，兒肚餓，走投無路，急煎煎亂把天呼……」[42]正是這種絕望的寫照，而與之形成反差的則是佔有經濟、政治特權的豪富階層的存在。在這種情況下，《泱泱》所發出的自然不可能再是「中興鼓吹」之聲。盧冀野自己便作〈浣溪紗〉自我解嘲「百無一用」，並決定由此止筆：

> 燈火蕭蕭益苦辛，於時何補費精神！百無一用笑詞人。鼓吹猶堪士氣揚，經句宵坐為誰呻？世間那有百年身？[43]

---

[40] 任鼐：〈侯雪苑詩風宗杜〉，《泱泱》，1947 年 1 月 14、15 日。

[41] 盧冀野：〈冶城話舊〉，《南京文獻》（4），1947 年 4 月；張汝南：〈江南好辭〉，《南京文獻》（13），1948 年 1 月。

[42] 冷廠：〈幣制改革後搶風四起生計維艱中夜不寐感而有作〉，《泱泱》，1948 年 11 月 8 日。

[43] 盧冀野：〈浣溪紗〉，《泱泱》，1948 年 11 月 24 日。

傳統的詞體，在《泱泱》上曾被寄予厚望，而這時似乎又後退回自我吟唱中，僅成「從過去年月中遺露出來的一串珠華」而已，「耐盡寒夜初入睡，願作華燈，和夢同來去」（調寄蝶戀花）、「重來處處驚蕭索，樹樹悲搖落」（虞美人）、「愁省南朝前事，怕桃花扇底，又送南朝」（聲聲慢）等已全無中興鼓吹的豪逸之氣，張樂翁的《水龍吟》更是只有「幾行清淚」：

> 浪花淘盡興，大江東去渾無際。依稀只有青山未改，雲髮煙髻。王氣全銷，霸圖空說，獅兒虎子。對三山二水，登臨寄慨，有多少滄意。……呼號肅殺，悲哉秋氣。詞客哀時，羈人撫景，有誰知此！已無多俠骨，更能消得幾行清淚。[44]

詞體如此，詩與曲亦如此，葉嘉瑩便在其〈晚秋雜詩〉吟詠「二十年間惆悵事，平隨秋思入寒空」，在其散曲小令〈叨叨令〉表露飄然世外之念：「說什麼逍遙快樂神仙界，有幾個能逃出貪嗔癡愛人間債，休只向功名利祿爭成敗，盛似那秦皇漢武今何在，……則不如化作一點輕塵飛向青天外」。[45]盧冀野大力提倡的建文運動，恐怕遠非這種看淡塵世、飄然世外的心境吧。

另外，1948 年陳樹人、陳布雷等擅長傳統文史的「黨國先進」，趙堯生（香宋老人）、吳向之、石弢素這些「文壇耄耋」，以及喬大壯、賀壯予等首都文藝界活躍者相繼去世，《泱泱》上隨之遍布挽聯和祭奠詩文，這些借他人杯酒，澆自己塊壘式的詩文，也使《泱泱》彌散著一種化解不開的愁緒。所謂中興鼓吹，所謂泱泱國風，更適宜於太平盛世與剛健的建國之氣，在這種哀思與愁緒中已很難尋覓。盧冀野與《泱泱》副刊 1940 年代後期宣導「建文」運動，希望在文藝作品中灌注民族精神、展現「盛世之音」與「大國民的風度」，顯示出作為《中央日報》副刊的應有的格局與氣魄，也有給現代文壇開創融通新舊文學的另一脈作品的可能。但文學作品的整體氣象不可能脫離時事與世情，這也可以說是《中央日報》副刊的某種宿命。

---

[44] 尉梅：〈微明小唱〉，《泱泱》，1948 年 10 月 28 日；王孝楚：〈聲聲慢〉，《泱泱》，1948 年 11 月 9 日；張樂翁.：〈水龍吟〉，《泱泱》，1948 年 11 月 24 日。

[45] 葉嘉瑩：〈晚秋雜詩〉，《泱泱》，1948 年 11 月 9 日；〈叨叨令〉，《泱泱》，1948 年 11 月 29 日。

主要參考文獻

一、專著

盧前：《盧前詩詞曲選》，北京：中華書局，2006 年。
盧前：《盧前文史論稿》，北京：中華書局，2006 年。
王衛民：《吳梅評傳》，石家莊：河北教育出版社，2002 年。

二、期刊文章

王家康：〈四十年代的詩人節及其爭論〉，《中國現代文學研究叢刊》，2003 年（1）。
郭沫若：〈民族形式商兌〉，重慶《大公報》，1940 年 6 月 9 日（2）。
景昌極：〈新理智運動芻議〉，《國風》8 卷 4 期，1936 年 4 月。
張其昀：〈劉伯明先生逝世紀念日〉，《國風》1 卷 9 期，1932 年 11 月。
盧冀野：〈所望於今之執筆者〉，《東南論衡》，1926 年 12 月 25 日（28）。
盧冀野：〈民族詩雄丘逢甲先生〉，《民族詩壇》2 卷 5 期 1939 年 3 月。
盧冀野：〈吳芳吉評傳〉，《民族詩壇》3 卷 6 期，1939 年 10 月。
盧冀野：〈冶城話舊〉，《南京文獻》，1947 年 4 月（4）；張汝南：〈江南好辭〉，《南京文獻》，1948 年 1 月（13）。

三、原始報刊

《中央日報》，1938 年－1957 年。
《泱泱》，1946 年－1948 年。

黨報如何摩登
——1928 年《中央日報》副刊《摩登》的梳理

■田松林

作者簡介

田松林，男（1986-），漢族，四川德陽人。陝西師範大學文學院博士研究生，主要從事中國現當代文學研究。

内容摘要

創刊於 1928 年上海的《中央日報》「以本黨之主義政策為依歸」為本刊主旨，以鞏固蔣介石的新政權，但作為其第一副刊的《摩登》，卻在很大程度上違背了這樣的創刊宗旨。以「進步」「現代」「批判」「自由」為標籤的《摩登》，並沒有受《中央日報》的約束而循規蹈矩，反而標榜「摩登主義」、「摩登精神」，甚至揭露、諷刺國民黨政府或領導的不當行為。因此，《摩登》在《中央日報》副刊中是個特殊的存在，分析它的主編問題、創作宗旨、創作群體和代表作品、停刊原因等，對於我們瞭解現代思想在中國的傳播和重新認識《中央日報》副刊都有重要的價值和意義。

關鍵詞：1928 年、《中央日報》、《中央日報》副刊、《摩登》副刊

一、前言

1928 年遷至上海的《中央日報》發行時間為 2 月 1 日至 10 月 31 日，共出版了 273 期。在第 1 期主刊中，三篇「發刊詞」，即蔡元培的〈賀詞〉、吳敬恒的〈祝詞〉和何應欽的〈本報的責任〉，表明了其辦刊主旨。時任中央研究院院長的蔡元培手書〈賀詞〉，建議《中央日報》的辦報方針要取中庸之道，以建設為主，「黨外無黨，囊括長材，進取保守，相濟無猜。進取過激，是曰惡化；寧聞碎玉，果愈全瓦。保守已甚，腐化是懼，或開倒車，或封故步；補偏救弊，賴有讜言。後知後覺，努力宣傳。嚴戒訐攻，多籌建設，忝屬同志，敢告主筆。中央日報萬歲。」[1]吳敬恒在〈祝詞〉中希望《中央日報》貫徹孫中山總理的主張，起到監督的作用，「幸而尚有于右任先生敢言世界最優良之主義，為孫文主義。願貴報主張而實行之，為總理吐氣。三民主義萬歲，中央日報萬歲，中華民國萬歲。」[2]時任國民黨第一軍軍長兼黃埔軍校教育長何應欽在〈本報的責任〉中要求《中央日報》應起到為國民黨宣傳的作用，並給出了五點意見：與民更始、摒棄共產黨理論、進一步宣傳三民主義、準備訓政方案、打倒一切惡勢力。要求《中央日報》應「代表本黨之言論機關，一切言論，自以本黨之主義政策為依歸，不致有倚輕倚重之弊」。[3]從這三篇重要的發刊詞中不難看出南京國民政府對於《中央日報》的重視，想通過《中央日報》來加強宣傳國民政府和三民主義的目的，並以此來鞏固剛在形式上統一中國的以蔣介石為代表的國民黨的地位。這三篇發刊詞也成為了目前學界認定 1928 年國民政府加強意識形態控制的依據。

然而，《中央日報》在實際運行過程中並未淪落為一個意識形態的傳聲筒，它有著自身的複雜性和豐富性，這一點從其主編彭學沛的言辭中就可以看出。《中央日報》主編彭學沛，對於這一時期蔣介石領導的國民黨和辦好《中央日報》是充滿希望的。他在第 1 期《中央日報》中發表的〈射進窗子裡的太陽光〉中說道：「只有拿道理來說服的，只有拿精誠來感動

[1] 蔡元培：〈賀詞〉，《中央日報》，1928 年 2 月 1 日。
[2] 吳敬恒：〈祝詞〉，《中央日報》，1928 年 2 月 1 日。
[3] 何應欽：〈本報的責任〉，《中央日報》，1928 年 2 月 1 日。

的……暴力的時代過去了，今後在黨內，在國民政府治下的政治活動，已經走進了一個新時代，走進了民主主義的時代，民權主義的時代……我們相信國民黨的主義不僅僅是反共產黨的，不僅僅是消極的」。[4]由此可見，主編彭學沛在辦報初期對蔣介石領導的國民政府和《中央日報》的信心，通過「太陽光」和「新時代」，強調了「民主」「民權」，這在一定程度上也表明了《中央日報》所宣揚的意識形態有現代性和進步意義。而其副刊《摩登》，更是積極宣導摩登精神，甚至把摩登與國民黨直接聯繫起來，從而把這種現代性和進步意義推送到了一個全新的高度。

二、關於《摩登》副刊的主編

《摩登》副刊共發行了二十四號，時間為 2 月 2 日至 3 月 13 日。在搜集有關《中央日報》的資訊時，大部分資料都顯示 1928 年《中央日報》副刊《摩登》的主編是田漢或者王禮錫，或田漢和王禮錫為共同主編。例如，馮並在《中國文藝副刊史》介紹有關左翼文化運動與報紙副刊中寫道：「田漢是受到《中央日報》社王禮錫的約請，編輯《摩登》副刊的。」[5]《田漢年譜》中有關田漢 1928 年 2 月的資訊時寫道：「2 日，開始為上海《中央日報》編副刊《摩登》，所得編輯費均用於籌建南國藝術學院。」[6]《王禮錫研究資料》在介紹王禮錫生平時是這樣論述的：「1928 年初抵上海，參加《中央日報》編輯工作。2 月 2 日，與田漢共同主編的《中央日報》副刊《摩登》創刊。」[7]《王禮錫文集》中這樣介紹其生平：「1928 年初回到上海，參加《中央日報》副刊《摩登》的編輯工作。」[8]以及《王禮錫傳》在第 3 章第 2 節的《摩登》主編這一部分，直接認為主編者是王禮錫：「2 月 8 日，主編先生亮出了他的大名——王禮錫，發表了他的第一篇摩登的關於《詩經・國風》的文藝評論。」[9]

---

[4] 彭學沛：〈射進窗子裡的太陽光〉，《中央日報》，1928 年 2 月 1 日。

[5] 馮並：《中國文藝副刊史》（北京：華文出版社，2001 年），頁 309。

[6] 張向華：《田漢年譜》（北京：中國戲劇出版社，1992 年），頁 102。

[7] 潘頌德：《王禮錫研究資料》（北京：知識產權出版社，2010 年），頁 7-8。

[8] 王禮錫：《王禮錫文集》（北京：新華出版社，1989 年），頁 2。

[9] 顧一群：《王禮錫傳》（成都：四川大學出版社，1995 年），頁 37。

以上都表明了 1928 年《中央日報》副刊《摩登》的主編是田漢和王禮錫。但是筆者在閱覽這一年的《中央日報》影印版時發現，田漢在 1928 年 2 月 4 日的《摩登》（第 2 號）上發表的〈黃花崗〉（長篇革命史劇）中寫道：「南國特刊發行至二十餘期以意見不合停刊，〈黃花崗〉寫至第二幕發端便擱筆了。從 14 年雙十節到 17 年 3 月又經過三、四年的歲月了。〈黃花崗〉一直沒有寫完。《中央日報》出版鄧以蟄先生主編《摩登》又以寫完此篇為囑。」[10]在這裡田漢說明了《摩登》的主編是鄧以蟄。筆者認為，既然是田漢自己說的，那《摩登》的主編應該是鄧以蟄，而不是田漢和王禮錫。既然《摩登》的主編是鄧以蟄，那就有必要瞭解鄧以蟄的文藝思想。

鄧以蟄作為中國現代美學思想史上的「南宗北鄧」中的「北鄧」，其在 20 世紀 30 年代前的美學思想是「基於黑格爾的客觀唯心論基礎之上，主張藝術不是對自然現象的摹仿，而是去表現一種本質性的、深刻的、訴之於人的心靈的精神內容。並以這種理想的藝術對抗那種給人以官能快感的『膚泛平庸』的低級藝術，從而提倡一種為人生和民眾的藝術」。[11]這種文藝思想和田漢、王禮錫所辦的南國社宗旨「團結能與時代共痛癢之有為的青年作藝術上之革命運動」是相呼應的。[12]但是查閱鄧以蟄的相關資料，都沒有他在這一時期編輯副刊《摩登》的資訊。

「摩登」一詞，《申報月刊》第 3 卷 3 號（1934）的「新詞源」欄中曾有解釋：摩登一辭，今有三種的詮釋，即：（一）作梵典中的摩登伽解，係一身毒魔婦之名；（二）作今西歐詩人 James J.Mc Donough 的譯名解；（三）即為田漢氏所譯的英語 Modern 一辭之音譯解。而今之詮釋摩登者，亦大都側重於此最後的一解，其法文名為 Moderne，拉丁又名為 Modernvo。言其意義，都作為「現代」或「最新」之義，按美國韋勃斯脫新字典，亦作「包含現代的性質」，「是新式的不是落伍的」的詮釋。（如言現代精神者即稱為 Modern spirit 是。）故今簡單言之：「所謂摩登者，即為最新

10 田漢：〈黃花崗長篇革命史劇〉，《中央日報》，1928 年 2 月 4 日。

11 唐山林：〈鄧以蟄美學思想研究現狀及其理論探討〉，《貴州師範大學學報》（2013 年（2）），頁 109。

12 趙家璧：《中國新文學大系》（第 10 集）（上海：上海文藝出版社，1981 年），頁 204。

式而不落伍之謂，否則即不成其謂「摩登」了。」[13]第三條中提到最早用「摩登」音譯「modern」出自田漢之手，而 1928 年《中央日報》副刊《摩登》的創刊號中還刊登了南國社成員之一的徐悲鴻的畫作為副刊《摩登》的封面，並在署名「記者」的《摩登宣言》中說道：「『摩登者』西文『近代』modern 的譯音也。」[14]由此可以推斷出「記者」應該是田漢，並且在〈摩登宣言〉裡強調執政黨應該「勵精圖治真能以國民之痛癢為痛癢，所謂摩登之國民黨也。反此則謂之『不摩登』，或謂之腐化惡化，自速其亡耳」[15]。這和南國社成員擬定的《南國社簡章》中的宗旨都用了「痛癢」這個詞，並且反映的大意是相同的，即不論是執政黨還是青年，都應該與時代和國民共痛癢。再加上王禮錫於 1928 年 2 月 11 日在《摩登》上發表的〈國風冤詞〉小序中最後的落款是：「一九二八年二月七日寫於中央日報館編輯部。」[16]由此，筆者推斷 1928 年《中央日報》副刊的主編者名義上是鄧以蜇，但是田漢和王禮錫應該是《摩登》的主要負責人和執行者。因為《摩登》停刊後，田漢和王禮錫就再也沒有在這一年的《中央日報》其他副刊中發表過任何作品了，而其他在《摩登》上發表過作品的作家還繼續發表過作品，如林文錚、常乃德、沈從文等。

三、《摩登》副刊的創刊主旨

1928 年 2 月 2 日，《中央日報》副刊《摩登》創刊併發行了第 1 號，編輯用「摩登」一詞作為刊名可謂別具匠心。「摩登」這個詞的出現除了其本身具有很強的外來意味外，即「modern」的譯音為「摩登」，它還可以對當時的社會和文化上的各種新潮現象進行比其他辭彙更為準確的表達。而編輯將「摩登」這個詞作為國民政府的大型機關刊物的副刊刊名，在當時不但是一種大膽的挑戰，也體現了編輯的創新意識和對現代性的強烈追求。其主要負責人田漢在發刊詞〈摩登宣言〉中更是表明了其對「摩登」的定義以及副刊《摩登》的創刊宗旨：

---

[13] 《申報月刊》（1934 年（3）），頁 3。

[14] 記者：〈摩登宣言〉，《中央日報》，1928 年 2 月 2 日。

[15] 同上註。

[16] 王禮錫：〈國風冤詞〉，《中央日報》，1928 年 2 月 11 日。

「摩登」者西文「近代」modern 的譯音也。

歐洲現代語中以摩登一語之涵義最為偉大廣泛而富於魔力。

吾人今日所享受者莫不為摩登的產物，吾人日日所利用者為摩登物質文明，所鑽研者為摩登科學，所組織者為摩登思想，所欣賞者為摩登文藝，所晉級者為摩登男女，乃至國家與國家相殺，民族與民族相殺，政派為政派相殺，階級與階級相殺。使用者又皆為摩登戰術，摩登武器。

居摩登之世而摩登者無不昌，不摩登者無不亡，偉哉摩登之威力也。

中國國民黨者摩登國民運動，摩登革命精神之產物也。國民黨之存亡亦觀其能摩登與否為斷。勵精圖治真能以國民之痛癢為痛癢，所謂摩登之國民黨也。反此則謂之「不摩登」，或謂之腐化惡化，自速其亡耳。

摩登之發刊本摩登精神以為新時代的先聲。摩登精神者自由的懷疑的批判的精神也。

但摩登之天職更有大於此者，將細意的研究摩登的思想問題，更不斷的發表摩登的戲曲詩歌小說。

摩登者現代青年之夢鄉 Dreamland 也。

從「宣言」中可以看出田漢對「摩登」一詞的定義是積極的、先進的、現代的，正如他在回憶自己的電影劇本《三個摩登女性》（1932）的創作動機時所說：「那時流行『摩登女性』（Modern Girls）這樣的話，對於這個名詞也有不同的理解，一般指的是那些時髦的所謂『時代尖端』的女孩子們。走在『時代尖端』的應該是最『先進』的婦女了，豈不很好？但她們不是在思想上、革命行動上走在時代尖端，而只是在形體打扮上爭奇鬥豔，自甘於沒落階級的裝飾品。我很哀憐這些頭腦空虛的麗人們，也很愛惜『摩登』這個稱呼，曾和朋友們談起青年婦女們應該具有和爭取的真正的『摩登性』、『現代性』。」[17]田漢賦予「摩登」的意義是思想層面上的，不是簡單的物化層面，《三個摩登女性》的主題是「突出體現了只有自食其力、最理智、最勇敢、最關心大眾利益才是當代最『摩登的女

[17] 田漢：《田漢文集》（第 11 卷）（北京：中國戲劇出版社，1984 年），頁 464。

性』」。[18]所以田漢在發刊詞中強調了其「摩登精神」是「新時代的先聲」，是「自由的、批判的」，其「摩登職責」是通過「摩登」的戲曲、詩歌、小說的形式表現其「摩登思想」。而這種「摩登思想」是可以「團結能與時代共痛癢之有為的青年作為藝術上之革命運動」。[19]在第一號的《摩登》副刊中還刊登了徐悲鴻的一幅畫——在清晨的曙光中，一隻公雞站在山頭大鳴，這幅畫也是《摩登》宗旨的具象化。

從《摩登》首刊發表的「宣言」和「公雞畫」中，可以看出田漢在當時混亂的社會環境下提出這種「摩登思想」的「用心良苦」。它既表達了田漢對推翻清朝封建舊體制的國民黨的鞭策和期許，也體現了他對國民，特別是對青年人能擁有「摩登思想」的鼓勵和期許。正如其在〈南國藝術學院創立宣言〉中說的那樣：「新時代之劃成恒賴有力的藝術運動為之先驅。在此混亂時勢而言藝術運動，首在得此時代同呼吸共痛癢之青年而與以必要的適當的藝術訓練。」[20]而這種「藝術訓練」是需要符合其文學宗旨的藝術作品，所以田漢在首刊中又繼續發表了一篇〈薔薇與荊棘〉，文中通過由日本文藝批評家廚川白村先生的論文〈惡魔的宗教〉而引出「薔薇和荊棘」這個主題，並認為「一切偉大的文學產生於荊棘之中的時候多於薔薇之中。但年輕的沒有經驗的人只知道在薔薇中去找文學，不知道在荊棘中去找文學」。[21]在文章的最後，田漢還呼籲作家應該「努力去思索他的悲愁，把他當作世界的苦海中渺小的一滴去思索⋯⋯誰也不休妄想，他自己底特殊的悲愁，他個人的損失，他個人的痛苦，他個人的痛苦在文學上有何價值，除掉那真能代表人類生活底大痛苦的」。[22]不論是在中央日報的副刊《摩登》，還是在其成立的文藝社團中，田漢作為《摩登》的主要負責人和南國社的院長，他的這種文藝思想是始終一致貫通的，並希望借助《中央日報》在當時社會上的傳播力和影響力來發揚其文藝思想和實現其文藝理念。

---

[18] 郭華：《老影片（1905-1949）》（合肥：安徽教育出版社，2004 年），頁 53。

[19] 趙家璧.乙種：《中國新文學大系》（第 10 集）（上海：上海文藝出版社，1981 年），頁 204。

[20] 張向華：《田漢年譜》（北京：中國戲劇出版社，1992 年），頁 101-102。

[21] 田漢：〈薔薇與荊棘〉，《中央日報》，1928 年 2 月 2 日。

[22] 同上註。

四、《摩登》副刊的創作群及其作品

在出版發行的二十四期《摩登》副刊中，刊載的作品有一半都是南國社成員的作品。例如，田漢的戲劇作品〈黃花崗〉，王禮錫的文藝評論作品〈國風冤詞〉，歐陽予倩的小說〈傷兵的夢〉，徐悲鴻的〈革命歌詞〉及畫作，田漢的學生左天錫的短篇小說〈虛驚〉等等。除了這些南國社成員的作品之外，副刊《摩登》還刊載了其他文藝社團成員或個人作家的作品，例如狂飆社成員常乃德的〈柳子厚思想之研究〉，新月社的陳西瀅的譯述作品〈拿龍先生的外遇〉，文學研究會成員金滿成的〈時髦女子則抱獨身主義〉，藝術研究會成員劉開渠的〈枕頭〉、劉既漂的〈對於國立藝術學院圖案系的希望〉、李金髮的〈婦人日記〉，覺悟社成員吳瑞燕的〈戲劇與模仿〉，個人作家沈從文的小說〈爹爹〉、嚴仲達的〈葛覃〉等。這些作品的文藝形式多樣，有小說、散文、戲劇，也有詩歌、評論、小品文；文學思想豐富，作家們屬於不同的文藝流派，並持有不同的政見，使得作品的思想包羅萬象、姿態萬千。這確實如編輯者在《摩登》中所「宣言」的：「摩登之發刊本摩登精神以為新時代的先聲。摩登精神者自由的懷疑的批判的精神也。但摩登之天職更有大於此者，將細意的研究摩登的思想問題，更不斷的發表摩登的戲曲詩歌小說。」[23]各種文藝思想，在《摩登》這塊文藝園地上盛開了各式各樣的「摩登」之花。

五、代表作品分析

（一）田漢的〈黃花崗〉

田漢在 1928 年 2 月 4 日、5 日、9 日、11 日、13 日、14 日、16 日、21 日和 3 月 4 日、6 日、8 日的《中央日報》副刊《摩登》上連續發表了其戲劇作品〈黃花崗〉，內容包括為〈黃花崗〉新作的序以及第一幕的第一場和第二場。雖然《摩登》上只刊載了〈黃花崗〉的第一幕內容，但這並不影響我們瞭解田漢創作這部戲劇時的創作態度、動機以及其文藝思想。

[23] 記者：〈登宣言〉，《中央日報》，1928 年 2 月 2 日。

田漢在當時的國民黨機關刊物《中央日報》副刊《摩登》上發表〈黃花崗〉這個舉動，讓有些人認為其作品成為狹隘的國家主義宣傳品，所以田漢在為〈黃花崗〉新寫的序中一開頭就表明了其「並非立意要寫一篇非欲為任何黨作宣傳的戲曲，而不能禁其創作熱者，則此種珠玉般的人性使人不能不為之歌泣興起而已，非獨作者為然任何作家的藝術不曾因寫僅僅的宣傳品而成功，成功的藝術都寫的是永遠的人性。」[24]黃花崗之役在作者看來註定要失敗，但是黃花崗烈士的這種「知其不可為而為之」的精神正是作者田漢所要讚揚和抒寫的，因為這種精神是「人性底珠玉」。[25]但「『自民國肇造變動紛乘』，不獨『黃花崗上一坏土猶淹沒於荒煙蔓草間』，不獨『諸先烈所不惜犧牲生命以爭的主義其不獲實行也如故』。甚至他們所流的熱烈而神聖的血不曾在文藝上留何等的痕跡」[26]，這才是作者寫〈黃花崗〉的真正原因。喚醒國人的「黃花崗」精神，才能使當時的中國真正走向「摩登」世界，正如孫中山先生在〈黃花崗烈士事略序〉曰：「……倘國人皆以諸先烈之犧牲精神為國奮鬥，助余完成此重大之責任，實現吾人理想之真正中華民國，則此一部開國血史，可傳世而不朽；否則不能繼述先烈遺志且光大之，而徒感慨於其遺事，斯誠後死者之羞也。」[27]這是作者寫〈黃花崗〉的真正原因，並無其他人所附加的政治因素。所以田漢對於自己選擇在《中央日報》副刊上發表〈黃花崗〉這樣解釋道：「但我覺得和批評雕刻家的雕刻當以雕刻品為斷一樣，批評文藝也當以作品本身為斷。方今之世諸說並其，無產的作家實在不易找得一十分稱心如意地發表作品的機關，其結果非自己心血肥書賈之腹，即賣盡氣力替某派某系張目，聰明的作家祇除自有的發表機關，否則惟有緘口關筆守『金的沉默』。」[28]在田漢看來，不論自己的作品發表在何種刊物上，都不能改變其「團結能與時代共痛癢之有為青年作藝術上之革命運動」的文學宗旨。既然〈黃花崗〉不代表任何政黨機關，田漢在塑造主人公林覺民形象時，用其寫給他愛妻意映夫人的絕命書中的話來凸顯主人公的「黃花崗」精神：「吾至愛

---

[24] 田漢：〈黃花崗（長篇革命史劇）〉，《中央日報》，1928年2月4日。
[25] 同上註。
[26] 同上註。
[27] 同上註。
[28] 同上註。

汝，即此愛汝一念，使吾勇於就死也。吾自遇汝以來，常願天下有情人都成眷屬，然遍地腥羶，滿街狼犬，稱心快意幾家能夠？司馬春衫，吾不能學太上之忘情也。語云：『仁者老吾老以及人之老，幼吾幼以及人之幼』，吾充吾愛汝之心，助天下人愛其所愛，所以敢先汝而死，不顧汝也。汝體吾此心，於啼泣之餘，亦以天下人為念，當亦樂犧牲吾身與汝身之福利，為天下人謀永福也……」[29]這種精神正是作者田漢所追求和讚揚的。在作者看來，這是一種「偉大的精神」，是「美麗的人性底發現，是後代國民所應何等永遠珍藏者心坎中的珠寶」。[30]這種「偉大的精神」和「美麗的人性」是「人性之真實的莊嚴的態度」，並「超過一切民族意識階級意識」。[31]

這種不為任何政權說話，只為人民發言，且挖掘人性之美的態度，才是田漢作為一個文人所堅守的原則。雖然這種原則給他的生活帶來了許多的困難，但是這並沒有阻擋其對此信念的追求。所以說，田漢自己本身也具有他所讚揚的「黃花崗」精神，這種以天下為己任、知其不可為而為之的精神正是田漢在副刊《摩登》上所開出的人性的「美麗之花」。

（二）王禮錫的〈國風冤詞〉

王禮錫一生都沒有離開過詩，不論是孩童時期的「八步童子」，還是青年時與陸晶清的「詩結同心」，抑或是而立之年以〈熱海男女混浴〉為代表的舊體詩，以及其在抗戰時期寫的長詩〈超天〉等。在他短短的 39 年人生中，王禮錫一直在用詩「戰鬥」。對於詩歌的熱愛，讓這個「五四」新人並沒有停止對舊詩的研究，因為即使是舊詩，也會具有文學的「摩登精神」。正如其在副刊《摩登》上發表的〈國風冤詞〉的小序中說道：「如果文學的摩登精神，是寓在機械而幹峭的時間性裡面，那麼，翁覃溪詰屈聱牙的考古詩，當然摩登於流麗婉轉的子夜歌；章太炎古雅樸茂的選體詩，當然摩登於灶下老嫗可解的秦中吟。如果文學的摩登精神，是寓在白話文言的形式中間，那麼邵康節道學式的擊壤集，當然摩登於杜工部沉雄激越的前後出塞；野雞報章上面拆爛汙的新詩，當然摩登於深哀絕麗的長吉詩了。摩登與否，真如上面所推測。幾千年死在墟墓中的骷髏，正不必

---

[29] 同上註。
[30] 同上註。
[31] 同上註。

我們費氣力去發掘，來佔據充滿了摩登精神的摩登。」[32]由此可見，王禮錫認為文學的「摩登精神」不是以時間順序的先後和語言表達形式的不同來判斷的，即使是古代的詩人，也具有「摩登精神」，只要「詩中充滿了熱烈而真誠的情愫，能夠使隔了千年萬年後的人們發生同感，能夠燃燒千年萬年後人們胸膛中熊熊的烈火，從幾千萬年前至幾千萬年後牠依然是摩登的。」[33]

他還以〈國風〉中〈苤苢〉為例，指出那孤獨的征人所發出的「實命不同」「實命不猶」之歎，質問世人，世中的不平「是不是已經不存在於摩登之世」，[34]世中那些不勞而獲的貪官汙吏「是不是已經絕跡於摩登之世」。[35]綜上可見，王禮錫對於「摩登精神」的理解是不受時間和語言的限制的，只要作品能與讀者產生共鳴並反映現世之問題，那它就是具有「摩登精神」的。而〈國風〉「經過考據家的肢解，理學家的凌遲，幾千年來創傷遍體，身無完膚。」[36]而考據家和理學家又佔據了數千來中國的支配階級，所以，在王禮錫看來，「國風的死，於是乎冤沉海底了！」[37]不論是宋代反對〈詩序〉的三家：鄭樵的《詩辨妄》，王質的《詩總聞》，朱熹的《詩集傳》，還是清代的方玉潤，雖然他們都有一些新的見解，但是在王禮錫看來，「他們總不免『文王之化』等一類鬼話」，[38]比如作者在寫到《苤苢》時，認為「古人解詩，太重在『用』上，所以不是諷刺，就是詠風俗了。」[39]而〈苤苢〉的歌詞迴環婉轉、輕盈搖曳，「不必要瞭解歌中意義，實在足以令人心醉！」[40]被考據家和理學家認為是「貞女不為強暴所汙」或「拒招隱」的〈野有死麕〉，在作者看來「是一首絕妙的情歌，反覆循誦，只覺得柔情婉轉，不覺得凜然不可犯。」[41]在寫到〈桑中〉章時，作者說道：「『桑中』，現在已經成了『苟合』的代名詞。其實桑

---

32 王禮錫：〈國風冤詞〉，《中央日報》，1928 年 2 月 11 日。
33 同上註。
34 同上註。
35 同上註。
36 同上註。
37 同上註。
38 同上註。
39 同上註。
40 同上註。
41 同上註。

中三章，古今沒有人解通過！」[42]而古人賦予《詩經》的「美」、「刺」功用，在王禮錫看來無疑是荒唐至極的，「詩，本是心坎中流出來的情泉，那有這許多目的，那有這許多閒氣，去管什麼美，刺！」[43]並通過對〈木瓜〉這首詩歌的解讀，提出「讀詩——尤其是讀詩經的，第一要打破這個魔障。」[44]這裡的「魔障」即「以意逆志」，所以「詩經本來是一部民間歌謠的總集，那裡可以知道他一定的作者，一定的時代與地域？怎麼可以附會以不相干的事實？」[45]於是他選擇在副刊《摩登》上為幾千年前留下的充滿「摩登精神」的〈國風〉鳴冤，並希望通過自己的「振臂一呼，而引起許多應聲，卒於能為〈國風〉洗雪，那就是我寫這些冤詞的希望。」[46]雖然〈國風冤詞〉因為副刊《摩登》的停刊而終止，但是王禮錫在〈國風冤詞〉中對傳統解讀〈國風〉的澈底反撥和推翻其原來的研究體系，這些都是其所主張的「摩登精神」的一種體現，並為 20 世紀 20、30 年代《詩經》的研究助了一臂之力，也為 20、30 年代興盛的「整理國故」運動添了一瓦。

（三）常乃德〈柳子厚思想之研究〉

副刊《摩登》除了刊載以南國社成員為主的文章外，還刊登了許多其他文學社團成員或個人作家的作品，雖然他們的文學宗旨和抱負不是完全相同，但是這些作品反映了一個基本的原則，那就是「摩登精神」。作為狂飆社成員之一的常乃德，也是在「整理國故」運動中發揮主要作用的文人之一，他在副刊《摩登》上發表的〈柳子厚思想之研究〉中對於重新認識中國古代文學家的緣由這樣解釋：「因為自歐洲文化輸入以來，我們的學術思想換了一番新境界，所以我們研究古人的思想學術能夠另換一種新眼光去看他，容易發現他的偉大之點。」[47]作為中國古代名家的柳宗元，「一千年來都只被看作是文學界的泰斗，但對於他的政治家的抱負；學術

---

42 同上註。
43 同上註。
44 同上註。
45 同上註。
46 同上註。
47 常乃德：〈柳子厚思想之研究〉，《中央日報》，1928 年 2 月 18 日。

的根底，卻完全忽略了。」[48]雖然「他的偉大可算已被人發現一部分了，他可算已經獲得後世一部分的同情了，而且即在他的生時，雖然因為政治運動的關係，終其身被政府當道排斥，不得志而死，然其文章行誼，已經深為世人所重」，[49]但是「柳先生的偉大，果已全被發現了嗎？他的真人格，真精神，他的學問的真根底，思想的最深處，果已全為後世人所瞭解了嗎？」[50]在常乃德看來，柳宗元因為其生在一個重文藝而不重思想的唐朝，所以他註定成為了一個文學家。但是作者卻發現了柳宗元的思想中包含了傳統思想的精髓。作者通過研究柳子厚的〈天說〉和〈答劉禹錫〈天論〉〉這兩部作品作為根據進行分析研究，認為「柳子厚心目中的所謂天完全是一個『快然無知』的東西，不但沒有什麼神靈主宰，抑且沒有什麼理法可以支配到人生的……對於人生並不能有什麼權威。」[51]而當時的老百姓都認為天是一切的主宰，這和柳子厚認為「善惡賞罰的標準完全是人為的」正好相反。[52]因為，常乃德認為這種「主張拿後起的，人為的道德法律去戰勝先天的，自然的野蠻現象，這實在是進化論的思想」。[53]柳子厚的不迷信、重人力，相信公平和民主的「進化論」思想，不論是在當時的中國封建社會，還是在近現代的中國，都是進步的、具有「摩登」精神的，而這種思想正是常乃德所指出的：「我們研究一切歷史，目的不僅在記憶史事而已，最大的希望在鑒往以知來，從過去歷史的痕跡上，歸納出一條現在及以後應遵循的軌道，我們現在研究中國文化史，自然也就是本這個目的，因此對於今後中國文化上的諸問題就不能不加以研究，以為讀完已往中國文化演進情形後的一種參考。」[54]

常乃德用新的視角去研究中國古代文人的思想，並從中發現封建社會的中國在思想上並不是完全中庸的和落後的，以柳子厚為代表的深受法家思想影響的一些中國古代文人，雖然不像當時的人受到西方現代思潮的影

---

[48] 同上註。

[49] 同上註。

[50] 同上註。

[51] 常乃德：〈柳子厚思想之研究〉，《中央日報》，1928 年 3 月 6 日。

[52] 常乃德：〈柳子厚思想之研究〉，《中央日報》，1928 年 3 月 10 日。

[53] 常乃德：〈柳子厚思想之研究〉，《中央日報》，1928 年 3 月 13 日。

[54] 常乃德：〈中國民族與中國新文化之創造〉，《東方雜誌》，24 期（1927 年），頁 13-14。

響，但他們仍具有和西方現代化相似的進步思想，所以對於胡適提出的「東西文化」差異這個概念，常乃德是反對的，因為「一切文化是含有地域性和時代性的，今日中國之新文化，在地域上是『中國』，在時間上是『今日』，所以絕非舊時代，決不能完全承受舊中國的文化。在今日的中國，我們的問題不是怎樣採取，而是怎樣創造，我們依據時代和地域的背景而創造中國的新文化，這是我們今日中國民族唯一的責任。什麼東方文化西方文化之爭，不是我們所要研究的問題。」[55]客觀的認識和研究中國古代的文化思想，既不能全盤西化，也不能完全復古。常乃德的這篇文章不但彌補了我們對於柳子厚思想認識上的不足，也對當時「復古風」和「西化風」的追隨者提了個醒，對於如何認識舊文化、創造新文化提出了自己的見解，這是常乃德在《摩登》副刊上開出的「文化之花」。

在《摩登》副刊停刊後，除了田漢之外，其他在《摩登》上發表作品的作家，如王禮錫的〈國風冤詞〉、常乃德的〈柳子厚思想之研究〉，李金髮的〈婦人日記〉、沈從文的小說等還在這一年的《中央日報》其他副刊繼續刊載，由此可見，《摩登》的停刊並沒有影響其他作家發表作品，這也從另一個方面反映出當時文學創作環境的寬鬆和自由。

六、《摩登》停刊的原因

民國知識分子在《摩登》上盡情發揮他們對社會發展方向的想像和對現代性的追求，但他們所拓展的限度顯然已經超過了國民政府的極限，《摩登》的停刊在一定程度上就是這對矛盾的結果。

《摩登》在3月13日（第24號）發表了一篇署名為「民文」的小說〈亞娜〉，該小說影射和諷刺了當時蔣介石和宋美齡結婚的事情。這篇小說由牧師、新郎、新娘、新娘的母親、賓客一、賓客二、賓客三的對話構成，通過賓客三人對這場婚禮的討論，反映出這是一場建立在權勢基礎上的婚禮。小說通過賓客對新郎一些緋聞的談論，表達了對於新娘的同情以及對牧師的鄙視。如賓客一在回答賓客三對於這場婚禮的疑問中說到：「就是亞娜（亞娜即新娘的名字，隱射宋美齡，筆者注）自己也表示不願意！

[55] 同上註。

怎奈那傢伙又有錢又有勢呢！」[56]甚至還將蔣介石當時的一些風流韻事隱射進去，如賓客二問賓客一新娘為什麼在婚禮中淚汪汪地，賓客一回答道：「我想裡面一定有鬼。你看，是我說的，他們的婚禮一定不會有好下場！江明德（即新郎，隱射蔣介石，筆者注）那傢伙（輕聲）你們還不知道嗎？在景城當團長的時候，就不知道壞過多少人家的好姑娘……」[57]這種大膽地隱射和諷刺執政者的文章發表在中央機關報上，即使在今天，也是很少見的，甚至幾乎見不到，而作為當時《中央日報》副刊《摩登》的主要執行者田漢和王禮錫，雖然靠這份編輯工作的收入籌建南國藝術學院，但他們並沒有使《中央日報》的副刊成為官方的傳話筒來為當權者說話，而是本著他們作為文人所堅持的原則和態度來編輯《摩登》副刊。雖然副刊《摩登》背離了「發刊詞」的主旨，田漢因為這件事也被迫離任副刊編輯，《摩登》也因此停刊，但從另一個側面也反映出這一時期的官方意識形態與知識分子所追求的「摩登」的差異。

七、結語

傳統觀點認為國民黨政府 1928 年之後是加強輿論管制，《中央日報》的三篇「發刊詞」也表明了其態度和主旨，即通過《中央日報》來加強宣傳國民政府和三民主義的目的，並以此來鞏固剛在形式上統一中國的以蔣介石為代表的國民黨的地位。通過梳理發現，1928 年《中央日報》的第一個副刊《摩登》卻積極宣導「摩登主義」、「摩登精神」，甚至把「摩登」和國民黨聯繫起來，遺憾的是《摩登》副刊的這種「高度」並未得到良好地持續下去，僅僅九個月的時間它就被迫停刊，這側面表現了《中央日報》在意識形態面前的某種妥協，也體現了《摩登》與國民黨黨治文化的某種離合。它在 1928 年初得以降生，說明國民黨在「第一次國共破裂」之時並沒有急於加深對文化的管制和約束。

---

[56] 民文：〈亞娜〉，《中央日報》，1928 年 3 月 13 日。

[57] 同上註。

主要參考文獻

一、專著

王金鋙、陳瑞雲：《中國現代史詞典》，吉林：吉林文史出版社，1988年。
王禮錫：《王禮錫文集》，北京：新華出版社，1989年。
周鴻、朱漢國、賈興權：《中國20世紀紀事本末》，第2卷（1927-1949）濟南：山東人民出版社，2000年。
周為筠：《雜誌民國：刊物裡的時代風雲》，北京：金城出版社，2009年。
苗士心：《中國現代作家筆名索引》，山東：山東大學出版社，1986年。
馬焯榮：《田漢劇作淺探》，湖南：湖南文藝出版社，1987年。
張玉法：《中國現代史（上、下冊）》，台北：東華書局，1977年。
張玉法：《中國現代史論集》（第七、八輯），台北：聯經出版公司，1982年。
張向華：《田漢年譜》，北京：中國戲劇出版社，1992年。
張大明等：《中國現代文學思潮史（上、下冊）》，北京：北京十月文藝出版社，1995年。
陳旭麓、李華興：《中華民國史辭典》，上海：上海人民出版社，1991年。
趙麗華：《民國官營體制與話語空間：〈中央日報〉副刊研究》（1928-1949），北京：中國傳媒大學出版社，2011年。
趙家璧：《中國新文學大系》（第十集　史料·索引），上海：上海文藝出版社，2003年。
曠新年：《現代文學與現代性》，上海：上海遠東出版社，1998年。

二、期刊論文

江蘇古籍出版社編：中央日報（1928），南京：江蘇古籍出版社，1994（影印本）。
信力建：〈1928：《中央日報》的「發刊詞」〉，《同舟共濟》（4），2013年。
袁義勤：〈上海《中央日報》始末〉，《新聞研究資料》（3），1985年。
郭輝：〈民國時期黃花崗起義紀念與國民黨政治訴求的表達〉，《廣東社會科學》（3），2011年。
劉家林：〈不應抹去的一段歷史——漢口時期的《中央日報》和《中央副刊》〉，《新聞知識》（6），1990年。

三、學位論文

牟澤雄：《（1927-1937）國民黨的文藝統治》，上海：華東師範大學，2010 年。

短暫的民主
——戰後《中央日報》副刊及國統區文藝的言說環境

■陳靜

作者簡介

陳靜，女，（1989-），四川成都人，西南大學文學院碩士，研究方向為中國現當代文學與現代思想文化。現任職於四川綿陽中學實驗學校，曾發表論文多篇。

內容摘要

抗戰進入相持階段後，國內兩個政治勢力的鬥爭日趨激烈，這種政治氛圍表現在文學上則演變為兩方文化人之間的相互博弈，國民黨對文藝的控制進一步加強。1945 年抗戰勝利，國共兩黨對峙更加明朗化，一般認為此時國民黨為了取得輿論的主導地位，定會進一步加強對輿論的控制，從而導致國統區文藝的言說環境愈加艱難。然而，事實是否如此，我們可以從國民黨當時的黨報副刊《中央日報》副刊中去管窺一二。

關鍵詞：《中央日報》副刊、言說環境、國統區

國民黨在「黨治文化」的精神指導下，試圖利用「三民主義文藝」控制文學藝術活動，排除非國民黨意識形態內的一切進步思潮。如此便造成了國民政府統治時期文藝作品品質低下的現象，真正貼近現實、關注民眾生活的作品幾乎是鳳毛麟角。抗戰時期，在「於團結抗戰無益」的理由下，國民黨不但不允許進步人士和共產黨領導的報紙、刊物、圖書中出現反映國統區現實生活的內容，尤其是有損國民黨形象的負面消息，對自身控制下的報紙雜誌也嚴加審查，在代表國民黨和蔣介石的黨報《中央日報》上，無論是新聞還是副刊，言論更是小心翼翼。抗戰時期的《中央副刊》秉承著國民黨黨治文藝的宗旨，發表的作品總體上是以鼓舞抗戰、對共宣傳為主，但是在抗戰勝利之後，《中央副刊》卻有了異常的轉變，出現了諸多反映現實生活、記錄民眾心理變遷的文學作品，《中央副刊》走入一個前所未有的自由、開放的階段。國民黨黨報副刊的轉變，有其自身發展的主觀原因，又與勝利後的社會局勢有密切關係。同時，《中央副刊》的轉變也折射出整個國統區文學環境的變化。

一、言論尺度的擴大

從抗戰時期和戰爭結束之後《中央副刊》的言論對比當中，可以發現戰後《中央副刊》以及國統區文學的言論尺度發生了巨大變化。在抗戰進入相持階段後，國內兩個政治勢力的鬥爭日趨激烈，這種政治氛圍表現在文學上也演變為兩方文化人之間的相互博弈。歷史劇便在這樣的大環境中繁榮起來。在當時，郭沫若的《屈原》和陽翰笙的《天國春秋》被稱為是歷史劇中的「雙子巨星」，在這兩部歷史劇中，政治意識壓倒歷史意識的思想傾向是不爭的事實，作者都試圖通過歷史事件來揭示國民黨製造「皖南事變」同室操戈的惡行。然而巧合的是，這兩部歷史劇卻先後與國民黨的黨報《中央日報》副刊產生了淵源，更有趣的是，同樣是諷刺國民黨的作品，在戰時與戰後的《中央副刊》上產生的影響卻截然不同。

抗戰進入相持階段後，為了抑制國統區暴露黑暗的風氣，1942 年，時任國民黨中央宣傳部部長的張道藩在《文化先鋒》第 1 卷第 1 期上發表了〈我們所需要的文藝政策〉，該文提出了著名的「六不」政策，即「不專寫社會黑暗」、「不挑撥階級仇恨」、「不帶悲觀的色彩」、「不表現浪漫的情調」、「不寫無意義的作品」，張道藩的文章可以看做是國民黨官方意識形態及其文化政策的集中體現。之後，國民黨政府更是頒布了多種法令法規，如《文化運動綱領》《出版品審查法規與禁載標準》《修正圖書雜誌劇本送審須知》等等，用以控制打壓作家對社會現實的揭露。然而，抗戰進入相持階段後，國民政府統治的各種弊端紛紛暴露，國統區人民的生活備受戰亂和獨裁的壓迫，面對這樣的社會現實，生活在國統區的進步作家們衝破重重阻礙，紛紛在文學作品中對國民黨統治下的黑暗現實進行了辛辣的諷刺，坦率的暴露。國統區再次出現了大批諷刺暴露國民政府黑暗腐敗的作品，比如老舍的《殘霧》，茅盾的《腐蝕》，沙汀的《在其香居茶館裡》等等，而歷史劇成為作家們古為今用，借古諷今，為現實政治鬥爭服務的首選體裁。比如阿英的《洪宣嬌》《楊蛾傳》，歐陽予倩的《忠王李秀成》，陽翰笙的《天國春秋》，郭沫若的《棠棣之花》《屈原》《虎符》《高漸離》等等。尤其是《天國春秋》和《屈原》，被認為是抗戰時期歷史劇的名作。

在抗戰期間，國民黨不光對整個文化界嚴加控制，對於自己的黨報副刊中作品的價值取向，也是極為關注並嚴厲控制的。一旦副刊偶爾出現「越軌」行為，便會受到蔣介石的指責。郭沫若的《屈原》完稿後，重慶各報刊都紛紛向郭沫若索稿，最後郭沫若將首發權交給了《中央副刊》的主編孫伏園，孫伏園於 1942 年 1 月 24 日到 2 月 7 日在副刊上連載了郭沫若的歷史劇《屈原》，結果卻引起軒然大波，遭到了蔣介石和國民黨官員的嚴厲訓斥。該劇創作於 1942 年 1 月國民黨發動「皖南事變」後不久，在劇中郭沫若熱情讚頌了屈原的愛國主義精神，鞭撻了妥協賣國的投降派，借古諷今，對國民黨破壞團結、殘害同胞的惡性進行大膽諷刺，表現出愛國文人對於國民黨製造「千古奇冤」的憤慨和抗議。而孫伏園在《中央副刊》上連載《屈原》的行為被視作是國民黨自己搧自己巴掌的笑話，國民黨文化機構為之譁然，國民黨中宣部部長張道藩和副部長潘公展更是驚呆了：「怎麼，我們自己的報紙嘲罵我們自己？！」[1]潘公展還以「鼓吹爆炸」，「不利精誠團結」為理由，下令禁演該劇。此事也使得蔣介石大為不滿，

---

1 翁植耘：〈郭沫若抗戰時期文學創作〉，《抗戰時期西南的文化事業》（成都出版社，1990 年），頁 68。

將國民黨文化官員痛斥一番，孫伏園也因此被迫離開《中央副刊》。孫伏園離開後，副刊轉向啟用國民黨黨內人士王新命擔任編輯，唯恐類似的事件再次發生，可見戰時國民黨對黨報及國統區文學的控制之嚴厲。

然而在抗戰勝利後，無論是重慶版還是南京版的《中央副刊》都迎來了一股自由民主之風。王新命離開重慶，遂今接手重慶《中央副刊》，副刊言論的尺度大大放寬，其中緣由與編輯的更換有關，但也與勝利後國統區的社會政治局勢密切相連。編輯一改抗戰時期一味迎合政治、教條化的宣傳模式，將其設計為「青年人的寫作園地」，為青年人、普通知識分子提供了自由的交流平台。與抗戰時期形成鮮明對比的是另一部歷史劇《天國春秋》在《中央副刊》中所引起的反響。和同時期的歷史劇一樣，《天國春秋》也是一部諷刺劇。陽翰笙試圖通過改寫歷史劇來表達對現實的不滿，控訴國民黨反動派製造皖南事變的罪行。他自己也承認「《天國春秋》明顯是指桑罵槐，批判大敵當前時『同室操戈』的惡毒行為」，並且他很有信心地認為「當時觀眾對裡面的意思很明白」。[2]《天國春秋》創作於1941 年，然而在 1944 年才得以正式出版，在國民黨戲劇審查最為嚴厲的抗戰中期，《天國春秋》多次遭遇禁演和出版。然而在抗戰勝利後的《中央副刊》上，原本被國民黨視作眼中釘的歷史諷刺劇《天國春秋》卻成為一個可以自由暢談的話題。1945 年 12 月《天國春秋》再次在重慶上演，《中央副刊》緊接著刊載了一系列觀後感，不少文章甚至直接點明《天國春秋》的諷刺主題，並對兄弟鬩牆、同室操戈的行為作出大膽批評。這無疑是在國民黨自己的場地上，當著眾多自己人的面揭示其真面目。「太平天國革命的失敗，分裂實為其主要原因」，「讓這一個不可沒滅的教訓，重新復活在今天人們的心裡，因為革命是一個艱苦的工作，他必須是為人類謀福利，而不是求自己的溫飽。如果在革命的過程中有人想渾水摸魚，趁機獲利，或是有重爭私利而輕大義的現象，未有不招致失敗。我們不該忘記歷史的教訓！」[3]「本來，劇作者避開現實的體裁，從事與歷史劇的縮寫，是有說不出的苦衷，但歷史教訓的感人之深，實比現實的教訓，更發人深省！所謂「引古鑒今」，把今日中國的現狀來與歷史悲劇互相印證一

---

2 陽翰笙：〈回憶抗戰時期重慶的戲劇鬥爭〉，《中國戲劇》第 6 期，1961 年，頁 6-9。

3 雷亨利：〈評天國春秋〉，《中央副刊》，1945 年 12 月 21 日。

下，稍有良知的人是會不寒而慄的！」[4]此類有損國民黨形象的文字本不該出現在國民黨自己的報刊上，然而此時的《中央副刊》主編卻非常歡迎這類文章，沛森將其視作是青年人心聲的吐露，他們既然有一顆赤子之心，《中央副刊》就應該給他們提供自由發表言論的平台。然而，眾所周知，國民黨黨報的編輯歷來沒有如此大的權利，即使是在文藝副刊的編輯中，曾經稍微有點「個性」的，都沒能落得個好結果，孫伏園就是前車之鑒，然而遂今的開放卻並未引起絲毫的漣漪，蔣介石和國民黨宣傳部對此一言不發，沉默可以看作是暗中的容許，而這與戰後國民黨及其宣傳部門在言論控制上的放鬆有直接關係。由此，當有著同樣主題傾向的《屈原》和《天國春秋》與《中央副刊》相遇時，出現如此巨大的反差也就自然能夠理解。

重慶的《中央副刊》開放尚且如此，南京《中央副刊》更是不在話下。南京的《中央日報》在馬星野的主持下不僅開闢多種副刊，在副刊內容上也力求「言之有物」。在《中央副刊》以及《泱泱》副刊中，文人作家們對於國民政府在復員接收過程中的貪汙腐敗問題，進行了義憤填膺的暴露和批評。這類文章緊密關注現實社會和平民百姓的生活，揭示了國民黨政府的腐敗行為和政治危機給普通百姓的衣食住行等各方面帶來的困擾，在憤懣、心酸的語言中表達的是人民對國民政府統治下的政治無能、經濟崩潰、物價飛漲的痛恨和不滿。和抗戰時期的緘默態度不同，《中央日報》副刊一改以往對現實民生不管不問、故意閃躲的態度，表現出大膽揭露甚至打抱不平的新作風，從議論性的雜文，到個人親歷的記敘文，到小說，詩歌，副刊的作者用各種文體表示了對現實社會的積極關注。時任《中央日報》記者的陸鏗也曾感歎過當時《中央日報》的自由度之大。[5]

抗戰勝利後的復員時期，無論是南京版還是重慶版的《中央副刊》，其編輯理念和面貌都發生了如此之大的轉變，對於國民黨黨報副刊來說，自由開放的程度是絕無先例的，而造成這種現象的原因，又與當時的政治、社會、文化局勢密切相關。

---

[4] 田家：〈怎樣才讓歷史的悲劇，不再重演呢？——天國春秋與孔雀膽觀後〉，《中央副刊》，1946 年 4 月 15 日。

[5] 陸鏗：《陸鏗回憶與懺悔錄》（台北：時報文化出版公司，1997 年），頁 63。

二、「先日報，後中央」的路線

抗戰勝利以後，《中央日報》及其副刊出現空前的自由、民主之氣，有其主觀原因。戰後復員的南京《中央日報》由馬星野擔任社長，馬星野本身就是一位新聞學者，在美國密蘇裡新聞學院受到過良好的新聞教育，並將美國的進步新聞理念帶回中國，而此時《中央日報》社內成員大多是馬星野在政校的學生，在他的帶領下，《中央日報》從社長到主筆、編輯、記者，都在無形之中達成一種共識，即本著「新聞自由」的原則辦報。

《中央日報》是國民黨為自身量身訂做的御用宣傳工具，由國民黨中央宣傳部直接領導，向來也不太注意盈虧問題，一向是由國民黨中央財務機構處理。抗戰爆發之前，南京的《中央日報》內容貧乏，形式簡單，儼然一張不受民眾歡迎的「官報」，連年賠本。西遷重慶之後，《中央日報》也只是打著國民黨的招牌有氣無力地維持，雖然也邀請到一批有名的文人作家加入到編輯工作，但因為缺乏自由精神，仍然毫無起色，甚至直接被納入到政治鬥爭的行列中。

馬星野接手《中央日報》後，認為這種經營方式存在很大的弊端。表面上看，《中央日報》是一家報社，而實際上它更像國民黨附屬的一個宣傳單位，馬星野認為，作為一個社會文化單位，尤其是新聞事業單位，它應該有公正的經營原則和獨立的經營理念，如此才能真正做到新聞自由。於是馬星野在上任之後便著手擬定《中央日報》的改組計畫，企圖將《中央日報》改組為股份有限公司，實行企業化的獨立經營。將《中央日報》由黨辦的宣傳機構，改組為企業公司的民營報紙，雖然《中央日報》的根本性質仍然是國民黨的機關黨報，但是改組後社長的職權較之於之前大大加強了。從 1946 年 1 月到 1947 年 5 月的這段時間是《中央日報》實行獨立化經營的試營業階段，也是報紙內部進行改革的開始階段。馬星野的改革計畫給記者、編輯們帶來了自由施展拳腳的機會，尤其是報社中躍躍欲試的年輕人，他們思想自由先進，年輕肯幹，在此基礎上提出了「先日報，後中央」的理念，主張應該以客觀事實為報紙報導的本體，少作宣傳說明，避免黨味太重，「先把報紙辦成一張人人愛看的報紙，然後必要時不知不覺地把國民黨的政策、主張放進去。不要一上來擺出一個『我是中央』的樣子，弄得面目可憎，語言無味」。[6]

此主張的提出立刻受到了報社諸多同仁的支持，《中央日報》也因此銷量節節上升，打破了十八年以來一直賠本的局面。雖然國民黨無論如何不會放棄利用黨報為政治進行宣傳的方針，當時保守派的陶希聖也曾針鋒相對地提出「先中央，後日報」的主張，認為先要擺正黨報的立場，履行為國民黨宣傳的義務，但是「少壯派」提出的主張已經日漸成效，蔣介石也沒有說話，因此「先日報，後中央」的主張在《中央日報》逐漸站穩了腳跟。這個理念某種程度上為《中央日報》打開了半扇言論自由的大門，使得《中央日報》的文章能夠在一定程度上擺脫單一的政治宣傳，新聞的真實性大大提高，至少在反映社會生活這一塊能做到取信於民。

中國向來有文人論政的傳統，辦報人把報紙作為健全輿論活動的載體，都希望把自身的社會正義感訴諸到報刊雜誌中，達到對社會發生積極作用的意義。《中央日報》的成員們也不例外，他們雖然有為政黨宣傳的義務，但馬星野提倡的民主之風給了他們議論現實、關注政治與國家命運的契機，無論是正刊還是副刊的編輯記者們，都以最大的熱情投入到工作中。他們在注重正刊新聞的實效性、真實性的同時，也將副刊的目光投向現實社會的各個角落，物價、房荒、貪汙、貧富差距等現實問題都成為文學反映現實的最熱題材，徹底打破了過去國民黨不許暴露黑暗的文藝政策。既然國民黨統治下的社會存在諸多問題，作為社會輿論工具的報紙就應該報導，而文學副刊自然也要發揮文以載道的精神，描述社會百態，使大眾對社會現實有清晰的認識，同時引起國民政府的重視，在這方面，此時《中央副刊》中的文學作品有著相當的影響力

三、國民黨言論控制的鬆動

抗戰勝利後的社會局勢為《中央日報》及其副刊的開放自由提供了客觀條件。抗戰勝利，國內民主氣勢高漲，國共兩黨和談，都在高談民主自由，國統區新聞界和文學界進步人士抓住這一時機，掀起了一又一次拒檢

---

[6] 陸鏗：〈動盪年代的南京中央日報〉，《縱橫》（12），2002 年，頁 17-21。

運動。美國的介入，也使得是否實行民主成為檢驗中國各黨派的尺規。國民黨不得不擺出一副民主的姿態，以贏得國內人民和美國的信任。「國共和談初期蔣介石為迎合美國人口味，任用溫和派的王世傑為宣傳部長，新聞檢查尺度放寬不少。」[7]輿論管理上的鬆動，也使得一向被國民黨嚴厲控制的文化界出現了多元化的發展這一反常現象。

1944 年，在憲政運動的衝擊下，國民黨在輿論管理上就已經開始有所放鬆，「其頒布的《戰時書刊審查規則》（1944 年 6 月 20 日）、《戰時出版品審查辦法及禁載標準》（1944 年 6 月 22 日）兩個法規，均對以前較為嚴格的規定有所鬆動，使書刊出版具有更大的空間」。[8]輿論的開放激發了文化界的熱情。抗戰勝利後，廣大文化界人士為進一步爭取言論自由，迫切要求廢除國民黨在戰時制定的各項書報檢查制度。這一主張得到各進步報刊、雜誌的熱情回應，1945 年 9 月，在重慶、成都等地的各大報刊、雜誌、通訊社掀起了「拒檢」運動的高潮，各界人士積極回應，正如葉聖陶所說：「審查制度之必須取消已無可爭辯，既政府不取消，我人自動取消之，最為乾脆。」[9]國民黨為了取得政治輿論上的主動權，贏得好感，做出主動廢止戰時檢查制度的姿態，1945 年 9 月 12 日，國民黨中央宣傳部長吳國楨向外國記者宣布「遵照蔣主席的指示，我政府已決定自 10 月 1 日起廢止戰時新聞檢查制度」，[10]時任國民黨中宣部新聞事業管理處處長的馬星野也以個人名義在《中央日報》發表〈輿論政治之歷史基礎〉一文，為國民黨作側面宣傳。

1945 年 9 月 17 日國民黨第六屆中央常務委員會第十次會議通過了「廢除出版檢查制度辦法」，決定自民國卅四年也就是 1945 年 10 月 1 日起，「廢除戰時出版品檢查辦法及禁載標準」「戰時書刊審查規則同時廢止」「新聞檢查除軍事戒嚴區外，一律廢止」。在出版檢查制度廢除之後，國民黨設置的中央圖書雜誌審查委員會、軍事委員會戰時新聞檢查局及其附屬機關「分別結束改組」。[11]同日，《中央日報》發表社論〈輿論政治時

---

7 白修德、賈安娜著，端納譯：《中國的驚雷》（北京：新華出版社，1988 年），頁 298。

8 崔之清：《國民黨結構史論（下））（北京：中華書局，2013 年），頁 707。

9 商金林編：《葉聖陶抗戰時期文集》（第三卷）（北京：人民教育出版社，2005 年），頁 275。

10 方漢奇主編：《中國新聞事業通史第二卷》（中國人民大學出版社，1996 年），頁 1041。

11 中國第二歷史檔案館編：《中華民國史檔案資料彙編第五輯第三編文化》（南京：江蘇古籍出版社，1999 年），頁 233。.

代的來臨〉，稱「這一行動是推行民權主義的政治建設的一環，是言論出版自由從軍政訓政時期轉到憲政時期的分野，是國民革命轉到一個新階段的里程碑，他的作用是讓戰後的中國向著輿論政治而邁進」。[12]

國民黨受到國內民主運動的逼迫，不得不取消戰時審查制度，大談民主與言論自由，客觀上推動了國內新聞與言論自由運動的發展，10 月 1 日，國民黨廢除新聞出版檢查制度的當天，重慶《新華日報》就立即發表社論〈言論自由初步收穫〉，社論稱「檢查制度的廢止，是言論自由的開始……我們因得到這一點自由而高興，我們更要因得到這一點自由增加信心，更加努力，爭取更多的民主自由，爭取一切應有的民主自由！」。[13]葉聖陶先生也認為撤銷新聞出版審查制度是一件值得記載的事，「惟望以後不再有類此之制度出現」。[14]

無論國民黨出於主動還是被動，戰時出版檢查制度的廢除，客觀上給國統區文化注入了一些自由的空氣。國民黨黨報副刊《中央副刊》言論的轉變就是最直接的證明。國民黨嚴厲的審查制度雖然直接指向的是共產黨及進步文藝，然而也給國民黨黨報自身的發展帶來諸多限制。《中央日報》也曾適當地表示過異議，比如在 1935 年，華北局勢日趨緊張，而報紙又因為被控制無法反映真實事態時，《中央日報》也覺察到新聞檢查制度的不合理，開始加入全國反對檢查的行列中，在 11 月 23 日的《中央日報》社論中指出，「大局已經到土崩瓦解，而人們尚未感覺」，這不是人民自身的愚昧落後，「而是不合理的新聞政策，及不合理的新聞檢查制度造成的」，國民黨為了掩蓋事實，禁止報紙報導國家危難的事件，「沒有把一件嚴重的關係國家安危的事件，原原本本詳細告訴過國民」，取而代之的是大篇「圓滿」「平靜」「積極」「樂觀」的假像。因此，《中央日報》的社論認為「這個政策與制度，把我們國家與民族的一切生機都斬完了」。[15]國民黨黨報公然與國民黨文化統治政策對抗，其本身具有諷刺意味，然而由於《中央日報》的性質使然，抗爭最終也並未取得明顯的成果，只能曇花一現。

---

12 社論〈輿論政治時代的來臨〉，《中央日報》，1945 年 10 月 1 日。

13 社論〈言論自由初步收穫〉，《新華日報》，1945 年 10 月 1 日。

14 商金林編：《葉聖陶抗戰時期文集》（第三卷）（北京：人民教育出版社，2005 年），頁 286。

15 社論〈一個初步的根本的辦法〉，《中央日報》，1945 年 11 月 23 日。

抗戰時期，國民黨加強言論控制，「對同屬國民黨報紙的《中央日報》檢查毫不放鬆」。[16]當時《中央日報》社論主題的商定，常常會觸及戰況的報導及新聞審查的諸多問題，社論編寫成員最為詬病的，是誇大敵情，虛報戰果，這些錯誤導致民眾的疑慮，亦等於欺騙讀者，違背了新聞道德。馬星野作為國民黨中宣部新聞事業處處長，對於《中央日報》違背新聞自由的做法也很是頭痛。「新聞檢查制度，往往庇護貪汙非法行為，掩飾社會的黑暗面，亦是新聞道德所不容許的。」[17]王新命在初入《中央日報》時，也曾談到：「這次走進中央日報，雖又多一經驗，但拘束如此之多，實在不太好受……在拘束太多下面做主筆，是礙手礙腳的，礙手礙腳作主筆，不會有好文章，好文章必須在無拘無束下面，才會產生」。[18]

這是抗戰勝利之前《中央日報》的處境，抗戰勝利之後，在較為開放的輿論條件下，加之新聞、雜誌、圖書的檢查辦法的廢除，國內迎來了少有的民主氣象。當時《中央日報》的記者龔選舞就在回憶中寫道：「第二次世界大戰盟方勝利之初，民主戰勝極權、自由發展到極致，一時，新聞自由之聲乃響徹雲霄，新聞記者也普遍受到尊重。中國自然也不會例外，戰時的新聞檢查制度取消了，報紙版面上開天窗的事也不見了，新聞記者在採訪、寫作和編輯之際潛存心底的那種自我制約，也隨之散盡。」[19]《中央日報》開始對國統區出現的社會問題進行抨擊，批評國民黨及政府不合理的政策，言辭尖銳，一針見血，然而如此之大膽的言論也都能為國民黨所容忍。正如龔選舞所說：「有史以來的中國記者，聲勢之大，氣焰之高，當無有逾抗戰勝利、復員還都後的那一階段。」[20]

戰後的社會局勢為《中央日報》的民主、自由之風創造了有利的外部條件，各種檢查制度的廢除也緩解了國民黨文藝政策對副刊編輯方針的制約。副刊作者們開始敢於在文章中表達自己的真實情感，描寫現實的社會人生，副刊的編輯也掙脫了黨報副刊的約束，不再礙手礙腳。副刊專門開

---

16 甘肅省委員會文史資料委員會編：《甘肅文史資選輯》第6輯（甘肅人民出版社，1979年），頁188。

17 謝然之：〈追念馬星野先生〉（台北：傳記文學出版社，1992年），頁91-93。

18 王新命：《新聞圈裡四十年》（台北：龍文出版社，1993年），頁541。

19 龔選舞：《龔選舞回憶錄：1949國府垮臺前夕》（北京：世界圖書出版公司，2012年），頁54。

20 同上註。

設讀者專欄，傾聽普通讀者的心聲；允許學術論爭的出現，為讀者提供相互討論切磋學術的機會；副刊文章的題材也力求廣泛、貼近現實。和新聞追求客觀現實的再現不同，文學在反映、批判現實上更具有針砭時弊、發人深省的效果，因而副刊在抨擊社會弊端，政府腐敗問題上的力度比新聞可謂有過之而無不及。「面對這種排山倒海的新聞自由浪潮，當朝所謂黨政軍大員們也只好『逆來順受』，勉強湊合牌子也在高唱自由。」[21]

國民政府在輿論管理上的鬆動，讓一向缺乏自主權的《中央日報》副刊的言論尺度居然能夠發生如此之大的轉變，整個國統區的文學的自由尺度也可想而知。即便自由如此短暫，但它的存在恰恰說明了文藝發展並不是如後人料想的那般絕對。然而這種開放自由的局面並未持續太久，在1946年6月，國民黨撕開假和平的真面目，發動內戰後，又再次加強了對輿論的控制，各種檢查條例的相繼出台又將戰後短暫的民主與自由毀於一旦。《中央副刊》在經歷了短暫的自由後，又被納入到國民黨「戡亂建國」的輿論宣傳中，而戰後相對鬆弛的文化氛圍也被國民黨單方面的反悔徹底打破。

---

[21] 同上註。

主要參考文獻

一、專著

馬之驌：《新聞界三老兵》，台北：經世書局，1986 年。
王新命：《新聞圈裡四十年》，台北：龍文出版社，1993 年。
馮並：《中國文藝副刊史》，北京：華文出版社，2001 年。
汪朝光：《中華民國史》，北京：中華書局，2011 年。
張道藩：《酸甜苦辣的回味》，台北：傳記文學出版社，1981 年。
陸鏗：《陸鏗回憶與懺悔錄》，台北：時報文化出版公司，1997 年。
倪偉：《「民族」想像與國家統治：1928-1949 年南京政府的文藝政策及文學運動》，上海教育出版社，2003 年。
曾虛白：《中國新聞史》，台北：三民書局，1989 年。

二、報刊史料

中國第二歷史檔案館編：《中華民國史檔案資料彙編》第五輯第二編文化（1-2），南京：江蘇古籍出版社，1998 年；第五輯第三編文化，南京：江蘇古籍出版社，1999 年。
重慶抗戰叢書編纂委員會編：《抗戰時期的重慶新聞界》，重慶出版社，1995 年。
政協西南地區文史資料協作會議編：《抗戰時期西南的文化事業》，成都出版社，1990 年。
《中央日報》（1928-1949，60 冊），江蘇古籍出版社，1994（影印本）。
《中央日報》（1945-1946），上海圖書館攝製，1988（縮印版）。
黨營文化事業專輯編纂委員會：《黨營文化事業專輯之二：中央日報》，台北：中國國民黨中央委員會文化工作會，1972 年。
《中央日報》創刊五十周年紀念叢書之二《中央日報與我》，台北：中央日報社，1978 年。

國民黨婦女政策與戰時女性形象建構
——以《中央日報》副刊為考察對象

■金黎

作者簡介

金黎，女，（1987-），貴州省黎平縣人。西南大學碩士研究生，研究方向：中國現當代文學與現代思想文化。現任教於貴州省貴陽市清華中學。

內容摘要

國民政府在對女性形象建塑時，特別重視性別主體的女性形象，而這一女性形象一直被重視，直至延續到國民黨訓政時期。國共在第一次合作之時出現共同的婦女觀念，然而大革命結束後，國共在婦女觀念上產生分歧，各自具有側重點，這種分歧一直延續到抗戰前。在抗日戰爭的歷史背景下，國共婦女政策出現短暫的契合，然而，隨著《中央日報・婦女新運》的衰落和《婦女・兒童・家庭》專欄的設置，國共兩黨所建構的女性形象由契合逐漸分離。

關鍵詞：抗戰、國民黨、婦女政策、《中央日報》副刊、《中央日報・婦女新運》

戰爭在人類社會是個永不褪色的話題，男性由始至終是戰爭的主角，女性該何去何從？戰爭對女性命運的左右不言而喻，它改變了女性自我自然的發展道路，中斷了女性原本生活的軌跡。在抗戰宏大的形勢背景下，女性被納入戰爭的行列，婦女在戰爭中的作用逐漸為黨派關注。抗日戰爭把中國分成國統區、解放區、淪陷區，每個區域都存在各自的政黨力量，黨派力量的參與導致每個區域的女性道路都不盡相同。戰爭除了對女性傷害以外，對女性形象的建構也起著重大作用。然而，戰爭對女性形象的建構是以黨派意識形態與黨派利益為依託。因此，本論文以《中央日報》副刊為考察對象，探究抗戰背景下國民黨的婦女政策對戰時女性形象的建構。

一、國民黨婦女政策與《中央日報》副刊

（一）國民黨婦女政策概述

1924 年國民黨改組後，中央委員會設置婦女部，國民黨的婦女工作自此展開。何香凝在 1926 年 1 月 8 日的國民黨第二次全國代表大會作〈中央婦女部婦女運動報告〉認為，在帝國主義和軍閥混戰的社會環境下，「國民革命還要婦女參加，始能說是完成」。[1]從這篇報告中可以看出國民黨開始將婦女視作一種革命的力量，並欲加以掌控。在國民黨的此種婦女政策宣傳中，把婦女解放與國民革命的勝利聯繫起來，強調國民革命才是婦女解放的首要出路。此時期由「五四」喚醒並衝出家門的女性知識分子大多茫然，她們開始沉陷在衝出家門的泥淖裡，她們發現走出家門獲得自由仍舊讓她們感到迷茫與煩惱。而恰逢此時，國民黨的婦女政策，把這一群迷惘的知識女性納入國民革命的洪流之中，給予「出走的娜拉」們一個靈魂寄託的港灣，她們在此可以找到自我的人生價值。知識女性與革命政黨之間形成一種互相需要的模式，政權急需對婦女力量進行掌控，而這些迷惘的女性恰好需要精神的依歸。這種一拍即合的需要模式使彷徨的知識女性加入到轟轟烈烈的國民革命之中。這時期女性要獲得解放，從軍似乎是唯一選擇。謝冰瑩報考軍校與她的成名作《從軍日記》的發表，有效地闡釋

[1] 何香凝：〈中央婦女部婦女運動報告〉，中國婦女管理幹部學院彙編：《中國婦女運動文獻資料彙編（1918-1949）》（北京：中國婦女出版社，1987 年版），頁 128。

了這一切。《從軍日記》發表於《中央日報》孫伏園主編的副刊，《從軍日記》的發表看出國民政府對革命主體女性形象的贊同與欣賞。

但是在為婦女工作宣傳所創辦的婦女刊物上，則顯現出另一種婦女形象的偏好。《婦女週報》是《民國日報》[2]的副刊，創刊於 1923 年 8 月 22 日。《婦女週報》是國共共同編輯的刊物，編者來自中共、婦女問題研究會以及《婦女評論》《現代婦女》原來的編者。據 1924 年 6 月 24 日〈中國共產黨婦女部關於中國婦女運動的報告（節選）〉中〈中國關於婦女運動刊物一覽表〉記載：《婦女週報》的宗旨是「提倡女子自覺，肅清兩性舊汙，策進男女道德，建設男女幸福」。[3]大部分學者對《婦女週報》的評論大多傾向於主編向警予的文章，認為此副刊的主要內容是積極的婦女革命和女權運動，當然不可否認這一方面，但是他們卻忽略了此時期國民黨的偏向。這時期除了向警予的文章之外，其他大部分婦女問題研究會發表的文章都偏向女性的戀愛、婚姻、家庭、母性等等具有女性性別特徵的文章。正如《婦女週報》的宗旨是「提倡女子自覺，肅清兩性舊汙，策進男女道德，建設男女幸福」，主要偏向兩性的角度，而並不僅僅宣揚女子的革命。1925 年由於《民國日報》「右傾」，向警予離開後，《婦女週報》更是延續了《民國日報》原來婦女刊物《婦女評論》時期的風格，加劇了對女性性別的專注。

從這份國共同編輯的副刊來看，並立出現兩種不同女性傾向。婦女問題研究會由沈雁冰、周作人、周建人、胡愈之、章錫琛於上海 1922 年 7 月成立，該會針對婦女問題進行研究。該會的理論主張大多是外國女性主義，他們提出的「戀愛自由與新的性道德」[4]在當時影響強烈。除向警予之外的編者，她們所呈現出的是與革命政黨形象差異的女性性別主體。而這一傾向直接受到國民黨的青睞，國民黨對女性性別形象的建塑，直接影響到 20 年代部分作家文學創作中女性形象的書寫。這時期茅盾作品中呈現

---

[2] 《民國日報》創刊於 1916 年 1 月 22 日的上海，1932 年 1 月停刊，以討伐袁世凱為主旨，是國民黨在上海的機關報。籌辦人陳其美，總編輯葉楚傖，副刊編輯邵力子。1924 年 2 月中國國民黨第一次全國代表大會後，該報成為國民黨中央機關報。

[3] 〈中國共產黨婦女部關於中國婦女運動的報告（節選）〉，中國婦女管理幹部學院彙編：《中國婦女運動文獻資料彙編（1918-1949）》（北京：中國婦女出版社，1987 年版），頁 88-90。

[4] 林丹婭：〈大革命時期的女性形象與文學創作〉，《廈門大學學報》，2013 年第 6 期。

出大膽的女性身體描寫，如《蝕》中對孫舞陽、章秋柳體態曲線的描寫，並在體態描寫中突出乳房。由此而言，茅盾作品中的性感的女性描寫，或多或少受到《婦女評論》與《婦女週報》的影響，也可以看出茅盾對此刊物主題的思考。

直至大革命結束後，國民黨「右翼」佔據主要領導位置，因而「革命主體的女性形象在其輿論宣傳中逐漸被淡化，而性別主體的女性形象則在漸次加強」。[5]然而與此相反，共產黨注重女性的革命婦女形象，而輕視女性性別主體部分。國民政府在對女性形象建塑時，特別重視性別主體的女性形象，而這一女性形象一直被重視，直至延續到國民黨訓政時期。

（二）《婦女新運》雜誌與《中央日報・婦女新運》

1934 年 2 月蔣介石在南昌發起新生活運動，欲復興中國傳統道德文化和禮義廉恥。為動員婦女運動，於 1936 年 2 月 10 日設置新生活運動促進總會婦女指導委員會，簡稱「婦指會」，宋美齡任指導長。抗戰全面爆發後，1938 年 5 月宋美齡在廬山召開婦女工作談話會，邀請全國知名女性和婦女領導者討論如何動員全國婦女積極參加抗戰，並決定將隸屬於國民黨政府的新生活運動促進總會婦女指導委員會改組並擴大為全國性婦女組織。「婦指會」改組後設有總務組、訓練組、文化事業組、兒童保育組、生產事業組、生活指導組、慰勞組、鄉村服務組、聯絡委員組、戰地服務組十個組。為了提高婦女的文化水準和宣傳婦女工作，「婦指會」由文化事業組出版會刊《婦女新運》雜誌，其創刊於 1938 年 12 月 20 日，1948 年 10 月停刊。會刊《婦女新運》的內容兼具抗戰時期婦女活動的各個方面，涉及女子教育、職業、參政、工廠服務、戰地服務等問題。

而《中央日報・婦女新運》則是附屬於《中央日報》的婦女刊物，創刊於 1939 年 1 月 14 日，終刊於 1944 年 12 月 3 日，共出版 236 期。《中央日報・婦女新運》在創刊第 1 期〈編者的話〉中寫道：「新運總會婦女指導委員會，於去年年底出了一本會報性質的《婦女新運》，現在為了希望更迅速更廣泛地大家來商討抗戰建國時期婦女工作，報導各方面的婦女消息與工作經驗，記載各地的婦女真實生活的狀況，以及推進婦女界的新

---

[5] 同上註。

生活起見，特別在中央日報的一角開了一個《婦女新運》週刊，希望全國婦女同胞大家來注意他。同時希望大家投稿，關於婦女新運工作之論。」[6]從這段〈編者的話〉中可以看出《中央日報・婦女新運》與《婦女新運》雜誌的功能和性質一樣，但是為什麼要在《中央日報》的副刊上單獨出版《婦女新運》？〈編者的話〉中的理由是：「現在為了希望更迅速更廣泛地大家來商討抗戰建國時期婦女工作，報導各方面的婦女消息與工作經驗，記載各地的婦女真實生活的狀況，以及推進婦女界的新生活起見」，但是《婦女新運》雜誌也具備這方面的功能，「婦指會」是全國性的婦女團體，成員包括全國各界的婦女工作者，傳播性應比《中央日報》更加迅速和廣泛。再者，誠如〈編者的話〉中所言只是為了加大對婦女工作的宣傳而創辦《中央日報・婦女新運》，則完全沒必要浪費資源編排一份性質功能一致的刊物。所以，《中央日報・婦女新運》是國民黨單獨發表自我婦女言論的刊物。

早在廬山婦女工作會談中宋美齡為了打消各個婦女界的顧慮，說新運總會婦女指導委員會不具任何政治色彩和黨派作用，以此來團結全國婦女界。然而在國共暗中角逐的政治環境下，國民黨不可能放棄或者說忽視對婦女力量的掌控。在編輯《婦女新運》雜誌時，宋美齡因意見不合而常與文化事業組組長沈茲九爭執。據鄭還因回憶，有一期的《婦女新運》月刊中，「有一篇來稿中竟有謾罵共產黨製造摩擦的字句，沈大姐一筆把它勾掉了」，在文章出版後遭到來自國民黨方面的興師問罪，然而沈茲九淡定地說：「這是會刊。我們遵循的是抗日統一戰線的原則，對違反這個原則的，我們有編輯權，可以刪掉。」[7]沈茲九的浩然正氣說得宋美齡啞口無言。所以，正因國民黨不能完全控制《婦女新運》雜誌，因而只有在國民黨的機關黨報上創辦《中央日報・婦女新運》，以便自由地發表言論。

《中央日報・婦女新運》在創刊之後一開始發表一些進步性文章，如沈茲九的〈婦女的精神總動員〉，[8]夏英喆的〈辛亥革命和婦女〉[9]等。但

---

6 〈編者的話〉，《中央日報・婦女新運》，1939 年 1 月 15 日。

7 鄭還因：〈沈大姐在婦指會〉，董邊編：《女界文化戰士沈茲九》（北京：中國婦女出版社，1991 年版），頁 84。

8 沈茲九：〈婦女的精神總動員〉，《中央日報・婦女新運》，1939 年 4 月 12 日。

9 夏英喆：〈辛亥革命和婦女〉，《中央日報・婦女新運》，1939 年 10 月 10 日。

是在這之後以家庭本位的文章逐漸佔據大量篇幅。國民黨對女性性別個體的偏愛仍舊延續下來，並直接影響《中央日報・婦女新運》。

國民政府對於教育尤其關注，但是這種對教育的關注是從生物性的繁衍審視，因而國民政府對於女子教育則是培養健全的母性。健全母性的女子才能優生強種，在此國民政府提出「母性主義」的教育觀念。[10]「母性主義」即是從國民黨對女性性別偏好衍生而來。《中央日報・婦女新運》在 1941 年 8 月 11 日〈本會徵文啟事〉中寫道：「本刊定於最近期內，把新生活婦女的動向和真銓，作詳細的討論。略擬了十個題目，各界人士，對於這些問題，若感興趣，請惠鴻文。」題目是：「一、論良母（女子是人類的天然教師）（括弧為作者添加，以便更好地閱讀）；二、論賢妻（女子是男人的佳偶）；三、論愛人（女子是男子的理想）；四、論金蘭譜（女子當重視同性友誼）；五、論職業婦女（女子是社會的忠僕）；六、論女戰士（女子是奮鬥線上的精兵）；七、論女學士（女子是思想的嚮導）；八、論婦德（女子是「善」的證人）；九、論女性美（女子是「美」的代表）；十、論女子的愛（女子是「愛」的維護者）」。[11]從這篇徵文啟事可以看出《中央日報・婦女新運》所謂的「新生活婦女的動向和真銓」就是包括在這十個題目之內。觀之，除了第六論女戰士具有婦女運動和婦女革命的進步意義外，其他九個題目全部偏向女性性別形象特徵與「母性主義」。換言之，國民黨所謂的新生活的婦女就是突出女性性別特徵的婦女與具有健全母性的婦女。

國民黨婦女幹部李曼瑰[12]在副刊上發表〈論良母〉、〈談婦德〉等文章積極回應徵文。〈論良母——女子是人類的天然教師〉與徵文啟事刊登在同一期，文章開篇寫道，「社會上男女儘管不平等，男子的地位儘管高，女子的地位儘管低，但女子永遠是個母親」，依據作者的口吻似乎默認女子地位的低下而並不作抗爭之勢，女子作為母親就能夠彌補男女不平等的

---

10 參見萬瓊華：〈在國權與女權之間：近代中國關於女子教育宗旨的四次爭論〉，《現代大學教育》，2010 年第 3 期，頁 75-80。

11 〈本會徵文啟事〉，《中央日報・婦女新運》，1941 年 8 月 11 日。

12 李曼瑰，國民黨婦女幹部，1930 年畢業於燕京大學國文學系，1934 年赴美國密歇根大學主修戲劇。1940 年回國後任教於金陵女子文理學院，1942 年 7 月 30 日，任新運婦指會文化事業組組長一職。

缺憾。在文章中李曼瑰強調女子應該受到良好的教育，但是作者筆鋒一轉，女子為什麼要受到教育？則是為了能更好地作良母。「我們要確定女子教育的目的。若是說女子教育在求和男子搶風頭，爭地位，則做『良母』是永遠吃虧的」，所以應該把女子教育看得深遠，就是「期望這些天然教師能夠領導人類走向幸福的將來」。然而「幸福的將來」是什麼呢？作者說「男子儘管作大總統，作大元帥。但是這些大總統大元帥誰教出來的呢？是女子。」所以女子只要看見自己教的孩子不違背自己的教誨，「她便滿足，便快慰」，「至若握拳捋臂去和男子爭權奪利，未免失掉教師的尊嚴，貽笑大方。」[13]諸如此類的文章有瑛〈新婦女對於職業與家庭的態度〉[14]等。副刊中經常刊載關於婦女如何管理好家庭的建議和意見，如〈常識三點——獻給家庭婦女〉，[15]勉於的〈家庭婦女的生產事業〉，[16]於的〈廢物怎樣利用〉。[17]從這些大量關於家庭建設的文章來看，《中央日報・婦女新運》的女性觀念更多是提倡婦女在家庭中作良母。

（三）「婦女文學」中的女性形象

社會生活中提倡婦女解放反映到文學中來則是婦女文學的提出，千百年來婦女在社會中的掩埋以致在文學上遭到失聲，婦女的文學活動對處於正統男性中心的文學來說實則是一種附庸與點綴，並未形成名正言順的主流。「五四」時期雖然許多女性知識分子開始自我言說與言說自我試圖進入男性的場域，對於整個社會女性來說畢竟是鳳毛麟角。因而抗戰文化背景與婦女解放的潮流中，亦有進步知識分子提出在新的社會背景下婦女的自我言說與言說自我。國民黨對於女子文化教育的重視，更提倡婦女在文學領域上的進步。國民黨「母性主義」的教育觀，影響了《中央日報・婦女新運》對文學作品的選擇，也影響了一些作家的文學創作。

---

13 李曼瑰：〈論良母——女子是人類的天然教師〉，《中央日報・婦女新運》，1941年8月11日。

14 瑛：〈新婦女對於職業與家庭的態度〉，《中央日報・婦女新運》，1941年2月3日。

15 〈常識三點——獻給家庭婦女〉，《中央日報・婦女新運》，1941年10月13日。

16 勉於：〈家庭婦女的生產事業〉，《中央日報・婦女新運》，1941年11月3日。

17 於：〈廢物怎樣利用〉，《中央日報・婦女新運》，1942年3月16日。

《中央日報・婦女新運》發表金啟華的〈我亦談談「婦女文學」〉，文章中贊同當時提出的「婦女文學」的口號，並認為婦女文學是婦女運動中的一部分，是不能輕視的。文中對婦女文學作定義為：「婦女文學我們可以分為兩方面來說，就是寫婦女的文學和婦女寫的文學。」[18]這篇文章並不是站在整個文學歷史中論婦女的文學創作，而是以抗戰作為出發點來談論當時婦女文學的創作。文章指出抗戰中的女性具備成為偉大文學素材的條件，在抗戰中婦女們從戎、勸征，不屈不撓的奮鬥、堅毅鬥爭中表現的「奔放熱烈的情感」，都可以創作出偉大的婦女文學。然而「我們看到的描寫婦女文學太少了」，所以提出「婦女文學」的口號是為了「促起一般作家的注意，提醒他們有所取材，來寫婦女文學」。[19]作者從支持婦女文學的創作，進而延伸至呼籲社會來關注抗戰中的女性。作者對婦女文學有很高的期待，他說「在文學的園地裡，固然偉大的文學不一定全是婦女文學，但婦女文學亦不失其為部分的偉大文學的」。他進一步認為婦女文學應該婦女自己來寫，大膽而真實的寫出自我這比誰寫都要深刻，「婦女文學是應當由婦女自己寫起，從婦女的本位寫起」。[20]

《中央日報》代表國民黨的官方態度，所以可以看出國民黨對婦女文學與文化教育的重視。黨國第一夫人宋美齡在 1940 年 3 月 8 日以個人名譽舉行「蔣夫人文學獎金」，《中央日報》新聞版刊登「渝市紀念『三八』婦女節蔣夫人特舉辦文學獎金獎勵婦女寫作選拔新近作家」。[21]在副刊《婦女新運》刊登〈蔣夫人文學獎金簡則〉，「以獎勵婦女寫作及選拔新進婦女作家為宗旨」。

然而，在國民政府提倡的「婦女文學」中，其作品塑造的女性形象也是以家庭本位為主體的女性形象。

在《中央日報・婦女新運》中連續三期刊載小說《母親》。故事以抗戰為背景，講述一個年輕的母親帶著三個幼小的孩子從漢口坐船去洞庭湖避難。文本極力渲染年輕母親的苦難，丈夫遠戍北方，自己孤苦無依，每

---

18 金啟華：〈我亦談談「婦女文學」〉，《中央日報・婦女新運》，1939 年 11 月 13 日。
19 同上註。
20 同上註。
21 〈渝市紀念「三八」婦女節蔣夫人特舉辦文學獎金獎勵婦女寫作選拔新進作家〉，《中央日報》，1940 年 3 月 8 日。

天在躲避敵機和期盼征夫中撫養孩子，敵軍逼近苦於無奈逃難他鄉，奮力地擠進擁擠吵雜的小船。到了一個小渡口休息時，敵機轟炸著渡口，等到飛機飛走後，她的三個孩子全部都躺在血肉模糊的死屍中。然而在死屍中突然爬出來一個孩子哇哇大哭喊「媽媽！抱我」，「年輕的母親神經受到一個有力的刺激，藉著初升的月光，她看著血腥中站起來的孩子，像是把自己從死亡裡面抬起來了一樣！『我不能死！我不能死！』我應該把這一片愛自己孩子的心來愛千萬失去母親的孩子，培養他長大」，年輕的母親「回轉身踏過一堆堆的屍首，抱著她一切希望的寄託者，走上碼頭的石階」。

小說最主要表現的並不是在抗戰時期女性的苦難和悲慘，而是強調這個年輕母親偉大的母性，文本中一切苦難的渲染都是為了突出這個年親母親的高尚品質。小說敘述中講到三個孩子很聰明，他們的聰慧和天資是「靠著母親的苦心，受到很好的家庭教育」，「孩子的好壞完全決定在做母親的身上，她苦心教養三個孩子，在他們小小心田中萌生勇敢尚武的苗，這在年輕母親的苦悶生活中是至大的慰藉」。[22]整個文本著重突出女性母性的光輝，對年輕母親來說「最大的慰藉」不是展現自我的價值與魅力，而是教養出優秀的兒女，這也是國民黨表現「母性主義」思想文學的標準範本。

抗日戰爭如火如荼地鬥爭時，冰心應宋美齡之邀，由昆明來到戰時陪都重慶，於 1940 年 12 月至 1942 年 3 月任「婦指會」文化事業組組長一職。重慶的生存體驗與任「婦指會」文化事業組長，無不對冰心的文學創作產生影響，而冰心也以自己對「婦指會」特有的理解來指導《婦女新運》的編輯。《中央日報・婦女新運》由魏鬱主編，但是據魏鬱所說《中央日報・婦女新運》的文章都要經過宋美齡過目方可刊登，由此說明了宋美齡另一編者身分對《中央日報・婦女新運》上的文章加以篩選。因此也體現《中央日報・婦女新運》與「婦指會」其他雜誌的區別所在。

這時期冰心的文章不斷地刊登在《中央日報・婦女新運》，〈鴿子〉發表於 1941 年 1 月 6 日。這是一首描寫重慶大轟炸時，母親與兩個孩子對話的詩作：

> 砰　砰　砰，三聲土炮；＼今日陽光好，這又是警報！＼我忙把懷裡的小娃娃交給了他，＼城頭樹下好藏遮，＼兩個孩子睡著了，＼

22　孟家慶：〈母親〉，《中央日報・婦女新運》，1939 年 3 月 26 日。

> 我還看守著家。╲伏著沉重的心上了小樓，╲輕輕地倚在窗口；╲群鷹在天上飛旋，人們往山中奔走。╲這聲音驚散了棲息的禽鳥，╲驚散了歌唱的秋收。╲轟　轟　轟，幾聲巨響，╲紙窗在叫，土牆在動，屋頂在搖搖的晃。╲一翻身我跑進屋裡，兩個倉皇的小臉從枕上抬起：╲「娘，你聽什麼響？╲「別嚷，莫驚慌，你們耳朵病聾了，這是獵槍。」╲「娘，你的頭上怎麼有這些土？╲你的臉色比吃藥還苦？」╲我還來不及應聲，╲一陣沉重的機槍聲，╲又壓進了我的耳鼓。╲「娘，這又是什麼？」╲「你莫作聲，這是一陣帶響的鴿子，╲讓我來聽聽。」╲簷影下抬頭，整齊的一陣鐵鳥，╲正經過我的小樓。╲傲慢的走，歡樂的追。╲一霎時就消失在，天末銀色的雲堆，╲咬緊了牙齒我回到屋中，╲相迎的小臉笑得飛紅，「娘，你看見了那群鴿子？有幾個帶著響弓？」╲巨大的眼淚忽然滾到我的臉上，╲乖乖，我的孩子，╲我看見了五十四隻鴿子，╲可惜我沒有槍！」[23]

詩作並沒有正面描寫大轟炸血腥、悲慘的場面，而是通過躲避轟炸時母親與孩子的對話體現出大轟炸給兒童與婦女帶來的苦難。冰心通過孩子的眼光把敵機比喻成象徵和平的鴿子，通過孩子與母親的對話可以看出冰心對孩子的教育所持的態度，她不願讓如此殘酷、非人道的事實玷汙孩子純潔的心靈，過早汙染孩子天真爛漫的童話世界。所以當孩子一次又一次問母親，那響聲是什麼的時候，母親告訴孩子的是代表和平的鴿子。當「咬緊了牙齒我回到屋中」時，面對的是孩子「笑得飛紅」的小臉，並天真地問母親看見鴿子了嗎？在孩子純潔的問話中，我的悲憤之情上升到極致。這首詩中，作者除了表達敵人的慘無人道與婦女兒童的悲苦之外，更重要體現出一個母親對幼小孩子的教育，並讚揚了母親「善意謊言」的教育意義。這即體現了國民黨對健全母性的推崇。

然而與〈鴿子〉意義相似的是冰心發表於 1942 年 4 月 6 日《中央日報・婦女新運》的〈我的童年〉，這篇文章開頭告知讀者冰心寫作這篇文章的緣由，「我的童年生活，在許多零碎的文字裡，不自覺的已經描寫了許多，

[23] 冰心：〈鴿子〉，《中央日報・婦女新運》，1941 年 1 月 6 日。

當曼瑰對於我提出這個題目的時候，我還覺得有興味，而欣然執筆。」[24]這篇文章並不是冰心自我主觀意識要寫作，而是受李曼瑰之邀約文稿。換句話說，李曼瑰是站在符合副刊意義的角度上而擬定題目。文章描述作者童年與父親在海軍軍隊中的生活，十一歲後回到故鄉福州之後，「我才漸漸的從父親身邊走到母親的懷裡，而開始我的少女時期。」接著作者講述自己童年印象對自我性格和生活態度的影響，文章末尾作者說道：「說道童年，我常常感謝我的好父母，他們養成我一種恬淡，『反乎自然』的習慣，他們給我一個快樂清潔的環境。……我尊敬生命，寶愛生命」，「我們的人生觀，都是環境形成的。」「我不但常常感念我父母，我也常常警惕我們應當怎樣做父母。」[25]對於《中央日報・婦女新運》來說文章的末尾才是中心思想。國民黨發表再多推行的「母性主義」與健全的良母的文章，似乎都沒有發表作家冰心的作品有影響力。《中央日報・婦女新運》並不是想瞭解冰心的童年對其創作的影響，而是借冰心父母教育成功的典範來推行其女性觀。

回到 1942 年 4 月 6 日的《中央日報・婦女新運》，這期的副刊除了冰心的〈我的童年〉之外還刊登了〈高爾基對於兒童教養的意見〉。文章中寫高爾基對孩子教育主張「愛的教育」，「要告訴幼小的孩子說：『要學習愛太陽——一切快樂與力量的源泉，要向太陽對萬物一視同仁一樣的善良一樣的歡悅。』」[26]高爾基希望能夠創辦一種關於兒童的雜誌，並宣導社會中除了教師以外的更多人都能加入對兒童的教育中來，因為兒童是「人們的將來」。這一期的《中央日報・婦女新運》是以兒童教育為話題。在《中央日報・婦女新運》上刊登關於兒童教育的文章，實質上是「母性主義」推行中的一部分。

冰心另外一篇文章〈為職業婦女請命〉發表於 1941 年 2 月 24 日《中央日報・婦女新運》，這篇文章應該算是冰心的軼文，在卓如編的《冰心全集》（海峽文藝出版社 2012 年版）中並沒有收錄這篇文章，而在關於冰心的許多論文集中也沒有有關這篇文章的研究。這篇文章署名冰心，從標題來看是冰心為職業婦女說話。冰心 1940 年來到重慶後，當時社會中

---

[24] 冰心：〈我的童年〉，《中央日報・婦女新運》，1942 年 4 月 6 日。
[25] 冰心：〈我的童年〉，《中央日報・婦女新運》，1942 年 4 月 6 日。
[26] 禹鏡：〈高爾基對於兒童教養的意見〉，《中央日報・婦女新運》，1942 年 4 月 6 日。

「婦女回家」的口號異常強烈，引起社會強烈的爭論。《大公報》《新華日報》《中央日報》《戰國策》紛紛發表言論，沈從文、尹及、聶紺弩等作家著文加入激烈的論爭之中。冰心任「婦指會」的文化事業組長一職，面對社會中如此強勁的聲音，她不可能沒有看法。文章中冰心分析了社會中女職員被辭退的原因，「任期不長，效率低劣，這是很可能的弱點」，但是冰心認為這些弱點是可以克服的，並分析為什麼這些弱點在女職員身上容易發生。因為結婚之後的女性有「家務之勞，兒女之累」，「倘若家務棘手，兒女生病，她坐在辦公室裡，就不免要頭疼腦昏，神思恍惚」。面對婦女職業上的阻礙，冰心解決的辦法是「安居樂業」。遊歷歐美的冰心看到美國對工人的福利，希望中國效仿。她認為「一個工作人員在衣食住行方面能以舒適，生活能以安定，那麼，工作效率就能無限度的提高。」她希望各公私機關有「合於衛生條件」的員工宿舍、食堂、浴室、圖書館、會客室等等。最好還有個會場「可以開會、演劇、看電影、聽演講」，在近郊能有收容職業女性的托兒所。[27]冰心提出的「安居樂業」的解決辦法固然是好，但是在抗戰面臨敵機的轟炸與物資困難時期，這種想法近乎癡人說夢，難以實現。

冰心的這篇文章主要討論怎樣為婦女爭取職業，她鼓勵支持婦女走出家庭為抗戰建國工作。在她的〈悼沈驪英女士〉一文中，冰心認為沈驪英是個極不平凡的女子，然而她的不平凡之處也正是冰心欣賞的地方，「女科學家中國還有，但像她那樣肯以『助夫之事業成功為第一，教養子女成人為第二，自己事業之成功為第三』的，我還沒有聽見過。」[28]所以在職業和家庭之間，冰心所希望的如沈驪英女士一樣，家庭事業兩全。但是她的重心仍舊從「家」這個角度出發，以家庭為本位。

冰心在抗戰時期的創作必然受到「婦指會」以及《中央日報・婦女新運》的影響，雖然在抗戰之前冰心的作品涉及「兒童」與「愛」的關注，偏重中國傳統女性角色定位。所以有的研究者認為這是前期創作在抗戰時期的延伸，但是細讀作品則會發現，此時期的「母愛」更加契合國民政府推行的「母性主義」。冰心在重慶時期重要的作品首推《關於女人》系列，《關於女人》

---

[27] 冰心：〈為職業婦女請命〉，《中央日報・婦女新運》，1941 年 2 月 24 日。
[28] 冰心：〈悼沈驪英女士〉，卓如編《冰心全集》第 2 冊，（福州：海峽文藝出版社，2012 年版），頁 605。

是冰心以筆名「男士」而寫的關於十四個女人的故事。「冰心之所以在此時撰寫《關於女人》的系列文章，其原因正是因為加入新運婦指會。」[29]冰心在《〈關於女人〉後記》中寫道，「世界上若沒有女人，這世界至少要失去十分之五的『真』、十分之六的『善』、十分之七的『美』。」[30]這與《中央日報・婦女新運》的徵文題目相契合——「八、論婦德（女子是「善」的證人）；九、論女性美（女子是「美」的代表）。」[31]正是由於《中央日報・婦女新運》的徵文而引發冰心對女子在家庭、社會角色以及抗戰時期女子生存狀態的思索。然而這一思索一直延續到抗戰結束後，冰心在日本寫了大量關於日本婦女的文章，對日本婦女生存現狀的思考、探索與呼籲，對此有所啟示的則是受戰時《中央日報・婦女新運》與「婦指會」婦女觀的影響。

國民政府不論是其發表的理論文章還是文學作品，都滲透著「母性主義」的婦女觀。

二、抗戰文化背景下的重合——《中央日報》與《新華日報》女性形象分析

抗戰進入白熱化時期，重慶各大報刊雖然辦報風格迥異，報紙的政治取向明顯的不同，但是爭取抗戰勝利是所有報刊的主導方向，因而《中央日報・婦女新運》與《新華日報・婦女之路》為抗戰而合，女性形象的建構出現短暫的契合。

大革命時期從向警予對《民國日報・婦女週報》的編輯，可看出中共的婦女政策。《婦女週報》是《民國日報》[32]的副刊，創刊於 1923 年 8 月 22 日，是在《民國日報・婦女評論》和《時事新報・ 現代婦女》停刊後共

29 熊飛宇：〈試論冰心與新運婦指會的關係〉，《中國現代文學研究叢刊》，2013 年第 4 期。

30 冰心〈《關於女人》後記〉，卓如編《冰心全集》第 2 冊，（福州：海峽出版社，2012 年版），頁 590。

31 〈本會徵文啟事〉，《中央日報・婦女新運》，1941 年 8 月 11 日。

32 《民國日報》創刊於 1916 年 1 月 22 日的上海，1932 年 1 月停刊，以討伐袁世凱為主旨，是國民黨在上海的機關報。籌辦人陳其美，總編輯葉楚傖，副刊編輯邵力子。1924 年 2 月中國國民黨第一次全國代表大會後，該報成為國民黨中央機關報。

同創辦。《婦女週報》創刊不久後國共合作，向警予作為中共中央委員和婦女部長，任葉楚傖助理並主編《婦女週報》。據 1924 年 6 月 24 日的〈中國共產黨婦女部關於中國婦女運動的報告（節選）〉中〈中共關於婦女運動刊物一覽表〉記載：《婦女週報》「每星期三出版一張」，[33]由此份檔可以看出《婦女週報》是國共共同編輯的刊物。作為中共黨員的向警予在對《婦女週報》進行編輯的同時，無不注入她對女性與革命關係的闡釋，從向警予的文章來看，中共所建構的女性形象是以革命為主體與政黨結合的革命婦女。在林丹婭的分析中把這種女性形象稱之為「馬克思女性主義主體」，[34]中共在婦女政策上始終注重女性的革命婦女形象，注重婦女與革命政治的結合。

《新華日報》是戰時中國共產黨的機關黨報，是在國共合作的基礎之上建立起來的報刊，是共產黨在國統區喉舌。1938 年 1 月 11 創刊於漢口，武漢淪陷後，1938 年 10 月 25 日遷至重慶。《婦女之路》是《新華日報》的婦女刊物，創刊於 1940 年 5 月 16 日，1947 年 2 月 16 日停刊，皖南事變後休刊一年，共出版了 149 期。對於《新華日報》來說《婦女之路》是極其重要的婦女副刊，它承載著共產黨在國統區對婦女指導的任務。中共的戰時女性形象建構由《新華日報》的婦女刊物《婦女之路》來建構，而這種女性形象的建構是由對「新女性」形象的探討來完成的。不同的時代對新女性形象的建構不同，40 年代戰火中新女性形象在左翼文學思潮的影響與革命政治的規訓下逐漸建構。《新華日報・婦女之路》將「新女性」形象建構推向高潮。《新華日報・婦女之路》不停地在戲劇、演劇中尋找符合自己政治立場的新女性，文人也或多或少地受到《新華日報・婦女之路》的影響，創造戲劇中的新女性。革命女性、雄強女性、職業女性成為《新華日報・婦女之路》建構的焦點，這些女性形象也深深打上「中國式」女性特點。[35]

---

[33] 〈中國共產黨婦女部關於中國婦女運動的報告（節選）〉，中國婦女管理幹部學院彙編：《中國婦女運動文獻資料彙編（1918-1949）》（北京：中國婦女出版社，1987 年），第 88-90 頁。

[34] 林丹婭：〈大革命時期的女性形象與文學創作〉，《廈門大學學報》，2013 年第 6 期。

[35] 參見金黎：《戰火中的婦女之路——〈新華日報〉副刊與戰時女性形象建構》，西南大學碩士論文，2015 年。

大革命時期之後中共與國民黨的婦女政策逐漸出現分歧，中共以向警予理論為主逐漸偏重革命婦女形象，而國民黨以家庭本位為主偏重婦女的性別主體。但是進入抗戰時期，在國民黨的機關黨報《中央日報》的婦女刊物《婦女新運》上，革命婦女形象逐漸滲入其中，成為抗戰時期國民政府重要的婦女政策。

在抗戰深重的民族矛盾之下，《中央日報‧婦女新運》創刊初期刊發一些進步、積極的婦女言論，以此獲得更多婦女力量支持抗戰。此時期以家庭為本位的婦女政策已經不符合抗戰的時代需求。錢用和女士發表了〈中國婦女的新生命〉，文中認為「國家興亡，匹夫有責」這句話用在今天時代則有些狹窄了，「把婦女在民族的地位，社會的立場，完全埋沒了」。抗戰之後婦女「參加遊擊戰，為戰地服務，為傷病服務，徵募鉅款，趕制寒衣，慰勞將士傷兵，救濟難童，……婦女踏上新生命的大道」。[36]在這篇文章中錢用和女士認為以前婦女在社會的地位被埋沒，而今在抗戰中女子盡到自我力量參加抗戰，所以以後的史作者不能再說「國家興亡，匹夫有責」的話。

卓生的〈前方需要大批的婦女工作者〉主張女子走出家庭走上前線參加抗戰，文章說在抗戰時期男子和女子分工大體是，男子到前方女子在後方，而實際上前方也需要女子去工作。前方工作的女同志叮囑道：「千萬多在報上宣傳宣傳，多動員些女同志到前方來吧，這裡的工作太多了，她們呆在後方幹什麼？」[37]文章介紹了汪女士與左女士在前線的工作情況，並呼籲婦女到前線參加抗戰工作。在這時期諸如此類文章有承逸芬的〈指示婦女應走的路吧！〉，知魯的〈上海的婦女在為祖國跳躍著〉，李素的〈促進婦女解放的具體辦法〉等。

此類國民政府大量宣傳婦女參加抗戰文章中的女性形象，與以家庭本位為主的女性完全不同。此時期《中央日報‧婦女新運》上文章的女性形象逐漸向《新華日報‧婦女之路》塑造的女性形象靠近，堅強、勇敢的革命婦女形象成為此時期宣傳的重點。

---

36 錢用和：〈中國婦女的新生命〉，《中央日報‧婦女新運》，1939 年 2 月 12 日。
37 卓生：〈前方需要大批婦女工作者〉，《中央日報‧婦女新運》，1939 年 1 月 29 日。

蔣鑒女士的逝世引發了《新華日報‧婦女之路》與《中央日報‧婦女新運》的大量報導。1940 年 11 月 5 日《新華日報‧婦女之路》整期版面刊登紀念蔣鑒女士的文章。鄧穎超〈痛悼蔣鑒〉中寫道蔣鑒女士的逝世「是抗戰建國的損失，是民族的損失，更是婦女界的損失！」，「她是自始至終，死而後已，堅定不移的獻身抗戰建國！她為了傷兵，為了難童，專誠致力的工作，日以繼夜，忘食棄家，以至捨己亡身，這種堅強意志，犧牲精神是難能可貴的。」[38]張曉梅的〈回憶蔣鑒女士〉中寫道：「神聖的抗戰產生了多少偉大的戰鬥的女性，蔣鑒女士就是其中一個最優秀的模範！」[39]楊慧琳的〈記一顆殞落了的星〉中寫道：「提一隻黯淡的筆來悼念任何一位英勇的民族戰士的夭殤，是令人手抖心酸的事。」[40]在這些文章中都把蔣鑒女士譽為「偉大的戰鬥的女性」與「英勇的民族戰士」，革命婦女與戰鬥女英雄一直都是《婦女之路》建構的女性形象。

《中央日報‧婦女新運》在這天發表了張藹真的〈紀念蔣鑒女士〉，文章雖然沒有像《婦女之路》把蔣鑒女士稱為「偉大的戰鬥的女性」與「英勇的民族戰士」此類讚譽，但是肯定蔣鑒女士的革命精神與抗戰精神。張藹真通過蔣鑒女士的事蹟總結三點啟示：「第一，要保證抗戰勝利，必須動員占全民半數的婦女參加抗戰工作」，「第二，家庭婦女同樣有能力可以為國家社會服務」，「第三，婦女只有將自己的汗血浸透在民族解放的浪潮裡，才能獲得自身的解放」。在文章最後張藹真呼籲：「我們要在抗戰的洪爐裡鍛鍊出無數堅強的戰鬥員為國家民族流血流汗。」[41]不僅如此，《中央日報》還開闢專刊悼念蔣鑒女士，1940 年 11 月 20 日《中央日報‧追悼周蔣鑒女士特刊》，副刊發表史良的〈追悼全國婦女的楷模——蔣鑒女士〉，超人的〈蔣鑒女士精神不死〉，趙小梅的〈哭蔣鑒院長〉，蘭紀彝的〈悼蔣鑒女士〉的文章。

對蔣鑒女士的事蹟《中央日報》與《新華日報》異曲同聲，都呈現出對革命婦女形象與抗戰女戰士的推崇。推崇革命婦女形象的文章頻頻發表，這種婦女政策的宣傳對《中央日報‧婦女新運》上的文學作品產生直

[38] 鄧穎超：〈痛悼蔣鑒〉，《新華日報‧婦女之路》，1940 年 11 月 5 日。
[39] 張曉梅：〈回憶蔣鑒女士〉，《新華日報‧婦女之路》，1940 年 11 月 5 日。
[40] 楊慧琳：〈記一顆殞落了的星〉，《新華日報‧婦女之路》，1940 年 11 月 5 日。
[41] 張藹真：〈紀念蔣鑒女士〉，《中央日報‧婦女新運》，1940 年 11 月 5 日。

接的影響，大量異於家庭本位小說、詩歌、散文的女性描寫，成為此時期副刊上的一大風采。

詩歌〈夜感〉中寫出詩人對敵人的憤恨，並呼籲全國婦女參加抗戰建國。詩中寫道在夜晚聽見「哀怨的哭泣聲，／細弱的呻吟聲，／粗暴的打罵聲，／淫蕩的歡笑聲」，這些聲音刺痛詩人的心，因為這是「在黑暗中，／在鐵蹄下的姊妹們！／正受著魔王的踐踏與蹂躪」；在深夜傳來「劈啪的槍聲，轟轟的炸彈聲，憤怒的吼聲，雄壯的歌聲」，這聲音是「為人類正義和平，為國家自由獨立的將士們！正在與魔王肉搏與廝殺」。這首詩沒有正面描寫戰場上腥風血雨，詩人巧妙地集合了戰場上的聲音，敵人強暴婦女的「打罵聲」、「歡笑聲」，婦女的「哭泣」、「呻吟」，以對聲音的描寫而呈現出一幅動感、淒慘的畫面；「槍聲」、「炸彈聲」、「吼聲」、「歌聲」，這組連續聲音的出現，組合成一次戰爭勝利的過程。詩歌最後一節詩人呼籲青年姊妹們，「再別做那粉紅色的迷夢，再別過那恬靜安適的生活，快擦去你臉上的脂粉，穿上戰時的武裝，荷上抗敵的刀槍，走上神聖的戰場，殺盡那些世界魔王」。[42]在這節詩中體現出詩人對傳統閨閣女子的摒棄與對革命婦女與戰鬥女性的推崇。「粉紅色的迷夢」「恬靜安適的生活」「臉上的脂粉」這些描寫，與「戰時的武裝」「抗敵的刀槍」等形成鮮明的對比。對兩種不同女性形象的塑造，在詩作中詩人顯然要青年姊妹們拋棄傳統的女性形象，轉變為荷槍制敵的戰鬥女性。

散文〈北風裡底剪影〉講述了十三個年輕的姑娘在寒風中到高安鎮宣傳抗戰，讚揚她們不怕苦、不怕累的堅強鬥爭精神。高安鎮的男女老少聽了她們的演講都流著淚，憤怒地吼著「非打倒日本鬼子不可」，「時間的迫促，在這一個隆重的聚會結束時，男女老幼們都在留戀，都在佇立著，直望到這十三個年輕的姑娘的姊妹群在這曠野上消逝了的時候。」[43]作者在文尾對年輕姑娘們背影的描寫中，將她們的精神昇華了。這類文章還有卡爾曼的〈婦女戰士〉等，在這類文章中都賦予女性英勇、堅強等性格特徵。

然而，即便如此，抗戰時期《中央日報・婦女新運》所呈現的女性觀是很複雜、很彷徨的，它表現出一種無法取捨的情緒。

---

[42] 再來：〈夜感〉，《中央日報・婦女新運》，1941 年 6 月 23 日。
[43] 竇如珍：〈北風裡底剪影〉，《中央日報・婦女新運》，1940 年 3 月 8 日。

《中央日報・婦女新運》創刊於抗戰激烈時期，所以它在創刊之後大量描繪革命女性與戰鬥婦女，以此獲得更多婦女力量的支持。但是在抗戰期間《中央日報・婦女新運》並未放棄對家庭本位女性的書寫，只不過這時期革命女性形象成為重要的凸顯的對象。在這時期，一方面它想繼續本黨所追求的女性，以家庭為本位的「母性主義」，但又發現這種觀念在抗戰時期在婦女解放激烈時期，並未被從封建家族中掙脫出來的女性接受，反而被一些知識女性批判為復古、倒退。因而害怕失去對婦女力量的掌控，而小心翼翼地把這種意識形態注入到發動婦女力量抗戰建國的宣傳中。另一方面為了爭取婦女的支持它又無可奈何地對革命婦女的書寫，因為面對民族仇恨與社會中的婦女解放，沒有多少女性願意拘闞於家庭之中。

所以在《中央日報》與副刊《婦女新運》中總是發現國民黨在婦女政策上的矛盾，與文章中呈現的兩難。在 1940 年 3 月 8 日的社論〈祝三八節〉中總結了婦女在抗戰中的特殊意義，「戰地服務工作，有女同胞參加，後方生產工作，女界參加的尤其踴躍。……中國婦女運動在抗戰中的表現，最值得稱道的還是精神。」然而這種精神是什麼呢？國民政府把它歸結於「尤具備偉大的『母愛』！這熱情與母愛是婦女界特殊精神的基礎，一切婦女運動，由於這種熱烈的『情』和誠摯的『愛』來推動」。[44]抗戰時期民族矛盾上升為主要矛盾，婦女界一切工作與服務的動力更多的是嫉惡如仇的愛國主義精神與民族仇恨心理，國民政府抹煞了婦女宏大的社會、民族的心理，而把這種革命精神勉強地寓於「母愛」。在這篇社論中國民政府一面提倡革命婦女形象，一面又將革命婦女的精神簡單歸於他所提倡的「母性主義」，所以在這類文章中表現出模棱兩可的特點。

宋美齡的〈中華民族的再生〉一文中也具有此類傾向。文中支持女子走出家庭服務社會，支持女子戰地服務，在這裡她建構的是革命的婦女形象，但是文中又說道：「任何女子，倘若她們要對國家的進展有所貢獻，一定是賢妻良母」。[45]在樹山的〈論新女性〉中，作者說「所謂『新』，也絕不是要他們徒於外表上學些時髦，是要她們從精神上努力做『人』而對國家盡應盡的天職」，「經過這番抗戰洪爐的鍛鍊，我希望從我們這一

---

[44] 〈祝三八節〉，《中央日報・婦女新運》，1940 年 3 月 8 日。

[45] 宋美齡：〈中華民族的再生〉，《中日日報・婦女新運》，1939 年 2 月 18 日。

代的姊妹起，與我們男子共同建設新中國」，然而文中又說道：「但不論如何，為人總當以家庭為本位」，「女子已早當放棄兩性鬥爭的辦法，而力求兩性協調才是真幸福，也必定是更美滿」。[46]

所以從這些文章看出，《中央日報‧婦女新運》總是呈現出很矛盾的婦女政策，而《中央日報》正刊也輔助性呈現這時期的思想意識。在這時期它不斷宣傳革命婦女但是又不放棄性別女性形象，所以這時期的文章總是出現前後不一的情緒，在對革命女性的宣傳中總是戀戀不忘的加入家庭本位的女性意識。

《中央日報‧婦女新運》與《新華日報‧婦女之路》的婦女政策有短暫的契合，但是在短暫的契合中，《中央日報‧婦女新運》出現矛盾的書寫。然而正是由於抗戰時代語境下，《中央日報‧婦女新運》才會出現此種矛盾。《中央日報‧婦女新運》創刊後到 1943 年，這種以革命婦女中加入性別女性的扭曲書寫一直存在，直到 1944 年《中央日報‧婦女新運》逐漸衰落，這種狀態才停止。《中央日報‧婦女新運》的衰落預示著國民政府婦女政策與「舊我」的斷裂。

三、《中央日報‧婦女新運》的衰落與國民黨婦女之路的回歸

《中央日報‧婦女新運》創刊之後，直到 1943 年出刊一直很規律，每星期一期。1943 年後副刊很難做到每週一期，在 1944 年只出刊 16 期，1944 年 12 月 3 日第 236 期後，《中央日報‧婦女新運》停刊。之後沒有創辦婦女刊物，直到 1945 年 4 月 25 日《中央日報》副刊中出現《婦女‧兒童‧家庭》專欄，每週一篇文章由徐天白撰文。《中央日報》婦女刊物由半版多篇文章變為每週一篇文章，並且每週都由一個作者撰文。《中央日報‧婦女新運》的衰落和《婦女‧兒童‧家庭》專欄的設置，可以看出《中央日報》要摒棄與《新華日報》相契合時的婦女政策，從而恢復國民政府建構的「理想」的婦女之路。

1944 年的《中央日報‧婦女新運》斷斷續續地只出刊 16 期，而到 1944 年 9 月後的《中央日報‧婦女新運》與《中央日報‧中央副刊》在內容上

---

46 樹山：〈論新女性〉，《中央日報‧中央副刊》，1941 年 7 月 2 日。

毫無區別，副刊中大肆呼籲女青年服兵役。1943 年底國民政府宣導知識青年運動以補充國民軍隊在抗戰後期的嚴重減員。這時期《中央日報》不管正刊還是副刊都大肆呼籲知識青年服兵役，所以在這時期《中央副刊》大量刊登知識青年服兵役的文章。而《婦女新運》作為《中央日報》婦女刊物積極回應政府號召，成為呼籲女青年服兵役的陣地。《中央日報・婦女新運》從 1944 年 10 月 22 日第 233 期到 1944 年 12 月 3 日的 236 期每期都成為鼓勵女青年服兵役的專欄，這時期的《中央日報・婦女新運》毫無婦女刊物的特色，與此時期的《中央副刊》刊登的文章大同小異。如《中央副刊》在 1944 年 10 月 25 日刊登的四篇文章分別是：〈怒吼吧！中國青年〉、〈我們去戰鬥〉、〈為祖國慶幸〉、〈青年從軍歌〉，這四篇文章不管題材和體裁如何變化，但是中心內容無一例外都是宣導知識青年從軍。而 1944 年 11 月 19 日第 235 期的《中央日報・婦女新運》刊登的三篇文章，〈女青年從軍不當後人〉、〈獻給一般有志投軍的姊妹〉、〈美國婦女各種戰時服務工作〉，每篇文章的內容都與《中央副刊》相契合，洋溢著鼓勵女青年從軍的熱情。

面對國民政府如此號召，《新華日報》在 1944 年 10 月 23 日社論〈知識青年從軍問題〉一文中，指出「我們不能把知識青年從軍看作是挽救目前危局的唯一方法」。[47]面對這一時期國民政府的兵役宣傳，《新華日報》大量報導了與《中央日報》不同的一面。《中央日報》裡的文章寫出知識青年風風火火從軍的熱情和激情，但是《新華日報》這時期的文章則與《中央日報》完全不同，如文章〈拉丁的慘劇〉、〈被拉丁的家屬〉、〈壯丁也能囤集簡直把人不當人〉、〈壯丁也是人怎麼能隨便打〉等文章。這些文章從另一個角度看出了國民黨在抗戰後期兵役上的弊病。對於國民黨在兵役制度上的問題，早在抗戰初期沙汀發表於 1940 年的短篇小說〈在其香居的茶館裡〉中，對這一問題早有揭露和諷刺。

1944 年後國民政府軍隊由於嚴重減員，所以大肆呼籲女青年服兵役，此時的《中央日報・婦女新運》也毫無婦女刊物的特色，而與《中央副刊》在內容上一致。這可以看出此時期的國民政府根本就不關注婦女，或者說國民政府此時沒有把女性當成女性來看待，更加不重視婦女的命運和道

---

47 〈知識青年從軍問題〉，《新華日報》，1944 年 10 月 23 日。

路，他重視的只是政治目的。此時期呼籲女青年服兵役與前期提倡婦女走出家門幫助抗戰建國的性質完全不同，後者尚且是站在女性角度上看問題，具有進步意義，而前者只是單純的為軍隊補充力量之需。由此可以看出《中央日報・婦女新運》逐漸呈現出衰落的跡象。

《中央日報・婦女新運》在 1944 年 12 月 3 日停刊之後，就沒有創辦婦女刊物，直到 1945 年 4 月 25 日《婦女・兒童・家庭》專欄在「一周鳥瞰」版塊中出現。這一版塊在第二周之後更名為「七日漫談」，直至停刊。從這個專欄的命名可以看出它的內容是集中談論婦女、兒童與家庭，以家庭為本位的女性為主，專欄由徐天白負責。「七日漫談」版塊在 1946 年 5 月 14 日星期日最後一期後停刊，《婦女・兒童・家庭》專欄也隨之停刊。縱觀這一專欄的文章，中心內容聚焦於家庭，反映抗戰時期婦女問題的視閾尤其狹窄。專欄中的文章圍繞孩子、家庭、婦女來談論，關於孩子的文章有〈兒童公育〉〈談孩子的模仿〉〈孩子們的日常衛生〉〈孩子們的服裝〉等；關於家庭，談兩性之間的婚姻從「蜜月」、「舉案齊眉」等六個方面談論，還有〈談家庭佈置〉〈談裝飾品〉以及〈婆媳之間〉等等；關於婦女，〈談再嫁〉〈閒談女紅〉〈漫談納妾〉等等。從以上文章的標題看出《中央日報》的婦女刊物完全陷入家長里短的境地。

從《婦女・兒童・家庭》這個專欄的設置，以及專欄中的文章可以看出《中央日報》企圖恢復抗戰前期的婦女政策，恢復「母性主義」的婦女觀。這個專欄談論的主題完全是告訴婦女如何做一個賢妻良母，如何照顧、教育孩子，如何維護婚姻，如何與婆婆相處，如何打造一個優美、整潔的家庭環境。抗戰時期建構的革命女性形象在此時完全被抹滅、銷毀。所以隨著《中央日報・婦女新運》的衰落與《婦女・兒童・家庭》專欄的設置，國民政府徹底摒棄抗戰時期與《婦女之路》短暫契合的革命婦女形象，而恢復其一直傾心的「母性主義」婦女觀。

四、結語

國民政府在大革命結束後傾向女性性別為主體的女性形象，注重以家庭為本位的婦女觀。宋美齡在廬山開婦女談話會，把新生活運動時期的婦女指導委員會改組並擴大為全國性婦女組織。並創辦了《婦女新運》雜誌，以作為宣傳「婦指會」的刊物。由於國民政府未能完全掌控《婦女新運》雜誌，因而在《中央日報》副刊創辦《中央日報・婦女新運》專刊，名譽上是「婦指會」的刊物，實則是由宋美齡掌控的國民政府的婦女刊物。副刊中呈現對家庭本位與「母性主義」女性觀的重視。

《中央日報・婦女新運》在抗戰時期與《新華日報・婦女之路》在婦女政策上有短暫的契合，而隨著《中央日報・婦女新運》的衰落，國民政府摒棄與《新華日報・婦女之路》的契合，回歸「母性主義」的婦女觀。

主要參考文獻

一、專著

中國當代文學研究資料：《陳白塵專集》，淮陰：江蘇人民出版社，1983 年。
北京大學、北京師範大學、北京師範學院中文系中國現代文學教研室主編：《中國現代文學史參考資料‧獨幕劇選》第 2 冊，上海：上海教育出版社，1979 年。
李永東：《租界文化語境下的中國近現代文學》，北京：人民出版社，2013 年。
張昌山主編《戰國策派文存》，昆明：雲南人民出版社，2012 年。
馮鏗、羅淑著：《紅的日記》，北京：中國社會出版社，1998 年。
聶紺弩：《女權論辯》，白虹書店，1942 年。
謝冰瑩：《從軍日記》，南京：江蘇文藝出版社，2010 年。

二、報刊

《新華日報》1938 年 1 月 11 日至 1947 年 2 月 28 日
《新華日報‧婦女之路》1940 年 5 月 16 日至 1947 年 2 月 16 日
延安《解放日報‧文藝》1941 年至 1947 年
《中央日報‧婦女新運》1939 年 1 月 14 日至 1944 年 12 月 3 日
《中央日報‧婦女兒童家庭》1945 年 4 月 25 日至 1946 年 5 月 14 日
《中央日報‧中央副刊》1942 年至 1944 年
《民國日報‧婦女週報》1923 年至 1925 年

三、史料

谷鶯：《新華日報舊體詩選注》，成都：四川省社會科學院出版社，1984 年。
石西民、范劍涯編：《新華日報的回憶‧續集》，成都：四川人民出版社，1983 年。
重慶、成都《新華日報》《群眾》週刊史學會編：《新華之光〈新華日報〉〈群眾〉週刊史學術研討論文集》，重慶出版社，1993 年。
黃淑君、楊淑珍：《抗日民族統一戰線的號角——戰鬥在國統區的〈新華日報〉》，重慶出版社，1995 年。
《新華日報》報史編委會編：《西南新華日報簡史》，重慶出版社，1995 年。
韓辛茹：《新華日報史》，重慶出版社，1990。

民國時期的南京《中央日報》

■王婉如

作者簡介

王婉如，1986年生，台灣台北人。北京大學中文系文學博士。現為四川大學文學與新聞學院講師。主要從事中國現代文學、現代小說及散文、女性作家研究，並執行中央高校四川大學青年教師課題、四川大學人文社科課題。著有《小說與戲劇的逆光飛行——新時代作品七論》（合著）。

內容摘要

民國時期的南京《中央日報》承接著中國國民黨賦予它的使命，在報導上替國民黨發聲，是國民黨時期的重要黨報。透過分析《中央日報》和大時代因素可以窺見其是如何形成的，同時也可看見國民黨在文藝政策上是如何宣傳自己與「打擊」共產黨。隨著時間的推進，國民黨與共產黨在關係上、實力上一直在產生變化，這時位於南京的《中央日報》就加大「反共」的力度，透過文字及宣傳畫的形式，準確傳達出國民黨的態度，為國民黨維護統治權。因此歷史上做為「國民黨黨報」和對南京有著一定意義的南京《中央日報》，相當值得探究。

關鍵詞：民國時期、南京《中央日報》、國民黨、共產黨

《中央日報》是貫穿中華民國歷史時段的一份重要報紙，歷經了在武漢、南京、重慶而後跟隨國民黨赴台的時期，前後發行號數長達二萬八千三百五十六號（以 1928 年 2 月 1 日起算）。隨著赴台後虧損連連和新媒體的競爭於 2006 年 1 月不再發行實體報刊，之後經過 8 個月的內部改組與人事精簡《中央日報》在 2006 年 9 月 13 日正式轉為《中央日報網路報》在網路上進行延續。與赴台後承擔國民黨的聲音相同，南京的《中央日報》承擔著中國國民黨在南京時期的所有「發聲」，是國民黨的「喉舌」。中間確立地位的過程其實是耐人尋味的，原因在於它的時代背景因素和國民黨對它賦予的責任和代表性，讓它確定了其政治立場，將其「自由性」限縮，它的命運也就註定與國民黨牽連。《中央日報》遷到南京是 1929 年 2 月 1 日，直到對日抗戰爆發後遷出南京，由長沙轉移到重慶，1938 年 9 月為止，可說是在對共產黨的態度上始終與國民黨黨中央保持高度一致，因此以下分別探討《中央日報》的大時代背景，蔣介石如何確定自己的地位進而影響《中央日報》言論和報紙裡是如何描述共產黨，以及宣傳話語與宣傳畫的意義何在，最後來看《中央日報》對於南京和作為「國民黨黨報」同時又是「國家報紙」的意義，以此推論出《中央日報》在南京及民國時期的地位。

一、《中央日報》如何興起？如何重要？

要了解南京《中央日報》，應從源頭進行耙梳。也就是說南京《中央日報》不是一份一開始即在南京創辦的報紙，但首先能確定的是《中央日報》為中國國民黨（以下簡稱國民黨）在民國時期所成立的報紙，只是其歷史沿革較為複雜。回到最源頭為 1926 年 12 月北伐時期順利推進至武漢時，國民政府隨之由廣州遷到武漢。在隔年（即 1927 年）3 月 22 日，在漢口創辦《中央日報》，將其定調為「國民政府的官方媒體」，第一任社長由國民黨中央宣傳部部長顧孟余兼任，總編輯為陳啟修（陳豹隱），由於陳啟修的中國共產黨（以下簡稱共產黨）員身分，因此在編輯部成員中可以看見不少的共產黨員和左翼人士參加，諸如：沈雁冰以及孫伏園（任《中央日報・副刊》主編）等，同時也可看見雖然《中央日報》為國民黨黨報，但在「聯俄容共」的孫中山精神指導下，許多共產黨員早期在其中有了展現長才的機會。隨著之後的「四一二事件」、「寧漢分裂」兩件事的發生，於 9 月 15 日結束了武漢《中央日報》的第一次短暫辦報生涯，從 3 月 22 日至 9 月 15 日期間，共計有一百七十六號。這一段歷史在台灣新聞學界很少提及，在《中央日報》史中，學界一般不採認算入此時期的《中央日報》。

影響武漢《中央日報》命運的「四一二事件」，是蔣介石開展的「清黨政策」，目的是將國民黨內的「異議分子」全部趕出去，國民黨將其定性為「清黨」[1]，共產黨則定義為「四一二反革命政變」[2]，蔣介石為確保勢力穩固，在上海總工會糾察駐地發動攻擊，閘北、南市、浦東、吳淞等處均被國民黨佔領，同時以「工人內訌」為理由，要求工人糾察隊解除武裝，沒收了三千支步槍[3]。在上海青幫和杜月笙的幫助下，國民黨對各級政府、公家單位及軍隊進行抓捕行動，對抓捕到的共產黨員予以處決或禁錮，在這一事件中，僅是上午就死亡一百二十餘人，受傷一百八十人，同時因蔣介石允諾對外國租界不以武力進行干涉後，各租界也配合蔣介石的「清黨」行動將租界內的共產黨員和工人交給蔣介石，共計一千餘人。接著蔣介石下令解散上海特別市臨時政府、上海總工會和一切共產黨組織。截至同年的 4 月 15 日，上海死亡三百餘人，流亡失蹤者五千餘人，在 4 月 17 日蔣介石更與國民黨右派在南京召開政治會議，會議上強調應全國發布「清黨通電」，並發出秘字一號命令，通緝鮑羅廷、陳獨秀，其次為林祖涵、瞿秋白、毛澤東、惲代英、周恩來、劉少奇、張國燾、彭湃、鄧穎超、蔡和森、方志敏等人，一些親共左派人士，如沈雁冰、柳亞子、鄧演達、章伯鈞等，也在通緝之列。[4]事情隨之而來越演越烈，在遭遇 4 月 22 日武漢政府的斥責聯名通電後，張作霖將在北京逮捕到的二十名共產黨員，以聯合蘇聯密謀顛覆中國政府為由，在沒有證據的情況下，將李大釗等人實行絞刑。[5]最終以剩下的共產黨員出國或被澈底清黨做終。

---

1 胡適：《胡適日記全集》（台北：聯經出版公司，2005 年 4 月），第 747 頁。

2 鄒沛：《中國工人運史話》（北京：中國工人出版社，1985 年 1 月），第 223 頁。

3 陶涵：《臺灣現代化的推手——蔣經國傳》（台北：時報文化出版公司，2000 年 6 月），第 43 頁。

4 楊奎松：《蔣介石因何發起大規模「清黨」運動》（上海：社會科學文獻出版社，2008 年 1 月），第 33 頁。

5 陶涵：《臺灣現代化的推手——蔣經國傳》（台北：時報文化出版公司，2000 年），

4 月 22 日發布通電的武漢政府即是以汪精衛為領導的國民政府，當時孫科、鄧演達、宋慶齡、張發奎、吳玉章、毛澤東、惲代英聯合斥責蔣介石的行為，使其堅定要剷除共產黨在國民黨內部的勢力，原因在於汪精衛和陳獨秀在 1927 年 4 月 5 日發表聯合聲明，陳獨秀代表共產黨聲明：贊同國民政府不以武力收回上海的政策，亦贊同以階級合作政策組建上海政策；汪精衛則代表國民黨宣告：所謂國民黨將驅除共產黨，壓迫工人與糾察隊云云，均係謠言。[6]這篇〈汪精衛、陳獨秀聯合宣言〉當日做成即送報，次日一早刊出，由於事前未跟蔣介石商量因此在見報後，蔣介石、吳稚暉、李濟深、李宗仁等人見報譁然。吳稚暉斥責汪精衛中使用「聯共政策」和「兩黨合作」等字眼，聲言「聯共」二字本不見條文，我們國民黨之條文上，只有容納共產黨員入國民黨而已。並說依照總理（即孫中山）遺訓，只有老實不客氣說，治理中國只有國民黨，沒有聯合共產黨來治的可能。並警告說明：「如果共產黨堅持共治，或想要獨治，威脅到國民黨的目標，國民黨自不得不予以『相當之制止』[7]。」

汪精衛對吳稚暉激憤中的辱罵之詞相當不滿，因此在隔日不告而別回到武漢。這同時也種下了蔣介石堅決「清黨」的種子，蔣介石認為汪精衛勢必會站在對立面上，與自己意見相左，同時用自己的政治號召力影響國民黨各級黨部和黨員。因此發表之前與汪精衛進行過的談話，公開將其對自己說過的三條聲明改為四條發布在報紙上，用蔣介石自己的話來說就是：「發表於汪兆銘重要談話之點，使彼不得借此生謠。」[8]蔣介石先發制人的原由來自於對汪精衛的不信任，在「不告而別」這件事情以前，眾人曾與汪精衛進行座談，但效果不佳。隨後又傳出武漢方面已經免了蔣介石的總司令職，使得蔣介石認為自己應該採取行動制衡汪精衛和反對勢力。因此在同年（1927 年）4 月 8 日在上海《民國日報》上，出現了〈國民黨

第 42 頁。

6 〈汪精衛、陳獨秀聯合宣言〉，1927 年 4 月 5 日，收錄於中央檔案館編：《中共中央檔選集》第 3 冊（北京：中共中央黨校出版社，1989 年 8 月），第 594 頁。

7 〈昨日國民黨員會議席上之重要談話〉，上海《民國日報》第 1 張第 3 版，1927 年 4 月 6 日。

8 蔣介石：《困勉記》（第 6 卷），1927 年 4 月 7 日條目，收藏於「國史館」（台北館）蔣中正檔案。

連日會議黨務之要點〉[9]的新聞報導。有了這名義之後，蔣介石確立了自己行動的「合法性」，國民黨「清黨」行動因此展開，同時對於能為自己準確傳達聲音的報紙也變得更為重視。

二、南京《中央日報》的「地位」

由於國民黨「清黨」行動的大舉展開和對汪精衛的武漢政府充滿了不信任之下，演變成為「寧漢分裂」，連帶的《中央日報》受到政治上的牽連，最後終止辦報。但通過一連串事件使國民黨意識到政治宣傳的重要性，因此在成立南京政府時國民黨就著手進行《中央日報》重新發行舉措，也就是說事實上《中央日報》的命運與國民黨的活動乃至於歷史上的進程，是緊密相連的。除了與政治事件密不可分，《中央日報》在開展上同樣有了經濟的支持契機，逢上海《商報》的停刊之下，國民黨接受了其一切設備，於 1928 年 2 月 1 日在上海順利發行了《中央日報》。此次《中央日報》由孫科任董事長，時任國民黨中央宣傳部長的丁惟汾任社長，總經理則由國民革命軍東路軍前敵總指揮部政治部主任潘宜之兼任，彭學沛任總編輯。編輯委員會為各方人物所組成：胡漢民、邵力子、羅家倫、傅斯年、邵元沖、唐有壬、馬寅初、王雲五、潘公展、鄭伯奇等。[10]在發刊

[9] 〈國民黨連日會議黨務之要點〉內文為：「連日國民黨要人在上海莫利愛路孫總理遺宅及總司令部，因黨事糾紛開重要談話會。與會者汪精衛、蔣介石、李濟深、李宗仁、黃紹竑、甘乃光、柏文蔚、白崇禧、宋子文、蔣子民、古應芬、李石曾、吳稚暉等十餘人，討論近日國民黨被人把持情形。所有漢口之命令，上海及各地之行動，均極顛倒離奇，各有建議。最後乃共依汪精衛氏之主張暫時容忍，出於和平解決之辦法，即於 4 月 15 日召開中央全體執行監察委員聯席會議於南京，以求解決。在未開會以前，汪精衛氏贊成暫時應急之法數條如下：（一）汪精衛負責通知中國共產黨首領陳獨秀，立即制止國民政府統治下之各地共產黨員，應即為開會討論之前暫時停止一切活動，聽候開會解決。（二）對中央黨部及國民政府遷鄂後，因被操縱之所發命令，不能健全，如有認為妨害黨國前途者，於汪同志所擬召開會議之未解決以前，不接受此項命令。（三）現在各軍隊及各省之黨部團體機關，認為有在內陰謀搗亂者，於汪同志所擬召開會議之未解決以前，在軍隊應由各軍最高長官飭屬暫時取締；在各黨部各團體各機關，亦由主要負責人暫時制裁。（四）凡工會糾察隊等武裝團體，應歸總司令部指揮，否則認其為對政府之陰謀團體，不准存在。刊登在上海《民國日報》第 1 張第 3 版，1927 年 4 月 8 日。

[10] 方漢奇主編：《中國新聞事業編年史》（福建：福建人民出版社，2000 年 9 月），第 1095 頁。

詞中上海《中央日報》是這麼說的：「本報為代表本黨（按：此處指的是國民黨）之言論機關報，一切言論自以本黨之主義政策為依據。」[11]表明了《中央日報》與國民黨共進退的立場。

在上述《中央日報》的發展歷史敘述下，可以發現國民黨在傳播思想上，是費了一番功夫的，在上海《中央日報》成立半年後，國民黨為了加強管控《中央日報》在思想的傳遞上能與國民黨中央緊密相連，通過了〈設置黨報條例〉等，將《中央日報》從上海遷到南京。上海《中央日報》在1929 年 2 月 1 日遷址南京後，人事有了新的變化，改由國民黨中央宣傳部黨報委員會領導，委員會主席則由中宣部部長葉楚傖兼任，下設經理部、編輯部；遷址南京後首任總編輯為嚴慎於，後由魯蕩平、賴璉相繼接任。南京《中央日報》特別強調以：「擁護中央，消除反側；鞏固黨基，維護國本」為職責。[12]當時的國民黨掌握的報紙不只一家，在 1927 年 6 月至 1928 年 6 月間，雖國民黨及黨人所辦雜誌、期刊甚多，但言論無高度一致，內容也較為駁雜。例如當時的中央特別委員會主持過國民黨中央黨務期間，就曾編纂《中央特刊》，但只出刊了兩期。出刊較為長久，影響力較為深遠且有代表性的有中央宣傳部 1927 年 8 月創辦的《中央半月刊》、陳果夫於 1927 年 11 月在上海成立的《新生命月刊》與上海黨務訓練所同學會主編的《黨軍》。其中《中央半月刊》以闡述三民主義理論受到重視，《新生命月刊》的宗旨則為宣傳革命主義、創導中國文化本位之文化建設，《黨軍》則主張打破個人觀念，希望營造革新創進的色彩。在這三種期刊雜誌上面，胡漢民、葉楚傖、劉蘆隱等人都是交叉在上面論述自己的觀點，此外上面也經常出現〈中國國民黨之昨日今朝〉、〈中國國民黨之組織研究〉等類型的文章。[13]

在直轄黨報中，除了《中央日報》，尚有《民國日報》與《中央週報》等二份報紙，當時重要的〈國民黨連日會議黨務之要點〉即發布在《民國

---

11 方漢奇、蔡銘澤：《中國國民黨黨報歷史研究（1927-1949 年）》（此書為中國新聞史研究輯刊：初編（第 2 冊）（新北：花木蘭出版社，2013 年），第 52 頁。

12 賴光臨：《七十年中國報業史》（台北：中央日報社，1993 年 1 月），第 124 頁。

13 李雲漢：《中國國民黨史述》第 2 編（台北：中國國民黨中央委員會，1994 年 11 月），原始版本收錄在秦孝儀主編的《革命文獻第七十六輯——中國國民黨歷屆歷次全國代表大會重要決議案彙編（上）》（台北：中國國民黨中央委員會，1978 年 10 月）

日報》上。《民國日報》成立於 1916 年的上海，創辦目的以反對袁氏帝制、維護民國為宗旨，[14]袁世凱復辟的帝制敗亡後，《民國日報》繼續出版，在北洋軍閥的影響下，雖然持續有發言的空間，但就只是國民黨人所創辦的報紙，實質意義並不大，直到 1923 年孫中山改組國民黨，打算確立上海為輿論重鎮時，《民國日報》才獲得擴充，使之成為國民黨重要之機關報。相對於《民國日報》，《中央週報》較晚成立，成立時間是 1928 年 6 月 11 日，據發刊詞來看，《中央週報》的使命有三：一為統一紀念周之報告；二為指示宣傳周之要旨；三為供給黨員訓練之資料。[15]由此可知，《中央週報》創辦的最大目的是使中央宣傳部能夠隨時制定大綱以指導各黨部（按：國民黨）之宣傳要旨，使黨的下層組織能夠依中央的理念進行宣傳。《民國日報》在一段時間雖為國民黨重要報紙，但隨著《中央日報》遷往南京，較自己的位置更接近於政府，擁有地利之便，其重要性與權威性逐漸淩駕《民國日報》之上。[16]

之所以透過大段敘述描述同時期與《中央日報》重疊的其他刊物，目的在於經由這樣的了解，可以發現南京《中央日報》最後之所以能受到國民黨的重視在於《中央日報》佔有了良好的時機、地點。根據材料顯示，當時中宣部為了供給新聞界正確的新聞資料、解釋中央議決，糾正及闢駁反動邪說及謠言，同時為了明瞭什麼是新聞界的困難，並且徵求新聞界對黨國宣傳之意見，乃於每週召集首都（按：南京）新聞記者及各地報館駐京記者，舉行談話會一次，由中宣部部長親自報告，或請中央委員演講，以期在宣傳上收事半功倍之效果。[17]這時南京《中央日報》的優勢就完全體現，它在政策吸收與作出即時反應上就較其他期刊、報紙來得快速。

---

14 〈本報發刊辭〉，上海《民國日報》，1916 年 1 月 22 日。

15 〈發刊辭〉，《中央週報》第 1 期，1928 年 6 月 11 日。

16 洪喜美：〈上海《民國日報》——五四期間中國國民黨的重要言論機關〉，國史館館刊第 11 期，1991 年 12 月。

17 鄭士榮：《抗戰前後中央文化宣傳方略之研究（1928-1945 年）——中國國民黨中央宣傳部功能之分析》（台北：台灣大學三民主義研究所碩士論文，1987 年），第 265 頁。

三、「話語權」的爭奪和逐步確立

南京《中央日報》在「話語權」上是經過一段時間的演變，在作為武漢時期的《中央日報》曾刊登過許多反對蔣介石的文章，尤其在「四一二事件」前後更有大量的聲音出現。但是隨著國民黨的「清黨」運動以及《中央日報》到南京後，反對聲音正在被逐漸消弱，透過中宣部有意識的控制來操作社會輿論的導向。舉例來說，「革命」一詞曾經被建構為具有至高無上的道德正當性詞語，這個詞語的使用情形通常都伴隨有濃厚的目的論陳述作為革命的前導與護符，在人類過往的歷史中，因為法國大革命與美國獨立革命的成功進行，使得「革命」一直與自由、翻身和解放等字眼有著對等關聯時，它的誘惑魅力自然十分強烈。[18]漢娜・阿倫特指出在這些具體事例和語藝（rhetoric）的洞照下，革命自此成為一個毀滅與新生、自由與解放的代碼。這種號召力的感染，國民黨第一次全國代表大會所做成的號召：「打倒帝國主義，打倒軍閥」之中其實不難界定，因為「革命」在 1927 年以前的許多事件上已經累計了能量，諸如：1925 年 5 月上海的五卅運動；1926 年 9 月發生在四川的英國士兵炮轟萬縣事件；1927 年 1 月發生的漢口事件；1927 年 3 月發生的外艦炮轟南京事件，使得「打倒帝國主義，打倒軍閥」成為一個被認同的口號，「帝國主義」也直接變成罪惡的代名詞，這希望打倒帝國主義的欲求隨著共和國的有名無實運作和辛亥革命未能達到真正的成功，愈發強烈。[19]

也就是說現實的苦難使「革命」在意義上變成翻身的代名詞，成為實現美好社會的念想詞彙，按鄭士榮所述「革命」一詞經國民黨、共產黨的大力宣傳，迅速彙集成一種具有廣泛影響且逐漸凝聚的普遍觀念，革命成為救亡圖存、解決內憂外患，實現國家統一和推動社會進步的手段。在這種風氣的帶動下逐漸形成革命高於一切，甚至以革命為社會行為的唯一規範和價值評判的最高標準。「革命」話語及其意識形態開始滲入社會大眾

---

[18] Hannah Arendt: *On Revolution* (New York: Penguin Books Press, April, 1987)，第 57 頁。

[19] 黃金麟：〈革命與反革命——「清黨」再思考〉，收錄在盧建榮《性別、政治與集體心態：中國新文化史》（台北：麥田出版社，2001 年 11 月），第 369 頁。

層面並影響社會大眾的觀念和心態。[20]由此延伸的假革命、非革命、不革命、甚至反革命等用語成為 1920 年代評判的「起手」範式。在這樣的前提下再看國共的政治選擇可以發現，隨著「革命」話語的出現以及演化，革命與反革命成為一種二元對立的衝突，不再帶有中間的「改良派」，國共在後期鬥爭和伴隨國民黨內部分化的加劇，「反革命」成為雙方互相攻訐的武器，成為了「流行名詞」。

流行名詞「反革命」，專用以加於政敵或異己者，只這三個字便可以完全取消異己者之人格，否認異己者之舉動。其意義之重大，比之「賣國賊」、「亡國奴」還要厲害，簡直就是大逆不道。[21]在這種氛圍下，只需要任選一個「反動」和「反革命」的罪號，便足置對方於死地而有餘了[22]。這種「話語權」確立性是國共兩黨急欲爭奪的，在實施清黨之後國民黨即積極地將共產黨打成反革命，例如：「共產黨是反革命的」[23]、「肅清反革命派的共產黨分子」[24]，同時也將國民黨需求與訴求結合，提出「反對孫文主義的，就是反革命」[25]、「不受國民革命指導的軍隊，就是不革命的軍隊」、「反對國民黨的軍隊，就是反革命的軍隊」。共產黨則是在對「四一二反革命政變」作出反應時撰文寫道：「我們懷著極大義憤和對劊子手的滿腔仇恨宣布，蔣中正是革命的叛徒，是帝國主義強盜的同夥，是革命國民黨的敵人，是工人運動的敵人，也是共產國際的敵人。」[26]

其實「反革命」一詞源自蘇聯布爾什維克譴責性用語，這一詞彙在五四時期開始出現在中國的視野中，大量出現則是要等到國共兩黨第一次合作後，蘇聯的概念也逐漸從孫中山為首向下擴及到其他國民黨的成員中，

---

[20] 王奇生：《革命與反革命：社會文化視野下的民國政治》（北京：社會科學文獻出版社，2010 年 2 月），第 67 頁。

[21] 唐有壬：〈什麼是反革命〉，《現代評論》第 2 卷第 41 期，1925 年 9 月 19 日。

[22] 大不韙：〈黨軍治下之江西〉，《醒獅》第 118 號，1927 年 1 月 7 日。

[23] 中國國民黨黨史館藏：〈中央宣傳部等頒發反共宣傳標語〉，1927 年 8 月 16 日，檔號：五部檔：部 10218。

[24] 中國國民黨黨史館藏：〈成都清黨運動宣傳大綱〉，《清黨特刊》第 2 期，1927 年 6 月 10 日，檔號：005.43053921。

[25] 中國國民黨黨史館藏：〈四川登記委員會宣傳部通告〉，《清黨特刊》第 5 期，1927 年 7 月 31 日，檔號：一般／期刊。

[26] 〈蔣中正叛變。打倒帝國主義戰爭！反對扼殺中國革命！共產國際執行委員會告全世界無產者和一切被壓迫民族書〉，《國際新聞通訊》第 41 期，1927 年 4 月 16 日。

同時〈反革命治罪條例〉的指定推行，也是起源於國共合作時期，這顯示了非常重要的一點，即國共兩黨均意識到，誰能掌握「革命」以及其他事物的話語權和闡釋權，就意味著誰取得了「正統」，就可以說其他人是「反革命」。這種情況到了後期的國共爭鬥時期愈發激烈，1929 年國民黨在南京召開第三次全國代表大會，上海特別代表陳德徵提出〈嚴厲處置反革命分子〉的提案，大致是說法院在拘泥於證據的情況下容易使「反革命分子」逃過處罰，因此希望國民黨中央通過其認定之辦法：

> 凡經省或特別市黨部書面證明為反革命分子者，法院或其他法定受理機關應以反革命罪處分之。如不服，得上訴。惟上級法院或其他上級法定之受理機關，如得中央黨部之書面證明，即當駁斥之。[27]

這就標記法院可以不需要審理，只要得到中央黨部之證明即可認證對方為「反革命分子」，好在這個方案並未通過，但也顯示出「反革命」一詞已經深入到各個階層，已經不滿足於口號的研究上，同時希望通過口號以及其他文章來搶奪「話語權」，這時南京《中央日報》就起到了關鍵性的作用。像是在 1928 年 2 月 28 日提倡各個階層，應該積極自覺組織起來，解決中國人消極麻木的態度，同時認清共產主義並不適用於中國，因為：

> 人類進化有一定的階級，有一定的步驟，不是由人隨便製造，煽惑可以成功。共產黨的祖宗馬克思，並沒有「在經濟落後的國家，實行共產」的家訓，就是它的二輩祖宗列寧，在俄國還要實行新經濟政策。到了它的裔孫——中國共產黨，便奇想天開地要在物質還不具備的中國，來實行共產。演了一場殺人放火式的「土地革命」。所謂唯物史觀的後代，竟然把歷史進化的程式顛倒錯亂，以至於此。這就叫做「無病吃瀉藥。」[28]

類似的詞語還有很多，大體來看，國民黨希望可以拉攏工人及農民階級，特別是在「四一二事件」之後所喪失的工人支持，然則國民黨忘記一

---

[27] 胡適：〈胡適致王寵惠（稿）〉，《胡適來往書信選》上冊（香港：中華書局，1980 年 8 月），第 510 頁。

[28] 〈河南省政府消滅共產黨宣傳大綱〉，《中央日報》第 2 版第 2 面，1928 年 2 月 28 日。

點，這所制定的政策並不是白紙黑字就可以爭取到支持，而應該是付諸實際行動，從實踐中出發。國民黨在往後的日子裡逐漸意識到這點，因此在加大宣傳的同時，也開始使用圖文搭配的形式，以求更收效果。這個承載爭取支持的任務就落入到了時在南京的《中央日報》上，並且將如何「消滅」共產黨及恢復國家統治秩序上列入宣傳重點，在不斷地宣傳之下，也開始有「民眾」[29]投書到「社評」欄目中，認為被迫為「匪」之農工，國民黨應積極宣傳，使歸青天白日旗幟之下，團結起來，一致反共。來對於盲從之青年，應開以自新之路，使之自首，努力反共工作。[30]

四、做為黨報的宣傳意義

國民黨的中央宣傳部為了配合「剿共宣傳」，曾發出宣傳要點：「鏟共剿匪為本黨目前最切要工作，現成共匪雖將次第肅清，惟此等暴徒棄槍可以為民，兵去復可以為匪，欲除盡其根株，非力行清鄉不可。故於極力宣傳共匪罪惡之外，應宣導清查戶口，督練鄉團，使民眾能自動清鄉，庶共匪可以澈底肅清。」[31]至於宣傳方法，應暗中指示當地各報館在最近期間，集中精力於剿匪宣傳，多載剿匪新聞及共匪罪惡，並多做社論以討論剿匪問題，務使全國民眾一致醒覺。[32]在這樣的氛圍之下，《中央日報》曾經刊載這樣的資訊，並配合將之印成傳單派發：

> （一）蔣總司令親自來救你們了；（二）優待自新來歸順革命軍的匪軍士兵；（三）只殺匪首朱德、毛澤東，不需殺害匪兵；（四）可憐被挾的民眾們你們快來歸順革命軍；（五）匪區民眾快快起來，殺赤匪，還你們自由；（六）赤匪是壓迫兵民的禽獸；（七）赤匪是無父無母的禽獸；（八）殺了匪軍首領；快來歸革命軍，定有重賞，

---

29 此處將民眾打上引號，原因在於在國民黨的宣傳手法裡，社評的民眾極有可能不是一般的社會大眾，而是經過政策策劃的階段性寫手或是作家及編輯自己化名擔任，當然也不排除是一般社會大眾的可能性，故加引號，以示歧義。

30 〈社評・剿匪與安民〉，《中央日報》第 1 張第 3 版，1930 年 10 月 27 日。

31 中國國民黨史館藏，〈宣傳部 12 月份工作報告〉，1931 年 1 月，檔號：一般檔案：436/304，第 39 頁。

32 同上註，第 40 頁。

不許殺害人民；（九）匪兵快來歸附國民軍；（十）帶槍來歸的匪兵，每兵賞洋三十元；（十一）赤匪是下流的。

上述十一條是出自蔣介石手令從內容來看，可以合理懷疑寫成時間並不一致，因內容出現許多重複的字句，亦或是再三強調重要性，因為印製成傳單的關係，故內容可能需要保持一致，務求準確傳思想。這時的南京《中央日報》已不只傳達國民黨中央思想，還擔負著影響與國民黨立場不同的各階層人員。同時增加了圖畫宣傳，期望透過圖畫勾起民眾的認同，在《中央日報》中的畫刊部分圖文結合的寫出，目前最迫切的一切工作在於努力肅清共匪。（圖 1）[33]，圖 2[34]、圖 3[35]

（圖 1）　　（圖 2）　　（圖 3）

以上為連環畫，圖 2 讀取順序從右上第一格開始（一）贛省共匪猖獗騷擾（右上），（二）蔣總司令親往督剿（右下），（三）中央軍努力追擊（左上），（四）共匪肅清後人民安居樂業（左下）；圖 3 右上角第一格開始，（一）中央軍努力追剿共匪（右上），（二）蔣總司令面授各將士剿共計略（右下），（三）為能擒獲朱毛彭黃或其重要分子或割其首級者賞洋五萬元（左上），（四）共匪肅清後人民安居樂業（左下）。由以上的圖畫可以發現南京《中央日報》積極配合政府宣傳，除了用文字的部分，還使用圖畫加強民眾的記憶。如此一來在國民黨的文藝政策和宣傳控制下社會輿論會倒向對於國民黨有利的一面。除了國民黨方面指示《中央日報》宣傳的文字內容，也有民眾投書建議如何進一步提高宣傳品質，其認為：

---

33 《中央日報》畫刊圖，1930 年 11 月 30 日。
34 《中央日報》畫刊圖，1930 年 12 月 14 日。
35 《中央日報》畫刊圖，1930 年 12 月 28 日。

> 依照心理學之詔示，宣傳貴能刺激人的精神，而啟發深刻之感應，引起同情，若能在萬籟聚集之平日，用富有刺激力之口號，簡明之主張，使宣傳者趁機喚出如泣如訴，一聲聲送入民眾枕畔，刺上民眾心頭，使聽者心弦俱震，陡覺生死關頭，已在目前，而起救國之意志。[36]

除了使用口號和聲明主張外，國民黨還使用多種手段醜化共產黨，例如極力渲染共產黨駐留地方的殘暴情況，例如共產黨殺人，不用槍而用刀矛，應為節省子彈計也；而其方法則刳腹割舌，斷足割乳。[37]又像是共產黨屠殺之殘酷，在殘殺前，先施以種種毒行，如割肉剝皮等，然後置諸死地，甚至將被害者身上割下之鮮肉，加上白糖，用以下酒，名曰：「吃血酒」。[38]種種駭人的宣傳令人心生恐懼，使得共產黨成為一個負面、危險的象徵與詞彙，同時為取信於民眾除醜化共產黨之外，還外加報導「內幕」消息，例如朱德與毛澤東其實正在內訌，所以「匪區」會出現「打倒機會主義的毛澤東」等標語。[39]或是查獲共匪數十封未寄出信件，將其原文刊載於報紙上，披露其內心。例如：我現在非常痛苦，跑了三個多月，看不見一個錢，所以我現在沒錢寄給你。這裡長官凶得很，動不動就要殺頭。我打算不久回來，你從前勸我的話，現在後悔也來不及了。[40]又或是「我們總指揮說存了二、三百萬在俄國，但這些話我們不敢說。聽說捐款百萬以上，但我們當兄弟的仍舊未發餉，衣服又沒得穿，快凍死了！」[41]

類似這樣的報導，《中央日報》每天都從各個角度不遺餘力的宣傳，為國民黨在對抗共產黨時對知識分子階層起到了關鍵性作用，在國民黨控制地區一般老百姓也認為共產黨是不好的黨，應該由國民黨對其進行「消

---

36 〈論剿匪宣傳工作〉，《中央日報》第1張第3版，1931年4月5日。

37 〈贛省代表昨招待新聞界，旅贛代表昨向四中全會請願〉，《中央日報》第2張第2版，1930年11月16日。

38 〈共匪蹂躪我國慘狀〉，《中央日報》第2張第3版，1930年12月25日。

39 〈共匪內訌消滅在即〉，《中央日報》第2張第3版，1930年12月24日。

40 〈誤入歧途悔恨深——第一信：瀏陽第五區第十六鄉一村轉交晏世兄收〉，《中央日報》第2張第1版，1930年11月3日。

41 〈誤入歧途悔恨深——第三信：瀏陽轉交化老前轉母親大人〉，《中央日報》第2張第1版，1930年11月3日。

滅」。原因就在《中央日報》的宣傳使得民眾認為在各個方面，不管是民心、政策或是政權的合法性，共產黨都不是一個合法的政黨，因此希望透過宣傳使民眾能遠離不好的政黨，使外受到國民黨的圍剿，對內則沒辦法得到來自民間的支持。為了更加強化論點，國民黨同時也對共產黨的理論進行批判，鼓勵民眾不要受到共產黨所蠱惑。凡此種種，舉凡文字宣傳、圖畫宣傳、政策宣傳以及抹黑中傷或內幕、「偽內幕」消息都在《中央日報》日常報導範圍內，對共產黨更是努力求「全方位」打擊，懷柔與高壓同時使用，並適時轉移軍心，鼓舞軍民士氣。

在反共及抗日上，基本上篇幅比重是絕對傾向於對內的「剿共」上，蔣介石也不止一次提到過這個問題，蔣介石認為：

> 依今日國難的形勢來看，日本人侵略是外來的，好像是從皮膚上漸漸潰爛的瘡毒，赤匪搗亂是內發的，如同內臟有了毛病，這實在是心腹之患。
>
> 因為這個內疾不除，外來的毛病就不能醫好。而且即算醫好，也還是無濟於事，到了最後，病人還是要斷送在這個心腹內疾。[42]

簡單來說，這即是蔣介石主張的「先安內，後攘外。」作為喉舌的《中央日報》如實地反映了蔣介石的政治傾向與真實想法，透過了解南京《中央日報》乃至於各個時期的《中央日報》就可以發現，在搬至南京後在政策的領會上以及與國民黨黨中央的聯繫就較以往來得密切，因此將此時期的南京《中央日報》作為與當時歷史的參照，是別具意義的，即使相較於共產黨的宣傳來看，國民黨的宣傳流於形式與不知變通，連帶使其剿共方針和對日抗戰的態度受到質疑，但此時期的宣傳已較之前來得更有組織及計畫，仍然是值得探討與研究的。

---

[42] 王正華編著：《蔣中正總統檔案：事略稿本 20，民國 22 年 5 月到 6 月》（新北市：國史館，2005 年 12 月），第 76 頁。

主要參考文獻

一、專著

中央檔案館編：《中共中央檔選集》第 3 冊，北京：中共中央黨校出版社，1989 年。

方漢奇主編：《中國新聞事業編年史》，福建：福建人民出版社，2000 年。

方漢奇、蔡銘澤：《中國國民黨黨報歷史研究（1927-1949 年）》，新北：花木蘭出版社，2013 年。

王奇生：《革命與反革命：社會文化視野下的民國政治》，北京：社會科學文獻出版社，2010 年。

李雲漢：《中國國民黨史述》第 2 編，台北：中國國民黨中央委員會，1994 年。

胡適：《胡適來往書信選》上冊，香港：中華書局，1980 年。

胡適：《胡適日記全集》，台北：聯經出版公司，2005 年。

陶涵：《台灣現代化的推手——蔣經國傳》，台北：時報文化出版公司，2000 年。

楊奎松：《蔣介石因何發起大規模「清黨」運動》，上海：社會科學文獻出版社，2008 年。

盧建榮《性別、政治與集體心態：中國新文化史》，台北：麥田出版公司，2001 年。

鄒沛：《中國工人運史話》，北京：中國工人出版社，1985 年。

賴光臨：《七十年中國報業史》，台北：中央日報社，1993 年。

二、期刊論文

洪喜美：〈上海《民國日報》——五四期間中國國民黨的重要言論機關〉，國史館館刊第 11 期，1991 年 12 月。

三、學位論文

鄭士榮：〈抗戰前後中央文化宣傳方略之研究（1928-1945 年）——中國國民黨中央宣傳部功能之分析〉，台北：台灣大學三民主義研究所碩士論文，1987 年 6 月。

四、報刊史料

《民國日報》

《中央週報》

《中央日報》
《現代評論》
《醒獅》
《國際新聞通訊》
蔣中正檔案
中國國民黨黨史

五、外文著作

Hannah Arendt: On Revolution, New York: Penguin Books Press, 1987.

一般論文

張弛在自由與威權之間
——胡適，林語堂與蔣介石

■周質平

作者簡介

周質平，1947 年生於上海，1970 年畢業於東吳大學中文系，1974 年獲東海大學中國文學碩士學位，1982 年獲美國印第安那大學中國文學博士。現任美國普林斯頓大學東亞系教授。研究晚明文學與中國近現代思想史。著有《現代人物與文化反思》、《光焰不熄——胡適思想與現代中國》、《胡適叢論》、《現代人物與思潮》等，以及英文著作 *A Pragmatist and His Free Spirit*、*Yuan Hung-tao and the Kung-an School* 等書。主編有《胡適早年文存》《胡適未刊英文遺稿》、《胡適英文文存》等。

內容摘要

本文詳述蔣介石、胡適、林語堂三人之間的互動關係。由胡、林筆下的蔣介石，引出這兩位近代中國自由主義的代表人物，如何在不同時期和蔣的交往。不但可以看出胡、林兩人的風骨也可以觀察到蔣對知識分子的包容。自由主義者在蔣的威權時代，或許並非軟弱到一籌莫展。

關鍵詞：胡適、林語堂、蔣介石、自由主義。

一、前言

胡適（1891-1962）和林語堂（1895-1976）是20世紀中國自由主義陣營中最知名的兩個代表，晚年都終老埋骨於蔣介石（1887-1975）治下的台灣。引用一句 1947 年儲安平說的話，「我們現在爭取自由，在國民黨統治下，這個『自由』還是一個『多』『少』的問題，假如共產黨執政了，這個『自由』就變成了一個『有』『無』的問題了」。[1]在「有無」與「多少」之間，自由主義者選擇了蔣介石，這毋寧是極近情理的事。雖然，民主自由在蔣的手上，也少得可憐，但比起毛的「絕無」，這少得可憐的一點自由，是當時中國知識分子唯一的寄望。這個選擇是「兩害相權，取其輕」。其中有多少辛酸和不得已！

自從蔣介石日記自 2006 年由斯坦佛大學胡佛研究所分四批逐年公開之後，胡蔣關係，一時又成了熱門的話題。其中蔣在日記中對胡適的評點成了研究者爭相引用分析的材料，其結論大致不出：台灣時期的蔣介石對胡適在表面上，禮賢下士，優禮有加，而實際上則恨之入骨，視胡為心頭大患。而胡則始終只是蔣手中的一顆棋子，任蔣玩弄於股掌之間。蔣的虛偽，胡的軟弱成了近幾年來胡蔣關係研究的主調。[2]然而，同樣的材料，從不同的角度分析，也可以得出不同的結論。蔣在公開場合和日記中對胡適截然不同的兩種態度，固然可以解釋為表裡不一，但也不應該忽略，蔣以一個政治領袖對一個知識分子的容忍和克制，從中也可以看出蔣對胡是相當忌憚的。胡絕不是任蔣玩弄的一顆棋子，而是一粒「雷丸」，蔣對胡的處置絲毫不敢掉以輕心。當然，胡也從不濫用他特有的地位和清望。胡有他的容忍，也有他的抗爭。但容忍和抗爭都有一定限度，他從不是一個「玉碎派」，從留學時期，在中日交涉上，他就不主張「以卵擊石」。「以卵

---

1 儲安平：〈中國的政局〉，《觀察》第2卷第2期，1947年3月8日，頁6。

2 這個論調可以汪榮祖：〈當胡適遇到蔣介石：論自由主義的挫折〉一文為代表，收入潘光哲主編：《胡適與現代中國的理想追尋——紀念胡適先生120歲誕辰國際學術研討會論文集》（台北：秀威資訊科技，2013年），頁24-49。參看陳紅民、段智峰：〈差異何其大——台灣時代蔣介石與胡適對彼此交往的紀錄〉，《近代史研究》（北京：中國社會科學院近代史研究所，182期，2011年），頁18-33。

擊石」，在他看來，不是「壯烈」而是「愚蠢」。[3]這也可以理解為「顧全大局」。當然，所謂「顧全大局」往往也是妥協的另一種說法。這是胡適被視為軟弱的主要原因。胡在面對蔣時，有他溫和持重的一面，不能讓看客痛快的叫好。但試問在同時代的知識分子當中，還有誰能如此不卑不亢的向蔣介石進言，向國民黨抗議的？還有誰能讓蔣徹夜難眠，讓他覺得當眾受辱的？（詳後文）除了胡適，我還真想不出第二人來。胡是溫和的，但溫和未必軟弱，更未必無能。胡有他堅持的原則，他從不做「政府的尾巴」，從不隨聲附和，也從不歌功頌德。

論胡蔣關係，如不和其他人進行比較，則不免失之片面和主觀。有了與蔣介石—林語堂關係的比較之後，就不難看出，胡適和他同時代的人相比，在面對政治威權時，表現了中國知識分子少有的獨立和尊嚴，在中國近代史上，堪稱第一人。而蔣的人格也可以透過胡適和林語堂的描述，而浮現出一個更清楚的形象。這三個在中國近代史上有過重要貢獻和影響的人物，1949 年之後，都被「糟蹋」得不成人樣，希望每次隨著新史料的出現，在一點一滴重構和重塑這些歷史人物的過程中，讓我們更接近他們的「本相」。

二、胡、林筆下的蔣介石

1932 年，胡適初見蔣於武漢，[4]兩人的關係一直維持到 1962 年胡適逝世，整三十年。在兩人見面之前，胡已在不同的場合對國民黨、孫中山有過多次的批評，尤其以 1929 年在《新月》上發表的幾篇文字最為激烈，[5]和國民黨有過正面直接的衝突。1940 年，林語堂初見蔣於重慶[6]，此時，林

---

[3] 1915 年 3 月 19 日，胡適：《胡適留學日記》（台北：商務，1973 年），頁 591-596。

[4] 胡適日記 1932 年 11 月 28 日：「下午七時，過江，在蔣介石先生寓內晚餐，此是我第一次和他相見。」胡適：《胡適日記全集》（台北：聯經，2004 年），冊 6，頁 632。胡適第一次見到蔣在 1927 年上海，蔣宋的婚禮上，見胡 1928 年 5 月 18 日日記。大概只是觀禮性質，故胡把第一次相見，定在 1932 年。參看陳紅民：〈蔣介石與胡適的首次見面——蔣介石日記解讀之九〉，《世紀》，2011 年 7 月 10 日，頁 48-50。

[5] 如〈人權與約法〉、〈我們什麼時候才可有憲法〉、〈新文化運動與國民黨〉、〈知難，行亦不易〉，收入《人權論集》（上海：新月，1930 年）。

[6] 林太乙：《林語堂傳》（台北：聯經，1988 年），頁 197。

已是國際知名的作家，在《吾國吾民》（*My Country and My People，1935*）和《生活的藝術》（*The Importance of Living，1937*）出版之後，林在海外的聲望，幾乎等同中國文化的代言人，並已在美國發表了不少支援中國抗戰的文字。至於對蔣個人的評論，林已視蔣為中國最高之領袖。林、蔣的關係一直維持到 1975 年蔣介石逝世。

自五四新文化運動以來，到 1949 年國民黨遷台，胡適始終是中國學術界的一個中心人物，同意他也好，反對他也好，他的存在卻是不容否認的一個事實。這個影響，1949 年之後，在台灣依舊可以清楚的感覺到。由胡適創意成立的《自由中國》半月刊是國民黨遷台之後，言論自由和民主的象徵，對拓寬 50 年代台灣的言路有歷史性的貢獻。但蔣介石的容忍終究是有限的，1960 年，雷震以「通匪叛國」罪名入獄，《自由中國》停刊，乃至稍後在台灣學界轟動一時的中西文化論戰，都和胡適有千絲萬縷的關係。雖然這一論戰發生在胡適身後，但「胡適的幽靈」卻繼續在海峽兩岸飄蕩。

林語堂在國內的影響沒有胡適那麼大，但他代表的是知識分子在憂國憂民之外，也可以有幽默閒適的個人空間。在學界的影響，林不能與胡相提並論；但林的幽默小品可能更受一般大眾的歡迎。而胡、林兩人都身負國際重望，他們選擇回台終老，對蔣介石來說，自然是最直接有力的支持。

林語堂和蔣介石的關係，沒有胡適和蔣那麼有實質的內容，但蔣曾多次出現在林的著作中，是林最關注的近代中國的政治領袖。他早年對蔣的評論帶著一定的揶揄和調侃，1932 年發表在《論語》第 2 期上的〈蔣介石亦論語派中人〉這則短評，是這一時期的代表。林覺得蔣說話平實，不高談主義，平日也還看些王陽明，曾國藩的書，並指出蔣「若再多看看《資治通鑒》，《定盦文集》，《小倉山房尺牘》，《論語半月刊》，我們認為很有希望的。」[7]行文之間，帶著居高臨下指導性的口氣。在同一期《論語》中，還有一則署名「語」的隨感，〈一國三公〉，也是林語堂的手筆，對蔣介石、汪精衛、胡展堂三人有扼要的評述，他認為：蔣的所長是「善手段」，「機斷」，「會打機關槍」；而其所短則是「讀書太少」。[8]這一

[7] 林語堂：〈蔣介石亦論語派中人〉，《論語》2 期，1932 年 10 月 1 日，頁 2-3。
[8] 林語堂：〈一國三公〉，《論語》2 期，頁 1。

時期，蔣在林的眼中無非只是一個讀書不多，而又擅耍手段的「行伍」，談不上有太多敬意，但也沒有什麼惡感。[9]

蔣介石在林語堂的筆下，隨著國內形勢的更迭，和蔣氏權力的確立而有所改變。1935 年版的《吾國吾民》，在結束語（Epilogue）一章中，對中國之現況和前景都是相當悲觀的，對山東軍閥韓復榘能集省長、縣長、法官、陪審於一身的作法則表示欣賞，因為他至少給治下的老百姓一個生活的秩序，而這點起碼的秩序，對當時中國老百姓來說，是可望而不可及的。「寧為太平犬，莫作離亂人」（It is better to be a dog in peaceful times than be a man in times of unrest）[10]這句老話，道盡了中國百姓的辛酸。在「領袖人物的追尋」（A Quest for Leadership）一節中，林語堂提出了「中國好人究竟在哪兒？究竟有幾個？」的問題。他把中國描繪成：「一個有四億生靈的國家淪為像一群沒有牧者的羊，一代一代的傳下去」（a nation of four hundred million souls is condemned to carry on like a flock without a shepherd）[11]。此時（1935），他顯然沒把蔣介石視為四億人口的「牧者」；而他心目中中國的「救星」（Savior）是一個「大司殺者」（The Great Executioner），他寫道：「大司殺者懸正義之旗於城樓，過往行人都必須向正義之旗俯首。並告示全城，有敢違抗法律，拒不向正義之旗俯首者，斬。」（The Great Executioner nails the banner of Justice on the city wall, and makes every one of them bow before it as they pass. And a notice is posted all over the city that whoever says he is above the law and refuses to bow before the banner will be beheaded）[12]當然，林語堂的筆觸是帶著激憤的，在他看來，一個被面子（face）、命運（fate）和人情（favor）統治了幾千年的民族，[13]只有「斬」之一字，可以稍剎貪汙腐敗。只要稍加分析，就不難看出，林語堂此時所期盼的無非是一個「開明的獨裁者」。他對中國現況的改變，幾乎全仰仗在一個領袖的身上。

---

9 有關林語堂與蔣介石的關係，參看錢鎖橋：〈誰來解說中國〉，《21 世紀》，2007 年 10 月號，頁 62-68；〈林語堂眼中的蔣介石和宋美齡〉，《書城》第 2 期，2008 年，頁 41-47。

10 Lin Yutang, *My Country and My People*, New York: John Day, 1935. p. 349-350.

11 Lin Yutang, *My Country and My People*, New York: John Day, 1935. p. 356.

12 Lin Yutang, *My Country and My People*, New York: John Day, 1935. p. 362.

13 *Ibid.*

林語堂在 1939 年版的《吾國吾民》的短序中指出：1934 年是近代中國最黑暗的時刻，日本侵略的威脅，加上領袖人才的缺乏，中國正在走向破敗和滅亡；但 1936 年的西安事變，使他由悲觀轉向樂觀，他認為國共的合作是中國轉機的開始，也是中國走向團結和復興的起點。[14]1939 年版的《吾國吾民》，刪掉了 1935 年版的〈結語〉，而代之以〈中日戰爭之我見〉（A Personal Story of the Sino-Japanese War）一文。此文對抗戰有許多過分樂觀的估計，並視蔣介石為中國復興最關鍵的人物。他說：「中國最有希望的一點是有一位領袖，他有常人所不及的冷靜和頑強，他深知這場戰爭就如一場二十回合的拳擊比賽，勝負取決於最後一擊。」（The best hope of China is that she has at present an inhumanly cool-minded and inhumanly stubborn leader, who knows what all this is about, and who views it as a twenty-round match, knowing that it is the final knock-out that counts.）[15] 他極力為蔣介石「攘外必先安內」的政策辯護，把 1932-1935 這四年時間，看作厚積抗戰實力的準備時期。蔣在他筆下是一個「雖全國人之以為非，無礙我之以為獨是」（He was also a man who knew he was right, even if the whole nation condemned him and even if he stood all alone），[16]並敢於抗拒群眾壓力的領袖人物。這種「雖千萬人吾往矣」的精神是對蔣最高的評價。並指出「蔣比吳佩孚、袁世凱更現代，做到了吳、袁兩人做不到的在軍事上統一中國。」（He was more modern than Wu P'eifu and Yuan Shihk'ai and succeeded in doing what these two men had failed in the military unification of China under the Republic）.[17]蔣在林的筆下是「意志堅定、掌控全域、頭腦清楚、富於遠見、果斷、頑強、冷靜、殘酷、工算計、聰明、具野心，並真正愛國」的一個領袖。（He was self-willed, masterly, astute, far-sighted, determined, stubborn, cool, ruthless, calculating, wily, ambitious and truly patriotic.）[18]

---

[14] Lin Yutang, *My Country and My People*, New York: John Day, 1939. p. xv.

[15] Lin Yutang, *My Country and My People*, 1939, p. 346.

[16] *Ibid.*, p. 349.

[17] *Ibid.*, p. 367.

[18] *Ibid.*, p. 368.

林語堂在〈中日戰爭之我見〉中，最大的錯估是真以為西安事變是國共聯合抗戰的開始，並進一步鞏固了蔣氏的領導。[19]他甚至認為，共產黨的崛起是中國民主的基石（the Chinese Communists will become the bedrock of Chinese Democracy）[20]這些看法，在 1946 年出版的《枕戈待旦》（*The Vigil of a Nation*）中，都已全面改觀了。

在國難外患空前嚴重的 30 年代，許多人都憧憬著一個「超人」來解決所有的問題。加上德國和義大利在希特勒和墨索里尼獨裁的領導下，快速崛起。許多留洋歸來的知識分子如丁文江、錢端升、蔣廷黻、吳景超等，此時對民主制度的信心，也不免發生動搖，而轉向支持獨裁。[21]林語堂雖未參加這次民主與獨裁的辯論，但他顯然是較同情於主張獨裁的。

無論是錢端升所說的「有能力，有理想的獨裁」，蔣廷黻所主張的「開明的專制」[22]，抑或林語堂所指的「司殺者」或「中國的救星」。他們心目中的候選人當然就是蔣介石。胡適則不然，他認為，中國當時所需要的是政治制度上的變革，而非某一個個人在朝在野能起得了作用的。他明確的表示，無論國難如何深重，「中國無獨裁的必要與可能。」[23]胡適斷然指出：「我不信中國今日有能專制的人，或能專制的黨，或能專制的階級」。[24]至於將國家大小諸事，都仰仗於一人，這決非現代政治應有的現象：

> 一切軍事計畫，政治方針，外交籌略，都代決於一個人，甚至於瑣屑細目如新生活運動也都有人來則政舉，人去則鬆懈的事實。這都

---

[19] 如他說："the Sian revolt may be said to have truly paved the way for a united stand, and united front… without the Sian incident, it could not have been brought about and China would not be ready for a war of resistance." (*My Country and My People*, 1939, p. 364-365).

[20] *Ibid.*, p. 395.

[21] 參看丁文江：〈民主政治與獨裁政治〉，《獨立評論》133 號，頁 4-7；〈再論民治與獨裁〉，《獨立評論》137 號，頁 19-22。蔣廷黻：〈革命與專制〉，《獨立評論》80 號，頁 2-5；〈論專制並答胡適之先生〉，《獨立評論》83 號，頁 2-6。瑞昇（錢端升）：〈民主政治乎？極權國家乎？〉，《東方雜誌》31 卷 1 號，頁 17-25。有關民主與獨裁的辯論，參看周質平〈胡適對民主的闡釋〉，《光焰不熄——胡適思想與現代中國》（北京：九州，2012 年），頁 288-303。

[22] 胡適：〈中國無獨裁的必要與可能〉，《獨立評論》130 號，頁 2-6。

[23] 胡適：〈中國無獨裁的必要與可能〉，《獨立評論》130 號，頁 2-6。

[24] 胡適：〈再論建國與專制〉，《獨立評論》82 號，頁 4。

> 不是為政之道。世間沒有這樣全知全能的領袖，善作領袖的人也決不應該這樣浪費心思日力去躬親庶務。[25]

1934年，蔣介石在南昌發起「新生活」運動，要老百姓在生活上講些禮貌，注意衛生。在原則上，胡是贊成的，因為「蔣先生這回提倡的新生活，也不過是他期望我們這個民族應該有的一個最低限度的水準。」[26]但胡同時指出，「我們不可太誇張這種新生活的效能」，這裡面既沒有「救國靈方」，也沒有「復興民族的奇蹟」，更不是什麼「報仇雪恥」的法門。過分誇大這個運動的功效是會「遺笑於世人的」。生活的改變，不僅僅是一個教育問題，一個道德問題，更基本的是一個經濟問題，「許多壞習慣都是貧窮的陋巷裡的產物。人民的一般的經濟生活太低了，決不會有良好的生活習慣」。[27]這樣的「為新生活運動進一解」，多少是在給蔣介石潑冷水，讓他清醒清醒，別把生活細節上的改變，當成復興民族的靈丹妙藥。更何況，生活細節改變，需要有經濟和物質上的基礎，一個在凍餓邊緣上的民族，是談不上「夜不閉戶，路不拾遺」的。這雖然只是「倉廩實，而知禮義」的現代翻版，但看在蔣的眼裡，多少還是掃興的。

在這篇文章裡，胡對蔣的個人生活有比較高的評價，在胡的筆下，蔣是個嗜欲不深，生活儉樸，又嚴於律己的人：

> 蔣介石先生是一個有宗教熱誠的人；幾年前，當國內許多青年人「打倒宗教」的喊聲正狂熱的時代，他能不顧一切非笑，毅然領受基督教的洗禮。他雖有很大的權力，居很高的地位，他的生活是簡單的，勤苦的，有規律的。我在漢口看見他請客，只用簡單的幾個飯菜，沒有酒，也沒有捲煙。[28]

胡適自己是個澈底的無神論者，但他對蔣的受洗成為基督徒，持肯定的態度，並認為入基督教對蔣的人格有重大的影響。1950年，胡適寫〈在史達林策略裡的中國〉（China in Stalin's Grand Strategy），說到1936年

[25] 胡適：〈新年的幾個期望〉，《胡適全集》卷22（安徽：教育，2003年），頁527。
[26] 胡適：〈為新生活運動進一解〉，《獨立評論》95號，頁18。
[27] 同上，頁18-20。
[28] 胡適：〈為新生活運動進一解〉，《獨立評論》95號，頁18。

蔣在明知張學良有謀叛之心的前提下，為什麼依舊率領著各級將官深入西安？要想為這個問題找出答案，胡認為必須先認識到「蔣在成年之後，有過從一個紈絝子弟轉化成為清教徒的這一過程。」（Chiang was a prodigal son turned Puritan Christian at a mature age, and the world must try to understand him in that light.）[29]這是一個極有趣的觀察。胡適認為，蔣之所以冒險入西安，是帶著一定宗教上的「感化」的用心的。如這一分析不誤，那麼，蔣之不殺張學良，或許也多少是基督教寬恕精神的體現。林語堂也注意到這一點，但他並沒有從信仰基督教的角度進行分析。他在〈中日戰爭之我見〉一文中，認為蔣之所以能逃過西安一劫，在於他抗日的決心和誠意感動了張學良。[30]

林語堂在《枕戈待旦》一書中，特別提到，除了 1927 年的清黨，蔣介石不殺與他共同革命起家的功臣，這不但不同於中國歷代的帝王，也不同於蘇聯或德國式的大規模誅殺異己。蔣介石處置異己的方式往往是軟禁一段時間之後，予以釋放。胡漢民和陳銘樞就是兩個好例子。至於收編其他軍閥如馮玉祥、閻錫山、白崇禧、李宗仁、唐生智、蔡廷鍇等，這在林語堂看來，應當歸功於蔣所特有的容忍與對時機的掌握。[31]當然，能讓這許多割據一方的軍閥在短時期之內「歸順」，蔣在人格上一定也有相當的感召力量。

胡適對蔣介石日常生活的觀察和林語堂在 1943 年底到 1944 年初，六次見蔣的印象是相近似的。蔣在林的筆下也是一個近乎斯巴達苦行主義（Spartan asceticism）的自律者：無論冬夏，每天五點或五點半起床，起床後，早課或沉思一小時，簡單的早餐後，八點開始批閱公文，十一時和僚屬開會。他大概在十二點半或一點進午飯，飯間和來自各省的訪客交談。餐後休息，閱讀或練習書法。林特別指出，蔣的書法「四平八穩，一絲不苟」可謂「字如其人」（[His calligraphy] is sharp and square and with full concentration

---

29 Hu Shih, "China in Stalin's Grand Strategy," *Foreign Affairs* (October, 1950), p. 28.

30 Lin Yutang, *My Country and My People*, 1939. P. 349. "Chiang Kaishek could not have survived at Sian had he not been able to convince his captors of his sincerity in deciding to resist further foreign aggression, an idea which was firmly and clearly actively in his mind, but which he has refused publicly to declare to the nation as a whole."

31 Lin Yutang, *The Vigil of a Nation* (London and Toronto: William Heinemann Ltd., 1946), pp. 62-63.

on every stroke）。下午五時，再接見訪客，有時也與訪客共進晚餐。每晚十點，準時就寢。林語堂在相當長的一段文字中，特別強調蔣的準時、愛整潔和吃苦耐勞。並追憶 1934 年夏天，在牯嶺軍官培訓班上，蔣在烈日下，站著連續講演兩小時。有一回，汪精衛也在這樣的一次演講中，覺得苦不堪言。[32]林語堂有時也用他所慣用的小說筆觸來描述蔣。如他說：

> 我特別喜歡看他徐徐搔首的模樣，因為這表示一個人在思考，而手指在頭上滑動則表示心中有許多主意。我覺得我能看到他心思是如何運轉的。就好像看到愛因斯坦用粗短的手指理他一頭的亂髮。
> I especially like the way he scratched his close-cropped head and gently rolled his fingers over it, means the mind is roving over ideas. I felt I was seeing his mind visibly in operation. It was like seeing Albert Einstein clutching his bushy hair with his stout fingers.[33]

類似這樣帶著文學筆觸，稍顯輕佻、諂媚的文字，在胡適描寫蔣的文字中是絕對沒有的。

林語堂對蔣介石少數的批評之一是他好親細事，他建議蔣學老子的無為，他用英文說：The best rider should hold his reins as if he didn't.[34]我且用「老子體」，把這句話翻譯成「善馭者若不執轡」。換句話說，一個真正善騎的人，並不總把韁繩死死地握在手中。看似放手讓馬驅馳，而坐騎又全在其掌握之中。林指出蔣需要幾個得力的助手，給予信任，委以全權。這樣他才能真正成為一國之領袖。林語堂的這點觀察和胡適 1935 年在〈政制改革的大路〉中所說，如出一轍：

> 蔣介石先生的最大缺點在於他不能把自己的許可權明白規定，在於他愛干涉到他的職權以外的事。軍事之外，內政，外交，財政，教育，實業，交通，煙禁，衛生，中央和各省的。都往往有他個人積極干預的痕跡。其實這不是獨裁，只是打雜；這不是總攬萬機，只

32 Lin Yutang, *The Vigil of a Nation* (London and Toronto: William Heinemann Ltd., 1946), pp. 60-66.
33 *Ibid.*, p. 61.
34 *Ibid.*, p. 62.

> 是侵官。打雜是事實上決不會做得好的，因為天下沒有萬知萬能的人，所以也沒有一個能兼百官之事。侵官之害能使主管官吏不能負責做事。[35]

胡適始終認為，中國政治的出路不在某一個個人的升沉，而是民主法制的建立。他特別反對的是「黨權高於一切」。在他看來，「人民的福利高於一切，國家的生命高於一切。」[36]早在 1935 年，他就呼籲：「為公道計，為收拾全國人心計，國民黨應該公開政權，容許全國人民自由組織政治團體。」這幾句話即使移用到今日中國，依舊是「政制改革的大路」。[37]其實，這也是 1951 年胡適提出「毀黨救國」這一主張的濫觴。

林語堂論蔣介石的幾段文字收在他的戰時遊記《枕戈待旦》之中，書是用英文寫的，又在海外出版，口氣接近記者的報導，褒遠多於貶。而胡適的文章發表在《獨立評論》，這是抗戰前夕反映輿論最主要的刊物之一。文章的口氣嚴肅而認真。

1936 年 12 月 12 日，張學良挾持蔣介石，發生了震驚中外的西安事變。胡適在 12 月 17 日對美聯社（United Press）發表講話，認為張學良所為是親痛仇快的賣國行為（Marshal Chang's action is universally condemned by the nation as a betrayal of national cause which must be most gratifying to our national enemy.）並指出，由於這次事變，作為國家的領袖，蔣的重要性從未如過去一周那樣，為全國各階層的人民所認知。在一份大學校長聯合申明中指出：蔣若被殺害，中國的進步將倒退 20 年。（Gen. Chiang's importance as the national leader never has been so fully realized by all classes of Chinese as during the last week—since he has been a prisoner. ……Here in Peiping, educational center of the nation. ……University presidents, in a joint statement, have declared that Generalissimo Chiang's loss might set back national progress for 20 years.）

接著，胡適指出：西安事變清楚的說明了，共產黨員並非真民族主義者，他們所廣為宣傳的抗日口號，只是無恥的騙術。（The rebellion in

---

[35] 胡適：〈政制改革的大路〉，《獨立評論》163 號，頁 8。
[36] 同上註，頁 4。
[37] 同上註，頁 4。

Sian-Fu merely has demonstrated most clearly that the Communists never have been truly nationalistic and that their much-advertised anti-Japanese slogan has been only a shameless subterfuge.）

胡適認為，在西安事變中，共產黨唯一感興趣的是製造一個可以渾水摸魚的環境。但此後他們已無法再欺騙老百姓了。（The Communists were interested only in creating a situation so that they could fish in troubled waters. Henceforth they no longer can deceive the people.）

在談話的最後，胡適指出：蔣如能安然脫險，從這次事件中，他本人和全國人民所應該學到的教訓是將所有的權力集中於一人是極其危險的。（If Generalissimo Chiang is delivered safely from his present predicament he should learn a lesson-or, if he does not, the nation should. That lesson is: It is always dangerous to center all power in a single individual.）[38]

西安事變之後，胡適即刻給張學良發了一通電報，與美聯社的這一報導兩相互看，更可以看出胡適當時對蔣與張的評價：

> 陝中之變，舉國震驚。介公負國家之重，若遭危害，國家事業至少要倒退二十年。足下應念國難家仇，懸岩勒馬，護送介公出險，束身待罪，或尚可自贖於國人。若執迷不悟，名為抗敵，實自壞長城，正為敵人所深快，足下將為國家民族之罪人矣。[39]

張學良最後親自護送蔣回到南京，與胡適的這通電報或不無關係。

胡適對西安事變的評論不多，以上這段對美聯社所作的講話，是少數評論中比較全面的。而尤其值得注意的是，他直截了當的指出，共產黨當時所謂的抗日，只是無恥的謊言。1937 年 1 月 4 日，傅斯年在給蔣夢麟、胡適、周炳琳的一封信中說：「抗日與上弔不同，中國共產黨所迫政府者，是上弔，非抗日也。」[40]這句話一針見血地指出了當時共產黨口口聲聲要與國民黨聯合抗日的實質內容。

---

[38] *The Washington Post*, December 18, 1936.

[39] 《胡適之先生年譜長編初稿》，冊 4，頁 1545。據編者胡頌平說，這份電報當寫於 1936 年 12 月 12-14 日之間。

[40] 王汎森、潘光哲、吳政上編：《傅斯年遺箚》（台北：中央研究院歷史語言研究所，2011 年），共 3 卷，卷 2，頁 767。

在胡適的中文著作中，尤其是 1949 年之前的政論和時評中，從未如此直接的批評過共產黨。1936 年 12 月，距盧溝橋全面抗戰的爆發還有半年多，胡適已洞悉共產黨假抗戰之名，行坐大之實的陰謀，並為之揭露。這一作法是很值得玩味的。胡適在英文著作中反共的態度表露得比較早，也比較直接。作為一個自由主義者，胡適在國人的面前，在政治上，希望維持一個比較中立的立場，並對共產黨始終懷著一種不切實際的幻想，即國共兩黨和平共處，使中國能走向一個兩黨的民主政制。上引這一段 1936 年 12 月 18 日的談話湮滅在歷史中近 80 年，在共產黨大舉慶祝抗戰勝利七十年之際，特別值得我們的關注，省思和緬懷。到底是誰走上了歷史的「虛無主義」？

兩個星期之後，1937 年 1 月 3 日，胡適在天津《大公報》發表星期論文，〈新年的幾個期望〉，對他在《華盛頓郵報》上的最後一點建議，有更進一步的說明。這也是西安事變之後，胡對蔣的進言。基本上還是他初見蔣時，贈蔣〈淮南王書〉的用心，要他不親細事，不攬庶務。此外並提出憲政和守法：

> 我們期望蔣介石先生努力做一個「憲政的中國」的領袖。今年因為軍事的需要和外患的嚴重，大家漸漸拋棄了民國初元以來對行政權太重的懷疑；又因為蔣介石先生個人的魄力與才能確是超越尋常，他的設施的一部分也逐漸呈現功效使人信服，所以國內逐漸養成了一種信任領袖的心理。最近半個多月中，全國人對他安全的焦慮和對他的出險的歡欣慶祝，最可以表示這種信任領袖的心理。但是那半個多月全國的焦慮也正可以證明現行政治制度太依賴領袖了，這決不是長久之計，也不是愛惜領袖的好法子。[41]

這種過分信任領袖的心理正是走向獨裁的一個重要誘因。

2013 年，台北陽明山林語堂故居理出了一批林語堂的書信，其中有幾件是寫給蔣介石和宋美齡的，這幾封信為我們進一步瞭解林、蔣關係提供了新材料。1944 年 4 月 24 日，林語堂在一封致蔣的長信中，痛陳中共在海外宣傳成功之原因，及國民黨在這方面進退維谷的困境，從中很可以看

---

[41] 胡適：〈新年的幾個期望〉，《胡適全集》（安徽：教育，2003 年），卷 22，頁 527。

出一個自由主義者如何為當時重慶的中央政府抱屈，林語堂的分析也可以為「紅太陽是怎麼升起的」[42]加一來自海外的註腳：

> 美國輿論失其平衡，袒護叛黨，以共產為民主，以中央為反動，荒謬絕倫，可笑亦復可泣……且自去年，中國稍有美國援助軍火之希望，中共誠恐中央勢強，迫彼屈服。故處心積慮，盡逞離間，使華府與陪都日愈冷淡。冀引國外勢力，自挽危機。成則可以分沾利益，敗亦可稍限中央實力。是故定其方策，爭取「民主」二字招牌，同時加中央以法西斯蒂罪名，此其宣傳大綱也。[43]

這時林語堂對中共的看法，已大不同於 1939 年寫〈中日戰爭之我見〉時的心境了，他已清楚的看出：共產黨已成國民黨之心腹大患。在給蔣的信中，他接著指出，中央在宣傳上的困境：

> 中央雅不欲宣傳共黨違背宣言，割據地盤，破壞抗戰事實；共黨卻極力宣傳中央封鎖邊區。中央不肯宣布共黨拘捕國民黨；共黨極力宣傳國民黨拘捕「前進」「愛自由」青年。故共黨趁機主攻，中央連自辯無由自辯。中央以家醜不可外揚，不欲宣布邊區政府之假民主行專制，及其思想統治，禁止自由。中共愈得機自冒民主招牌，故中央始終無法自辯。今日軍事上及思想上，確有國共衝突，故有防共事實，若不宣布共黨陰謀，則不能宣布何以防共之苦衷，不能宣布防共之苦衷，則無法聲辯防共之事實，故對於此點，須稍改方針。[44]

林語堂一針見血地指出，中央對外極力粉飾全國團結，一致抗戰，以博取同情和外援。對共產黨借抗戰之名，行坐大之實的陰謀，成了有苦難言，百口莫辯的局面。而共產黨則利用這一局面，完全以被壓迫者的姿態出現在宣傳上，以博取美國左翼人士的同情與支持。因此，他建議鼓勵外國記者視察陝北，並做較長時間勾留，「免致為所愚」[45]。這封信寫得非常懇切，他指出國共之爭，國民黨是敗在宣傳上，這是很有見地的。

---

[42] 參看高華：《紅太陽是怎樣升起的》（香港：中文大學出版社，2000 年）。
[43] 原件藏台北林語堂故居。
[44] 原件藏台北林語堂故居。
[45] 原件藏台北林語堂故居。

林語堂對中國共產黨的公開批評比胡適早，對由國共兩黨組成一個民主政府的夢想，破滅的也比胡適早。直到抗戰勝利，胡適還懷著天真的想法，希望毛澤東能放棄武力，與國民黨合作，在中國出現一個兩黨政治。1945年8月24日，胡適從紐約發了一個電報給當時在重慶的毛澤東，力陳此意：

> 潤之先生：頃見報載傅孟真轉述兄問候胡適之語，感念舊好，不勝馳念。二十二日晚與董必武兄長談，適陳鄙見，以為中共領袖諸公，今日宜審察世界形勢，愛惜中國前途，努力忘卻過去，瞻望將來，痛下決心，放棄武力。準備為中國建立一個不靠武力的第二政黨。公等若能有此決心，則國內十八年之糾紛一朝解決，而公等二十餘年之努力，皆可不致因內戰而完全消滅。美國開國之初，吉福生十餘年和平奮鬥，其所創之民主黨遂於第四屆大選獲得政權。英國工黨五十年前僅得四萬四千票，而和平奮鬥之結果，今年得一千二百萬票，成為絕大多數黨。此兩事皆足供深思。中共今日已成第二大黨，若能持之以耐心毅力，將來和平發展，前途未可限量，萬萬不可以小不忍而自致毀滅！以上為與董君談話要點，今特電達，用供考慮。
>
> 胡適　34年8月24日[46]

胡適要相信「槍桿子裡出政權」的毛澤東放棄武力，這無異是「與虎謀皮」。將林語堂1944年給蔣介石的信與胡適1945年給毛澤東的電文對看，胡、林兩人此時都已看出共產黨是國民黨的主要競爭對手，但似乎都沒有料到在短短四五年之內，就可取國民黨而代之。胡、林兩人都承認現有的政治制度，但都低估了共產黨的野心和實力。共產黨所要的是全盤推翻現有的制度，重新構建一個體制。這也是當時自由主義者與左翼知識分子之間最不可調和的矛盾。一個是漸進改良，而一個是流血革命。

胡適是1938-1942中華民國官方駐美大使，而林語堂則是民間大使。當時正是中國抗戰最艱難的時期，能有這樣兩位身負國際重望的學者仗義執言，對爭取到海外之同情與援助是功不可沒的。他們兩人對蔣都有相當

---

[46] 所錄電文是根據胡適紀念館所藏有胡適手跡改正的〈從紐約發給毛澤東的無線電文〉，此稿與台北聯經版《胡適之先生年譜長編初稿》冊8，頁1894-1895所錄略有出入，當以此稿為準。

的敬意，並願意就其所知，向蔣進言。1947 年 6 月 2 日，胡適在寫給北大學生鄧世華的信中，對蔣有比較持平的論斷：

> 蔣介石先生有大長處，也有大短處。但我在外國看慣了世界所謂大人物，也都是有長有短，沒有一個是天生的全人。蔣先生在近今的六個大巨頭裡，夠得上坐第二三把交椅。他的環境比別人艱難，本錢比別人短少，故他的成績不能比別人那樣偉大，這是可以諒解的。國家的事業不是一個人擔負得起的。[47]

這樣的評價是帶著「同情的瞭解」的。

三、宋美齡

林語堂給宋美齡的信都是英文寫的，有的比給蔣的信更有實質的內容，顯然，林知道，寫信給宋可能是影響蔣更直接的途徑。

1941 年 4 月 24 日，林有信給宋美齡，談到宋出訪美國的計畫和安排，其中有這樣的句子，「您知道美國是個由女人統治的國家，她們對一個知名女子而能達到男人最高的成就，有著近乎瘋狂的「崇拜」。」（You know America is ruled by women who are crazy about a woman celebrity who has achieved things on a par with the best of men.）[48]這句話也許帶著林語堂特有的幽默，不宜深究。但 1920 年美國總統大選，全國女子才有選舉權。說 1941 年的美國是「一個由女人統治的國家」，未免誇大失實。至於訪問美國的安排，林的建議是「當然，邀請必須來自白宮，而整個行程的安排需是皇家或半皇家的規格，就如伊莉莎白女皇訪美。」（......of course, you will come on the invitation of the White House. The visit will be arranged on a royal or semi-royal scale, like the visit of Queen Elizabeth.）這樣的口氣當然能迎合宋美齡好講排場的習氣。

宋美齡訪美，在胡適駐美大使卸任後不久。在胡適日記有限的紀錄中，他對宋美齡的作風印象極壞，與林語堂討好迎合適成強烈的對比：

---

47 〈胡適致鄧世華〉，《胡適全集》，卷 25，頁 257。

48 原件藏林語堂故居。

1943 年 3 月 1 日

今天蔣夫人到紐約，市長 La Guardia 在市政府招待，我去了一去。這是我初次會見這位太太。五年半沒有看見她了。[49]

這條日記很短，但言外之意是不難看出的。「我去了一去」，多少表示，去看宋有一定的不得已，禮貌上得去，但又實在不很情願，所以去了就走。至於用「這位太太」，就中文的遣詞而言，是缺乏敬意的。胡適在日記中，遣詞用句都是很講究的，在稱呼上也從不馬虎，就如他在 1942 年 5 月 19 日日記中，記宋子文的擅權，並清楚的說明：「記此一事，為後人留一點史料而已。」[50]以下兩則，更可以看出胡適「為後人留史料」的用心了。

1943 年 3 月 2 日

晚上到 Madison Sq. Garden 聽蔣夫人的演說。到者約有兩萬人。同情與熱心是有的。但她的演說實在不像樣子，不知說些什麼！[51]

1943 年 3 月 4 日

今早黃仁泉打電話來，說蔣夫人要看我，約今天下午五點五十分去看她。我說，於總領事的茶會五點開始，她如何能在五點五十分見我？黃說，她要到六點十五分才下去（！）

我下午去見她，屋裡有林語堂夫婦，有孔令侃，有鄭毓秀（後來）。一會兒她出來了，風頭很健，氣色很好，坐下來就向孔令侃要紙煙點著吸！在這些人面前，我如何好說話？只好隨便談談。她說，她的演說是為智識階級說法，因為智識階級是造輿論的。（指她前天的演說）原來黃忠馬失前蹄的古典是為智識階級說的！

她一股虛驕之氣，使我作嘔心。

我先走了，到下面總領事的茶會，來賓近千人，五點就來了，到六點半以後，主客才下來，登高座，點點頭，說，謝謝你們，就完了。有許多人從 Boston 來，從 Princeton 來，竟望不見顏色！[52]

---

[49] 胡適：《胡適日記全集》，冊 8，頁 153。紐約市長的名字，誤拼成了 Lagnardia。
[50] 同上註，頁 125。
[51] 同上註，頁 153。
[52] 胡適：《胡適日記全集》，冊 8，頁 153-154。

胡適把宋美齡這兩天在紐約兩場活動的時間，地點，人物和舉止記得如此確切翔實，並連用驚嘆號「！」，他對宋美齡的惡感和鄙視已溢於言表了。在胡適 56 年的日記中，讓他感到「作嘔心」的事，我竟還想不起第二樁來。

宋美齡這次訪美，可以說是備極風光。不但受到羅斯福總統的款待，並在國會發表演說。1943 年 3 月 1 日的《時代》（*Time*）週刊，紐約的美國中國協會（The China Society of America）7 月號的《中國》雜誌（*China*）都以宋美齡為封面人物，配以多幅照片，報導這次訪問。一般人對宋美齡這次訪美的瞭解大多來自當時媒體，若沒有胡適的這兩則日記，又如何能知道這位權傾一時的「第一夫人」，還有如此「虛驕」的一面呢？

1942 年 6 月 15 日，胡適以中華民國駐美大使的身分受邀到韋斯理女子學院（Wellesley College）作畢業演說，這一年恰逢宋美齡 1917 級畢業班的二十五周年紀念，校長 Mildred Helen McAfee 在畢業典禮上宣布成立宋美齡基金（The Meiling Soong Foundation）。胡適在講詞中稱揚韋斯理學院為中國教育出了幾個傑出的女子，尤其是宋美齡。韋斯理學院所給予宋的教育，和她對美式生活的理解，使她成了中國政府在民主化過程中的一個重要力量。這段話與其說是寫實，不如說是胡適對宋的期許。胡適在講演中，語重心長的引了宋美齡在當年在 5 月號《大西洋》（*Atlantic*）雜誌上所發表的文章，〈中國的成長〉（China Emergent）中的一段話：

> 進一步說，在一個真正的民主制度中，少數黨是不應該被忽略的。我（案：宋美齡）反對任何制度給某一個黨以永久絕對的權力，那是對真正民主的否定。思想自由與進步是民主所不可或缺的，而一黨政治對這兩點都予否認。
>
> Furthermore, in a true democracy the minority parties should not be left out of consideration. I am opposed to any system which permanently gives absolute power to a single party. That is the negation of real democracy, to which freedom of thought and progress are essential. A one-party system denies both.[53]

---

[53] Hu Shih, "Commencement Address at Wellesley College", 周質平，《胡適未刊英文遺稿》

宋美齡的這篇文章相當長，分作三節，第一節講戰後中國將尊重私有財產，採行累進稅制，推廣國民教育並實行三民主義；第二節講中國自古有「天視自我民視，天聽自我民聽」，「民貴君輕」的民主觀念；第三節則強調中國的民主不能照搬美國的民主，而應有其本身的特色。[54]胡適之所以不引其他段落，而獨引這一段，意在說明：無論如何美化當時國民黨的政治制度，一黨專政與民主是不可能並存的。他用宋美齡的話來說明這一點，真是煞費苦心！胡適任大使期間應邀所作畢業典禮演說不少，韋斯理學院這篇講詞，雙行間隔的打字稿，不到兩頁半，大約五至六分鐘就能講完。是我目前所見胡適畢業典禮講稿之中，最短的一篇。在整篇講稿中，我們見不到胡適對宋美齡有任何失實過當的讚譽，更沒有阿諛奉承的言辭，他藉著這個機會，對中國的民主自由再進一言。

1945 年 11 月 26 日，在一封林語堂寫給宋美齡報告近況的信中，有如下一段，很可以體現當時林語堂和蔣介石交往的心境：

> 長久以來，我一直想請您（宋美齡）幫我一個忙，就是向委員長求幾個字。如您所知，在我們國家和政府遭到親共宣傳誣衊的時候，我曾為我們國家和政府仗義執言，我自己也遭到了他們的譭謗。您看到 Randall Gould[55]的評論，〈解剖林語堂〉了嗎？就是因為我現在還支持重慶，並不稱揚共產黨的武裝叛變。結論是我的每一個道德細胞都已敗壞。這些我都不在乎，我是以一個老百姓的身分來說這些話的，並沒有什麼不可告人的動機，或想求得一官半職。我所要的只是委員長「文章報國」四個字，有了這四個字，我死而無憾。這也是我畢生最大的榮幸，無論我身在何處，這四個字都將高懸在我家裡。這個請求可能有些不自量力，可是您知道我將如何珍視這

（台北：聯經，2001），頁 321-324。

[54] Madame Chiang Kai-Shek, "China Emergent," *The Atlantic* (May 1, 1942). 電子版全文，見 "http://www.theatlantic.com/magazine/archive/1942/05china-emergent/306450/ 另有專文討論此文，參看，Matt Schiavenza, "What a 71-Year-Old Article by Madame Chiang Kai-Shek Tells Us about China Today," Oct. 11, 2013, 見 http://www.theatlantic.com/magazine/archive/2013/10/

[55] 1943-1945 American editor, *Shanghai Evening Post & Mercury.* 上海《大美晚報》編輯。http://www.oac.cdlib.org/findaid/ark:/13030/tf9v19p0f7/entire_text/

四個字。此事不急，只要我能盼著有這麼一天。這將是對我戰時工作的肯定。只要是委員長的手筆，字的大小無所謂。

There is another favor I wish to ask from you for a long, long time, and that is an autograph from the Generalissimo. You know I have spoken up for our country at a time when our country and the government were being slandered by pro-communist propaganda, and got slandered myself by the same sources. Did you see Randall Gould's editorial "Post-mortem on Lin Yutang"? Just because I still supported Chungking and did not praise the communists for their armed rebellion. It was concluded every moral fiber in my being was corrupted. All that I do not mind and I have done so as a private citizen without ulterior motive, or looking for political jobs. All I want is four words from the Generalissimo 文章報國，and with that I shall die content. It will be the highest honor for me and I shall hang it in my house no matter where I am. I may be making a presumptuous request, but you will understand how I shall cherish it. There is no hurry so long as I can look forward to it someday. It will be a recognition that I have done my part during the war. The size of the characters does not matter, so long as they are in his handwriting.[56]

寫這封信的時候，抗戰已經勝利。戰時，林語堂在美國確實為中國寫了不少文章，《吾國吾民》和《生活的藝術》兩本暢銷書影響尤其大，他對中國文化的介紹和闡釋，容或有見仁見智不同的看法，但中國文化在林的筆下，絕非好勇鬥狠，黷武好戰，而是懂得生活情趣，閒適幽默兼而有之的。這樣的取向，是能引起美國人對中國的好奇和同情的。換言之，他在給宋美齡的信中，提到戰時自己的貢獻，並無不當，但看了這樣一封信，還是不免讓人有「邀功討賞」之嫌，因而失去了一個平等的地位。這和他在 1932 年發表〈蔣介石亦論語派中人〉時居高臨下的態度，恰成有趣的對比。在胡、蔣多次的通信中，胡始終自居於與蔣平等的地位，從沒有要蔣肯定自己的工作。胡適相信自己的功過，當由歷史評說。

56 原件藏林語堂故居。

四、台灣歲月

（一）胡適：以道抗勢

1949 年之後，反共是胡適、林語堂和蔣介石三人能走在一起最主要的原因。蔣打著民主自由的旗幟進行反共，但「反共」絕不等同於「民主自由」。林語堂對這一點看得很清楚，1966 年移居台北之後，幾乎絕口不提民主自由，所以可以和蔣維持一個相對和諧的關係。胡適並非不知蔣的用心，但他「不可救藥的樂觀主義」，始終不能讓他放棄改造國民黨和蔣介石的努力。也正是因為有此一念，胡適 1958 年回台之後，出任中央研究院院長不到四年的時間裡，成了他和蔣介石關係最緊張的一段時期。1952 年 12 月 13 日，蔣介石日記中有如下一段，最可以看出胡蔣兩人對民主自由根本不同的見解：

> 10 時，胡適之來談，先談台灣政治與議會感想，彼對民主自由高調，又言我國必須與民主國家制度一致，方能並肩作戰，感情融洽，以國家生命全在於自由陣線之中。余特斥之。彼不想第二次大戰，民主陣線勝利而我在民主陣線中犧牲最大，但最後仍要被賣亡國也，此等書生之思想言行，安得不為共匪所侮辱殘殺。彼之今日猶得在台高唱無意識之自由，不自知其最難得之幸運，而竟忘其所以然也。同進午膳後別去。[57]

對胡適來說，實行自由民主，是反共最有效的方法，此其所以在 1949 年與雷震等人發起創辦《自由中國》半月刊，正如他在發刊宗旨中第一條所說「我們要向全國國民宣傳自由與民主的真實價值，並且要督促政府（各級的政府），切實改革政治經濟，努力建立自由民主的社會。」這條宗旨是 1949 年 4 月 14 日胡適在赴美的海輪上寫的，[58]確實體現了他一生不懈的努力。1951 年 8 月，胡適為國民黨干涉《自由中國》社論〈政府不可誘民入罪〉，請辭《自由中國》發行人，他在寫給雷震的公開信中說：「《自由中國》不能有言論自由，不能有用負責態度批評實際政治，這是台灣政

---

[57] 《蔣介石日記手稿》，1952 年 12 月 13 日。藏 Hoover Institute, Stanford University.
[58] 胡頌平編：《胡適之先生年譜長編初稿》（台北：聯經，1984），冊 6，頁 2107。

治的最大恥辱。」[59]陳誠以行政院院長的身分發表公開信，向胡適有所解釋，並對他的「遠道諍言」表示感激。[60]

胡適在 1952 年見蔣時，想必又力陳此時台灣必須實行自由民主的必要。但此時談自由民主，對蔣而言，卻能鉤起「成事不足，敗事有餘」的慘痛回憶。抗戰時期，共產黨的喉舌如《新華日報》、《解放日報》也經常以不夠自由民主來批評重慶的中央政府。[61]1952 年，蔣介石退守台灣，驚惶未定，胡適自由民主之「高調」又如何能不引發他的惡感和隱憂呢？

> 1953 年 1 月 16 日，胡適在日記中記錄了他和蔣的談話：
>
> 蔣公約我晚飯，七點見他，八點開飯。談了共兩點鐘，我說了一點逆耳的話，他居然容受了。
>
> 我說，台灣今日實無言論自由。第一，無人敢批評彭孟緝。第二，無一語批評蔣經國。第三，無一語批評蔣總統。所謂言論自由，是「盡在不言中」也。
>
> 我說，憲法止許總統有減刑與特赦之權，絕無加刑之權。而總統屢次加刑，是違憲甚明。然整個政府無一人敢向總統如此說！
>
> 總統必須有諍臣一百人，最好有一千人。開放言論自由，即是自己樹立諍臣數百人也。[62]

蔣介石在次日的日記中，也記了與胡適會面談話的事，口氣是包容並帶感激的：「『昨』晚課後，約胡適之先生單獨聚餐，談話二小時餘。對余個人頗有益也……其他皆為金石之言，余甚感動，認其為余平生之錚[諍]友也。」[63]從蔣介石的這段日記中，可以看出，至少，蔣對胡當天的直言是虛心接受的，並視胡為其「諍友」。關於總統不得任意加刑這一點，在

---

[59] 胡適：〈致本社的一封信〉，《自由中國》5 卷 5 期，1951 年 9 月 1 日，頁 5。

[60] 陳誠：〈陳院長致胡適先生函〉，《自由中國》，5 卷 6 期，1951 年 9 月 16 日，頁 4。

[61] 這種例子很多，如 1941 年 5 月 26 日《解放日報》社論〈天賦人權不可侵犯，切實保障人民權利〉；1944 年 11 月 15 日，《新華日報》社論〈沒有民主，一切只是粉飾〉，其結論是：「只有忠於民主制度，堅決地依靠著民主主義這『生命的活力』的人，才能夠在民主制度下繼續存在；反之，害怕民主制度的人就是背離了這偉大的生命的活力，而終於會陷於死亡的絕境。」

[62] 《胡適日記全集》，冊 9，頁 3。

[63] 《蔣介石日記手稿》，1953 年 1 月 17 日。轉引自陳紅民，《台灣時期蔣介石與胡適關係補正》，頁 144。

1954 年 4 月 1 日出版的《自由中國》社論上有進一步的申說，[64]胡適在反駁吳國楨指控台灣全無民主和自由的的文章中，特別提到這篇社論，認為是當時台灣言論自由進步的證明（詳下文）。[65]

胡適對退守台灣的國民黨和蔣介石，始終抱著一種近乎理想主義的期盼，希望蔣氏在痛定思痛之後，能改弦更張，把台灣建設成一個真正的「自由中國」，用台灣的民主自由來突顯大陸的專制極權，以兩種制度優劣的強烈對比來爭取全國的民心，這才是「反共復國」應走的道路。但蔣氏此時的心態則是「維穩」第一，言論的開放往往被視為對穩定的威脅和破壞。正因為看法上有如此基本的不同，也就難怪胡、蔣兩人在許多議題上各說各話，甚至格格不入了。

胡適覺得在台灣國民黨獨大是阻礙民主發展最主要的原因，他在 1951 年 5 月 31 日有信給蔣建議「國民黨自由分化，分成幾個獨立的新政黨」，而首要的條件是「蔣先生先辭去國民黨總裁」。[66]其實，讓國民黨分化，並不是一個新議題，早在 1935 年陳之邁發表〈政制改革的必要〉時，就已提出「承認國民黨裡各種派別，讓他們組織起公開的集團，在孫中山先生遺教的大前提底下，提出具體的應付內政外交的策略出來」。[67]胡適是同意這一提法的。在〈政制改革的大路〉一文中，胡適不但主張「黨內有派」，更進一步提出「黨外有黨」。[68]1948 年 4 月 8 日，胡適直接向蔣提出「國民黨最好分化作兩三個政黨」。[69]這一提法和以黨治國，思想統一的國民黨傳統作法，背道而馳。到了 1956 年，胡適放棄了讓國民黨分化的念頭，轉而傾向於更激進的「毀黨救國」，在 1957 年 8 月 29 日給雷震的一封信中，對這一轉變有較詳細的敘述：

> 我前幾年曾公開的表示一個希望：希望國民黨裡的幾個有力的派系能自由分化成幾個新政黨，逐漸形成兩個有力的政黨。這是我幾年

---

[64] 〈敬以諍言慶祝蔣總統當選連任〉，《自由中國》，10 卷 7 期，1954 年 4 月 1 日，頁 1。

[65] Hu Shih, "How Free Is Formosa?", *The New Leader*, Vol. 37, #33, p. 18.

[66] 《胡適日記全集》，冊 8，頁 589。

[67] 陳之邁：〈政制改革的必要〉，《獨立評論》，162 期，1935 年 8 月 4 日，頁 3。

[68] 胡適：〈政制改革的大路〉，《獨立評論》，163 期，1935 年 8 月 11 日，頁 4。

[69] 《胡適日記全集》，冊 8，頁 356。

> 前的一個希望。但去年我曾對幾位國民黨的朋友說，我對於國民黨自由分化的希望，早已放棄了。我頗傾向於「毀黨救國」，或「毀黨建國」的一個見解，盼望大家把眼光放得大一點，用國家來號召海內外幾億的中國國民的情感心思，而不要枉費精力去辦黨。我還希望國民黨的領袖走「毀黨建國」的新路。[70]

胡適要蔣介石辭去總裁並解散國民黨，這一想法和他在 1945 年要毛澤東放棄武力，如出一轍，他不可救藥的樂觀真是愈老彌篤，這裡面有他的天真也有他的勇氣，孟子所說「說大人，則藐之」，充分的體現在胡對蔣的態度上。如前所述，他的基本信念是：「人民的福利高於一切，國家的生命高於一切」，[71]「黨」是為「國家」存在的，「國家」不是為「黨」存在的。「黨」可滅，而「國」不可亡。當「黨」的存在成為「國家」發展的阻礙時，「毀黨」成了「建國」或「救國」的先決條件。現代漢語中有「黨國」一詞，早期國民黨和 1949 之後的共產黨一律通用，積久成習，不但「黨」、「國」不分，而且「黨」在「國」上。只要這一觀念一日不破，則中國之民主一日無望！胡適「毀黨救國」的提法，是打破一黨專政，釜底抽薪之法。但是這一提法，看在蔣的眼裡，就成了亡黨亡國的捷徑了。對此，他在日記中表示了極大的震驚和憤怒：

> 至於毀黨救國之說，聞之不勝駭異。中華民國本由國民黨創建，今遷台灣，全名亦由國民黨負責保全，如果毀了國民黨，只有拯救共匪的中華人民共和偽國，如何還能拯救中華民國乎？何況國民黨人以黨為其第一生命，而且視黨為其國家民族以及祖宗歷史所寄託者，如要我毀黨，亦即要我毀我自己祖宗與民族國家無異，如他認其自己為人而當我亦是一個人，那不應出此謬論，以降低其人格也。以上各言，應由辭修（陳誠）或岳軍（張群）轉告，予其切戒。[72]

---

70 〈胡適致雷震〉，萬麗鵑編注：《萬山不許一溪奔》（台北：中央研究院近代史研究所，2001），頁 116。

71 胡適：〈政制改革的大路〉，《獨立評論》163 期，頁 4。

72 《蔣介石日記手稿》，1958 年 6 月 3 日。

蔣在 1958 年 6 月 6 日的日記中，將胡適「毀黨救國」一說比之「共匪」迫害知識分子的政策尤更慘毒：「其毀黨救國之說是要其現在領袖自毀其黨基，無異強其自毀祖基，此其懲治，比之共匪在大陸要其知識分子自罵其三代更慘乎，可痛！」[73]在蔣介石看來，「黨」之於「國」是祖孫關係，先有國民黨，後有中華民國，他所不瞭解的是這只是時間上的先後，並不是血緣上的承繼。更何況「中華民國」絕不能等同於有數千年歷史的「中國」，從「中國」的這個概念來立論，那麼，「國家」是「千秋」，而國民黨只是「朝夕」。為了一黨的短視近利，而毀了國家的千秋大業，這不是胡適所能同意的，「毀黨救國」正是著眼於這一點。但這樣的深心遠慮，豈是視國民黨為中華民國「祖基」之蔣介石所能理解？這也就無怪乎蔣視胡較「共匪」尤為兇殘了。

令人啼笑皆非的是 1950 年代初期，共產黨發動全國各階層對胡適思想展開批判，視胡為「馬克思主義的死敵」、「馬克思主義者在戰線上最主要，最狡猾的敵人」、「企圖從根本上拆毀馬克思主義的基礎」。[74]胡適既不見容於共產黨，也不見容於國民黨，這是他獨立自主最好的說明。他真是一個「不能呢呢喃喃討人家的歡喜」的「老鴉」。[75]可惜，近代中國「老鴉」太少，而「喜鵲」太多！

在胡蔣關係中，最讓蔣介石覺得「受辱」的是 1958 年 4 月 10 日，胡適在中央研究院院長就職典禮中的一番話。胡適出任中研院院長，對蔣介石而言，是胡適以最高的學術領袖來輔佐他的「反攻復國」大業，因此，他在致詞時除了對胡適的道德文章備至推崇之外，並說到中研院的使命：

> 中央研究院不但為全國學術之最高研究機構，且應擔負起復興民族文化之艱巨任務，目前大家共同努力的唯一工作目標，為早日完成反共抗俄使命，如果此一工作不能完成，則我人一切努力均將落空，因此希望今後學術研究，亦能配合此一工作來求其發展……期

---

73 《蔣介石日記手稿》，1958 年 6 月 6 日。

74 胡適：〈四十年來中國文藝復興運動留下的抗暴消毒力量——中國共產黨清算胡適思想的歷史意義〉，《胡適手稿》（台北：胡適紀念館，1970 年），第 9 集，頁 492-493。

75 胡適：〈老鴉〉，《嘗試集》（台北：胡適紀念館，1971 年），頁 133。

望教育界、文化界與學術界人士，一致負起恢復並發揚我國固有文化與道德之責任。[76]

當時台灣一切以「反共抗俄」、「反攻大陸」為最終最高之目標，在這樣的歷史背景下，蔣介石以總統的身分，對中研院將來的工作方向有所指示，是可以理解的。但這番話在胡適聽來，不免和他畢生所追求的「學術獨立」、「言論自由」背道而馳。在學術研究上，他一向認為「發明一個字的古義，與發現一顆恆星」[77]有同樣的價值。換句話說，胡適主張「為學術而學術」，學術是沒有服務的物件的。至於「恢復並發揚我國固有文化與道德」更與胡適自五四以來所努力的方向截然異趣。蔣的這番話是希望胡在就任中研院院長之後，發揮「以道輔政」的作用，但胡適畢生所提倡的則是「以道抗勢」，[78]學術絕不是政治的工具。正因為有這些基本價值的不同，胡適在聽了蔣的致詞之後，不得不作些更正：

剛才總統對我個人的看法不免有點錯誤，至少，總統誇獎我的話是錯誤的……談到我們的任務，我們不要相信總統十分好意誇獎我個人的那些話。我們的任務，還不祗是講公德私德，所謂忠信孝悌禮儀廉恥，這不是中國文化所獨有的，所有一切高等文化，一切宗教，一切倫理學說，都是人類共同有的。總統對我個人有偏私，對於自己的文化也有偏心，所以在他領導反共復國的任務立場上，他說話的分量不免過重了一點。我們要體（原）諒[79]他，這是他的熱情所使然。我個人認為，我們學術界和中央研究院挑起反共復國的任務，我們做的工作，還是在學術上，我們要提倡學術。[80]

---

[76] 胡頌平編：《胡適之先生年譜長編初稿》（台北：聯經，1984 年），頁 2662。

[77] 胡適：〈論國故學--答毛子水〉，《新潮》，2 卷 1 號，1919 年 10 月，頁 56。

[78] 「以道抗勢」，參看余英時：〈道統與政統之間——中國知識分子的原始形態〉，《士與中國文化》（上海：人民出版社，1987 年），頁 84-112。

[79] 《胡適之先生年譜長編初稿》有一手寫鉛印本，此處作「原諒」，出版時改作「體諒」，手稿鉛印本應是實錄。胡頌平編：《胡適之先生年譜長編初稿》，手稿鉛印本，第 18 冊，165 頁。

[80] 胡頌平編：《胡適之先生年譜長編初稿》（台北：聯經，1984 年），頁 2663；2665。

上引胡適的這段答詞，並無太多新意，「四維八德」並非中國所獨有的說法，是 1929 年〈新文化運動與國民黨〉中的老話。[81]在 1934 年〈再論信心與反省〉一文中，他認為：把「四維八德」說成中國所獨有，是孫中山用來「敷衍一般誇大狂的中國人」，並被「一般人利用來做復古運動的典故」。[82]這種借復古來提倡民族主義的做法，幾十年來，始終是胡適批評和剷除的對象。而今，蔣竟把恢復中國固有文化，說成了中央研究院的使命，胡適豈能不辯？除此之外，胡適大講芝加哥大學和約翰霍普金斯大學創校的歷史，其用意是在說明：對中研院而言，提高學術正是救國復興的正途，並非在提倡學術之外，別有途徑。蔣介石原來是去「致訓」[83]的，結果成了「聆訓」。蔣在當天的日記中有一段很痛切憤慨的記錄：

> 今天實為我平生所遭遇的第二次最大的橫逆之辱。第一次乃是民國 15 年冬至 16 年初在武漢受鮑爾廷宴會中之侮辱。而今天在中央研究院聽胡適就職典禮中之答辭的侮辱，亦可說是求全之毀，我不知其人之狂妄荒謬至此，真是一妄人。今後又增我一次交友不易之經驗。而我輕交過譽，待人過厚，反為人所輕侮，應切戒之。為仍恐其心理病態已深，不久於人世為慮也……因胡事終日抑鬱，服藥後方可安眠。[84]

次日，4 月 11 日，「夜間仍須服藥而後睡著，可知此一刺激太深，仍不能澈底消除，甚恐驅入潛意識之中」。第 3 天，4 月 12 日，蔣宴請中研院院士，在日記中有如下記錄：

> 晚宴中央研究院院士及梅貽琦等。胡適首座，余起立敬酒，先歡迎胡、梅同回國服務之語一出，胡顏色目光突變，測其意或以為不能將梅與彼並提也，可知其人狹小妒嫉，一至於此。今日甚覺其疑忌

---

[81] 胡適：〈新文化運動與國民黨〉，《人權論集》（上海：新月，1930 年），頁 129-135。

[82] 胡適：〈再論信心與反省〉，《胡適文存》（台北：遠東，1968 年），頁 466。

[83] 胡頌平在〈胡適之先生年譜長編初稿〉中，就是以「總統訓詞」作為標題的。頁 2662。

[84] 《蔣介石日記手稿》1958 年 4 月 10 日。陳紅民、段智峰：〈差異何其大——台灣時代蔣介石與胡適對彼此間交往的記錄〉，及汪榮祖：〈當胡適遇到蔣介石：論自由主義的挫折〉二文中都曾引用這段日記，但都不曾細校原文。原文作「妄人」，不作「狂人」。另有誤引多處，不一一指出，都已更正。

之態可慮，此或為余最近觀人之心理作用乎？但余對彼甚覺自然，而且與前無異也。[85]

這段日記充分說明蔣極其在乎胡適的一舉手一投足，甚至於一個表情，一個目光，都細細分析，揣摩他的用心。與其說胡「疑忌」太過，不如說蔣過分敏感。

1958 年中央研究院院長就職典禮的那一幕，時隔一年，在「光復大陸設計委員會」的年會上，又不同程度的重演了一次。最可以看出，胡適對所謂「恢復固有的民族精神，固有道德」這些議題是絲毫不敷衍妥協的。1959 年 12 月 25 日，胡適致函《中央日報》編輯，要求更正頭一天的報導：

原稿說：「胡適說，總統指出『三民主義的思想教育，最基本的方針，第一是要恢復我們固有的民族精神，亦即首先要恢復我們民族傳統的倫理道德。』對於這點，我特別要舉起雙手贊成，擁護總統所說的話。」

這幾句話，我沒有說。

我舉起雙手贊成擁護的是總統……他後來說的「並不是以三民主義的思想來排斥其他思想，更不是以三民主義的思想來控制其他思想」，和「其他思想皆當並存不悖，……殊途同歸」的容忍精神。[86]

從這一封要求更正的信可以看出：無論是中研院院長就職典禮上，蔣介石對胡適的期勉也好，還是《中央日報》對會議發言的報導也好。在關鍵的議題上，胡適絲毫不以蔣介石的旨意為依歸。充分的體現了一個知識分子在強權政治底下的獨立自主。

2011 年，陳紅民在《近代史研究》第 5 期上，發表〈台灣時期蔣介石與胡適關係補正〉一文，補正他和段智峰同年在《近代史研究》第 2 期上發表的〈差異何其大——台灣時代蔣介石與胡適對彼此間交往的記錄〉一文，他搜檢台北國史館所藏《蔣中正總統檔案》，從 1951 到 1955，四年之間，蔣介石透過俞國華，匯款給胡適的電文，每次匯款，美元五千元，

---

[85] 《蔣介石日記手稿》，1958 年 4 月 12 日。

[86] 胡適：〈致中央日報編輯〉。

共九筆，得款四萬五千美元。陳紅民稱這幾筆款為「嗟來之食」，[87]汪榮祖在 2012 年〈當胡適遇到蔣介石：論自由主義的挫折〉一文中，轉引了同樣的材料，並以「暗中接受蔣私下金錢的饋贈」來描述撥款的經過。[88]把整個的過程都推向胡適「無功受祿」，為蔣介石所收買的方向。這樣的處理，多少失之片面。

為了解釋蔣介石匯款的緣由，須先瞭解胡適 1949 年 4 月再度訪美的性質，他在同年 1 月 8 日的日記中寫道：

> 蔣公今夜仍勸我去美國。他說：「我不要你做大使，也不要你負什麼使命。例如爭取美援，不要你去做。我止要你出去看看。」[89]

胡適是 4 月 21 日到達三藩市的，27 日到紐約。蔣介石在 5 月 28 日有親筆信給胡適，說明胡適此行主要的任務是：「此時所缺乏而急需於美者，不在物資，而在其精神與道義之聲援。故現時對美外交之重點，應特別注意於其不承認中共政權為第一要務。至於實際援助，則尚在其次也。」[90]正是在這個基礎上，胡適 1952 年 12 月 28 日在〈自由中國雜誌三周年紀念會上致詞〉時說，「當民國 38 年初，大陸危急的時候，政府要我到國外去。」[91]換句話說，胡適 1949 年赴美，並非以私人的身分前往，而是「奉派出國」。所以胡適抵美之後，幾乎立刻走訪華盛頓的舊識，如國務院的洪北克（Stanley K. Hornbeck）等，希望能為中華民國爭取到一些同情和支持。對於胡適這一時期工作，余英時先生在他的長文〈從日記看胡適一生〉中，有極精當的分析，可以參看。[92]

胡適在這一時期發表了一系列反共的演說和文章，讓學界、政界乃至於一般美國人對中共政權的興起和 20 世紀 50 年代血腥殘暴的統治，有了

---

87 陳紅民：〈台灣時期蔣介石與胡適關係補正〉，《近代史研究》，2011 年第 5 期，頁 146。

88 汪榮祖：〈當胡適遇到蔣介石：論自由主義的挫折〉，《胡適與現代中國的理想追尋》，頁 47。

89 《胡適日記全集》，卷 8，頁 376。

90 此函藏胡適紀念館。

91 胡適：〈自由中國雜誌三周年紀念會上致詞〉，《自由中國》，7 卷 12 期，1952 年 12 月 16 日，頁 4。

92 余英時：〈從日記看胡適的一生〉，《重尋胡適歷程》（台北：聯經，2004 年），頁 113-128。

比較符合歷史事實的瞭解。如 1950 年 11 月有〈自由世界需要一個自由的中國〉（The Free World Needs a Free China）的講稿。胡指出：1949 年的政權轉移，不但使全體中國老百姓失去了自由，就是中共政權的本身也失去了自由。他所說「自由的中國」並非僅指當時的台灣，而是相對「受制於蘇聯的中國」而言。

1952 年 2 月 4 日在新澤西州（New Jersey）西東大學（Seton-Hall University）發表〈雅爾達密約 7 年以後的中國〉（China Seven Years After Yalta），他回顧過去 7 年來，這一密約對中國及世界局勢所造成的傷害。為了讓蘇聯出兵介入太平洋戰爭，美國的羅斯福總統及英國的邱吉爾首相以出賣中國的利益為條件，致使半個韓國與整個中國陷入了共產黨的統治。

1953 年 4 月 1 日，胡適在遠東學會第五屆年會上發表〈共產中國思想改造的三個階段〉（The Three Stages of the Campaign for Thought Reform in Communist China）對所謂「洗腦」和「思想改造」作了最嚴厲的指控。[93]這類文章很多，都收在我編的《胡適英文文存》與《胡適未刊英文遺稿》中。

其中影響較大的是 1950 年發表在《外交事務》（*Foreign Affairs*）上的〈在史大林戰略裡的中國〉，此文的「主旨」，據胡適在給傅斯年的一封信中說：

> 要人知道中國的崩潰不是像 Acheson 等人說的毛澤東從山洞裡出來，蔣介石的軍隊就不戰而潰了，我要人知道這是經過二十五年苦鬥以後的失敗。這段二十五年的故事是值得提綱挈領的說一次的。[94]

胡適的這篇文章把中國共產黨如何借抗日之名，行坐大之實的這段歷史，細細道來，使共產黨的許多宣傳不攻自破。蔣介石看了這篇文章之後，是很感激的：「中正以為此（案：指〈在史達林戰略裡的中國〉）乃近年來揭發蘇聯對華陰謀第一篇之文章，有助於全世界人士對我國之認

---

[93] 以上所舉三文，參看周質平編：《胡適未刊英文遺稿》（台北：聯經，2001 年），頁 329-342；372-381；399-412。

[94] 耿雲志：〈致傅斯年夫婦〉，歐陽哲生編：《胡適書信集》（北京：北京大學出版社，1996 年），冊 3，頁 1197。

識非鮮，豈啻敘史翔實謹嚴而已。」[95]顯然，蔣是知道這篇文章的價值和影響的。

又如 1954 年 8 月發表在《新領導》（*The New Leader*）週刊上的〈福爾摩莎有多自由？〉（How Free is Formosa?）一文是反駁同年 6 月吳國楨發表在《展望》（*Look*）雜誌上題為〈你的錢為福爾摩莎建成了一個員警國家〉（Your Money Has Built a Police State in Formosa）一文。「福爾摩莎」是葡萄牙人對台灣的舊稱。

吳國楨的文章是典型的「告洋狀」，極力把蔣氏父子描畫成用祕密員警恐怖手段來統治台灣。台灣在表面上反共，而蔣經國實際上所受的訓練和運用的手段則全是蘇聯共產黨的嫡傳：吳是這樣把蔣經國介紹給美國讀者的：

> 他是蔣介石的長子，今年四十五歲，並非宋美齡所出，而是委員長和第一任妻子所生，他和一個俄國共產黨女人結婚。二戰前，他成年後，在蘇聯生活了十四年，在那兒他接受了澈底的共產黨式的行政和組織的訓練。他已證明是一個極具危險性而聰明的學生。今天他已全盤掌控執政的國民黨；他把軍隊完全當成自己權利鬥爭的工具；作為祕密員警的頭子，他正迅速多方面地仿效共產政權來建設（台灣）；他甚至仿效希特勒的青年團和共產黨的共青團成立了青年（反共救國〕團。
>
> This first-born son, a man of 45, the child, not of Madame Soong Chiang, but of the Generalissimo's first wife, is married to a Communist Russian woman. He himself spent 14 of his adult years before World War II in the U.S.S.R., and there received thorough instruction in the organization and administration of government of the Communist state. He has proved to be a dangerously adept student. Today, he has virtual control over the ruling Kuomintang party; he has complete control over the army and seeks to make it entirely a personal instrument of power; as head of the secret police, he is fast building up a regime that in many ways follows exactly the pattern of a Communist

---

[95] 《胡適日記全集》，第 8 冊，頁 612。

> government; he has even organized a Youth Corps modeled after the Hitler Youth and the Communist Youth.[96]

1950年代初期，美國政府之所以援助台灣，是希望蔣介石把台灣建設成一個民主法治的反共堡壘，防止共產黨向東南亞繼續擴散。吳國楨的策略則是把台灣描畫成與共產黨統治的大陸並無根本的不同，都是一丘之貉；吳國楨把自己則裝點成一個民主、法治、人權的鬥士。他說：蔣之所以起用他，只是利用他的民主做法，來作為獲得美援的誘餌（My democratic measures were used by Chiang as bait to get U.S. money.）[97]這篇文章對當時風雨飄搖中的台灣是極具殺傷力的。胡適看了吳國楨的文章之後，在1954年8月3日，有信給吳，對他許多不實的指控表示憤怒：「我很驚異於你所作的許多項存心說誑，用來欺騙美國的民眾！並且用來侮蔑你自己的國家和政府。」[98]

胡適反駁吳國楨的文章曾受到1954年8月16日出版的《時代》（*Time*）週刊的報導，並引用了胡適的話說：

> 爭取自由和民主從不靠一個怯懦自私的政客在當權時噤聲不語，失勢之後，安全的離開了自己的國家，開始肆意的譭謗自己的國家和政府，而他自己是不能自外於每一個錯誤和失職的行為，更難逃道德上公正的評判。
>
> The battle for freedom and democracy has never been fought and won by craven and selfish politicians who remain silent while they enjoy political power, and then, when out of power and safely out of the country, smear their own country and government, for whose every mistake or misdeed they themselves cannot escape a just measure of moral responsibility.[99]

---

96 K.C. Wu, "Your Money Has Built a Police State in Formosa," *Look*, Vol. 18, No. 13, June 29, 1954. p. 40.

97 同上，頁42。

98 〈胡適與吳國楨，殷海光的幾封信〉，《中華月報》695期（1973年8月），頁37。此信原為英文，原件未見。

99 "Formosa Rebuttal," *Time* (August 16, 1954), p. 25. 原文見，Hu Shih, "How Free Is

這段話說的很重，但切中了吳國楨的身分和角色。當他任台灣省政府主席兼台灣保安司令的時候（1949 年 12 月至 1953 年 5 月），不見他對國民政府有任何批評，出走美國之後，在海外開始揭露國民政府的種種黑暗，難道他忘了自己也曾是造成這些黑暗的「幫兇」嗎？

雖然胡適在這篇文章中錯估了蔣經國接任總統的可能，但他對蔣經國的觀察卻是相當準確的：

> 我認識蔣經國多年了。他是個工作非常努力的人，誠懇而有禮貌，愛國並強烈的反共。他知識上的視野比較有限，這主要是因為他長期居留在蘇聯。像他父親，他不貪汙，因此，難免有些自以為是（這點也像他父親）。他真相信對付共產黨最有效的辦法，是以共產黨對付其反對者的殘酷的手段，還諸其人。
> I have known Chiang Ching-kuo for many years. He is a very hard working man, conscientious and courteous, patriotic and intensely anti-Communist. His intellectual outlook is rather limited, largely because of his long years in the Soviet Union. Like his father, he is free from corruption and therefore not free from self-righteousness (again not unlike his father). He honestly believes that the most effective way in dealing with the Communists is to be as ruthless with them as they are with anyone opposing them.[100]

胡適在文章中指出：從 1949-1951，台灣在共產黨滲透和通貨膨脹高度的威脅下，遠遠沒有達到法治與民主，但 1952-54，三年之間則有比較明顯的進步，台北和嘉義兩市市長的選舉，國民黨的候選人都落選了，這不就是地方民主選舉公正的證明嗎？1950 年代初期，台灣並非如吳國楨所指控，完全沒有民主選舉和言論自由，這一點，卻是事實。[101]

胡適發表反駁吳國楨的文章，與其說是為蔣氏父子辯護，不如說是不忍看到台灣也淪入共產黨的控制，使全中國一無例外的關進「鐵幕」。蔣

Formosa?", *The New Leader*, Vol. 37, number 33, p. 19.

[100] Hu Shih, "How Free Is Formosa?" *The New Leader*, Vol. 37, number 33, p. 20.

[101] 有關胡適與吳國楨的這段爭辯，參看〈胡適與吳國楨，殷海光的幾封信〉，《中華月報》，695 期（1973 年 8 月），頁 36-39。

氏父子所統治的台灣，其民主法治無論是如何的不能滿人意，畢竟還是中國民主唯一的希望——這點希望無論是如何的渺茫，胡適有生之年，從未放棄過。現在回看這段歷史，我們不得不說，國民黨早期的獨裁，帶來了台灣幾十年的穩定和經濟發展，使後來的民主變得可能。而吳國楨筆下祕密員警的頭子蔣經國，竟是台灣走向民主的奠基者。胡適畢生的努力終究沒有白費。印證了胡適常說的「功不唐捐」。

50 年代，胡適影響最大的一次演講，是 1957 年 9 月 26 日在聯合國第十二次全體代表大會上（The Plenary Meeting of the Twelfth Regular Session of the General Assembly of the United Nations），以中華民國代表的身分，發表〈匈牙利抗暴對中國大陸人民的影響——共產黨至今沒有贏得青年人的心〉（Repercussions of Hungarian Uprising On Mainland Chinese-Communists Have Not Won Over the Minds and Hearts of the Young），反對中共成為聯合國的會員國。10 月 14 日的《時代》週刊特別報導了胡適這次演說，並配以照片，照片下方引了胡適的名言：中國大陸「甚至沒有沉默的自由」（Not even the freedom of silence）。稱胡適為「現代中國最傑出的哲學家和最受尊敬的學者」（modern China's most eminent philosopher and most respected scholar）。[102]一星期之後，10 月 20 日，也就是匈牙利抗暴周年紀念的前夕，由美國民間組織的「百萬人委員會」（The Committee of One Million），在《紐約時報國際版》（*The New York Times*, International Edition, Sunday, October 20, 1957）上，以一整版的篇幅摘要刊出胡適講稿，並印成小冊分送世界各地。這一演講對台灣保留住聯合國的席位，並反對中共入聯合國起了重大的影響。在台灣風雨飄搖，危在旦夕的時候，胡適在海外為中華民國講幾句公道話，這對台灣在外交和國際上形象的影響，絕非四萬五千美元所能買到的。

我之所以舉出這些例子，是要說明，即使蔣介石定期匯款給胡適，全屬事實，這並不是什麼「私人饋贈」，更不需要「暗中接受」，這是他應得的報酬。用「嗟來之食」這樣不堪的文字，完全有昧於歷史事實。

胡適一生中最後的四年在台灣度過，他和蔣介石的關係可以用「短兵相接」，「驚濤駭浪」來描寫，在所謂「白色恐怖」籠罩台灣的年代，胡適在

---

[102] *Time*，October 14, 1957，p. 34-35.

打開言路上，所作出的貢獻是可圈可點的。如果我們審視林語堂回台之後與蔣的關係，兩相比較之下，更可以看出胡適的特立獨行是如何的不容易了。

（二）林語堂：以道輔政

1936 年，林語堂舉家遷美，往後 30 年，除偶爾回國短期訪問，基本上是在海外度過。1966 年，林語堂 71 歲，決定回台定居。此後 10 年，直到他逝世，在台灣度過了，相對說來，比較安定的晚年歲月。這 10 年，在林語堂一生中，自成段落。

年過 70 的林語堂，中英文著作等身，在海內外享有盛名，回台之後受到各界熱烈歡迎，蔣介石為他在台北近郊，風景秀麗的陽明山麓，建了一所宜閒居遠眺的樓房。1967 年 9 月 15 日，新居落成之後，林語堂給蔣介石寫了謝函。對蔣感激備至：「語堂回國定居，備承眷顧，兼賜居宅，以為終老之所，不勝惶愧感激之至。」[103]這話不全是客套，林語堂在去國三十年，歷遍歐美各國之後，很想稍停行腳，找一息肩之所。台灣雖非故鄉，但與福建漳州，一水之隔，閩南話更是處處可聞，林語堂頗有老年回鄉之感，消解了不少鄉愁。

1966 年 4 月 5 日，他在香港看女兒林太乙的時候，曾向香港移民局局長（Director of Immigration） W. E. Collard，寫過一封信，徵詢申請永久居留（permanent residence）的可能。[104]台灣緊鄰香港，兼有政府的禮遇和女兒的照顧，是「終老之所」最理想的選擇。

七十歲以後的林語堂進入了自己所常提到的「秋天的況味」，1973 年，他寫《八十自敘》，又引用了自已 1935 年在《吾國吾民・結尾》（Epilogue）中所說的「早秋精神」（the spirit of early autumn），但我們細看他生命最後的幾年，不得不說，他多少已有了一些晚秋的蕭瑟，而不再是早秋的繽紛了。

回台之後，他恢復了中斷多年的中文寫作，台灣中央社《無所不談》專欄的定期發表，和各大中文報刊的爭相轉載，多少帶給了他 30 年代《論語》，《人間世》，《宇宙風》當年盛況的一些回味。

---

[103] 本文所引林語堂各函，如未特別註明出處，皆來自 2013 年 3 月 4 日林語堂故居整理編印之《林語堂故居所藏書信複印稿》共 2 冊，無頁碼，編號 M27。

[104] 同上。

從他這一時期發表的文字中，可以看出，他早年深感興趣的語言文字問題，此時依舊是他的主要關懷之一；對 20 世紀 60、70 年代的台灣社會和生活有他敏銳風趣的觀察和體會。他的批評比較集中的體現在台灣的教育制度和語文現象上。對他當年的舊友像蔡元培、胡適、魯迅、周作人等歷史人物也有追憶的文字。林語堂晚年有意作些學術研究，寫一些考據述學的文字，1958 年發表在《中央研究院歷史語言研究所集刊》上的〈平心論高鶚〉，就是這一時期的力作。回台以後發表的文字當中，也有一些是當年《吾國吾民》和《生活的藝術》章節的改寫，修訂，翻譯或重刊。1972 年，林語堂主編的香港中文大學《當代漢英詞典》的出版，則是他長期以來關懷中國語文改革的具體成績。

在政治上，台灣時期的林語堂比起早年，顯得更謹慎小心，《語絲》、《論語》時代，他對自由，人權，這些議題是很關切的，如 1926 年 3 月 29 日發表在《語絲》週刊 72 期上的〈悼劉和珍、楊德群女士〉，1933 年 3 月 16 日發表在《論語》第 13 期上的〈談言論自由〉，1936 年 1 月 1 日，發表在《宇宙風》第 8 期上的〈關於北平學生一二九運動〉，這些文字對當時政府的殘暴腐敗都有極嚴厲憤激的批評。1936 年由芝加哥大學出版社（The University of Chicago Press）出版的《中國新聞輿論史》（*A History of the Press and Public Opinion in China*），則是對中國知識分子爭取言論自由與當道鬥爭所作歷史的研究。這段時期，他也曾是「中國人權保障同盟」的成員之一，晚年在回憶蔡元培的文字中對這段經歷，有一定的追悔，發現「蒙在鼓裡，給人家利用」，此處所謂「人家」主要是宋慶齡和「共產小姐」史沫特萊（Agnes Smedley，1892-1950）。[105]這一時期的林語堂是很富「抗爭精神」的。我另有專文，可以參看。[106]

到了台灣之後，林語堂雖然發表了為數可觀的文字，但在打開言路這一點上，和胡適相比，是談不上有什麼貢獻的。居台十年，林語堂主張反共，絲毫不減當年，但很少談及民主自由。這一方面當然與當時台灣國民黨的政策有關，6、70 年代的台灣，反共是「國策」，而談民主，自由，人權則是犯忌諱的。另一方面，共產黨的倒行逆施，到了文革十年，可以

[105] 林語堂：〈記蔡孑民先生〉，《無所不談》（台北：開明，1974 年），頁 547。
[106] 周質平：〈林語堂的抗爭精神〉，《現代人物與文化反思》（北京：九州，2013 年），頁 31-54。

說達到了巔峰，1949 年之後，無數次的政治運動，繼之以三年的人為災害，十年的文化大革命，中國人，尤其是知識分子，已經喪失了做人最起碼的尊嚴，救死尚且不遑，還談什麼民主自由！此時台灣、大陸兩相比較，台灣毋寧成了人間福地，即使自由主義者如林語堂，也不忍再以民主自由來苛責蔣介石了。

1967 年，林語堂回台第二年，蔣介石有意請他出任考試院副院長。[107] 在林語堂故居整理出來的書信中，存有一封 1967 年 12 月 22 日他親筆懇辭的信稿，此稿雖未呈上，但很可以看出當時林、蔣之間的關係：

> 總統蔣公鈞鑒：語堂才疏學淺，不足以匡輔時世，惟好學不倦，日補不足。回國以來，專寫中文，與國內讀者相見，以補前愆而符我公文化復興之至意。誠以國內學界，或專重考據，而忽略文化之大本大經；或抱殘守闕，與時代脫節。青年學子旁皇歧途，茫無所歸。是以著書立論，思以救正其失，由中央社分發全世界華文日報，讀者當有三四十萬。不無少補。仰我
> 公為天地存心，為生民立命，凡有設施皆堂私心最景慕之處。或有差遣，豈敢方命。第思在野則回應之才較大，一旦居職，反失效力。況時機亟變，反攻不遠，或有再向西人饒舌之時。用敢披肝瀝膽，陳述愚誠，仰祈明察至忠誠之志，始終不渝，專誠肅達，不勝惶悚屏營之至。
>
> 民 56 年 12 月 22 日林語堂敬上

考試院副院長在當時台灣，幾乎是個閑缺，蔣介石邀林語堂出任，或許只是出於禮貌性的邀請，這和 1937 年敦促胡適出使美國是不同的。胡適就不就只有政治和外交上的意義；林語堂是沒有這方面的影響的。有趣的是林語堂請辭的理由則和胡適相同，都是說在野更能發揮自己的作用。[108]在這封短信中，另一點值得注意的是林語堂自視之高。他真以為自己在報刊上所寫的那些短文小品能移風易俗，改變學風。這一方面或許可以說他「老驥伏櫪，志在千里」；但另一方面，卻也不免是老邁的表現，

---

[107] 林太乙：《林語堂傳》，頁 310。

[108] 參閱〈胡適致傅斯年〉，收入《胡適來往書信選》（香港：中華，1983 年），下冊，頁 175。

似乎少了一些自知之明。從這份信稿中，可以清楚地看出：林語堂完全自居於「以道輔政」的地位，這和胡適「以道抗勢」的態度是截然不同的。

1966 年，蔣介石八十歲生日，林語堂發表〈總統華誕與友人書〉，對蔣介石推崇備至，甚至以「睿智天縱」歌頌蔣。在賀詩中則有「北斗居其所，高山景行止」的詩句[109]。這和錢穆的〈蔣先生七十壽言〉中「論蔣先生之所遇，實開中國歷史元首偉人曠古未有之一格；而蔣先生之堅毅剛決，百折不回之精神，誠亦中國曠古偉人之所少匹也。」[110]這些都是同一類歌功頌德的應景文字，絕非林語堂當年提倡的「性靈文學」。我相信耄耋的蔣介石看了這樣的祝壽文，多少覺得自己真是「民族的救星」了。

拿林、錢兩人的祝壽文字和胡適 1956 年〈述艾森豪總統的兩個故事給蔣總統祝壽〉相比，就可以看出林、錢的世故，與胡適的天真，胡把蔣「婉辭祝壽，提示問題，虛懷納言」的客套，當了真，並「坦直發表意見」了。說艾森豪在二戰期間曾是同盟國聯軍的統帥，「那是人類有歷史以來空前最大的軍隊」，但艾森豪只需接見三位將領。艾氏出任哥倫比亞大學校長之後，拒絕接見由副校長替他安排的六十三位各院系的負責人，因為艾氏承認自己並不懂各院系的專門知識，見各院系的領導，只是浪費大家的時間。另一個故事則是艾森豪如何信任他的副手尼克森，許多事都由尼克森代決。在文章的結尾處，胡適點出了祝壽文的題旨：

> 我們的總統蔣先生是終身為國家勤勞的愛國者。我在二十五年前第一次寫信給他，就勸他不可多管細事，不可躬親庶務。民國二十二年，我在武漢第一次見他時（按：胡適誤記了，應為 1932 年 11 月 28 日，見《日記》），就留下我的一冊《淮南王書》，托人送給他，盼望他能夠想想《淮南主術訓》裡的主要思想，就是說，做一國元首的法子是「重為善，若重為暴。」重是不輕易。要能夠自己絕對節制自己，不輕易做一件好事，正如同不輕易做一件壞事一樣，這才是守法守憲的領袖……

---

[109] 林語堂：〈總統華誕與友人書〉，《無所不談》（台北：開明，1974 年），頁 706-707。
[110] 錢穆：〈蔣先生七十壽言〉，《中國學術思想史論叢（十）》（北京：九州，2011 年），頁 39。

> 怎樣才能夠「乘眾勢以為車，御眾智以為馬」呢？我想來想去，還只能奉勸蔣先生要澈底想想「無智，無能，無為」的六字訣。我們憲法裡的總統制本來是一種沒有行政實權的總統制，蔣先生還有近四年的任期，何不從現在起，試試古代哲人說的「無智，無能，無為」的六字訣，努力做一個無智而能「御眾智」，無能無為而能「乘眾勢」的元首呢？[111]

這是一篇很煞風景的祝壽文字，首先胡適指出蔣介石的領導能力遠不及艾森豪，在知人善任上，蔣應向艾學習。而 25 年來，蔣在領導的作風和能力上，缺乏改變進步，因此，胡只能重提 25 年前的老話。胡適語重心長的指出，他希望蔣要「絕對節制自己」，做一個「守憲守法的領袖」，而他的任期，剩下不到 4 年了。結尾處的幾句話已經為 1960 年胡適反對蔣的違憲連任，埋下了伏筆。

最值得注意的是：蔣在胡的眼裡，始終只是一個民選的總統，而不是「明君聖主」。民選的總統必須受憲法的約束，這是胡適民主法制理念的實踐。林語堂和錢穆祝壽的文字，未必不誠懇，但他們對蔣始終有種崇拜，有些仰望，這在胡是絕不存在的。林、錢二人將中國之希望多少寄託在「明君聖主澄清天下」，如錢穆在〈蔣公八秩華誕祝壽文〉中有「如公者，誠吾國歷史人物中最具貞德之一人。稟貞德而蹈貞運，斯以見天心之所屬；而吾國家民族此一時代貞下起元之大任，所以必由公勝之也。」[112]一國之興亡繫乎一人之身，這在胡適看來，正是民主制度中不該有的現象，絕不是一件值得歌頌的事。胡適將中國之希望寄託在民主法制的建立上，而不是放在某一個個人的身上。此其所以對蔣之三度連任總統，期期以為不可。1959 年 11 月 15 日，胡適眼看著蔣介石違憲連任已勢在必行，而中華民國憲法之法統也將受到考驗，他請張群向蔣轉達以下幾點：

> 1. 明年 2、3 月裡，國民大會期中，是中華民國憲法受考驗的時期，不可輕易錯過。

---

[111] 胡適：〈述艾森豪總統的兩個故事給蔣總統祝壽〉，《自由中國》，15 卷 9 期，1956 年 10 月 31 日，頁 8。

[112] 錢穆：〈蔣公八秩華誕祝壽文〉，《中國學術思想史論叢（十）》（北京：九州，2011 年），頁 42。

2. 為國家的長久打算，我盼望蔣總統給國家樹立一個「合法的，和平的轉移政權」的風範。不違反憲法，一切依據憲法，是「合法的」。人人視為當然，雞犬不驚，是「和平的」。
3. 為蔣先生的千秋萬世盛名打算，我盼望蔣先生能在這一兩個月裡，作一個公開的表示，明白宣布他不要作第三任總統，並且宣布他鄭重考慮後盼望某人可以繼他的後任；如果國民大會能選出他所期望的人做他的繼任者，他本人一定用他的全力支持他，幫助他。如果他作此表示，我相信全國人與全世界人都會對他表示崇敬與佩服。
4. 如果國民黨另有別的主張，他們應該用正大光明的手段明白宣布出來，決不可用現在報紙上登出的「勸進電報」方式。這種方式，對蔣先生是一種侮辱；對國民黨是一種侮辱；對我們老百姓是一種侮辱。

胡適何嘗不知，在當時台灣的政治環境中，這番話是完全不合時宜的。狂瀾既倒，也不是他隻手能夠挽回的，但他只是憑他「自己的責任感」，盡他的「一點公民責任而已」。[113]

1960 年 1 月 1 日，王世傑在日記中說：「在台灣惟有胡適之曾直率託張岳軍向蔣先生建言，反對蔣先生作第三任總統。」2 月 11 日日記又指出：「向蔣先生當面喊過萬歲的人，後來做了他的第一個叛徒（張治中），而反對他的人，卻不一定是他的敵人。」[114]這話是很深刻的。可惜，蔣介石似乎看不到這一點。否則，在胡適逝世之後，蔣也不至於在日記上有如此的記載：「胡適之死在革命事業與民族復興的建國思想言，乃除了障礙也。」[115]嗚呼！一個「為學術和文化的進步，為思想和言論的自由，為民族的尊榮，為人類的幸福而苦心焦慮，敝精勞神以至身死的人」[116]竟成了蔣介石「革命事業」與「民族復興」的「障礙」！

---

[113] 《胡適日記全集》，冊 9，頁 457-458。

[114] 王世傑：《王世傑日記手稿本》（台北：中央研究院近代史研究所，1990 年），共 10 冊，冊 6，頁 344-345；358。

[115] 《蔣介石日記手稿》，1962 年 3 月 3 日，〈上星期反省錄〉。

[116] 這是由毛子水執筆的胡適墓誌銘上的話。見《胡適之先生年譜長編初稿》，頁 3903-3904。

王世傑1960年2月13日日記，有如下記載：

> 我於今晨晤適之，勸以勿再發表談話（案，即反對蔣違憲連任的談話）。……我在紐約時，曾告適之說，「你盡可堅持你的立場，但台灣現時國際地位太脆弱，經不起你與蔣先生的公開決裂。」[117]

從這段記錄可以推測出，在蔣介石違憲連任總統這件事上，胡適曾經有過抗爭到底，不惜與蔣決裂的打算，而王世傑則是親歷其事的人。胡最後的妥協與其說是對蔣個人的屈服，不如說是為了保全在台灣的中華民國作為反共和推行民主的基地。有關胡適反對蔣介石違憲連任及其為雷震案兩人之間的衝突，論者已多，茲不再贅。[118]

據林太乙在《林語堂傳》上說：「1975年4月，總統蔣公崩逝，父親聽了消息後跌倒在地上。起來之後，許久沒有言語。」[119]這段話，應是實錄。一位八十歲的老人聽到另一位八十八歲老人的死耗，竟至跌倒在地，久久不能言語。八十八歲的老人辭世，對一般人而言，應是意料中事，而林語堂的反應竟如此強烈。或許他真有「國之安危繫乎蔣氏一身」之感。林語堂晚年對蔣氏的態度，我想和他的宗教信仰或不無關係。胡適是個澈底的無神論者，他不信宇宙間的秩序有一個最高的創造者或指揮者。林語堂則不然，他從小會用真實世界的情況來解釋宗教上的一些儀式。他幼時不解為何在吃飯之前需先禱告，但他隨即以「人民在太平盛世感謝皇帝聖恩來做比方」，於是他的「宗教問題也便解決了。」[120]這種「感恩」、「謝恩」的心理，在宗教層面和真實世界之間，互為影響，這一點在林語堂晚年對蔣的態度上是時有表露的。

雖然蔣對胡也有特別關照的地方，如1948年底，北平已成圍城，蔣派專機將胡接出。但胡似乎不曾在公開場合，對蔣表示過感激，這也是令蔣極為不滿的一點。蔣在1958年4月12日日記〈上星期反省錄〉中特別提到此點：

---

[117] 王世傑：《王世傑日記手稿本》（台北：中央研究院近代史研究所，1990年），共10冊，冊6，頁359-360。

[118] 參看范泓：《雷震傳——民主在風雨中前行》（桂林：廣西師範大學出版社，2013年），頁355-428。

[119] 林太乙：《林語堂傳》，頁346。

[120] 林語堂：《林語堂自傳》，《無所不談合集》（台北：開明，1974年），頁719。

> 在星六晚招宴席中，以胡與梅貽琦此次由美同機返國，余乃提起三十八年初，將下野之前，特以專派飛機往北平來接學者，惟有胡、梅二人同機來京，脫離北平危困。今日他二人又同機來台，皆主持學術要務，引為欣幸之意。梅即答謝，當時余救他脫險之盛情，否則亦如其他學者陷在北平，被匪奴役。其人之辭，殊出至誠。胡則毫不在乎，並無表情。[121]

蔣把（民國）37 年末的事誤記為 38 年初了。十年後，舊事重提，並對胡之未作公開道謝，耿耿於懷。可見蔣很在意胡是否有所謂「感恩圖報」之心。其實，胡適有信給蔣，對派機營救出險表示感謝。1960 年 12 月 1 日，胡在收到蔣致贈的「壽」字之後，有信致謝：

> 回憶卅七年十二月十四夜，北平已在圍城中，十五日，蒙總統派飛機接內人和我和幾家學人眷屬南下，十六日下午從南苑飛到京。次日就蒙總統邀內人和我到官邸晚餐，給我們作生日。十二年過去了，總統的厚意，至今不能忘記。[122]

「報」在中國文化裡是很重要的一個成份，楊聯陞曾有專文論述。[123]胡適並非不知「報」，不言「報」。只是胡適之「報」不體現在個人層面，而是就國家，就學術而言。他在 1958 年決定回台灣出任中央研究院院長一職，與其說他是圖報蔣救他出險之恩，不如說他是為維持學術獨立，不受政治干預而努力。這一點，余英時先生在他〈從日記看胡適的一生〉的長文中有詳細的分析，可以參看。[124]胡適這種繼「學統」於不墜的用心，恐非蔣氏所能瞭解。

---

121 《蔣介石日記手稿》，1958 年 4 月 12 日。

122 胡頌平編：《胡適之先生年譜長編初稿》，頁 3415。按編者自注：「先生是 12 月 15 日下午離開北平的，晚年誤記作『十六』了。」

123 楊聯陞：《中國文化中報，保，包之意義》（香港：中文大學出版社，1987 年），頁 5-12。

124 余英時：〈從日記看胡適的一生〉，《重尋胡適歷程》（台北：聯經，2004 年），頁 142-146。

五、結語

我們在論胡、蔣關係時，往往對胡適寄望過高，似乎真要他「以一人敵一黨」，「以一人敵一國」，以一個知識分子敵一個獨裁者。胡適畢竟只是一個手無寸鐵的讀書人，和他同時代的任何一個知識分子相比，他對中國的現代化，對民主自由的堅持和推進都毫無疑問的是第一人。蔣介石日記的公開，進一步證實了胡適從不自昧其所知，並敢於犯顏直諫，是蔣和國民黨真正的諍友，而蔣對胡的容忍和克制，也值得大書特書。看了蔣介石因胡適中研院院長就職演說，而感到受辱失眠的日記，讓我想起，1953年9月16日到18日，毛澤東在中央人民政府委員會第二十七次會議期間，因梁漱溟的發言與毛的意見不和，毛當眾對梁潑婦似的破口大罵，[125]並繼之以大規模的批判；而蔣則僅在日記上發些牢騷，吐些怨氣，表面上還得若無其事的和胡適應酬周旋。蔣的雅量風範豈是毛所能望其項背？幾十年來共產黨企圖將胡適描畫成國民黨蔣介石的「御用文人」，蔣氏日記的公開為胡適作了最澈底的洗刷。

胡適常給人題《晏子春秋》的兩句話：「為者常成，行者常至。」[126]這也是他樂觀哲學的基本信念。其他人不可及胡適處，並不在他的「成」和「至」，而是在他的「常為而不置，常行而不休」。這一點尤其體現在他對自由民主的追求和執著上。他在 1929 年寫〈我們什麼時候才可有憲法〉，就已指出：「生平不曾夢見共和政體是什麼樣子的」蔣介石「不可不早日入塾讀書」，[127]他何嘗不知與蔣介石談民主自由，不免是「對牛彈琴」。但只要有機會，他就認真的談，試著開導他，從不敷衍。這種知其不可而為之精神和 1945 年勸毛澤東放棄武力，1951 年建議蔣分化國民黨，乃至「毀黨救國」，1960 年反對蔣介石違憲連任是一致的。

胡適在對蔣介石犯顏直陳的時候，他只是「憑我自己的責任感，盡我的一點公民責任而已。」這無非也就是王陽明所說的「良知」。「良知」

---

[125] 毛澤東：〈批判梁漱溟的反動思想〉，《毛澤東選集》第 5 卷（湖北：人民，1977 年），頁 107-115。

[126] 《胡適日記全集》，冊 9　1953 年 10 月 7 日，頁 55。

[127] 胡適：〈我們什麼時候才可有憲法〉，《人權論集》（上海：新月，1930 年），頁 30。

的本身，並沒有道德意義，只有在實踐——「致良知」的過程中，才能體現其道德意義。換言之，「致良知」的意義不在成敗，而在其致與不致，為與不為。這也是今天論胡、蔣關係，不能不三致其意之所在，至於蔣介石到底因胡適改變了多少，相形之下，反而是餘事了。

（2015.1.23 修訂；2015.9.3 再修訂；
2015.11.7 加梁漱溟、王世傑、結語一段，此文最全。）

穆旦詩歌慣用語及悖論修辭探討[1]

■黃文輝

作者簡介

黃文輝，澳門作家，文藝學碩士，現任職於澳門特區政府文化局。著有詩集《鏡海妙思》（合著）、《因此》、《我的愛人》、《歷史對話》；散文集《不要怕，我抒情罷了》、《偽風月談》；文學評論集《字裡行間》；與人合著《澳門作家訪問錄（1）》；合編《澳門新生代詩鈔》、《澳門青年文學作品選》。

內容摘要

本文認為，慣用語是語言策略的代表，悖論修辭是表現方式的代表，我們想看看穆旦在這兩方面的表現，以明白其詩歌產生的「策略」，並從側面窺見其詩學。本文認為，研究穆旦的詩學，除了有利於理解穆旦的詩作外，更重要的是，作為三四十年代中國現代主義詩歌最傑出的代表之一，穆旦的詩學也可以為我們研究西方現代主義在中國的傳播提供一個有益的案例。

關鍵詞：穆旦、詩學、慣用語、悖論修辭

---

[1] 本文為筆者碩士論文《穆旦詩學論》（暨南大學，2001 年）其中一章，現按發表需要略有修改。原文後有多個附錄，列出本文中統計來源的詩句，今限於篇幅省去，謹此說明。

一、前言

穆旦，原名查良錚，祖籍浙江海寧，1918 年出生於天津。1940 年畢業於西南聯大外文系。1950 年獲美國芝加哥大學文學碩士學位。1952 年底回國。1953 年起在天津南開大學外文系任副教授。1958 年被錯判為「歷史反革命」，到 1981 年才完全平反，但穆旦已於 1977 年因病去世。穆旦生前出版過三本詩集：《探險者》（1945 年）、《穆旦詩集（1939-1945）》（1947 年）及《旗》（1948 年）。1950 年代後，穆旦的詩作較少，主要寫於 1976 年，被收入與詩友合輯的《九葉集》、《八葉集》；這段時間穆旦主要從事翻譯，以原名查良錚或梁真發表，譯有《拜倫抒情詩選》、《雪萊抒情詩選》、《唐璜》、《歐根・奧涅金》、《英國現代詩選》等二十餘種。

穆旦可以說是天生的詩人，讀他的詩，你總能感到迎面而來的激情；他的一生也可謂是詩的一生，從中學時的初試啼聲，到晚年的人生總結，都是詩，即便是被迫放下詩筆的那二十年，他也是以譯詩為主。可以說，詩貫穿了穆旦的一生，構成了他生命最重要的部分。我們今天非常遺憾的是，穆旦並沒有留下有關詩的理論文字。綜觀他的一生，除了 1940 年代的兩篇書評外，就是 1970 年代後期與兩位年輕詩人論詩的書信，這些文字珍貴地保存了穆旦對詩的見解與要求。而期間的近四十年裡，目前看不到穆旦任何談詩、論詩的文字，可見他並不怎樣看重詩論的建設。然而這並不代表穆旦對詩、對文學就沒有他心中的「詩學」。事實上，每一個作者心中都有一套個人的詩學，差別只是有沒有構成系統並將之發表而已。更何況，在早期的幾本譯作裡，穆旦或寫前言，或寫譯序，或寫後記，對作者及作品都有不同程度的介紹、說明；其中《雪萊詩抒情選・譯序》及《丘特切夫詩選・譯後記》更是過萬言的長文，詳細地介紹了作者的生平、代表作、創作手法及特色，從中其實不難窺見穆旦的詩學原則的。

本文所謂的「詩學」，是指「某一作家對文學法則的選擇與運用」[2]；又因為本文是以一位詩人為研究對象，因而其中心思考點便是：「詩人想

---

[2] 參見王先霈、王又平主編：《文學批評術語詞典》（上海：上海文藝出版社，1999 年），頁 133，「詩學（poetics）」條。

要追求的目標和詩歌理想」。[3]因此，本文主要關心的就是穆旦對詩有何追求？他的詩歌理想是什麼？本文認為，研究穆旦的詩學，除了可以有利於去理解穆旦的詩作外，更重要的是，作為三四十年代中國現代主義詩歌最傑出的代表之一，穆旦的詩學也可以為我們研究西方現代主義在中國的傳播提供一個有益的案例。

為此，本文將從慣用語及悖論修辭（Paradox）這兩種「語言」的不同表現方式入手，以穆旦自身的創作實踐來檢視其詩學之部分。

海德格爾認為，「語言是存在的住所」，即語言不只是人們用以表達思想感情、達到相互理解和交流的手段，而且，人永遠以語言的方式擁有世界，世界也只有進入語言之中才成為「世界」。[4]那麼，語言對詩人而言，正是他擁有世界的方式，也是他向世界呈現的方式。因而，要了解詩人的「世界」，也必得走進他的「語言」。

之所以從慣用語及悖論修辭角度入手研究穆旦的詩學，乃建基於葉維廉關於「語言的策略與歷史的關聯」的理論。葉氏認為，一篇作品產生的前後，必須有四個基本活動，其中兩個是：一、作者通過文化、歷史、語言對世界（物象）觀、感而有所認識了悟，所謂觀物感應過程，不同的看法自然有不同語言策略的選擇；二、作者的心象通過文字的表達始成作品，其中便引起因襲形式的迎拒問題、文類的應用與變易、採取的角度的方式（獨白？直敘？戲劇場景？）等。[5]在本文中，慣用語正是語言策略的代表，悖論修辭則是表現方式的代表，我們想看看穆旦在這兩方面的表現，以明白其詩歌產生的「策略」，並從側面窺見其詩學。

二、慣用語研究

這裡的「慣用語」並不是比較文學意義上的「慣用語」（Topic）研究。這裡的「慣用語」相等於「常用語」，即指在詩歌文本經常出現的字眼。

---

3 參見周式中等主編：《世界詩學百科全書》（西安：陝西人民出版社，1999年），頁569，「詩學概念」條。

4 參見涂紀亮：《現代西方語言哲學比較研究》（北京：中國社會科學出版社，1996年），頁246。

5 葉維廉：〈語言的策略與歷史的關聯——五四到現代文學前夕〉，載《中國詩學》（北京：三聯書店，1992年），頁211。

如果說「不同的看法自然有不同語言策略的選擇」，那麼我們可以說慣用語的採用，正好能體現出作者對世界有意識（或無意識）的看法，以及從側面反映出作者的詩歌內容與主題的選擇。

（一）「痛苦」

由最早的王佐良認為「主要的調子卻是痛苦」[6]開始，有關穆旦詩歌的評論幾乎都少不了「痛苦」二字。「痛苦」似乎已成為穆旦詩歌給人最主觀的感覺，因此連對他的紀念文集也命名為《豐富和豐富的痛苦》。而事實上，當我們檢視穆旦所有作品[7]的「慣用語」後，會發現裡面的確有「豐富的痛苦」。

「痛苦」以及近義的「苦痛」、「痛楚」在穆旦作品中出現了近四十次。在穆旦眼中，「痛苦」是世界的根本，是那至高無上的「主」定下的人生根本：「而我們是皈依的，／你給我們豐富，和豐富的**痛苦**」（〈出發〉），所以「那時候我就會離開了亞當後代的宿命地，／貧窮，卑賤，粗野，無窮的勞役和**痛苦**……」（〈蛇的誘惑〉），「燈下，有誰聽見在周身起伏的／那**痛苦**的，人世的喧聲？」（〈童年〉）甚至，連黎明也是痛苦的：「喲，**痛苦**的黎明！讓我們起來」（〈出發〉）也因此，他的〈搖籃歌〉唱的是「在你的隔離的世界裡，／別讓任何敏銳的感覺／使你迷惑，使你**苦痛**。」在穆旦看來，初生的嬰兒雖然懵懂，但卻因此能避開世界的苦痛，反而是好的。

順此下去，正因為痛苦是世界的根本，穆旦筆下充滿著受苦的形象：

> O 熱情的擁抱！讓我歌唱，
> 讓我扣著你們的節奏舞蹈，
> 當人們**痛苦**，死難，睡進你們的胸懷，
> 搖曳，搖曳，化入無窮的年代，
> 他們的精靈，O 你們堅貞的愛！

——〈讚美〉

---

6 王佐良：〈一個中國詩人〉，載王聖思選編：《「九葉詩人」評論資料選》（上海：華東師範大學，1996 年），頁 306-313。

7 這裡的「所有作品」是以李方編的《穆旦詩全集》內收篇目為準，其他未收入的但已發現的佚文未計入內。見李方編：《穆旦詩全集》（北京：中國文學出版社，1996 年）；本文摘引詩句及統計數字亦以此書為據。

因為在史前，我們得不到永恒，
我們的痛苦永遠地飛揚，

——〈中國在哪裡〉

呵，光，影，聲，色，都已經赤裸，
痛苦著，等待伸入新的組合。

——〈園〉

這種對人生痛苦的感觸並不是年輕時獨有，即便到晚年，穆旦在總結其人生的〈智慧之歌〉時，也是這麼唱的：

為理想而痛苦並不可怕，
可怕的是看它終於成笑談。

只有痛苦還在，它是日常生活
每天在懲罰自己過去的傲慢

如果說，人生本「痛苦」的感想是穆旦悲觀哲學所致的話，那麼，其中一半可能得歸因穆旦所看到的社會現實。穆旦詩中所呈現的「痛苦」，與其說是其悲觀哲學對世界的投射，不如說是現實世界給他的觀感。他看到的，是〈合唱二章〉裡古老中國廣大農民的痛苦，是〈童年〉裡於其周遭起伏的人世的痛苦，是〈洗衣婦〉的痛苦，是〈飢餓的中國〉的痛苦。所以，要總結穆旦「痛苦」的根源，或許以下的詩行最能說明問題：

無盡的陰謀；生產的痛楚是你們的，
是你們教了我魯迅的雜文。

——〈5 月〉

正因為現實社會中的「無盡的陰謀」、正因為「中國的苦痛與災難／像這雪夜一樣廣闊而又漫長呀！」（艾青〈雪落在中國的土地上〉），才形成了穆旦「痛苦」的「人生觀」。樓肇明說「穆旦一開始就自覺地把民族的苦難和個人的苦難結合起來」，[8]這既說明穆旦「痛苦」的根源，也是知人的看法。

---

[8] 見〈一個藍色的不沉的湖泊〉，載《北方文學》，1982 年第 1 期，轉引自杜運燮等編：

（二）「絕望」與「希望」

「絕望」一詞在穆旦詩中出現二十多次，而「希望」則約四十次，從表面數字看，「希望」多於「絕望」，穆旦還是「積極」的。然而，當我們仔細察看上下文語境後，就會發現在穆旦詩裡，「希望」正相當於「絕望」。

穆旦詩裡的「絕望」跟他的「痛苦」一樣，都是社會現實對他的刺激而引起的觀感。在他看來城市是絕望的：「我們終於離開了漁網似的城市，／那以窒息的、乾燥的、空虛的格子／不斷地撈我們到**絕望**去的城市呵！」（〈原野上走路〉）；學校是絕望的：「雖然我已知道了學校的殘酷／在無數的**絕望**以後，別讓我／把那些課程在你的壇下懺悔」（〈我向自己說〉）；春天是絕望的：「殘酷的春天使它們伸展又伸展，／用了碧潔的泉水和崇高的陽光，／挽來**絕望**的彩色和無助的夭亡。」（〈在曠野上〉）；甚至連自己也是絕望的：「幻化的形象，是更深的**絕望**，／永遠是自己，鎖在荒野裡，／仇恨著母親給分出了夢境。」（〈還原作用〉）。然而，相對於「絕望」而言，我們覺得穆旦的「希望」是更「絕望」。雖然，晚年的穆旦說：

> 沒有理想的人像是草木，
> 在春天生發，到秋日枯黃，
> 對於生活它做不出總結，
> 面對絕望它提不出**希望**。
>
> ——〈理想〉

可是實際又如何呢？我們看到，「希望」在穆旦筆下往往以「負面」的意思出現，像：

> 這時候天上亮著晚霞，
> 黯淡，紫紅，是垂死人臉上
> 最後的**希望**
>
> ——〈蛇的誘惑〉

《一個民族已經起來》（南京：江蘇人民出版社，1987 年），頁 127。

也曾是血肉的豐富和希望，它們張著
空洞的眼，向著原野和城市的來客
留下決定。

——〈荒村〉

00000000是我們的財富和希望

——〈時感四首〉

他們鼓脹的肚皮充滿嫌棄，
一如大地充滿希望，卻沒有人來承繼。

——〈飢餓的中國〉

不幸的是：我們活到了睜開眼睛，
卻看見收穫的希望竟如此卑微：
心呵，你可要唾棄地獄？

——〈問〉

更多的時候，「希望」是可望而不可即的，是不可得到的：
那不可挽救的死和不可觸及的希望

——〈悲觀論者的畫像〉

這不可測知的希望是多麼固執而悠久
中國的道路又是多麼自由和遼遠呵……

——〈原野上走路〉

希望，繫住我們。希望
在沒有希望，沒有懷疑
的力量裡

——〈中國在哪裡〉

O愛情，O希望，O勇敢，
你使我們拾起又唾棄，
唾棄了，我們自己受了傷！

——〈哀悼〉

希望，幻滅，希望，再活下去
在無盡的波濤的淹沒中，
誰知道時間的沉重的呻吟就要墜落在
於詛咒裡成形的
日光閃耀的岸沿上；

——〈活下去〉

而在〈時感四首〉裡，詩中的「希望」其實是「絕望」的代名詞：

我們希望我們能有一個希望，
然後再受辱，痛苦，掙扎，死亡，
因為在我們明亮的血裡奔流著勇敢，
可是在勇敢的中心：茫然。

我們希望我們能有一個希望，
它說：我並不美麗，但我不再欺騙，
因為我們看見那麼多死去人的眼睛
在我們的絕望裡閃著淚的火焰。

還要在無名的黑暗裡開闢新點，
而在這起點裡卻積壓著多年的恥辱：
冷刺著死人的骨頭，就要毀滅我們的一生，
我們只希望有一個希望當作報復。

——〈時感四首〉

要解釋穆旦詩中這「絕望」與「希望」的辯證，我想魯迅先生引用裴多菲的那句「絕望之為虛妄，正與希望相同」是最好的註釋。「絕望」之於穆旦，正是一種在理想幻滅後的激憤之詞，恰似魯迅當年的〈希望〉：「這以前，我的心也曾充滿過血腥的歌聲：血和鐵，火焰和毒，恢復和報仇。而忽而這些都空虛了，但有時故意地填以沒奈何的自欺的希望。希望，希望，用這希望的盾，抗拒那空虛中的暗夜的襲來。」[9]所以，當錢理群說

[9] 載《魯迅全集》（第2卷）（北京：人民文學出版社，1981年版），頁177。

「穆旦是少數經過自己的獨特體驗與獨立思考，真正接近了魯迅的作家」，[10]我以為穆旦的「絕望」感是一個最能說明的例子。

（三）「夜」、「黑暗」

「夜」似乎是穆旦喜歡的「背景」，從詩題已可見一斑：〈夏夜〉、〈冬夜〉、〈漫漫長夜〉、〈在寒冷的臘月的夜裡〉、〈夜晚的告別〉等等；如果從詩行裡去看，則「夜」的出現次數就更頻密了，大約有四十多次。

穆旦筆下的「夜」總是跟苦難、不幸連結在一起；夜彷彿是這些苦難、不幸發生的背景，卻更像是它們的同謀。夜裡，有那個「牛馬般的饑勞與苦辛」的〈一個老木匠〉；有「淒惻而尖銳的叫賣聲」的〈冬夜〉；有「受了創傷」的〈野獸〉；有滿是痛苦的「人世的喧聲」的〈童年〉；有「為了想念和期待，我咽進這黑夜裡／不斷的血絲……」的〈一個老人〉；有「孕育／難產的聖潔的感情」的〈活下去〉；有「黑暗而且寒冷」的〈理智和感情〉……太多了！總之，穆旦的夜就是苦難與不幸的夜。當然，最讓人神傷的是這樣的夜：

> 我們的祖先是已經睡了，睡在離我們不遠的地方，
> 所有的故事已經講完了，只剩下了灰燼的遺留，
> 在我們沒有安慰的夢裡，在他們走來又走去以後，
> 在門口，那些用舊了的鐮刀，
> 鋤頭，牛軛，石磨，大車，
> 靜靜地，正承接著雪花的飄落。
>
> ——〈在寒冷的臘月的夜裡〉

這是苦難深重的中國大地的夜。還有一種是這樣的：

> 我愛在雪花飄飛的不眠之夜，
> 把已死去或尚存的親人珍念
>
> ——〈冬〉

---

[10] 錢理群：《豐富的痛苦——「堂吉訶德」與「哈姆雷特」的東移》（北京：時代文藝出版社，1993年），頁313。

這是飽歷政治不公、命運滄桑的老人的夜，其中的辛酸更是難以用言語表達的。

與「夜」相關，穆旦詩中也有許多「黑暗」、「幽暗」。這兩個詞除用作修飾語外，很多時候更用作象徵現實世界：

不要想，
黑暗中會有什麼平坦，
什麼融合；腳下荊棘
紮得你還不夠痛？

——〈前夕〉

他追求而跌進黑暗，
四壁是傳統，是有力的
白天，扶持一切它勝利的習慣。

——〈裂紋〉

還要在無名的黑暗裡開闢新點，

而在這起點裡卻積壓著多年的恥辱

——〈時感四首〉

在過去和未來兩大黑暗間，以不斷熄滅的
現在，舉起了泥土，思想和榮耀，
你和我，和這可憎的一切的分野。

——〈三十誕辰有感〉

我們是廿世紀的眾生騷動在它的黑暗裡，
我們有機器和制度卻沒有文明

——〈隱現〉

我們一切的追求終於來到黑暗裡，
世界正閃爍，急躁，在一個謊上，
而我們忠實沉沒，與原始合一

——〈詩〉

我衝出黑暗，走上光明的長廊，
而不知長廊的盡頭仍是黑暗；
我曾詛咒黑暗，歌頌它的一線光，
但現在，黑暗卻受到光明的禮贊：
心呵，你可要追求天堂？

——〈問〉

我們可以這樣理解，在穆旦詩中，「夜」之所以滿載著苦難與不幸，就是因為那現實世界無邊的「黑暗」所致。

（四）「寒冷」等

「寒冷」以及與其類似的「寂靜」、「寂寞」、「寂寥」、「倦」、「枉然」等等字眼在穆旦詩中的反覆出現，正好印證了詩人公劉對穆旦的一個「負面評論」：「我不怎麼喜歡穆旦的詩。他的詩太冷。……過多的內省，過多的理性，消耗了他的詩思。」[11]而且，這也不是公劉一人的看法，比如唐祈說：「他對自然、社會、人生和愛情，都採取冷峻自覺的態度。在一切苦難的歷程中折磨自己的靈魂，在內心世界進行殘酷的自我搏鬥，以一顆孤獨的探險者的心尋求著理想，創造出詩的形象。」[12]李焯雄也認為「穆旦詩的基本風格是悲觀和冷靜的。」[13]

如果說這是因為穆旦接受西方現代主義影響而傾向於「內省」、「理性」、「冷峻」的詩風，雖不無道理，但我們看到，穆旦的「冷」實在是建基於他對現實的看法的。試想，一個生活在「痛苦」、「絕望」、「黑暗」的現實世界中的詩人，他的筆下如何能有熱火朝天、歡騰快活的景象呢？最重要的是，「冷」的形象是穆旦與現實對抗而失敗後的感想。這裡，「冷」不是他悲觀哲學的投射，而是時代生活的真相。要理解這個問題，或許王聖思的話對我們最有啟發：「他（穆旦）實在有點冷酷，把人生的

[11] 公劉：〈《九葉集》的啟示〉，原載《花溪》月刊，1985 年第 6、7、8 期，轉引自《一個民族已經起來》，頁 129。

[12] 唐祈：〈現代傑出詩人穆旦——紀念詩人逝世十周年〉，載《一個民族已經起來》，頁 57-58。

[13] 李焯雄：〈慾望的暗室和習慣的硬殼——略論穆旦戰時詩作的風格〉，載杜運燮等編：《豐富和豐富的痛苦》（北京師範大學出版社，1997 年），頁 55。

真相赤裸裸剝給世人看。不給溫情的假象，不給廉價的安慰。然而正是在這樣殘酷的真實面前，你才會有重新審度人生的知性升華，你才會發現詩人隱藏的感情有多強烈！穆旦也許是悲觀。但有時悲觀的人卻在一定程度上道出生活的真面目，把你驚醒，逼你重新思考生命的價值，重新尋覓生活的真諦，給人以正視現實的勇氣。」[14]同時，請不要忘了，在許多人說穆旦詩歌「冷」的同時，也有許多人說穆旦的詩歌充滿著「熱」。比如，唐湜就說讀穆旦詩「能產一種原始的健樸的力與堅忍的勃起的生氣，會給你的思想感覺一種發火的磨擦，使你感到一些燃燒的力量與體質的重量」；[15]袁可嘉則認為「讀穆旦的某些詩，我總覺得有一種新詩中不多見的沉雄之美。」[16]

因此，我認為與其指責詩人的「冷」，倒不如去看看詩人所描寫是真實的景況還是虛構的假象，詩人所抒發的是切身感受還是虛情假意，這或許會較符合實際。讓我們看例子吧：

> 暫時放下自己的憂思，
> 我願意傾聽著淒涼的歌，
> 那是大地的寂寞的共鳴
> 把疲倦的心輕輕撫摸。
>
> ——〈秋（斷章）〉

這首詩穆旦生前未發表，也未寫完。說這首詩「冷」嗎？有點。但對一個經受近三十年政治磨難的人來說，這卻是最真實的感受；我們要佩服的倒是詩人並沒有因為自己的不公平遭遇而怨憤、責難，反是無爭無求的「冷靜」。

（五）「血」

陳敬容形容穆旦的筆法是「剝皮見血」，袁可嘉說「穆旦佳作的動人之處卻正在這等歌中帶血的地方」。巧合的是，穆旦詩中正好也有許多「血」字，接近五十字。

---

14 王聖思：〈生命的搏動・知性的升華〉，載《一個民族已經起來》。
15 唐湜：〈穆旦論〉，載《「九葉詩人」評論資料選》，頁 337-354。
16 袁可嘉：〈詩人穆旦的位置〉，載《一個民族已經起來》。

「血」在穆旦筆下呈現多種意思：勞苦大眾的血（〈兩個世界〉）；國難當頭的血（〈哀國難〉、〈野獸〉、〈合唱二章〉、〈從空虛到充實〉、〈讚美〉）；仁人志士的血（〈蛇的誘惑〉、〈原野上走路〉、〈給戰士〉、〈飢餓的中國〉、〈犧牲〉、〈詩四首〉）；慾望的血（〈沉沒〉）；更多的是平凡人在戰爭的苦難日子裡所流的血。

對於穆旦詩中多次出現「血」字的評論，我們完全可以借用費勇評論台灣詩人洛夫的話。費勇發現洛夫詩中「有關『血』的詞彙之多，幾乎可自成一個譜系」[17]，他認為：「說洛夫的詩，每一行都有『血絲』，似乎誇張，但確實，他的詩總是帶點血的鞭痕。而且，洛夫詩中的血，是生命因死亡、戰爭、傷殘與遭蹂躪的血，是從傷口湧出的血，是從心中咯出的血，那是一種殘酷、一種顫慄、一種苦難。」[18]假如將上文中的「洛夫」換作「穆旦」，不僅貼切非常，更可說是「度身訂造」。

（六）「死」

最後一個要談的穆旦慣用詞是「死」。「死」字在穆旦詩中出現的次數之多應該是中國現代漢語詩人中罕見的，有近六十次，而這還只算「死」字本義，即生命的消失，其他以「死」字作修飾語的（如死寂）並沒有計算在內。

如果這句話不算誇張的話，那我們會說：翻閱《穆旦詩全集》，幾乎每一頁都有「死」字。連題目中也有〈他們死去了〉、〈甘地之死〉、〈我的叔父死了〉等直接以「死」為題。分析這些「死」，我們發現大致可以分成兩種：一種就是戰爭中的「死亡事件」：

> 那些個殘酷的，為死亡恫嚇的人們，
> 像是蜂踴的昆蟲，向我們的洞裡擠。
>
> ——〈防空洞裡的抒情詩〉

[17] 費勇：《洛夫與中國現代詩》（台北：東大圖書公司，1994 年），頁 17。又，費勇在該文中說：「在現代中國詩歌中，有關血的詞彙，出現得相當少，只是被個別詩人偶一用之」，這一看法似乎未考慮到穆旦。參見該書頁 16。

[18] 同上，頁 18。

死亡的符咒突然碎裂了
發出崩潰的巨響，在一瞬間
我看見了遍野的白骨
然而這不值得掛念，我知道
一個更靜的死亡追在後頭。

——〈從空虛到充實〉

活下去，在這片危險的土地上，
活在成群死亡的降臨中。

——〈活下去〉

因為一個合理的世界就要投下來，
我們要把你們長期的罪惡提醒，
種子已出芽：每個死亡的爆炸
都為我們受苦的父老爆開歡欣。

——〈轟炸東京〉

讓我歌唱，
讓我扣著你們的節奏舞蹈，
當人們痛苦，死難，睡進你們的胸懷

——〈合唱二章〉

過去的是你們對死的抗爭，
你們死去為了要活的人們的生存，
那白熱的紛爭還沒有停止，
你們卻在森林的周期內，不再聽聞。

——〈森林之魅〉

可憐的人們！他們是死去了
死去，在一個緊張的冬天，
像旋風，忽然在牆外停住

——〈他們死去了〉

> 今天是混亂，瘋狂，自瀆，白白的死去——
> 然而我們要活著：今天是飢餓。
>
> ——〈飢餓的中國〉

另一種則是「死亡」這件「事」：

> 然而，那是一團猛烈的火焰，
> 是對死亡蘊積的野性的兇殘
>
> ——〈野獸〉

> 在那短暫的，稀薄的空間，
> 我們的家成了我們的死亡。
> 我知道，我給了你
> 過早的誕生，而你的死亡，
> 也沒有血痕，因為你是
> 留存在每一個人的微笑中
> 你只有死亡，
> 我的孩子，你只有死亡。
>
> ——〈神魔之爭〉

> 堅定地，他看著自己溶進死亡裡，
> 而這樣的路是無限的悠長的
> 而他是不能夠流淚的
>
> ——〈讚美〉

> 毀滅的女神，你腳下的死亡
> 已越來越在我們的心裡滋長
>
> ——〈苦悶的象徵〉

> 我不禁對自己呼喊：
> 在這死亡底一角，
> 我過久地漂泊，茫然
>
> ——〈埋葬〉

我們已經有太多的戰爭，朝向別人和自己，
太多的不滿，太多的生中之死，死中之生，

——〈隱現〉

還有一個可注意的是，即使到晚年穆旦詩中仍然出現「死」字：

死亡的陰影還沒有降臨，
一切安寧，色彩明媚而豐富

——〈秋〉

「死亡」，是穆旦身處的 3、40 年代中國最常見的事，更是穆旦本人最刻骨銘心的真切體驗。熟悉穆旦的讀者都會記得王佐良的這一段描述：「那是 1942 年的緬甸撤退。他從事自殺性的殿後戰。日本人窮追。他的馬倒了地。傳令兵死了。不知多少天，他給死去戰友的直瞪的眼睛追趕著。在熱帶的豪雨裡，他的腿腫了。疲倦得從來沒有想到人能夠這樣疲倦，放逐在時間——幾乎還在空間——之外……但是這個廿三歲的年輕人結果是拖了他的身體到達印度。……以後在印度三個月的休養裡又幾乎因為飢餓之後的過飽而死去」[19]，這個「他」就是穆旦。穆旦是跟死神打過照面的人，可是他的筆寫的卻是現實中的人以及他們的死亡，是防空洞裡的死亡，是轟炸東京時的死亡，是「遍野的白骨」的死亡。他似乎不喜歡形而上的玄思，不像哲學家般去思考死亡的「存在意義」——在穆旦那裡，死亡不是抽象的哲學命題，而是實實在在的身邊近事，是他們的每天所見，也是籠罩在他們頭頂的隨時會實現的威脅。

這裡有一個可供對照的案例。據金絲燕研究，「在李金髮的〈微雨〉詩集裡，『死』及其畫面在六十首詩中出現，其頻率之高，描寫之無情，使慣於田園情詩的讀者驚駭。」可是，李金髮筆下的死亡卻是模仿波德萊爾的，而且更偏向於對「死之惡」的接受。金絲燕說李金髮的「死與『可怖』同在」。我們可看一個她舉的例：

神祕，
殘酷，

19 王佐良：〈一個中國詩人〉，載《「九葉詩人」評論資料選》，頁 307-308。

在生物之頭顱上
嬉戲了。
〔……〕
終倒死在木板
張著可怖之兩眼。

——李金髮:〈死者〉

所以，金絲燕認為「在中國新詩史上，李金髮則為寫死的第一詩人。所謂第一，是就其寫死之惡的淋漓盡致而言。」[20]然而，正如孫玉石先生所批評的，李金髮詩中的「死」，「是對生活的詛咒，也是對死亡的頌歌。他在死的歌頌裡，寄托了對生活的失望和感傷。由於他缺乏叛逆和創造的精神，而只學習了象徵派世紀末的情調，使得他對死亡的歌頌，帶有極濃重的消極頹廢的色彩。」[21]

相對於李金髮，我們發現穆旦詩中的「死」是更近於「白骨露於野，千里無雞鳴，生民百遺一，念之斷人腸。」的「建安風骨」。穆旦不歌頌死，他是揭露死的嚴酷，哀嘆死的不絕，更批判造成死的現實根源。讀穆旦有關死亡的詩，我們感到的不是死的可怖，而是一種對生命逝去的無限惋惜，以及生命之必須死的沉重。

（七）小結

簡略介紹過穆旦詩中的慣用語後，我們最迫切需要解釋的問題就是：為什麼穆旦詩中會充滿著「死」、「血」、「痛苦」、「黑暗」、「寒冷」等字眼呢？這可以從兩方面來看。

首先，上述六組詞語不是穆旦從自己悲觀哲學出發臆想出來的（與李金髮不同），而是他看到的 3、40 年代以及 50 年代以來中國社會的現實本身。穆旦人生的大部分時間都是在動盪不安的環境中度過。3、40 年代有日本的侵華戰爭，之後是國共內戰以及因之而起的社會動盪，再之後，

---

20 金絲燕：《文學接受與文化過濾——中國對法國象徵主義詩歌的接受》（北京：中國人民大學出版社，1994 年），頁 232。

21 孫玉石：《中國初期象徵派詩歌研究》，第 81-82 頁；轉引自金絲燕上引書，頁 224-225。

就是連串的政治運動，可以說，穆旦一生未曾有過一刻的安寧。因而，在穆旦的歷史環境中，現實世界滿怖著死亡、血、黑暗、痛苦、寒冷。如果說，「在象徵派詩人的手裡，一切自然景物，一切客觀事物都如同有生命有思想的人一樣，不僅可以形象地表現作者的思想感情，而且它們本身就是生命有感情的存在。」[22]那麼我們會說上述六組詞語，在穆旦詩中大部分不是要起李金髮式的象徵作用，也不是艾略特意義上的「客觀對應物」。這些慣用語，其實就是他生活現實中的一部分，是他詩歌要描寫的「主題」——他不得不面對的「主題」。

其次，穆旦下面這一段評論雪萊的話也許正是他的「夫子自道」：「雪萊的一生是戰鬥的，但由於他是獨自和反動勢力鬥爭而沒有和工人階級在生活上打成一片，他的一生也是顯得孤獨的。……這樣一種孤寂的，被敵意所包圍的生活，……自然要引起不健康的情緒，使詩人不斷地想到死，想到生活的虛妄和世事的無常了。」穆旦總結說：「這是可以理解的：憂鬱的心情是這樣一種戰士有時不得不付出的代價。」[23]撇開裡面的某些意識形態話語不提，穆旦在寫這段話的時候應是感同身受的。為什麼這樣說呢？

葉維廉說：「從大處著眼，傳統中國的詩和藝術多傾向於人與自然的和諧關係，現代中國文學則傾向於社會與個人的衝突。」然而，當作者轉向「社會與個人的關係」時，作者就要選擇：是「指向理想的社會而貶低個人的重要性嗎？」還是「應該強調個人情思自由的揮發而背向社會嗎？」[24]面對這種哈姆雷特式的抉擇，作為一個「中國的民族布爾喬亞」（唐湜語），穆旦彷彿天生注定是悲劇的。王佐良曾說「穆旦並不依附任何政治意識」，這當然使他能越過口號式政治的庸俗，在別的中國作家被「政治意識悶死了同情心」之時以更冷靜深刻而又飽含感情的筆觸去描述現象。然而也正因為他不依附任何政治意識，當他面對社會與個人矛盾時，一方面同情國家、民眾的苦難，一方面他又要堅守自己個人的政治價值，於是便不得不陷入深深的痛苦當中。因為，當他面對那些「不幸的人們」、「洗衣婦」、

---

[22] 孫玉石：《中國初期象徵派詩歌研究》（北京：北京大學出版社，1983 年），頁 116。

[23] 穆旦：〈《雪萊抒情詩選》序〉，載中國現代文學館編：《穆旦代表作》（北京：華夏出版社，1999 年），頁 186-187。

[24] 葉維廉：〈語言的策略與歷史的關聯——五四到現代文學前夕〉，載《中國詩學》，頁 212-213。

「報販」、「農民兵」，以至在寒冷的臘月的夜裡的北方大地、政治寒流深鎖的人生之冬時，他既無力抗拒其發生，也無力扭轉其結果，也不能為自己所同情所愛的人或處境找到解決的道路與方法。可是，光有同情而沒有解救之道對那些人是於事無補以至是廉價的。而穆旦，也只能像看著路邊一位傷疤淌血且滿圍著蒼蠅的傷者般面對著他眼前的人群，雖想極力救治卻束手無策，因而只能深懷同情地焦急，並因此而自責於自身的無能軟弱，並最終導致他自己所說的雪萊式的「不健康情緒」。

我們看到，穆旦堅持詩歌創作的藝術性，反對空洞的口號、濫情的感傷。當他面對社會與個人的矛盾時，他並沒有被政治需求窒息了自己的藝術良心。所以，當事隔半個世紀後，台灣的年輕詩人楊宗瀚說穆旦〈時感〉一詩「和台灣 70 年代流行的批判性強的社會詩相較絕不遜色」[25]時，恰正能說明穆旦藉此最真實地揭露了時代的真相。

穆旦要求詩歌內容要給人以「發現的驚異」，要「新鮮而刺人」。[26]從上述六組慣用語來看，我們可以說穆旦在中國現代漢語詩史上建立了最獨一無二的「死亡詩學」。在穆旦之前，現代漢語詩歌裡有郭沫若的戰鬥的狂呼、有冰心的母愛的呢喃、有徐志摩的愛情的燕語、有戴望舒的理想的徬徨、有聞一多的死水的激憤、有馮至的生命的沉思，可是，我們找不到穆旦詩中對死亡、對血、對黑暗的控訴式的聲音及反思式的焦慮。穆旦通過最切身的體驗找到了他自己時代中最尖銳、最刺人的「死亡」與「血」作為詩歌的抒情內容，這是他對現代漢語詩最大的貢獻。穆旦念念不忘奧登說「要寫他那一代人的歷史經驗，就是前人所未遇到過的獨特經驗」，應該說，穆旦的確寫出了自己一代人的歷史經驗，是前人所未遇到過的獨特經驗。因為，「死亡」與「血」的確讓人感到「驚異」、感到「新鮮而刺人」。

此外，王佐良提出過穆旦的「謎」：「他一方面最善於表達中國知識分子的受折磨而又折磨人的心情，另一方面他的最好的品質卻全然是非中國的。」[27]我想，所謂「他的最好的品質卻全然是非中國的」，就是穆旦

---

25 楊宗翰：〈九葉詩派與台灣現代詩〉，《台灣詩學季刊》第 22 期（1998 年 3 月），頁 142-143。

26 見〈致郭保衛的信〉（二），載曹元勇編：《蛇的誘惑》（珠海：珠海出版社，1997 年），頁 233。

27 王佐良：〈一個中國詩人〉，載王聖思選編：《「九葉詩人」評論資料選》，頁 306-313。

詩中的上述內容，相對於講究謙和沖淡、蘊藉含蓄之美，以及興觀群怨之道的中國傳統詩歌，他的詩歌是個最大的「冒犯」。而這可能也是穆旦終生拒絕中國舊詩的原因，因為，對死亡、對血、對黑暗的控訴式的聲音及反思式的焦慮，的確不是「傳統的陳詞濫調和模糊不清的浪漫詩意」（穆旦語）所能承載的。另一方面，王佐良同時說「在別的中國詩人是模糊而像羽毛般輕的地方，他確實，而且幾乎是拍著桌子說話。」我以為就是指穆旦勇敢地面對自己時代中最尖銳的現實，以一種「剝皮見血的筆法」表現出的「剃刀似的鋒利」的深刻自省；這種深刻自省使他贏得了同時代詩人的公認，認為「他足以代表了整個中國小知識分子在苦悶的時代普遍的感到傷害，冷酷」（李瑛語）。

三、悖論修辭研究

（一）關於「悖論修辭法」

所謂悖論修辭法（Paradox），又譯「反論」、「詭論」、「矛盾語」，台港地區則一般譯為「弔詭」，意思是「一種表面上自相矛盾的或荒謬的，但結果證明是有意義的陳述。」[28]據介紹，早在公元前三世紀，亞里士多德就首先在其〈修辭學〉中研究了這種修辭法。[29]其後，悖論修辭法在西方文學作品中得到廣泛的應用。其中，為艾略特讚賞的多恩（John Donne）在其散文及詩歌中特別重視悖論手法的運用。[30]與此同時，悖論修辭法在中國文學中也是常見的手法，甚至日常生活用語中的「大小」、「多少」等等，又或者如〈老子〉裡「道可道，非常道；名可名，非常名」以及「知者不言，言者不知」等都是悖論的例子。[31]

---

[28] 參見王先霈、王又平主編：《文學批評術語詞典》，頁 286，「悖論」條。

[29] 參見范家材編著：《英語修辭賞析》（上海：上海交通大學出版社，1992 年），頁 134。在該書，范先生將（Paradox）譯為「似非而是的雋語」。

[30] 關於悖論修辭法在西方文學中的影響，請參看周式中等主編：《世界詩學百科全書》，頁 157-158，「反論」條。

[31] 關於悖論修辭法在中國文學中的應用可參看周發祥：《西方文論與中國文學》（南京：江蘇教育出版社，1997 年），第七章第四節「詩意悖論與悖論詩學」，頁 164-168。

悖論修辭法在廿世紀因為艾略特對多恩的推崇，連帶也成為現代詩中一種「顯法」。艾略特在其名篇〈玄學派詩人〉裡讚許多恩那種「把好幾個意象和眾多的浮想相互套入的修辭手法」是「最成功和最獨到的」[32]。其後，深受艾略特影響的美國「新批評派」更把悖論修辭法奉為現代詩創作的圭臬。最著名的是布魯克斯（Cleanth Brooks）寫的〈悖論語言〉。文中，布魯克斯直接宣布：「詩的語言是悖論語言。」又說「悖論正合詩歌的用途，並且是詩歌不可避免的語言。」[33]姑勿論其說成立與否，但悖論修辭法經「新批評派」主將的「品評」後更「名滿天下」卻是事實。當然，悖論手辭法在現代批評中被如此重視，也有其內在原因的：「20 世紀哲學逐漸摒棄遵循因果關係的思維方式，並轉而接受矛盾和對立。當代文論家對文學中的悖論現象極其關注，這似乎是上述哲學動向的確切反映。」[34]

1940 年代末，穆旦的詩友袁可嘉致力推動「新詩現代化」時，便曾介紹這種他譯為「似是而非，似非而是」的（Paradox）：「現代詩人和玄學詩人都同樣喜歡用。他們覺得它最適合戲劇化的要求，因為它本身至少就包含兩種矛盾的因素，在某種行文次序中，它往往產生不止兩種的不同意義，這便造成前次我們所說的『模棱』，而使詩篇豐富。」[35]但其實早在袁可嘉介紹之前，中國的現代主義詩人如李金髮、卞之琳、馮至、廢名等便已在使用這種手法。

據范家材教授介紹，悖論有三個構成因素：

1. 顯而易見是自相矛盾的，是悖逆於公認的價值標準的，例如：「保守的自由主義」、「實際的理想主義」、「重感情的理性主義」等；
2. 由於表層含義和深層含義的背離（dissociation），往往是令人驚訝和懷疑的，例如：「愛之越深，恨之越切」、「沒有特點的特點」等；

---

[32] [英]艾略特：〈玄學派詩人〉，載李賦寧譯：《艾略特文學論文集》（南昌：百花州文藝出版社，1994 年），頁 15。

[33] [美]克林思・布魯克斯：〈悖論語言〉，載趙毅衡編選：《「新批評」文集》（北京：中國社會科學出版社，1988 年），頁 314。

[34] 福勒語，轉引自王先霈、王又平主編：《文學批評術語詞典》，頁 286。

[35] 袁可嘉：〈談戲劇主義——四論新詩現代化〉，載《半個世紀的腳印——袁可嘉詩文選》（北京：人民文學出版社，1994 年），頁 80。

3. 蘊含的潛在真理或解決問題的方法，通常是被認為不可接受甚至驚世駭俗的，例如：丘吉爾說的「安全是恐怖的健壯嬰兒，生存是毀滅的孿生兄弟.」，或者「好死不如懶活」等。[36]

此外，悖論修辭法還有一種「濃縮形式」叫矛盾修飾法（Oxymoron），指「用兩種不相調和、甚至截然相反的特徵來形容一項事物」[37]，比如「甜蜜的苦戀」、「偉大的卑微」等等。

從本質而言，不論是悖論修辭法還是矛盾修飾法，「它們不只是修辭學中的小角落，而是扮演哲學和戰略策略的角色。它們不僅能添加斐然的文采，而且能強迫聽眾、讀者進行違反常規的思考，探索深層的理解，因而具有認識論的意義。」[38]

（二）穆旦詩中的悖論修辭

有了這些認識之後，我們回頭看穆旦詩歌時，會發現悖論修辭不但是他最主要、最常用的修辭法，而且其數量之多肯定是中國現代詩人中罕見的；就本文初步計算，已有七十多例。而這正是本文要從悖論修辭法切入探討穆旦詩學的原因。

按上述三種悖論構成因素及其濃縮形式矛盾修飾法來分，穆旦詩中的例子如下：

1. 矛盾修飾法：

> O，讓我的呼吸與自然合流！
> 讓歡笑和哀愁灑向我心裡，
> 像季節燃起花朵又把它吹熄。
>
> ——〈我看〉

> 一些影子，愉快又恐懼，
> 在無形的牆裡等待著福音。
>
> ——〈從空虛到充實〉

---

[36] 除個別例子外，出處見范家材編著：《英語修辭賞析》，頁 134-136。

[37] 同上，頁 138。此外尚可參看周式中等主編：《世界詩學百科全書》，頁 331。

[38] W.D.redern 語，轉引自范家材編著：《英語修辭賞析》，頁 134。

所有的人們生活而且幸福
快樂又繁茂，在各樣的罪惡上

——〈在曠野上〉

讓我們起來，讓我們走過
濃密的桐樹，馬尾松，豐富的丘陵地帶，
歡呼著又沉默著，奔跑在河水兩旁。

——〈出發〉

2. 顯而易見是自相矛盾的，是悖逆於公認的價值標準的：

他笑了，他不懂得懺悔，
也不會飲下這杯回憶，
彷徨，動搖的甜酒。

——〈從空虛到充實〉

在德明太太的汽車裡，
經過無數「是的是的」無數的
痛楚的微笑，微笑裡的陰謀，
一個廿世紀的哥倫布，走向他
探尋的墓地

——〈蛇的誘惑〉

那些淫蕩的遊夢人，**莊嚴的**
幽靈，拖著僵屍在街上走的，
伏在女人耳邊訴說著**熱情的**
懷疑分子

——〈漫漫長夜〉

誰知道暖風和花草飄向何方，
殘酷的春天使它們伸展又伸展，
用了碧潔的泉水和崇高的陽光，
挽來絕望的彩色和無助的天亡。

——〈在曠野上〉

3. 由於表層含義和深層含義的背離（dissociation），往往是令人驚訝和懷疑的：

同一的陸沉的聲音碎落在
我的耳岸：無數人活著，死了。

——〈漫漫長夜〉

我自己的恐懼，在歡快的時候，
和我的歡快，在恐懼的時候

——〈悲觀論者的畫像〉

化無數的惡意為自己營養，
他已開始學習做主人底尊嚴。

——〈幻想底乘客〉

不，這樣的呼喊有什麼用？
因為就是在你的獎勵下，
他們得到的，是恥辱，滅亡。

——〈神魔之爭〉

4. 蘊含的潛在真理或解決問題的方法，通常是被認為不可接受甚至驚世駭俗的：

我是獨自走上了被炸毀的樓，
而發見我自己死在那兒
僵硬的，滿臉上是歡笑，眼淚，和歎息。

——〈防空洞裡的抒情詩〉

朋友，天文臺上有人用望遠鏡
正在尋索你千年後的光輝呢，
也許你招招手，也許你睡了？

——〈勸友人〉

雖然現在他們是死了，
雖然他們從沒有活過，
卻已留下了不死的記憶

——〈鼠穴〉

人世的幸福在於欺瞞
達到了一個和諧的頂尖。

——〈哀悼〉

從這些隨意舉出的例子可以看到，穆旦是非常善於運用悖論修辭手法去加強情感的抒發的。有一點可注意的是：穆旦最大量運用悖論修辭法的詩都創作於 1940 年代，只有三例是寫於 1940 年代之後的，即〈演出〉、〈春〉及〈問〉。

接下來的問題是：穆旦為什麼大量採用悖論修辭法呢？

（三）穆旦論悖論修辭

我們發覺穆旦本人似乎頗喜歡某種「拼貼」的創作手法，雖然他沒說明是悖論修辭法。在評論艾青〈他死在第二次〉時，穆旦說：「作者在心理刻劃上，使我們聯想到了 Herry James 和 Marcel Proust[39]在小說所用的手法，——從各種不同的場合中，出了更貼近真實的，主人公的浮雕來。很明顯地，這種手法是比一切別的心理描寫法都更忠實於生活的。」[40]如果說這段評論還欠確鑿的話，那麼在介紹普希金的〈寄西伯利亞〉時穆旦寫的這段話應比較接近了：「兩組相反的事物，『低沉』和『昂揚』的兩類意象，交替地打動我們的心，使我們的情感在兩組感性事物之間反覆激盪。現實本身也是這樣的：要實現『崇高的理想』，不能不通過『辛酸的痛苦』；有了『災難』，才更激發『希望』；『自由』是必須從戰鬥裡取得的。這首詩一方面在思想意識上肯定了這種現實，另一方面，它的藝術組織，感性因素的排列，也深刻地符合現實生活的規律，使我們一節一節

[39] 即美國小說家亨利·詹姆斯及法國小說家普魯斯特，兩者皆以「意識流」創作小說而著名。

[40] 穆旦：〈《他死在第二次》〉，載中國現代文學館編：《穆旦代表作》（北京：華夏出版社，1999 年），頁 160。

讀下去的時候，隨著思路的反覆回旋，感到其中所含蓄的情感的深厚。」[41] 看見這些話，我們不禁要高呼：這是穆旦在為自己的詩、為自己詩中的悖論作註解呀！穆旦明確地告訴讀者：現實本身就是矛盾的辯證統一體。詩只有從矛盾的辯證去把握才能「深刻地符合現實生活的規律」，也只有這樣才能使人「感到其中所含蓄的情感的深厚。」這裡還可以補充一段穆旦對丘特切夫詩藝的評論：「丘特切夫在語言和形象的使用上，由於不承認事物的界限而享有無限的自由；他常常可以在詩的情境上進行無窮的轉化，在同一首詩中，可能上一句由『崇高』轉到『卑微』，由心靈轉到物質，下一句又轉化回來。這樣，一首詩就可能有無窮的情調，和極為變化莫測的境界。」[42]穆旦顯然頗為欣賞丘特切夫這種「情境上進行無窮的轉化」的類似悖論修辭的創作手法。

那麼，悖論修辭跟穆旦詩學有何關係呢？我們說，悖論這種「強迫聽眾、讀者進行違反常規的思考，探索深層的理解，因而具有認識論的意義」的修辭法，正符合穆旦的詩學理想。穆旦認為現代詩應該「要排除傳統的陳詞濫調和模糊不清的浪漫詩意，給詩以嚴肅而清晰的形象感覺」，[43]進而表現「特殊的、新鮮的、或複雜的現實及其思想感情」。悖論修辭法顯然能達到穆旦這種理想。

首先，即使是一句普通的矛盾修飾語，也會給人一種「驚異」的感覺，像「一些影子，愉快又恐懼」、「歡呼著又沉默著，奔跑在河水兩旁」，又或者「比現實更真的夢，比水更濕潤的思想」等等，都是一些「奇句」。

其次，悖論這種「違反常規」的修辭手法，本身就是特殊的、新鮮的思考形式，它給讀者的刺激是非常大的，讀者如果不稍花時間琢磨一下內裡的深層含意，有時候會覺得這些詩句是「不知所云」的。比如下列的例子：

---

41 穆旦：〈普希金的《寄西伯利亞》〉，載《穆旦代表作》，頁 175。

42 穆旦：〈《丘特切夫詩選》譯後記〉，載曹元勇編：《蛇的誘惑》（珠海：珠海出版社，1997 年），頁 216。

43 見杜運燮：《穆旦詩選・後記》，載《穆旦詩選》（北京：人民文學出版社，1986 年），頁 151。

我是獨自走上了被炸毀的樓，
而發見我自己死在那兒
僵硬的，滿臉上是歡笑，眼淚，和歎息。

——〈防空洞裡的抒情詩〉

這是穆旦詩中比較著名的片段，也是悖論修辭的極好例子。這裡有兩行叫人不解的句子：「而發見我自己死在那兒／僵硬的，滿臉上是歡笑，眼淚，和歎息。」——「我自己」怎會「死在那兒」呢？如果我已經死了，又怎能「發見」自己的死呢？為什麼滿臉上是「歡笑，眼淚，和歎息」呢？如果「歡笑」的話，為什麼又會有「眼淚，和歎息」呢？它們為什麼會同時出現呢？為什麼「死人」臉上會出現「歡笑，眼淚，和歎息」呢？……連串的問題迫使讀者必須認真地進入詩歌的語境中去仔細推敲始能慢慢有所領悟。這跟穆旦說的讀舊詩「不太費思索，很光滑地就溜過去了，從而得不到什麼或所得到的，總不外乎那麼『一團詩意』而已」相比，顯然不可同日而語。

再其次，悖論修辭可以通過表面簡單的語句，表達出發人深省、餘味無窮的生活道理，這正符合穆旦要求詩歌表達複雜的思想和感情的理想。比如：

人世的幸福在於欺瞞
達到了一個和諧的頂尖。

——〈哀悼〉

為什麼「欺瞞」竟會是「幸福」呢？既是「欺瞞」又怎能「和諧」呢？這是每一個看到這兩行詩的讀者都會提的問題。要理解這兩行詩，就要明白穆旦對生活的看法。在〈哀悼〉中，穆旦認為生活就像個「廣大的病院」，人生活於其中只能得到枉然的疲勞，一切都是無助的，因為連醫生也「有他自己的病症」，而人與人之間只會互相欺瞞。這是穆旦對生活既悲觀又無奈的激憤之語。「人世的幸福在於欺瞞」其實就是說人世根本不存在「幸福」這回事，有的話也只能是「欺瞞」；「達到了一個和諧的頂尖」就是說「欺瞞」在生活已是「完美」地存在著，人們很難去打破這種「和諧」。讀者自可以不認同作者的思想觀點，但他也得佩服作者竟能把這麼複雜的思想僅用兩行詩句就表達出來的技巧。

這裡可以順帶一提所謂「晦澀」問題。穆旦詩歌「晦澀」似乎已成「共識」，不過，我們從上述的例子可以看到，穆旦詩中的「晦澀」不過是他要表達複雜的思想而通過某種修辭手法（如本例的悖論）而造成，只要我們細心尋思一下，就會發覺穆旦的詩非但可解，而且有餘韻無窮之效。所以，只要我們明瞭了穆旦的修辭手法，「疑雲」自然就迎刃而解。許多人以「晦澀」責難穆旦的詩，當中原因很大一部分可能就因為他們不願意花時間去了解穆旦的創作手法，也不願花時間去細味穆旦詩中的含意而已。

最後，悖論修辭法正是艾略特讚賞的「機智」（Wit）創作手法之一，就是把表面看似不相干的概念組合在一起，既達到「客觀對應」的「隔離」效果，避免了濫情的出現，又能創出一種新的審美感受，刺激讀者的思考。而我們已經知道，這也是穆旦的詩學理想。

綜合以上四點，我們也可以說，穆旦之所以在詩中大量採用悖論修辭，原因之一就是悖論恰正符合其詩學主張。同時，悖論修辭法為穆旦的詩歌帶來的，正是「無窮的情調，和極為變化莫測的境界」，怪不得穆旦會帶著欣喜的口吻來讚賞丘特切夫的詩。

四、結語

本文羅列、統計了大量穆旦詩中的「慣用語」及「悖論修辭」例子，以作品說明穆旦的詩學特色。他的慣用語既能緊貼時代脈搏，表現社會的現實真相，又能給人以「發現的驚異」，尖銳的感覺。同時，他通過大量採用悖論修辭法，創造出一種既有奇特、新鮮而刺人的詩句，又能表達複雜的思想和感情的形式。

穆旦詩歌是結合時代需求的藝術創新，是中國現代主義詩歌「現代化」進程中出現的一個嶄新境界。他堅決拒絕中國舊詩中的陳腔濫調，極力引進西方浪漫主義及現代主義，有選擇地吸收兩者的精華，兼收並蓄地創造出既注重玄學思辯，又飽含時代激情的詩風，其動人魅力至今不減。

主要參考文獻

一、穆旦著作（個人）

《探險隊》，昆明文聚社，1945 年
《穆旦詩集（1939-1945）》，瀋陽（自費印刷），1947 年
《旗》，上海：上海文化生活出版社，1948 年
《穆旦詩選》，杜運燮編，北京：人民文學出版社，1986 年
《穆旦詩全集》，李方編，北京：中國文學出版社，1996 年
《蛇的誘惑》，曹元勇編，珠海：珠海出版社，1997 年
《穆旦代表作》，中國現代文學館編，北京：華夏出版社，1999 年
《穆旦詩集（1939-1945）》，北京：人民文學出版社，2000 年

二、穆旦著作（合集）

《九葉集》，南京：江蘇人民出版社，1981 年
《八葉集》，香港三聯書店、美國《秋水》雜誌社聯合出版，1984 年
《九葉派詩選》，北京：人民文學出版社，1992 年
《九葉之樹長青——「九葉詩人」作品選》，王聖思選編，上海：華東師範大學出版社，1994 年
《西南聯大現代詩鈔》，杜運燮、張同道編選，北京：中國文學出版社出版，1997 年
《九葉集》，北京：作家出版社，2000 年

三、專著

[英]T.S.艾略特：《艾略特文學論文集》，李賦寧譯注，南昌：百花洲文藝出版社，1994 年
王先霈、王又平主編：《文學批評術語詞典》，上海：上海文藝出版社，1999 年，頁 280
王聖思選編：《「九葉詩人」評論資料選》，上海：華東師範大學出版社，1996 年
杜運燮等編：《一個民族已經起來》，南京：江蘇人民出版社，1987 年
杜運燮等編：《豐富和豐富的痛苦》，北京：北京師範大學出版社，1997 年
周式中等主編：《世界詩學百科全書》，西安：陝西人民出版社，1999 年
金絲燕：《文學接受與文化過濾——中國對法國象徵主義詩歌的接受》，中國人民大學出版社，1994 年

范家材編著：《英語修辭賞析》，上海交通大學出版社，1992 年
孫玉石：《中國初期象徵派詩歌研究》，北京大學出版社，1983 年
涂紀亮：《現代西方語言哲學比較研究》，北京：中國社會科學出版社，1996 年
袁可嘉：《半個世紀的腳印——袁可嘉詩文選》，北京：人民文學出版社，1994 年
張同道、戴定南主編：《20 世紀中國文學大師文庫‧詩歌卷》，海南出版社，1994 年
費勇：《洛夫與中國現代詩》，台北：東大圖書公司，1994 年
葉維廉：《中國詩學》，北京三聯書店，1992 年
趙毅衡編選：《「新批評」文集》，北京：中國社會科學出版社，1988 年
錢理群：《豐富的痛苦——「堂吉訶德」與「哈姆雷特」的東移》，吉林：時代文藝出版社，1993 年

陳儀、許壽裳與台灣省編譯館

■陳信元

作者簡介

陳信元，1953 年生，台灣台中人。現任佛光大學中國文學與應用學系副教授。主要從事中國現當代文學、台灣文學與世界華文文學研究。著有《大陸新時期散文概述》、《大陸新時期報告文學概述》、《中國現代散文初探》、《從台灣看大陸當代文學》，《文學與出版——見證兩岸二十年文化交流》、《台灣文學》（合著）等專著。曾獲國科會甲種學術獎勵、第五屆五四獎文學活動獎。

內容摘要

陳儀是戰後首任台灣省行政長官，早年畢業於日本最高軍事學府陸軍大學，是國民政府要員中的「知日派」，與日本軍政界關係良好。1930年代初至對日抗戰前，多次奉命與日方祕密會談，謀求和平解決雙方的軍事衝突。陳儀主閩政時期，兩度派團赴台灣考察，以台灣的經濟建設為借鏡，並曾親赴台灣參觀台灣博覽會並作考察。《開羅宣言》發布後，奉命擔任台灣調查委員會主任委員，為接收台灣規劃相關事宜。陳儀廣泛吸納台籍人士，舉辦旅渝台籍人士座談會，討論台灣接收後如何治理的問題。在草擬《台灣接管計畫綱要》時，已提出「專設編譯機關，編譯教科參考及必要之書籍圖表」。陳儀抵台後，重視發揚民族的「心理建設」，注重文史教育的實行與普及，實施去「皇民化」，重建「中國化」運動。他邀請同鄉兼留日時期好友許壽裳赴台主持台灣省編譯館。編譯館設四組：其中，學校教材組、社會讀物組、名著編譯組，是陳儀原先的構想，而台灣研究組應是出自許壽裳高瞻遠矚的構想，他還爭取留用日本學校研究人員，以協助台灣研究的工作。1947 年，台灣發生二二八事件，陳儀處置不當，因此去職，新任省主席魏道明抵台履新後，翌日即將台灣省編譯館裁廢，改組為編審委員會，由教育廳接管，此舉否定了陳儀、許壽裳對編譯館投注的心力，對台灣文化是一大損失。

關鍵詞：陳儀、許壽裳、台灣調查委員會、台灣省編譯館、台灣省行政長官

一、前言

被日本殖民統治長達五十年的台灣，在日本戰敗投降後，重歸中國版圖，陳儀受命為首任台灣省行政長官。來台接收的台灣省行政長官公署，無論在權力結構上或組織規格上，論者認為都是日本總督府的翻版。[1]行政長官陳儀不僅掌握行政、財政、司法的權力，還握有地方的軍事大權。黃昭堂曾稱日本總督為「土皇帝」。「土」的意思是地方[2]。許介鱗也在〈陳儀是土皇帝嗎？〉對陳儀有負面的評價。

陳儀擔任福建省主席期間（1934 年 1 月至 1941 年 9 月），曾兩次派考察團赴台灣，進行農林、工業、民政、經濟各方面的考察，陳儀撰寫於 1935 年 3 月的《台灣考察報告・陳主席序》記載：「此次組織台灣考察團派赴台灣考察，即欲輸入關於各種建設上之知識，藉為閩省建設之考鏡也。」考察團團長建設廳長陳體誠，把台灣的繁榮歸功於農業的發展，並歸納其主要經驗有二：一是使農業生產「合理化」，二是實施「統制」政策。陳體誠認為強有力的「政府」，是統制政策實施的必要條件。台灣的總督掌握軍權和統治全島之權，不實施三權分立，各機關均為總督府的附屬機關。台灣總督事無巨細大權獨攬的殖民地統治方式，被陳體誠誤認為是一種行之有效的政治體制。陳儀對台灣總督府的行政體制頗為心儀。

陳儀擔任「台灣調查委員會」——（以下簡稱台調會）主任委員期間（1944 年 4 月至 1945 年 8 月），曾邀請在渝台籍人士舉行座談會，討論台灣接收與復員計畫綱要草案中的各項問題。有關台灣體制的設置，台調會內部意見分歧，有主張將台灣設為特殊區，有主張台灣與其他各省一樣，有主張採取折衷的辦法。黃朝琴則提出三個設想：維持現狀為目的、台灣制定自己的單行法、不更動原來的總督府，只改其名稱，不改其內部結構。陳儀赴台後，正是採取黃朝琴的主張，也正如謝南光（謝春木）認同黃朝琴所提出的台灣特別省制一切，認為這是台灣同志一致的要求。[3]

---

1 陳芳明：《台灣新文學史・上》（台北：聯經出版公司，2011 年 10 月），頁 211。
2 黃昭堂著，黃英哲譯：《台灣總督府》（台北：前衛出版社，1994 年 4 月），頁 228。
3 〈台灣調查委員會座談會紀錄〉，中國第二歷史檔案館編：《民國檔案資料叢書台灣經過日本殖民統治五十年，深受日本統治者實施同化、奴化，甚至皇民化的毒害，但與日本本土的皇民待遇並不平等。為了便於統治，日本統治者強迫民眾學習和使用日語，宣布日語為「國語」，規定在公共場所只能使用日語，各學校均用日語教材，灌輸效忠日本帝國和天皇的「愛國」思想。陳儀在 1946 年慶祝元旦的儀式上，宣布施政方針為進行政治、心理、經濟三大建設。他高度重視「心理改造」，即思想文化建設。陳儀首先著手進行的是在台灣民眾中大力推廣全國通行的「國語」——普通話。1946 年 5 月 30 日台灣省行政長官公署公告：「本署接收之初，即著手組設台灣省國語推行委員會，負本省推行國語之任務。」台灣行政長官公署並請教育部派員協助。教育部設有國語推行委員會，但對台灣現實環境不熟悉，所以先做個假定：「假定台胞在光復後，痛心於使用日語，在尚不能講國語時，會自覺地恢復使用母語——閩南話和客家話。……不過後來事實答覆的是，有多少人並沒想到閩南話和客家話，也是文化上值得重視的一種中國語言，而影響其行動，以後的工作又因此多一枝節。」[4]陳儀也鼓勵台灣民眾在日常生活中恢復全面使用全省通行的閩南話，不再使用日語，也希望接收人員學習閩南話以便於交流；同時，在機關、學校、廣播、文藝演出等方面，提倡使用國語。[5]

1946 年 1 月 9 日，陳儀宣布台灣全省進行教育改革，基本方針是注重中國傳統文化，加強國文、國語教育，禁止在校用日語進行教學（特定專業除外）。為推動心理改造，陳儀深知需先改造語言文字。首要的工作，要在二、三年內，另外編印適用台灣人閱讀的書報。「第一要編的是中小學文史教本（國定本、審定本全不適用）；第二要編的是中小學教師的參考讀物，如中學教師、小學教師等月刊；第三為宣達三民主義與政令，需編選適於公務員及民眾閱讀的小冊子；第四一般的參考書如辭典等。」陳儀還提出「譯名著五百部」的宏大志願。[6]陳儀將此構想以航快寄給時任職南京國民政府考選委員會的許壽裳。陳儀於 1946 年 5 月 1 日已致電許

——台灣光復後五年省情》上（南京：南京出版社，1989 年），頁 20。

4 張博宇編：《台灣地區國語運動史料》（台北：台灣商務印書館，1974 年），頁 27。

5 嚴如平、賀淵：《陳儀全傳》（北京：人民出版社，2011 年），頁 277-278。

6 陳儀致許壽裳信（1946 年 5 月 13 日），黃英哲、許雪姬、楊彥杰主編：《台灣省編譯館檔案》（福州：福建教育出版社，2010 年），頁 4。

壽裳，邀其赴台主持「編譯機構編印大量書報」，許壽裳於 5 月 5 日同意赴台。

許壽裳接受赴台籌設編譯館，已托國立編譯館友人寄來該館組織條例及工作概況，以供起草《台灣省編譯館組織大綱草案》送交長官公署審查。1946 年 8 月 2 日核定公布的《台灣省編譯館組織規程》，設四組二室。四組分別是學校教材組、社會讀物組、名著編譯組、台灣研究組。前三組出自陳儀原先的構想，台灣研究組則是許壽裳的構想。許壽裳在 8 月 10 日招待新聞記者的談話稿，介紹編譯館旨趣與工作，提到設立編譯館的要旨：第一，促進台胞的心理建設；第二，對於全國有協進文化、示範研究的責任。許壽裳對日本統治下，純粹學術性的研究，認為不能抹殺其價值，應該加以接收，發揚光大。「如果把過去數十年間日本專門學者從事台灣研究的成果，加以翻譯和整理，編成一套台灣研究叢書，我相信至少有一百大本。」[7]許壽裳對日本專家學者的學術研究成績十分重視，並不因日本是侵略國家，而否定日人對台灣豐富的研究成果。他也簽呈公署留用日本學者淺井惠倫（編纂）、國分直一（編審）、池田敏雄（幹事）、立石鐵臣（幹事），並以無任公職經驗的台籍人士楊雲萍破格任用為編纂，且擔任台灣研究組主任。

1947 年 2 月，台灣發生二二八事件，陳儀處置不當，4 月 22 日國民政府行政院會決定裁廢長官公署，改組為省政府，改派魏道明出任台灣省政府主席。5 月 11 日陳儀離台返回南京，被任命為國民政府顧問，旋蟄居上海。陳儀從政多年，一生廉潔正直自許，沒什麼積蓄，在台灣辭職後致外甥丁名楠一首七絕所說：「治生敢曰太無方，病在偏憐晚節香；廿載服官無息日，一朝罷去便飢荒。」道盡罷官後的生活窘境。[8]魏道明抵台履新後，翌日即召開省政府委員會第一回政務會議，決議撤廢編譯館，其業務由省政府教育廳接管。黃英哲在〈導讀：台灣省編譯館設立始末（1946.8-1947.5）〉一文分析：「編譯館的設立……其具體的實現，可說是出自陳儀個人的構想，而且其設立之法的根據，是陳儀利用行政長官的立法權，制定台灣省單行法規，在制度上是相當脆弱的，因此，當陳儀替換時，編譯館的命運也就可想而知。更何況，當長官公署撤廢改組為省政府時，台

---

7 《台灣省編譯館檔案》整理稿，頁 32。

8 陳儀 1947 年 5 月 4 日致丁名楠，丁名楠藏，引自《陳儀全傳》，頁 351。

灣省行政機構全體再調整，編譯館的撤廢也有可能是其行政機構調整的一環而已。」[9]但也不排除陳儀、許壽裳曾分別得罪國府民政教育部長陳立夫、陳果夫 CC 派所導致的下場。

二、陳儀的閩台緣

陳儀（1883-1950），浙江紹興東浦人。原名毅，譜名紹華，字公俠、公洽，號退素。1902 年報考官費留學日本被錄取，先後就讀日本陸軍測量學校、砲兵射擊學校、日本陸軍士官學校。1917 年再度赴日，入日本最高軍事學府陸軍大學，是陸軍大學第一批中國留學生。1904 年冬，加入蔡元培、陶成章、章炳麟等組建的革命團體光復會，本年，陳儀曾與志同道合的同鄉許壽裳、魯迅、邵火熔在東京合影留念。1920 年回國後，與友人在江蘇東台合資興辦裕華墾殖公司，並在上海接辦父親經營多年的絲綢商業銀行和錢莊，對時局採取觀望的態度。

1924 年爆發第二次直奉戰爭，孫傳芳率部逼近杭州之時，浙江軍政高層為避兵禍保民，敦請孫傳芳早年留日陸軍士官學校的學長陳儀前往會晤孫傳芳，轉告浙江政要輸誠之意，避免人民陷於戰火。陳儀被孫傳芳派任浙一師師長，後又擢升為徐州總司令、署理浙江省長。但陳儀誤判情勢，主張浙江省自治，並暗中接受國民革命軍總司令蔣介石委任為第十九軍軍長的委任狀。中國社會科學院近代史研究所嚴如平分析陳儀接受委任的一種很大可能是「身為光復會會員的陳儀，本來就嚮往三民主義，打倒軍閥，實現國家統一富強；現在北伐軍已經進入衢州的態勢下，自己能成為國民革命軍軍長，當然是樂於接受此職。」[10]陳儀的如意算盤是此舉可使福建和江西趕來的北伐軍不再前進，也能使孫傳芳的軍隊見勢而退，而保住浙江和平的企望豈不也就水到渠成。但事與願違，孫傳芳早就對「自治」恨之入骨，就在浙江代表赴南京，商請孫傳芳撤退聯軍時，同時派人把陳儀扣押於省長公署，後又被軟禁在南京聯軍總司令部，有意加害於他，但在陳儀重要幕僚蔣百里等人同聲為陳儀說項，終獲釋放，蟄居上海家中。

---

[9] 《台灣省編譯館檔案》，頁 27。

[10] 嚴如平、賀淵：《陳儀全傳》，頁 33-34。

（一）效力於南京國民政府

1928 年初，南京國民政府重新改組軍事委員會，蔣介石被任命為主席，有委員七十三人，陳儀亦列名其中。3 月，奉命任赴歐洲考察委員會委員長，率團訪問德國、美國，取道日本回國，歷時 8 月餘。陳儀一行在德國以考察訪問洽談軍火購置及聘請顧問等事宜為主，並接觸到正在德國留學的青年學生俞大維、徐學禹等，這批學生學成歸國後，大多受到陳儀的不次拔擢。後來在德國購買軍火的後續事宜，陳儀就交給俞大維辦理。

1928 年 10 月，蔣介石擔任國民政府主席兼海陸空軍總司令。陳儀被任命為軍政部兵工署長，旋升軍政部常務次長，1931 年 1 月，升任軍政部政務次長。蔣介石對陳儀的才幹頗為賞識，將陳儀列在與何應欽並列之重要軍事人才。據《蔣中正總統檔案事略稿本》1932 年 6 月 24 日記載，「……軍事則何敬之（何應欽）、陳公俠（陳儀）。」[11]他寄望陳儀能協助建立一個獨立的現代國防體系。

1931 年日本侵略軍發動「九一八事變」，蔣介石奉行不抵抗政策，日本迅速佔領東北全境。蔣介石被迫於 12 月 15 日下野。蔣介石下野前，透過南昌行營參謀長熊式輝請陳儀與日本方面祕密接觸，謀求東北問題和平解決。1932 年，日本侵略軍又在上海發動「一二八事變」，軍政部長何應欽秉承蔣介石旨意，力主中止戰事和平交涉，因此，陳儀被何應欽派往上海，與日本方面進行交涉。1934 年 1 月，陳儀從軍政部政務次長調離，出任福建省主席，但蔣介石在對日交涉方面仍然倚重陳儀。1935 年 7 月至 8 月，中日雙方在上海祕密談判，中方主要談判代表即是陳儀，何應欽與張群也參與其間。蔣介石對這一次談判，日方的狂妄無理，憤怨至極，就將怒氣轉到陳儀和何應欽身上。在 8 月的本月反省錄中痛心疾首寫下：「倭駐滬武官矶谷提亡國條件，聞之羞憤已極。而敬之、公俠視以為常，痛心疾首，嗟呼！人心之死至此，安得不使寇仇汙辱無忌乎？」[12]

陳儀對日本的基本態度，在 1937 年全面抗戰爆發前後截然不同。1937 年前，陳儀貫徹執行蔣介石、汪精衛的對日妥協方針。他藉助與日本朝野

---

11 《蔣中正總統檔案事略稿本》14（台北：國史館，2004 年），頁 30。

12 鹿錫俊；〈蔣介石與 1935 年中日蘇關係的轉折〉，《近代史研究》2009 年第 3 期，頁 16。

的私人關係，從事對日外交活動，以求避免福建像華北一樣陷於「特殊化」，保全福建全境的安寧，求得發展福建的時間和空間。1937 年盧溝橋事變後，陳儀以民族大義為重，組織福建的人力物力，拒不接受日本誘降，且將省府內遷永安，以鞏固領導權，並利用時機打擊日軍，收回被日軍佔領的一些區域。

（二）福建省主席任內，組團赴台灣考察

蔣介石之所以任用陳儀擔任福建省主席，眾說紛紜，有一說是考慮到陳儀與日本軍政界關係深厚，福建又處在特殊的地理環境，與殖民地台灣僅有一水之隔，為了便於與日本交涉，蔣介石選中了陳儀。福建省政府委員林知淵在〈政壇浮生錄〉文中稱，在陳儀被任命前，「蔣即指示將來軍事一結束，即須以緩和中日關係的衝突為第一要務，要我好好回去幫陳儀，使地方不生事故，所以陳儀被派來閩，其主要目的之一是促進中日間的『親善』。」[13]根據《福建民報》1935 年 11 月 5 日，林益朋譯自板西利八郎撰著的《最近的中日關係》，而題名〈最近的福建〉文章，這位專門研究中日關係的專家說：「如果台灣與福建間希望擁有良好的關係，只需要有個『理解的人』就能夠得到。」他認為陳儀到了福建，「和我國（日本）台灣」之關係，也極其良好了。他的這一結論，是「從『台灣總督府』那裡很詳細地聽到的」，而「總督」也對於「福建為了種種視察而來的人，充分予以照拂。」[14]

日據時期中國沿海各省與台灣往來密切，常有各省考察團赴台觀摩產業的活動。早於 1916 年 4 月 10 日舉辦的「台灣勸業共進會」，福建也受邀參展。1935 年 10 月 10 日在台北舉辦的「台灣博覽會」，會期前共有三次彩色海報發行，當時海報均強調「始政四十周年紀念台灣博覽會」字樣，唯獨送往中國地區的海報，考慮到政治的敏感性，刪除了「始政四十周年紀念」字句，只留下「台灣博覽會」這幾個字。[15]

---

13 林知淵；〈政壇浮生錄〉，《福建文史資料》第 22 輯。引自《陳儀全傳》，頁 84。

14 板西利八郎著，林益朋譯；〈最近的福建〉，《福建民報》1935 年 11 月 5 日第 7 版。

15 程佳惠；《台灣史上第一大博覽會——1935 年魅力台灣 SHOW》（台北：遠流出版公司，2004 年），頁 45。

陳儀接任福建省主席後，有兩次由福建省政府組團赴台灣考察。第一次是 1934 年 11 月 13 日至 25 日，福建省政府派出一個由二十二人組成的「考察台灣實業團」，團長是留學美國土木工程專業的福建省建設廳長陳體誠，考察團分成農林、工業、民政、經濟四個小組，各有重點地進行考察。陳儀選擇台灣作為考察對象，省內外議論紛紛，但陳儀在考察團回閩後編成的《台灣考察報告》序指出：「此次組織台灣考察團赴台灣考察，即欲輸入關於各種建設上的知識，藉為閩省建設之考鏡也。」[16]團長陳體誠則觀察到：「台灣幅員只為福建的四分之一，……台灣的生產能力竟然超過福建的六倍。只米和糖兩項一年的產值，比福建三年生產的總量還要多。」陳體誠將台灣的繁榮歸功於農業的發展和台灣殖民政府採取「統制」政策，及台灣總督掌握軍權和統治權和統治全島之權。台灣總督大權獨攬的殖民地統治方式，被陳體誠視為是一種行之有效的政治體制，為福建等地的建設提供了一個現成的樣板。[17]這種無視於日本在台灣所施行的完全是壓迫和掠奪性的殖民統治，卻成為陳儀日後主持「台灣調查委員會」，規劃台灣省行政體制主要的參照模式。

1935 年 10 月 21 日，陳儀一行十二人在福州馬江（即馬尾）登上逸仙號軍艦前往台灣參觀台灣博覽會和進行考察。陳儀赴台一事曾請示南京國民政府，獲得批准。這是甲午戰爭後，中國要員乘中國軍艦前往台灣的第一人。經林知淵協調，台灣總督府答應，當陳儀在台北參觀訪問期間，展覽會內外所有的「始政四十周年」字樣暫時收起來，以保留陳儀一行人的顏面，等他們離台後，福建方面就不管了。陳儀抵台後，分別會晤台灣總督中村健藏和總督府各機關長官。《台灣日日新報》23 日在頭版頭條報導陳儀與中山總督的這次晤談，特別說明陳儀用日語與其談中日經濟合作的問題，由台灣協助福建發展米作、果樹及林業技術，福建則提供台灣高級的福杉木材。陳儀赴台還有一個最重要的目的，就是要探查日本軍方對福建的侵略意圖，並想通過個人的努力，求得福建的平安。這趟台灣之行，陳儀等人目睹台灣的進步發展，對於日後將台灣經驗移植福建省有很大的影響，因此，1936 年 12 月，陳儀即派遣廈門市長李時霖等十一人，組第二次「台灣考察團」前往台灣考察。

---

[16] 福建省政府編；《台灣考察報告》，1937 年 6 月。陳儀序文完成於 1935 年 3 月。
[17] 《陳儀全傳》，頁 106-107。

（三）出任台灣調查委員會主任委員

1941 年 12 月 9 日，太平洋戰爭爆發第二天，國民政府正式宣布對日宣戰，並昭告中外，「所有一切條約、協定、合同，有涉及中日之間關係者，一律廢止。」[18]1943 年 11 月 23 日至 26 日，中、美、英三國元首在埃及首都開羅舉行會議，並簽署《中、美、英三國開羅宣言》於 12 月 1 日公布，向全世界宣告：將聯合其他對日作戰之國家，共同作戰至日本無條件投降。《開羅宣言》還宣告：「三國之宗旨，在剝奪日本自 1914 年第一次世界大戰開始以後在太平洋上所奪得或占領之一切島嶼；在使日本所竊取於中國之領土，例如滿洲、台灣、澎湖群島等，歸還中華民國，日本亦將被逐出於其使用武力或貪欲所攫取之所有土地。」[19]

1943 年底，日本侵略軍敗迹已現，蔣介石在中央設計局內設立「收復東北研究委員會」和「台灣調查委員會」（以下簡稱台調會）。前者由中央設計局秘書長熊式輝主持，後者是由陳儀擔任主任委員。陳儀被任命為台調會主任委員，實至名歸，並有迹可循。一、陳儀留日，畢業於日本陸軍大學，又娶教官之女為妻，與日本軍政界關係良好。自 1931 年起至抗戰爆發前，多次接受蔣介石委任，與日方展開祕密會談，力圖終止雙方戰事，進行和平談判。二、陳儀擔任福建省主席近八年，擁有一批以閩籍人士為主的幹部團隊，閩台一水之隔，台灣大部分居民祖籍是福建，語言相通，習慣相近，這一切便於陳儀展開工作。三、陳儀主閩期間，對台灣十分關注，曾派團赴台灣考察，並撰寫五百餘頁的《台灣考察報告》，在國民政府要員中對台灣最為熟知者非陳儀莫屬。陳儀為人公道正派，清廉勤政，資歷雖深卻無野心，為蔣介石所尊重和信賴。

台調會最初所制定的任務，傾向蒐集與台灣有關的資料、調查台灣實際狀況、研究有關台灣問題的意見及參考編輯有關台灣的資料刊物。不過，台調會制定的工作範圍與蔣介石的設想是有落差的，在蔣的設想中，它不是一個情報類型的臨時組織，而是將來準備接收台灣的政府機構。1944 年 3 月，行政院秘書處向蔣介石請示，準備設立台灣省籌備委員會，

---

18 海峽兩岸出版中心、中國第二歷史檔案館編：《台灣光復檔案——歷史圖片》，（北京：九州出版社，2005 年），頁 65。

19 《反法西斯戰爭文獻》（北京：世界知識出版社，1955 年），頁 163。

蔣介石回電認為只要對台調會稍加補充，多多羅致台灣有關人士，並派有關黨政機關負責人員參加，即足以調查與籌備之責，暫時不必另設機構，以免駢枝之弊。[20]

當台調會成為籌設台灣省政府的組織之後，委員中不能沒有台籍人士。從 1944 年 9 月，台調會擴大編制，到 1945 年 5 月，台調會由初期的六人，擴大到三十五人。其中陸續加入的台籍人士有：委員：丘念台（台中）、游彌堅（台北）、謝南光（彰化）；專門委員：宋斐如（台南）、劉啟光（嘉義）、黃朝琴（台南）、李友邦（嘉義）；專員：林忠（南投）。另根據資料，陳儀通過國民政府官員的推薦，先後又任用柯台山為專門委員，連震東為專任委員。

陳儀主持台調會的另一項重要工作是培養訓練接管台灣的幹部，就在中央訓練團內先後開辦行政幹部訓練班，台灣警察幹部講習班，台灣高級幹部訓練班，陳儀還抽調一批國民政府各部門的幹部並選拔一批大中學生前來培訓，他們其中不乏是台籍背景。陳儀為接管台灣，培養了一批民政、司法、警察、財政、工商交通、農林牧漁、教育幹部。

1944 年 7 月 21 日，台調會邀請在渝台籍人士舉行座談會，討論台灣接收後如何治理的問題。出席的台籍人士發言十分踴躍，深受陳儀重視。黃朝琴曾撰寫〈台灣收回後之設計〉，連同台灣總督府系統圖一併送給陳儀閱讀。他在座談會提出三個設想：一、台灣從前是一個省，所以收回後必須改回省制，並以維持現狀為目的，「不以實驗的名義而以實驗的方式來治理。」二、台灣制定自己的單行法，不必與各省強同。三、不更動原來的總督府，只改其名稱，不改其內部結構。「內地各省政府的機關太多，於台灣人不習慣。五十年來台灣的系統都是一元化，如遽加變更，使台人無所適從。」[21] 陳儀到台後，正是採取黃朝琴的主張。其他人的意見，也有不少卓見，如謝南光提出：考試院應該將台灣劃定為特別考選區，准以日文參加考試，經過十年左右時間，再與一般考試同步。許顯耀提醒政府注意到台灣的特殊性，如派到台灣的軍隊、警察應提高水準，方能給台灣人以好的印象。

---

[20] 〈中央設計局台灣調查委員會組織規程〉，收入中國第二歷史檔案館編：《館藏民國台灣檔案資料彙編》第二冊（南京：海峽兩岸出版社，2007 年），頁 383。

[21] 〈台灣調查委員會座談紀錄〉，中國第二歷史檔案館編：《民國史檔案資料叢書——台灣光復和光復後五年省情》上（南京：南京出版社，1989 年），頁 20。

陳儀與台調會的委員們，經過多次討論，擬訂了《台灣接管計畫綱要》，建議台灣光復後，實行一種既不同於特殊區域，又不同於一般行省的行政法規，《台灣接管計畫綱要》經過蔣介石修改後，於 1945 年 3 月 23 日正式頒發。《綱要》連通則在內分成十六部分八十三條。其中教育文化方面，規定「文化上廓清奴化思想，普及教育」。國民政府又於 1945 年 9 月 21 日發布《台灣省行政長官公署組織條例》，明確規定了台灣省的行政體制。8 月 29 日，國民政府宣布特任陳儀為台灣省行政長官，隨後任命他兼任台灣省警備總司令。10 月 24 日陳儀一行自上海虹橋機場起飛，約四小時抵達台北松山機場。10 月 25 日，在台北公會堂（今中山堂）隆重舉行受降典禮，陳儀全權代表中國政府接受日本總督、第十方面軍司令官安藤利吉等無條件投降。

三、許壽裳受邀主持台灣省編譯館

陳儀從 1944 年 4 月 17 日在重慶主持台調會工作，就十分重視光復後文化重建工作。台調會成立不久，陳儀就給時任教育部長陳立夫的信中指出：台灣收復之後，最重要的一種工作是教育：

> 台灣與各省不同，他被敵人佔據已四十九年。在這四十九年當中，敵人用種種心計，不時地施行奴化教育。不僅奴化思想而已，並禁用國文、國語，普遍地強迫以實施日語、日文教育，以日語講習所達七千餘所之多，受日語教育者幾占台人之半數。所以台灣五十歲以下的人對於中國文化及三民主義差不多沒有了解的機會，自然是茫然。這真是十二分的危險。收復之後，頂要緊的是根絕奴化的心理，建設革命的心理，那就為主要的教育了。[22]

台調會成立後首要工作，即是草擬《台灣接管計畫綱要》，該綱要遲至 1945 年 3 月 23 日才正式頒布。在此《綱要》的第一「通則」第四條，載明「接管後之文化設施，應增強民族意識，廓清奴化思想，普及教育機

---

[22] 陳鳴鐘、陳興唐主編：《台灣光復後五年省情》上冊（南京：南京出版社，1989 年），頁 38。

會，提高文化水準。」在《綱要》教育文化第五十一條中，陳儀已經計畫要「專設編譯機關，編譯教科參考及必要之書籍圖表。」[23]

1945 年 12 月 31 日，陳儀透過廣播向全島發布《民國 35 年（1946 年）度工作要領》，其中談到「心理建設」時說：

> 心理建設在發揚民族精神。而語言、文字與歷史，是民族精神的要素。台灣既然復歸中華民國，台灣同胞必須通過中華民國的語言文字，懂中華民國歷史。明年度的心理建設工作，我以為要注重於文史教育的實行與普及。我希望於一年內，全省教員學生，大概能說國語，通國文，懂國史，學校既然是中國的學校，應該不要再說日本話，再用日本課本。[24]

陳儀推動「心理建設」的意圖，黃英哲解讀為：「乃是向台灣人灌輸中國文化，促進中華民族意識——亦即中國人意識，……陳儀在 1946 年 2 月舉行的『本省中學校長會議』上，公開發表了如下意見：『本省過去日本教育方針，旨在推行『皇民化』運動，今後我們就要針對而實施『中國化運動。』」（《人民導報》，1946 年 2 月 10 日）換言之，所謂『心理建設』乃是一種中國化運動，亦即文化重建。」[25]

1946 年 5 月 1 日，陳儀從台北打電報到南京，邀請時任國民政府考試院考選委員會專門委員的許壽裳，赴台主持編譯機關。許壽裳應允後，陳儀再度寄了親筆私函告知對編譯館的構想。陳儀指出治台的重要工作是心理建設，而目前最感困難的是改造心理的工具—語言文字—需先改造。各省所出書籍報紙，因為國文程度的關係，多不通用。

> 台灣的書報在二、三年內，必須另外編印適用於台灣人的。第一、要編的是中小學文史教本（國定本、審定本全不適用）；第二、要編的是中小學教師的參考讀物，如中學教師、小學教師等等月刊；第

---

[23] 同上註，頁 54。

[24] 〈民國三十五年度工作要領——三十四年除夕廣播〉，收入台灣省行政長官公署宣傳委員會編：《陳長官治台言論等》第 1 輯（台北：台灣省行政長官官署宣傳委員會，1946 年），頁 45。

[25] 黃英哲：〈「去日本化」「再中國化」戰後台灣文化重建 1945-1947〉（台北：麥田出版公司，2007 年），頁 37。

三、為宣達三民主義與政令，須編選於公務員及民眾閱讀的小冊；第四、一般的參考書如辭典等。這是就台灣的應急工作而言。[26]

陳儀有感於中國現在好書太少了。一個大學生或者中學教師，要勤求知識，非讀外國書不可。他常有翻譯名著五百部的宏願，而且所費不大，對於促進學術，幫助卻很大。

（一）台灣省編譯館設立的要旨

陳儀與許壽裳，為浙江紹興同鄉，同是 1883 年出生。1902 年，一同報考官費留學日本。在日本期間，同加入革命團體光復會。雖然陳儀學武，許壽裳學文，但兩人與另一同鄉魯迅結為好友。留日青年大量吸收歐美各先進文明國家的譯著，視野相對廣闊，陳儀提出翻譯名著五百部的宏大構想，應是心中的夙願，而非一時興起之言。許壽裳赴台前，已先託國立編譯館鄭康寧寄來編譯館條例及工作概況，所以，1946 年 6 月 25 日，許壽裳抵達台北，27 日即參考《國立編譯館組織條例》起草「台灣省編譯館組織大綱草案」送交長官公署審查，並設立準備處開始籌設。8 月 2 日，《台灣省編譯館組織規程》公布，8 月 7 日，台灣省編譯館正式成立。8 月 10 日，許壽裳在記者會上發表關於編譯館旨趣與工作的談話稿，一方面稱讚陳儀行政長官宏大的理想，一方面講到設立編譯館的要旨：

> 長官的志願是很宏大的，一方面要使台灣同胞普遍的獲得精神食糧，充分地接受祖國文化的教養；一方面更要發揚台灣文化特殊的造詣，造成孜孜不倦的學術風氣。因此要有晉唐人翻譯佛教經典的那種勇氣和魄力，至少完成五六百本大學讀物，開創我國學術研究的新局面。
>
> ……講到本館設立的要旨，不外兩點：第一，促進台胞的心理建設。……台胞過去所受的教育是日本本位的，尤其對於國語國文和史地，少有學習的機會，所以我們對於台胞，有給予補充教育的義務和責任。本館的使命，就要供應這種需要的讀物。第二，對於全國有協進文化、示範研究的責任。……過去本省在日本統治下的軍

---

[26] 《台灣省編譯館檔案》整理稿，頁 5。

> 閥侵略主義，當然應該根絕，可是純粹學術性的研究，卻也不能抹殺其價值，我們應該接收下來，加以發揚光大。如果把過去數十年間日本專門學者從事台灣研究的成果，加以翻譯和整理，編成一套台灣研究叢書，我相信至少有一百大本。[27]

台灣省編譯館成立後，長官公署即將原來隸屬於教育處的中等國民學校教材編輯委員會及編審室併入編譯館，除了取代其原有的職責外，並將人員納為編譯館的工作班底。

在陳儀與許壽裳的籌畫下，編譯館分為四組：（1）學校教材組，是以編撰教科書為主，由於接收原教育處中等國民學校教材編輯委員會為班底，略具雛形，由程璟來台任編譯館編纂兼該組主任，編輯各學制的教科書。（2）社會讀物組，負責編輯一般性的民眾讀物，由謝似顏來台任編譯館編纂兼該組主任。社會讀物組所編輯的民眾刊物，總稱為《光復文庫》。「從《光復文庫》的內容和刊行順序來看，最被優先考慮的，還是中國語與中國文的推行普及。其次是中國文化的傳播，而其傳播的中國文化內容，主要是中國歷代名士、儒家經典、中國歷史地理的介紹，其中也包括了日本批判與婦女教育，內容非常多元。」[28]《光復文庫》已出版 8 種，在預定編輯書目內，未刊的有 15 種。（3）名著編譯組，由李霽野來台擔任編譯館的編纂兼該組主任。名著編譯組的工作方針注重創作作品的翻譯。擬議的書目有 8 種，已出版兩種。（4）台灣研究組，由編譯館編纂楊雲萍擔任主任，並留用日本的專家學者，淺井惠倫、國分直一、池田敏雄、素木得一、立石鐵臣、樋口末廣等。

（二）成立台灣研究組的非凡意義

成立台灣研究組，陳儀並未有任何指示，應是出自許壽裳自己的構想。許壽裳在執行台灣文化重建時，並未抹殺日本學者的研究成果，黃英哲引用著名台灣史前史學者、前台北師範學院國分直一對台灣研究組設置的意見是：「台灣省編譯館台灣研究組的設立，有其應當予以注目的意義，

---

[27] 《台灣省編譯館檔案》整理稿，頁 32-33。

[28] 黃英哲：《導讀：台灣省編譯館設立始末（1946.8-1947.5）》，《台灣省編譯館檔案》，頁 6。

它是日本文化的接收和強化翻譯陣容為目標，意圖某種程度完成日本時代未竟的研究，將其成果提供予學界。」[29]

1946 年 9 月 5 日，許壽裳至省訓團講演，題為〈台灣文化的過去與未來的展望〉，他提到台灣在文化上至少有兩種特點，一是有真正實行三民主義的基礎，二是豐富的學術研究。他將台灣有研究學術研究的風氣，可以說是日人的示範作用，也可說是日人的功績。他要保留日人的學術，也需要全國學者繼續研究。這件工作有其急迫性，「因為不久有一部分日本學者將遣返回國，希望他能（將原稿已寫好未出版的）拿出來，我們把它翻譯校訂付印貢獻給社會，還有材料已找好，但尚未寫出的，也希望能寫出來。他們對台灣的研究如：地形、植物、氣象、礦產以及人文各科等等都有分門別類的研究，很有成績。……」[30]許壽裳畢業於東京高等師範學校，對日本學者治學的嚴謹，留有深刻的印象。在從事台灣文化重建時，也爭取留用日本學校研究人員，以協助台灣研究的工作。

1947 年 2 月，台灣發生二二八事件，事發後，3 月 17 日，陳儀正式向蔣介石提出辭呈，遭慰留，「負責主持善後」。4 月 22 日，國民政府行政院會決定將長官公署裁廢，改組為省政府，改派魏道明出任台灣省政府主席。同年 5 月 11 日，陳儀從台灣黯然飛回南京，同機的有外甥丁名楠和秘書鄭士鎔。魏道明抵台履新後，翌日，召開省政府教育委員會第一回政務會議，決議撤廢編譯館，許壽裳事前毫無所悉，僅在 5 月 17 日日記裡記下：「在我個人從此得卸仔肩，是可感謝的，在全館是一個文化事業機關，驟然撤廢，於台灣文化不能不說是損失。」[31]同年 7 月，許壽裳受聘任教於台灣大學中國文學系兼任系主任。編譯館多位同仁如國分直一、立石鐵臣、李霽野、李何林、楊雲萍也分別應聘到台灣大學任教。1948 年 2 月 18 日深夜，許壽裳在大學宿舍遭人殺害，享年 65 歲。

---

[29] 同上註，頁 24。

[30] 原發表於《台灣省地方行政幹部訓練團團刊》2 卷 4 期，1946 年 10 月。轉引自黃英哲編：《許壽裳台灣時代文集》（台北：台大出版中心，2010 年），頁 202-203。

[31] 北岡正子、陳漱渝、秦賢次、黃英哲編：《許壽裳日記 1940-1948》（台北：台大出版中心，2010 年），頁 250。

四、結論

陳儀年輕時兩度留學日本，畢業於士官學校和陸軍大學，並曾參與反清之革命活動，又曾在學成返國後在袁世凱的北洋政府中工作，繼受南方軍閥孫傳芳重用，任浙一師師長、徐州總司令、浙江省長。北伐戰爭後，被蔣介石延攬，歷任軍政要職。1934 年 1 月出任福建省主席。被蔣介石視為重要人才，委以建立現代國防體系的重任。陳儀所參與建設的國民政府的軍事體系和國防軍事工程，在八年抗戰中起到了巨大的作用。

1931 年，日本侵略軍發動「九一八事變」，蔣介石特請陳儀與日本方面祕密接觸，謀求東北問題和平解決。1937 年前，陳儀因與日本朝野有較多的社會關係，是政壇不可多得的「知日派」、「日本通」，多次執行蔣介石、汪精衛的對日妥協方針，參與中日祕密會談。在 1937 年 11 月 27 日，還遭南京國民政府監察院發文「彈劾」，指控其「預謀通敵危害民國，罪證確鑿，應即一併交會懲戒。」但最終不了了之。1937 年盧溝橋事變後，陳儀以民族大義為重，支持抗日，拒不接受日本的誘祥，並利用時機打擊日軍。

陳儀主持閩政的一些政策，後來也在光復後的台灣施行。如教育是陳儀極為重視的領域，他提出要提高國民素質，必須普及小學教育，要提高小學教育的程度，必須有良好的師資，需要有基礎師範教育，他也關注高等教育；既重視學校教育，也要兼顧社會教育。陳儀在全省大力推行國語，要求全省公務人員及教職員，人人應負普及國語的責任。無論公共講演，以及私人談話，均應避免本地土語，盡力使用國語，以為民眾表率。1939 年，為了發展福建教育文化事業，陳儀致力於建立學術研究機構。在台灣建立編譯館應是此一工作計畫的延伸。陳儀雖非文人，但對作家極為尊重，曾任用郁達夫擔任省公報室主任，協助受南京政府通緝，避居日本的郭沫若回國，任用黎烈文擔任以省政府名義創辦的改進出版社社長，保護共產黨重要分子作家邵荃麟、葛琴夫婦。魯迅是陳儀的同鄉、留日時期的好友，1936 年 10 月 19 日，魯迅逝世後，陳儀曾「不識時務」地電告蔣介石提議為魯迅舉行隆重的國葬。《魯迅全集》出版後，陳儀用自己的錢購買了兩百多套，分別送給福建省圖書館、一些學校圖書館和友人，並要學校選擇魯迅的一些文章作為教材。戰後，魯迅思想在台灣的傳播就得到陳儀的默許，否則以魯迅精神不見容於國民政府當局，豈有在台灣被紀念，被敬佩的文章大量出現？

陳儀主持閩政八年，二度派考察團赴台灣考察農林、工業、民政、經濟等，以作為福建發展的參考。考察團回國後撰寫的報告總共二十個專題，並附台灣現行法規摘要。陳儀並親自帶團參加台灣舉行的博覽會，並進行經濟考察。陳儀是國府要員中最了解台灣的一位、1943 年 12 月 1 日，中、美、英三國元首《開羅宣言》公布後，陳儀接任中央設計局台灣調查委員會主任委員，為將來接收台灣的政府機構。台調會不斷吸納台籍人士，廣泛徵求治台良策，並擬定《台灣接管計畫綱要》。1945 年 8 月 29 日，國民政府宣布特任陳儀為台灣省行政長官，兼台灣省警備總司令。

台灣省編譯館的設立，出自陳儀的構想，其設立法的依據，是陳儀利用行政長官的立法權，制定台灣省單行法規。自其設立到撤廢（1947 年 5 月 16 日）為止，大概只有九個月，時間太短，各地聘任人員因交通因素未到齊，看不出太大的成效。編譯館工作，是一種從頭做起的工作，不像其他機構，都有事業可接收，編譯館事業卻無從接收。1947 年 6 月 24 日，裁廢的編譯館被改組為編審委員會，由教育廳接管。編譯館的具體成果，除了刊行圖書二十餘種，留下三百萬字編譯初成或尚未完成的稿件。唯一的具體成果是楊雲萍領導下的台灣研究組，這是出自許壽裳的構想，並未一味排斥戰前日本學者的學術研究成果，而是將日本人的學術遺產，當作世界文化的一部分，主張保留，並發揚光大。台灣研究組的工作，後來由 1948 年 6 月成立的台灣省通志館接管。1949 年 6 月，台灣省通志館改組為台灣省文獻委員會，2002 年，台灣省文獻委員會又改組為「國史館台灣文獻館」。陳儀、許壽裳與台灣省編譯館也在「二二八事件」的衝擊下，黯然退場。

主要參考文獻

中島利郎編：《台灣新文學與魯迅》，台北：前衛出版社，2000 年。

北岡正子、陳漱渝、秦賢次、黃英哲編：《許壽裳日記 1940-1948》，台北：台大出版中心，2010 年。

柯喬治（George H. Kerr）著，陳榮成翻譯：《被出賣的台灣》（*Formosa Betrayea*），台北：前衛出版社，1991 年。

徐秀慧：《戰後初期（1945-1949）台灣文化場域與文化思潮》，新北：稻鄉出版社，2007 年。

陳兆熙：《陳儀的本來面目》，新北：INK 文學生活雜誌出版公司，2010 年。

黃昭堂著，黃英哲譯：《台灣總督府》，台北：前衛出版社，1994 年新修訂版第一刷。

黃英哲：《「去日本化」「再中國化」戰後台灣文化重建（1945-1947）》台北：麥田文化出版公司，2007 年。

黃英哲、許雪姬、楊彥杰主編：《台灣省編譯館檔案》，福州：福建教育出版社，2010 年。

黃英哲主編：《許壽裳台灣時代文集》，台北：台大出版中心，2010 年。

張博宇編：《台灣地區國語運動史料》，台北：台灣商務印書館，1974 年。

程佳惠：《台灣史上第一大博覽會——1935 年魅力台灣 Show》，台北：遠流出版公司，2004 年。

楊彥杰主編：《光復初期台灣的社會與文化》，福州：福建教育出版社，2011 年。

嚴如平、賀淵著：《陳儀全傳》，北京：人民出版社，2011 年。

「民國」對台灣意味著什麼？——以戰後初期「民國文學」與「台灣文學」的交鋒為例

■張俐璇

作者簡介

台南人，成功大學台灣文學博士，現職台灣大學台灣文學研究所助理教授。小說與散文創作曾獲教育部文藝創作獎、時報文學獎等獎項。研究興趣為台灣小說史、台灣文學批評、數位人文研究。有國藝會計畫：「台灣文學理論批評建制調查研究」以及「新世紀台灣長篇小說評論」，著有專書《建構與流變：「寫實主義」與台灣小說生產》（2016）、《兩大報文學獎與台灣文學生態之形構》（2010）。近期發表有〈台灣文學文本轉換為數位學習內容的案例分析〉、〈共和國看民國——書評《民國文學討論集》〉、〈重慶之民，自由之國：「後1949」台灣小說中「民國文學機制」的承繼與演繹〉等期刊論文。

內容摘要

戰後初期，從1945到1949年，短短四年時間，是台灣文學史發展過程中，少見洋溢「左翼思潮」的時光，同時也是「台灣文學」與「民國文學」初相會的時期。本文帶入民國歷史文化語境，指出在民國機制下「登台」的左翼文學，是戰後首波「橫的移植」，為台灣注入富於五四與魯迅經驗的「三民主義現實主義」以及「新現實主義」思潮；同時也將國統區和解放區的爭議轉嫁來台，因此《台灣新生報》「橋」副刊上的「新現實主義文學論爭」，實質上正是民國機制的問題，另闢台灣戰地的討論。同時，「台灣文學」自身也有對日治時期文學發展的「縱的繼承」，因而與民國文學呈現出的左翼／異關懷，已有「階級與省籍」、「理論與實務」的分化。戰後初期台灣文學與民國文學交鋒的結果，實是二者各行其道，無論是合縱抑或連橫，皆不可得。不過，「民國視野」至少為既有的台灣文學研究，帶來了三項新的可能：一是重新看待「「橋」副刊論爭」的方法；二是關於省籍的問題，並非「本省／外省」的「人」的問題，而是更大的「台灣／民國」的「機制」碰撞結果；三是關於「中國」，因此有「民國／共和國」的區隔，以及深化討論的可能。

關鍵詞：戰後初期、台灣文學、民國文學、現實主義、橫的移植

一、解題與難題：「民國文學」在中國與台灣

近十數年來，中國學界興起「民國文學」研究熱[1]，強調民國時期的文學環境是「諸種社會力量的綜合」[2]，主要考察 1949 年以前「中華民國」文學機制和「中華人民共和國」文學機制的差異。在相當程度上，「民國文學」概念的提出，實是為解決中國學界的研究疆界問題：以「民國文學」和「共和國文學」，對既有的「中國現代文學」和「中國當代文學」設定，分別重新命名[3]。「民國視野」作為新「方法論」的提出，讓向來獨尊左翼的「延安魂」得以重新正視「大後方文學」，重新看待那兼容國統區與解放區之分的「中國抗戰文學」[4]；換句話說，「民國文學」研究，是在多年「政治正確」的左翼文藝思潮論述之後，重新將右翼文藝思潮納入討論，因為「右翼文藝思潮的輪廓模糊未清，也必將使得左翼文藝思潮的面目恍惚不明。[5]」右翼文藝思潮不再被否定，重新被納入論述行列，交互參照如何在不同政治制度、文學環境中，相生相成。這是「民國文學」在中國的解題與收穫。

不過，「民國文學」在台灣，顯然先是一道「難題」。民國文學與台灣文學，既生瑜何生亮？國家主體的曖昧不明，延伸到文學場域。在「台灣文學」已然體制化多年之後，與從共和國新生的「民國文學」應該是怎樣的關係？又，「民國文學」視野可以如何豐富既有的台灣文學研究？如果依照「民國文學」在中國學界的既有定義，時間範疇為 1912-1949 年間，那麼在 1945 年後才進入民國時期的台灣，可以談論「民國文學」的時間，

1　李怡、羅維斯、李俊杰編：《民國文學討論集》（北京：中國社會科學出版社，2014）。

2　〈編者按〉，毛迅、李怡主編：《現代中國文化與文學‧第 9 輯》（成都：巴蜀書社，2011），頁 5。原出自李怡：〈民國機制：中國現代文學的一種闡釋框架〉，《廣東社會科學》2010 年 6 期。

3　張福貴：〈中國現代文學的命名與文學史觀的哲學反思〉，《國文天地》第 28 卷第 5 期「民國機制與民國文學史」專輯（2012 年 10 月），頁 40、41。

4　李怡：〈「民國文學史」框架與「大後方文學」〉，《重慶師範大學學報》2009 年第 1 期，頁 17-19。

5　姜飛：〈文藝與政治的合縱連横——關於抗戰時期「文藝政策」的論戰及其他〉，毛迅、李怡主編：《現代中國文化與文學‧第 9 輯》（成都：巴蜀書社，2011），頁 18。

就僅有「戰後初期」的短短四年。台灣文學研究之所以將這四年特別以「戰後初期」名之，正是一個區隔，因為 1945-1949 年是一段無論在政治環境與文化氛圍上都相當特殊的時期，前「帝國的殖民主義」者日本人離去、後「定居的殖民主義」（settlement colonialism）者「中華民國」尚未遷台。〈重慶之民，自由之國〉一文[6]，曾指出 1949 年後「中華民國在台灣」對於「民國文學機制的承繼與演繹」狀況：相對於「延安精神」是「共產中國」的重要組成；「重慶經驗」是「自由中國」文體體制的建立基礎。也就是 1949 年後，「台灣民國化」的過程。但這是 1949 年後，台灣文學與民國文學最初的交鋒，其間的衝突火花抑或渾沌曖昧，應該還是要回到戰後初期來看，藉此嘗試為難題，找到解題的可能。

台灣文學的戰後初期，在 1945-1949 這四年，因為中國來台知識分子與「昭和遺民」相交往還之故，陳映真認為彼時「兩岸共處在同一個思想和文化的平台」[7]，是一不分省籍內外的合作關係；但在這樣一片和諧的表面下，也有陳建忠覺察「當時台灣左翼與中國左翼表面合作下，的確存在著微妙的路線差異」，「違和感」實為戰後初期關鍵的「感覺結構」[8]。而觀察形塑其間「違和感」的「感覺結構」，具有「即時性」的期刊報章是為重要的文學場域。職是之故，本文以《台灣文化》、《新生報》為主要觀察對象，析論箇中「『民國』左翼」與「台灣左翼」之殊異。

二、「橫的移植」——民國機制下的左翼文學

眾所周知，「橫的移植」一詞，最早來自 1950 年代現代詩社的六大信條之一「我們認為新詩乃橫的移植，而非縱的繼承。[9]」現代派否定縱的繼承中國古典文學思維，「橫的移植」自然指向的是取經西方詩藝。其後，

---

6 張俐璇：〈重慶之民，自由之國：「後 1949」台灣小說中「民國文學機制」的承繼與演繹〉，《中國現代文學》第 26 期（2014 年 12 月），頁 89-106。

7 陳映真：〈代序——橫地剛先生「新興木刻藝術在台灣：1945～1950」讀後〉，橫地剛，陸平舟譯：〈回歸與交流 I〉，《南天之虹：把二二八事件刻在版畫上的人》（台北：人間，2002），頁 1。

8 陳建忠：〈行動主義、左翼美學與台灣性：戰後初期楊逵的文學論述〉，《被詛咒的文學：戰後初期（1945-1949）台灣文學論集》（台北：五南，2007），頁 134-135。

9 紀弦：〈現代派信條釋義〉，《現代詩》13 期（1956 年 2 月）。

走過「西風東漸」大行其道的 60 年代現代主義風潮，以迄 70 年代的鄉土文學論戰，在土與洋的角力裡，「橫」的一面，始終指向以美國為核心的「西方」。不過，這始終是在中國民族主義史觀下的思考脈絡。如果以台灣為主體，打開「民國視野」，可以追溯「橫的移植」的時間就提前至 1945 年了，而其內容也勢必將重新定義。換句話說，本文認為，1945 年後來到台灣的「民國文學」，是「橫的移植」最早的開始，以下就以戰後初期最為勃興，也最為寫作者津津樂道的寫／現實主義思潮為例。

（一）五四與魯迅：「三民主義現實主義」與「新現實主義」

戰後初期登台的「民國文學」，以中國三十年代的作家作品、上海蘇俄新聞處、生活書店等編印的書籍，最受到矚目[10]；其中，民國時期「三民主義現實主義」思潮的匯入，可以許壽裳為代表。1946 年，當時任職於國府考試院考選委員會的許壽裳（1883-1948），應台灣省行政長官公署長官陳儀（1883-1950）之邀[11]，來臺出任台灣省編譯館館長，陳儀委託事項主要有三：心理改造、語言文字的改造，以及三民主義的宣傳[12]。陳儀政府一開始就提出「建設三民主義模範省」的口號，試圖將台灣打造成其他各省效法的對象，最終目標是建設一個現代化的強大的祖國[13]。所以，如果用一句話來總括許壽裳的來臺待辦事項，那麼就是對於台灣文化的重建。語言文字方面，1947 年台灣省編譯館隨即編印《怎樣學習國語和國文》，有鑒於台灣的「日本式漢文」現象，書中還特別並列中國文法和日本文法的表現差異。而台胞的心理改造方面，台灣省行政長官公署祭出「新五四運動」作為文化重建政策。「五四運動」在這裡所代表的意義，不只是民主與科學的運動，更重要的是「發揚民族主義」[14]；換言之，對民國

---

10 〈為台灣文學找尋坐標——宋澤萊訪葉石濤一夕談〉，《小說筆記》（台北：前衛，1983），頁 187。

11 許壽裳與魯迅、陳儀，同是浙江官費留學的同鄉，最初在日本弘文學院普通科修習日語。

12 陳儀致許壽裳私函，1946 年 5 月 13 日。黃英哲，〈導讀：許壽裳與台灣（1946-1948）〉，黃英哲編，《許壽裳台灣時代文集》（台北：台大出版中心，2010），頁 9。

13 鍾肇政，〈台灣文學十講之三——一個台灣作家的成長（下）〉，《鍾肇政全集 30 演講集》（桃園：桃縣文化局，2002），頁 52、53。

14 許壽裳，〈台灣需要一個新的五四運動〉，黃英哲編，《許壽裳台灣時代文集》（台北：台大出版中心，2010），頁 238。原刊《新生報》，1947 年 5 月 4 日。

知識分子而言，「五四文化」是「中國化」台灣的工具[15]，尤其是經過半世紀日本殖民統治的台灣，所亟需的中國民族主義共同體意識。而在三民主義的宣傳方面，則是許壽裳自身也充滿期待的：

> 本黨施行三民主義也有二十年的時間，試問今天三民主義做到怎樣的程度？也許大家都感到很慚愧！尤其是民生主義，現在「民不聊生」，我們是三民主義的信徒，要著重民生主義的實現。台灣農業發達，教育普及，工作也有基礎，民生主義容易實現。[16]

許壽裳認為台灣省擁有「真正實行三民主義的基礎」，尤其是在中國推行見絀的民生主義，因為「日人時代企業是公營的，土地是公有的，所以對於民生主義『節制資本』和『平均地權』兩個原則，實施起來格外方便，沒有封建勢力的障礙。[17]」從許壽裳的「洞見」，也得以「預見」何以 1950 年代台灣「土地改革」之所以順遂的理由。

在台灣省編譯館的公職之外，許壽裳同時加入亦高呼「三民主義文化萬歲[18]」的「台灣文化協進會」，協進會成員統合了日治時期台灣左派和右派，以及來台的中國作家[19]，可以說確實「不分」[20]左右、省籍。在台灣文化協進會，許壽裳在協進會的月刊《台灣文化》第 1 卷第 2 號推出「魯迅逝世十週年特輯」；並且由楊雲萍協助編輯出版《魯迅的思想與生活》以魯迅作品為主要媒介（1947），進行他鍾愛的魯迅研究及思想傳播。而

---

15 陳建忠：〈行動主義、左翼美學與台灣性：戰後初期楊逵的文學論述〉，《被詛咒的文學：戰後初期（1945-1949）台灣文學論集》（台北：五南，2007），頁 138。

16 許壽裳：〈台灣文化的過去與未來的展望——9 月 5 日對本團全體學員精神講話〉，黃英哲編，《許壽裳台灣時代文集》（台北：台大出版中心，2010），頁 202。原刊《台灣省地方行政幹部訓練團團刊》2 卷 4 期（1946 年 10 月）。

17 許壽裳：〈新台灣與三民主義的教育〉，黃英哲編：《許壽裳台灣時代文集》（台北：台大出版中心，2010），頁 211。

18 〈台灣文化協進會成立大會宣言〉，《台灣文化》1 卷 1 期，1946 年 9 月，頁 28。

19 包括游彌堅、許乃昌、陳紹馨、林獻堂、林茂生、楊雲萍、蘇新、李萬居等；以及許壽裳、台靜農、袁珂、雷石榆、黃榮燦、黎烈文等來台中國作家。葉石濤：〈一九四五台灣文學「忌」要〉，《葉石濤全集 16‧評論卷 4》（台南：台灣文學館；高雄：高市文化局，2008），頁 355。原刊《自由時報》，1992 年 10 月 23 日。

20 「不分」為台灣左統論者的關鍵詞彙，曾出現於丘延亮述及《台灣文化》的演講，亦見於陳映真的回憶散文。

這其實也是他當初應允陳儀來台赴任的動機之一：台灣是個比較安定的地方，可以實現他完成《魯迅傳》的寫作夙願[21]。

在許壽裳所理解的魯迅思想，「其本質是人道主義，其方法是戰鬭的現實主義[22]」，以及「為勞苦大眾請命的精神[23]」。身為國民黨政務官，許壽裳所詮釋的魯迅思想，截然不同於共產黨所建構的魯迅形象。因為反對國民黨的官僚化，1927 年國民黨清黨、國共分裂後，魯迅就站到國民黨的對立面[24]。1940 年毛澤東〈新民主主義論〉[25]一文對魯迅的公開稱讚，定調魯迅的紅色形象；其後，植基在毛澤東〈大量吸收知識分子〉的觀點上，周恩來「親自參加各界紀念高爾基、魯迅的逝世大會」[26]等動作頻頻，也因此，雖然魯迅晚年與左聯不無齟齬，但身後迅速被收編為共產革命的象徵符碼。戰後初期的台灣文化場域在短短的一年內，從「三民主義熱」到「魯迅熱」，也「與中共在內戰中逐步取得優勢有密切關係」[27]。不過，許壽裳在台灣所「轉譯」的魯迅，是「跳脫了國共內戰的二元對立模式」[28]。許壽裳以「戰鬥的現實主義」和「為勞苦大眾請命」詮釋魯迅思想，這些顯然是社會主義意識形態的語彙；但許壽裳並未對此再多著墨，代之仍以

---

21 許壽裳原先意圖為之作傳的還有蔡元培。黃英哲：〈導讀：許壽裳與台灣（1946-1948）〉，黃英哲編：《許壽裳台灣時代文集》（台北：台大出版中心，2010），頁 10。亦見於許世瑋：〈憶先父許壽裳〉，北京魯迅博物館魯迅研究室編，《魯迅研究資料》卷 14。

22 許壽裳，〈魯迅的人格和思想〉，黃英哲編：《許壽裳台灣時代文集》（台北：台大出版中心，2010），頁 48。

23 許壽裳，〈魯迅的人格和思想〉，黃英哲編：《許壽裳台灣時代文集》（台北：台大出版中心，2010），頁 49。原發表日：1946 年 10 月 29 日。

24 靳叢林編譯，竹內好：〈魯迅入門〉，《從「絕望」開始》（北京：生活‧讀書‧新知三聯書店，2013），頁 39。

25 毛澤東認為新民主主義革命雖然基本上還是資產階級民主主義性質，但卻是社會主義革命的必要準備。新民主主義革命的政治領導是共產黨，指導思想是馬列主義，依靠的階級力量是工農聯盟。

26 北京社會主義學院編：〈第三編　抗日戰爭時期的統一戰線（1937 年 7 月－1945 年 8 月）〉，《中國共產黨統一戰線史（新民主主義革命時期）》（北京：中國文史出版社，1994），頁 360。

27 簡明海：〈第 2 章　戰後五四意識的斷裂與接榫〉，《五四意識在台灣》（台北：政治大學歷史學系博士論文，2009），頁 94。

28 楊傑銘：〈第 7 章　戰後初期中國左翼知識分子的魯迅思想傳播〉，《魯迅思想在台傳播與辯證（1923～1949）：一個精神史的側面》（台中：中興大學台灣文學研究所碩士論文，2009），頁 157。

普世價值「人道主義」作為前提，既非關國民黨，也非關共產黨。換言之，於公於私，許壽裳帶給台灣的，是「三民主義現實主義」的國共意識形態組合。

對於魯迅的批判性「現實主義」進一步發揮的，當屬黃榮燦（1916-1952）。1946 年，黃榮燦先後在《台灣文化》上發表〈新興木刻藝術在中國〉、〈悼魯迅先生——他是中國的第一位新思想家〉；就抗戰八年間的木刻運動、魯迅經驗等，如何面向現實並自我改造，現身說法。1947 年發表〈中國新現實主義的美術〉強調改造現實的「新現實主義」：

> 在這滿目創傷的中國，歷史不允許藝術黑暗年代的野獸派、立體派、未來派在中國存在。歷史卻要新的現實主義在中國茂盛，因為應該非服務現實的理想，去改造現實生活的一切，提高到一個健壯的全體不可。[29]

對於來自民國進步文人的倡議，台灣美術界由於沒有共通的語言，因此沒有進一步的深入討論。關於「新現實主義」的倡議於焉成為「被擱置的爭論」，後來由《新生報》「橋」副刊承繼[30]。

（二）國統區與解放區：「現實主義」爭論在台延長賽

和台灣新文學在日治時期的發展類似的是，在中國新文學開展的初期，現實主義就占有主流地位，「根本上是由時代決定的」，也就是「政治因素」以及「社會心理因素」等「非文學因素」是現實主義發展的契機[31]。「現實主義」這個名稱，實際上是不見於「五四」時期中國文壇的，當時通行的叫法是寫實主義[32]。到了 1924 年，魯迅翻譯廚川白村《苦悶的象

[29] 黃榮燦：〈中國新現實主義的美術〉，《台灣文化》第 2 卷第 3 期（1947 年 3 月）。

[30] 橫地剛，陸平舟譯：〈回歸與交流 I〉，《南天之虹：把二二八事件刻在版畫上的人》（台北：人間，2002），頁 112。

[31] 溫儒敏：〈第 4 章　總體勾勒：特色與得失〉，《新文學現實主義的流變》（北京：北京大學出版社，2007），頁 212。

[32] 張大明等著：〈第 2 編　人的文學的勃興〉，《中國現代文學思潮史》上冊（北京：北京十月文藝出版社，1995），頁 147。相同的說法亦見於王福湘，〈第 1 章　寫實主義的傳播〉，《悲壯的歷程：中國革命現實主義文學思潮史》（廣州：廣東人民出版社，2002），頁 15。

徵》，採用和製漢語的「現實主義」譯法；不過在後續的其他譯作中，魯迅仍是「寫實主義」與「現實主義」間雜使用[33]。1932 年，瞿秋白（1899-1935）依據蘇聯公謨（Communism）學院刊物《文學遺產》上的論文，在《現代》雜誌上編譯評介文章〈馬克思、恩格斯和文學上的現實主義〉，特別加註「現實主義：Realism」，並且進一步將馬恩的現實主義區分為資產階級的與無產階級的兩種[34]。瞿秋白當時是「左翼作家聯盟」[35]的實際負責人，也是將馬列主義現實主義譯介到中國的最得力者[36]；為了和「寫實主義」做區隔，瞿秋白在任何場合都把 realism 譯為「現實主義」，強調箇中的階級對立等社會關係[37]。此後，「具有指導現實發展意味的『現實主義』一詞」開始「涵攝並取代五四時期襲用和製漢語翻譯的『寫實主義』概念」[38]。

和台灣歷史發展不同的是，在革命史觀的影響下，中國新文學以來的文學史書寫以左翼文學為主流，不過何謂「左翼」，箇中標準其實是含混多變的，因為「中國共產黨革命的階段不同，聯合和鬥爭的對象也有所區別，左中右也就有了很大的變數。[39]」回到 1940 年代的民國時期，以國統區和解放區為例，兩地分別發展出兩種現實主義理論體系，一是以胡風（1902-1985）為代表的以「人」為主體、以「人性」為核心；二是以毛澤東、周揚（1908-1989）為代表的以「人民」為主體、從「人民性」或「階級性」出發的現實主義文藝體系[40]。而這並非胡風與周揚第一次在文學路

---

[33] 關於魯迅譯作，詳見吳宇棠：〈第 3 章　蔡元培、陳師曾、魯迅與徐悲鴻：1920 年代到抗戰期間的美術「寫實」觀〉，《台灣美術中的「寫實」（1910-1954）：語境形成與歷史》（台北：天主教輔仁大學比較文學研究所博士論文，2009），頁 142-143。

[34] 王福湘：〈第 5 章　社會主義現實主義的輸入〉，《悲壯的歷程：中國革命現實主義文學思潮史》（廣州：廣東人民出版社，2002），頁 130-131。

[35] 「左翼作家聯盟」是創造社、太陽社等作家，及魯迅、茅盾、丁玲、郁達夫等在 1930 年成立的聯合組織，目標是建立無產階級的文藝。

[36] 李牧：〈關於「新現實主義」的問題：試論「現實主義」在我國發展的概況〉，《中央月刊》15:3（1983 年 1 月），頁 139。

[37] 艾曉明：〈第 4 章　20 世紀 20-30 年代中國馬克思主義文學批評：概觀與比較〉，《中國左翼文學思潮探源》（北京：北京大學出版社，2007），頁 159。

[38] 吳宇棠：〈第 5 章　戰後初期台灣美術與「新現實主義」〉，《台灣美術中的「寫實」（1910-1954）：語境形成與歷史》（台北：天主教輔仁大學比較文學研究所博士論文，2009），頁 246。

[39] 李怡等著：〈第 1 編第 3 章　民國憲政和法制下的左翼文學與右翼文學〉，《民國政治經濟形態與文學》（廣州：花城出版社，2014），頁 43。

[40] 陳順馨：〈第 4 章　1938～1952：戰爭的現實和人民群眾文化與社會主義現實主義

線上的歧義，1930 年代中期，左派文壇「國防文學論爭」中的兩大派別，就分別是胡風、魯迅為代表的「民族革命戰爭的大眾文學」派，以及周揚為代表的「國防文學」派。這其間可以看見左翼文學路線在辯論中的不斷調整與變化，已經不同於 1930 年代初期魯迅或瞿秋白對「民族主義文學」的攻擊，甚至將國民黨的「中國本位文化建設」納入視野，呼籲在「民族革命戰爭中創造革命性的民族文學」[41]，以此和國民黨爭奪領導權。

1945 年後，抗擊日本帝國主義侵略的民族革命戰爭終結，解放區進入「由新民主主義文學向社會主義文學轉變」[42]的階段，依照毛澤東的看法，五四以後的新民主主義文化，基本上還是資產階級民主主義性質的，因此要朝向無產階級的社會主義努力[43]。在此脈絡下，社會主義現實主義強調的是「人民性」問題，相對的，胡風所繼承的為「人生」的五四現實主義，是為「舊的現實主義」。周揚在 1946 年編著的《馬克思主義與文藝》一書，對於「現實主義」的定義有相當的影響，例如他：

> 批評「人的自覺」與「人的文學」等口號在認識上是唯心的和孤立的問題，相對的，胡風所布局（即忽略這些精神的社會物質基礎）和孤立的（即從群眾的實際鬥爭脫離開）。因此，「人的自覺」、「人的文學」等舊口號也將全部被「人民的自覺」、「人民的文學」等新口號所代替。[44]

本土化和系統化的關係〉，《社會主義現實主義理論在中國的接受與轉換》（合肥：安徽教育出版社，2000），頁 188-189。關於人性與階級性的論爭，實則可再溯及 1928 年《新月》創刊號〈新月的態度〉一文所引發的胡適和魯迅的辯難。

[41] 阪口直樹，宋宜靜譯：〈第 6 章　徐懋庸在「國防文學論爭」初期之定位〉，《十五年戰爭期的中國文學》（台北：稻鄉，2001），頁 145、166。阪口直樹更進一步析論，「國防文學」派並非以周揚的想法一以貫之；徐懋庸等論客在辯論期間扮演相當角色。

[42] 艾曉明：〈第 7 章　中外兩種社會主義現實主義理論辨析：以胡風和盧卡契為代表〉，《中國左翼文學思潮探源》（北京：北京大學出版社，2007），頁 332。

[43] 因為社會主義以無產階級的工農兵為主角，因此不難理解，何以 1949 年後的新中國，立刻出現「可以不可以寫小資產階級」的討論（上海《文匯報》8 月號）。張德祥：〈第 1 章　工農兵方向與「簡單化」貫徹〉，《現實主義當代流變史》（北京：社會科學文獻出版社，1997），頁 1。

[44] 陳順馨：〈第 4 章　1938～1952：戰爭的現實和人民群眾文化與社會主義現實主義本土化和系統化的關係〉，《社會主義現實主義理論在中國的接受與轉換》（合肥：

在周揚的定義下，除了魯迅以外，五四的現實主義傳統已然過時，新的社會主義現實主義強調的「人民性」更符合時代需求。繼承五四現實主義「為人生」傳統的胡風，因為倡議主觀戰鬥精神和作家的能動性，在沒有「與時俱進」的情況下，於 1946-1948 年間，被批判為主觀主義唯心論者和個人主義者[45]。

1948 年，《台灣新生報》「橋」副刊上有一場「新現實主義文學論爭」[46]，論爭最初由阿瑞〈台灣文學需要一個「狂飆運動」〉開始，揚風以〈「文章下鄉」談展開台灣的新文學運動〉一文，表明「狂飆運動」尋求的是個性解放，是開個人主義之倒車；代之應為「文章下鄉」，走入群眾。相反地，雷石榆在〈台灣新文學創作方法問題〉中肯定「狂飆運動」倡議，並提出「新寫實主義」作為創作方法。雷石榆對「新寫實主義」的定義是「自然主義的客觀認識面與浪漫主義的個性，感情的積極面之綜合和提高。[47]」雷石榆這段拗口的論述，白話來說，就是胡風「主觀精神和客觀真理的結合」[48]，但結果相似的，雷石榆和胡風都被視為是另一種形式的「主觀主義」；揚風認為「不必向五．四看齊」、新寫實主義不該是雷石榆所說的浪漫主義個性，代之應是群眾性、階級性[49]。可以發現，揚風從使用的語彙抑或論述的觀點，皆與解放區的周揚十分相似；可以說，雷石榆和揚風在戰後初期台灣的這場爭辯，實際上正是國統區與解放區／胡風與周揚在如是「現實主義」歧義的延長。換言之，在「民國機制」中孕育的、沒有解決的問題，來到台灣另闢戰地。

安徽教育出版社，2000），頁 220。

45 主要還是在於胡風沒有進入毛澤東〈在延安文藝座談會上的講話〉（1942）系統，受到邵荃麟、何其芳等左翼理論批評家的批判。陳順馨：〈第 4 章　1938～1952：戰爭的現實和人民群眾文化與社會主義現實主義本土化和系統化的關係〉，《社會主義現實主義理論在中國的接受與轉換》（合肥：安徽教育出版社，2000），頁 195、216。

46 論爭過程中，「新現實主義」與「新寫實主義」交替出現；依據本文的操作定義，因為涉及左翼的社會關係概念，故此處做「新現實主義」。

47 雷石榆：〈台灣新文學創作方法問題〉，陳映真、曾健民編，《1947-1949 台灣文學問題論議集》（台北：人間，1999），頁 124。

48 陳順馨：〈第 4 章　1938～1952：戰爭的現實和人民群眾文化與社會主義現實主義本土化和系統化的關係〉，《社會主義現實主義理論在中國的接受與轉換》（合肥：安徽教育出版社，2000），頁 194。源自胡風〈現實主義在今天〉（1943）。

49 揚風：〈五四文藝寫作——不必向「五．四」看齊〉、〈新寫實主義的真義〉。

三、「縱的繼承」——台灣文學的左翼／異書寫

（一）省籍與階級

戰後初期，無論是台灣文化界人士來自日本殖民時代的現實意識，抑或是官方的三民主義民生主義，到進步左翼來台知識分子的現實主義，對於「現實主義」的強調，顯然成為最大公約數；但是很快地，「不分」的合作建設關係下，已然出現階級與族群的分化聲音。

1946 年，簡國賢原作的獨幕悲劇《壁》，由宋非我的聖烽演劇研究會在台北中山堂發表演出，《壁》說的是富人與窮人「一壁之隔」的兩樣生活，得天獨厚的人生活在極樂世界；被踐踏的人猶如在地獄世界。戲劇《壁》在當時甚獲好評，吳濁流認為係因「眾多客觀條件所獲致的」[50]，一如當時貪官汙吏與失業民眾的眾生相。邱媽寅在觀戲後，藉由劇中台詞「毀了那一堵牆壁」，指出正是「現時台灣革新封建桎梏」的方向[51]。但是黃震乾則直指問題核心不在階級，而是省籍關係，換言之，當時台灣社會問題不在貧富懸殊的「壁」，代之是「本省人與外省人之間的『心壁』」；並且「在每一部門都落後的本國，除去古文化和國學之外，帶什麼來都不能滿足省民的希望。[52]」「省民」從殖民社會結構，期待進入民主社會體制，但是隨著「光復」接收而來的是「一種羼雜著北方軍閥統制形態的封建式措施的強壓」[53]。一齣《壁》的劇評，帶出了「階級與省籍」兩種現實問題的解讀；而在小說方面，書寫表現上，亦如是。

1945 年，楊逵的日文小說集《鵝媽媽出嫁》以及吳濁流的日文長篇小說《胡太明》（亞細亞的孤兒）出版；戰後初期的這些台灣日文小說「充

---

[50] 不過吳濁流認為《壁》最後讓窮人自殺死亡的結局，是一種逃避現實、絕望的人生觀。葉石濤譯，吳濁流：〈某一種逃避現實——關於聖烽演劇的發表會〉，《文學界》第 9 集（1984 年 2 月），頁 110。原刊《中華日報》日文版文藝欄，1946 年 6 月 22 日。

[51] 葉石濤譯，邱媽寅：〈壁〉，《文學界》第 9 集（1984 年 2 月），頁 113。原刊《中華日報》日文版文藝欄，1946 年 6 月 13 日。

[52] 葉石濤譯，黃震乾：〈關於「壁」〉，《文學界》第 9 集（1984 年 2 月），頁 115、117。原刊《中華日報》日文版文藝欄，1946 年 6 月 27 日。

[53] 葉石濤：〈流淚撒種的，必歡呼收割——光復初期的台灣日文文學〉，《文學界》第 9 集（1984 年 2 月），頁 8-9。

分表現了日據時代新文學運動的傳統精神，以寫實的技巧，反映了台灣民眾生活的真實，同時剖析了社會和時代的光明層面和黑暗層面[54]」。日文寫作方面，大抵是對於過去的殖民時代的勾勒與呈現，彰顯的是受殖者台灣與殖民者日本之間的權力關係；而在中文小說部分，則可看見「新時代」的主題：省籍內外。以省籍內外知識分子合作的《台灣文化》為例，張冬芳〈阿猜女〉和呂赫若〈冬夜〉都先後觸及如是的族群議題。

〈阿猜女〉的主要軸線是關於猜女的故事，猜女來自經濟無虞的小地主家庭，高女畢業後返鄉擔任國民學校教員；猜女原有一戀人是留日的高校生，但因為戰爭被強徵為「學徒兵」，車禍死於兵營。小說藉由同事清子的視角，旁觀敘述猜女後來「閃婚」外省軍官。詩人張冬芳處理小說，略顯力有未逮。小說的前半看似以清子為主要敘事觀點，但到了後半，仍是藉由清子與猜女的對話，由猜女道出自身心境與際遇：

> 猜女拿起手帕來，拭一拭眼淚而慢慢地說起來。
> 「光復當初，我們大家如何興奮著，如何歡喜的，每天都教學生們唱國歌，而大家又爭先恐後地來學習國語，大家又用那麼熱烈的口吻異口同音地說，我們的國軍怎麼不快來，趕快把這些日本兵遣送回去，這些榨取我們五十年的血肉的侵略者，那裡還使他們在此逍遙自在的。」[55]

不一致的敘事觀點並不影響小說意欲表達的主題：台灣如何對國軍充滿期待到幻滅的過程。猜女告訴同事清子，之所以閃婚，是因為失身於駐防小鎮的伍上尉在先，雖然婚姻初期也有甜蜜，「我也想不到隔絕了五十年的同胞，感情還能這樣的融洽了。」[56]但很快地，丈夫的外省妻子帶著孩子找來台灣了；原來伍上尉在抗戰前早已結婚，被欺騙的猜女只好黯然返鄉。

---

[54] 葉石濤：〈流淚撒種的，必歡呼收割——光復初期的台灣日文文學〉，《文學界》第 9 集（1984 年 2 月），頁 9。

[55] 張冬芳：〈阿猜女〉，台灣文化協進會，《台灣文化》第 2 卷第 1 期，1947 年 1 月 1 日，頁 27。

[56] 張冬芳：〈阿猜女〉，台灣文化協進會，《台灣文化》第 2 卷第 1 期，1947 年 1 月 1 日，頁 29。

類似的情節亦發生在呂赫若的最後一篇小說〈冬夜〉；不同的是，呂赫若的關懷兼及了族群與階級雙重弱勢的女性，在書寫策略上，對於敘事觀點也有一致的掌握能力。住在淡水河邊的楊彩鳳，因為「生活費高，一斤米超過二十圓，自己在酒館裡賺的錢來維持一家五口人的生活是不夠的」，所以二十二歲的彩鳳，模樣卻「因受盡了生活煎熬而顯得憔悴[57]」。經濟問題之外，十八歲時候的第一任丈夫林木火因為「志願兵」派遣菲律賓，一去無音訊；因此後來在酒館結識了第二任丈夫郭欽明：

> 聽了同事說他是個 xx 公司的大財子，浙江人，年紀差不多二十六七歲。他來館的時候，都穿著一脫很漂亮的西裝，帶著一個笑臉，很愛嬌地講著一口似乎來台以後才學習的本地話，使女招待們圍繞著他笑嬉嬉地呈出一場熱鬧。[58]

郭欽明出現的姿態光鮮，貌似和善；和楊彩鳳的婚姻關係，就猶如中國與台灣的隱喻——對於曾受日本帝國主義統治的台灣，自許為解救者的身分：

> 「你這麼可憐！你的丈夫是被日本帝國主義殺死的，而你也是受過了日本帝國主義的殘摧。可是你放心，我並不是日本帝國主義，不會害你，相反地我更加愛著你，要救了被日本帝國主義殘摧的人，這是我的任務。我愛著被日本帝國蹂躪過的台胞，救了台胞，我是為台灣服務的。」[59]

但私下的郭欽明，卻是個騙財騙色又身染梅毒的暴力分子，後來淪為娼妓的彩鳳「她想到了至今所有關係的一切，想到了光復以來的這些離了不久的過去，都像數年來的陳跡。[60]」如此這般「光復以來」的遭遇，以

[57] 呂赫若：〈冬夜〉，台灣文化協進會，《台灣文化》第 2 卷第 2 期，1947 年 2 月 5 日，頁 25。

[58] 呂赫若：〈冬夜〉，台灣文化協進會，《台灣文化》第 2 卷第 2 期，1947 年 2 月 5 日，頁 26。

[59] 呂赫若：〈冬夜〉，台灣文化協進會，《台灣文化》第 2 卷第 2 期，1947 年 2 月 5 日，頁 28。

[60] 呂赫若：〈冬夜〉，台灣文化協進會，《台灣文化》第 2 卷第 2 期，1947 年 2 月 5 日，頁 29。

及故事最後不明的街頭槍戰，小說的最後，是彩鳳在冬夜裡，無盡頭的狂奔。呂赫若「是個澈底的冷靜的觀察者」，「在小說裡從來沒有流露出脫離現實的浪漫情緒的浮動或者某種自傳意味」[61]，稍早發表的小說〈月光光：光復以前〉，陳述皇民化運動下，台灣人在日本「國語家庭」政策下的分化與歧異[62]；但很快地，在〈冬夜〉，呂赫若揭示戰後的歧異來自於省籍的矛盾，小說刊出的該月底，二二八事件爆發，彩鳳的狂奔，或許是呂赫若奔向革命的預示[63]。

二二八事件之後，《台灣文化》短暫停刊四個月，稍後的小說創作出現麥芳嫺的〈磁〉。相較於〈阿猜女〉與〈冬夜〉以兩任愛人寓寫省籍關係；〈磁〉則以磁鐵的左右兩極比喻一對姐妹，象徵著青年知識分子在左、右意識形態的心理拉鋸戰。小說的主人翁冷弟先後愛戀淑德、淑華姊妹，兩姊妹個性迥異，譬如在雙親過世後：

> 淑華寄養在外祖父家；淑德卻不願意成為寄人籬下的食者，孤伶的在各方奔波。
>
> 她們像磁針上的兩個尖端，永遠朝著不相同的方向，任何力量不能把這「磁」力匯合在一起。[64]

尤淑德病逝後，冷弟依照淑德遺書心願，擔負起照顧淑華的責任；不過淑華「愛虛浮，繁華」，反倒和冷弟的二哥一拍即合。二哥雖然已婚，但是「他永遠不能滿足，他把女人當做產物；正像他所有的金錢一樣，他諷刺了每一個沒有結婚的年輕人。[65]」這個年輕人恰如冷弟自身，小說以

---

[61] 葉石濤：〈清秋——偽裝的皇民化謳歌〉，《小說筆記》（台北：前衛，1983），頁 86。葉石濤認為呂赫若是徹頭徹尾的社會寫實主義作家，小說的文體是冷靜的說話體（narrative）的體裁，類似張文環，但又更趨冷酷嚴苛，也因此〈清秋〉的反體制（南進政策）內容，能通過總督府保安課的戰時檢閱；但同時，我們要透過呂赫若的小說去探索作家身世、寫作動機、生活境遇等，也成為不可能的事。

[62] 呂赫若：〈月光光：光復以前〉，《新新》第 7 號，1946 年 10 月 17 日，頁 16-17。傳文文化事業複刻出版，1995。

[63] 陳萬益：〈蕭條異代不同時——從〈清秋〉到〈冬夜〉〉，陳映真等著：《呂赫若作品研究——台灣第一才子》（台北：聯合文學，1997），頁 19。

[64] 麥芳嫺：〈磁（中）〉，台灣文化協進會，《台灣文化》第 3 卷第 1 期，1948 年 1 月 1 日，頁 29。

[65] 麥芳嫺：〈磁（中）〉，台灣文化協進會，《台灣文化》第 3 卷第 1 期，1948 年 1 月 1 日，頁 29。

第一人稱自陳「我為一種苦痛所惱恨，夜賣者的失眠，二哥的享樂，還有……許多瑣什的事旋動在腦際，使我的眼睛睜得更大。[66]」十分彷徨無措失眠的冷弟，展讀淑德日記：

> 我更沒有遺忘：
>
> 那一個嚴冬的深夜，被解雇的工人燒毀棉紗工廠的事。
>
> 紡織工業是中國民族工業的代表，應當培育它才是，但在大老闆的操縱下，它是變成了剝削工人的器具。
>
> 飢餓的力量，終於使群眾怒吼了！[67]

一番掙扎之後的「我」，決定返鄉做點什麼，於是將叔華託付給二哥，「也許我不再到這美麗的寶島」[68]。「寶島」終歸是「他鄉」，未竟的左翼志業，必須返回中國／民國，方有可能。

麥芳嫺〈磁〉中，冷弟的徘徊猶疑，以及尤淑德的理想左翼形象，依稀令人看見後來陳映真〈我的弟弟康雄〉和〈山路〉中的蔡千惠的身影：台灣現實沒有省籍族群的問題，只有在民族主義、資本主義以及社會主義的大纛下的拉鋸。不過和陳映真小說不同的是，如果帶入民國歷史文化語境，從戲劇《壁》到小說〈磁〉，戰後初期文本彰顯的，與其說是外省作家與本省作家，因為省籍差異而有關懷上的殊異，不如說是「民國機制與台灣機制」的碰撞，會是更準確的定位。換句話說，我認為，「民國文學」的概念，讓「台灣文學」的研究，可以更加清晰，例如一直以來難解的省籍問題，實是兩種機制碰撞的結果。

麥芳嫺的〈磁〉脫稿於 1947 年 2 月，其間歷經二二八事件的發生，於 1948 年 2 月連載完畢；1948 年 5 月的《台灣文化》是「悼念許壽裳先生專號」；此後諸如 1946 年 12 月「美術座談會」、「音樂座談會」等關於「台灣現實／時」的討論，再不復見，《台灣文化》的編輯亦趨往地方誌、史料考察的方向前去，成為日後中華民國「《山海經》式的」理解台灣的前哨。

---

[66] 麥芳嫺：〈磁（下）〉，台灣文化協進會，《台灣文化》第 3 卷第 2 期，1948 年 2 月 1 日，頁 24。

[67] 麥芳嫺：〈磁（下）〉，台灣文化協進會，《台灣文化》第 3 卷第 2 期，1948 年 1 月 1 日，頁 23。

[68] 麥芳嫺：〈磁（下）〉，台灣文化協進會，《台灣文化》第 3 卷第 2 期，1948 年 2 月 1 日，頁 24。

（二）理論與實務

1945 年鍾理和還在北平之際，在報紙上屢屢見到「國人對淪陷區光復後的文化與教育的關心與擔憂」，當時他便在日記中寫下「國人對台灣的山海經式的認識與關心」[69]。在日記中，鍾理和並未對這句話再多做闡述。一般我們將《山海經》定位在「中國最早的人文地理誌」[70]，顯影其中的是神話傳說、靈禽異獸、奇山異水、珍稀草木。這種對於台灣「山海經式的認識」大抵成為一則預言。以 1948 年前後的「台灣文學問題論議」或曰「第二次鄉土文學論爭」[71]來說，便是一場「非關台灣」的「文學理論問題」爭議，「台灣」看似在場，實則是缺席的存在。因為雖然在「橋」副刊上的討論，強調「瞭解、生根、合作」[72]，但參與發話的，除楊逵、葉石濤等作家外，主要是戰後初期抵台的文藝工作者，台灣文學處於一個「被發現」的狀態並接受建設方向的「指導」[73]。以錢歌川對於台灣文學運動的看法來說，他認為「現在台灣的文藝作家，應該把寫作的範圍縮小到自己的鄉土，把發表的範圍擴大到全國去。他應該把這種新鮮的內容，拿去給祖國的文壇放一異彩……[74]」。作為中國左翼知識分子，錢歌川建議台灣作家書寫本省故事，並提倡鄉土藝術與地方色彩，資以「介紹台灣給國人」。錢歌川論述，看似尊重台灣鄉土，然如是「充實祖國文壇」的觀點，實則相當類似於島田謹二與西川滿，意圖書寫「外地台灣」藉以充

---

[69] 鍾理和：〈民國 34 年（1945）記於北平〉，10 月 2、3 日，鍾怡彥主編：《新版鍾理和全集 6・鍾理和日記》（高雄：春暉，2009），頁 18。

[70] 李豐楙：〈第 1 章　前言〉，《山海經——神話的故鄉》（台北：時報文化，2012），頁 3。

[71] 主要指稱《台灣新生報》「橋」副刊（1947 年 8 月至 1949 年 3 月，共 223 期）上的一系列文章，亦零星見於《中華日報》「海風」副刊。論爭以歐陽明的文章〈台灣新文學的建設〉為開端；結束在 1949 年楊逵因〈和平宣言〉的入獄、駱駝英（羅鐵鷹）的東渡以及白色恐怖的到來。

[72] 蕭荻：〈瞭解、生根、合作——彰化文藝會報告之一〉，《新生報》「橋」副刊，1948 年 6 月 2 日。

[73] 諸如歐陽明〈台灣新文學的建設〉、胡紹鍾〈建設新台灣文學之路〉等文。陳映真、曾健民編：《1947-1949 台灣文學問題論議集》（台北：人間，1999）。

[74] 錢歌川：〈如何促進台灣的文學運動〉，陳映真、曾健民編：《1947-1949 台灣文學問題論議集》（台北：人間，1999），頁 261。原刊《中華日報》海風副刊，1948 年 5 月 13 日。

實日本文壇的脈絡[75]。換句話說，所謂的來台中國進步左翼作家，他們對於台灣問題的關切，「雖具有基於左派的階級意識而主張的民主自由思想寓焉，但也是另一種（左的）中國民族主義的文化論述。[76]」以葉石濤〈復讎〉來說，故事主述漢人移民在荷蘭虐政下的遭遇，受辱的農民後來起身反抗荷蘭人收稅官，小說相當批判性地註解了 1652 年之所以會有郭懷一抗荷事件的發生原由。1948 年刊載〈復讎〉的《中華日報》海風副刊，特別強調小說中的農夫「是一個充滿民族意識的熱血的愛國的青年」，因此「我們珍重這篇鄉土文學特色的作品」[77]。台灣歷史遭遇的特殊性，立即被以「鄉土特色」納編入民族主義。

「台灣文學」一詞，在與日本文學對立的同時，「建設台灣新文學」論題，隱含著和中國文學分離的「語病」；因此，時任台大文學院長的錢歌川，其〈如何促進台灣的文學運動〉一文，引發諸多回應，楊逵〈「台灣文學」問答〉是為其一。楊逵認為「台灣文學」一詞確有其必要，「是因為台灣有其特殊性的緣故」，因此：

> 對台灣的文學運動以至廣泛的文化運動想貢獻一點的人，他必須深刻的瞭解台灣的歷史，台灣人的生活、習慣、感情，而與台灣民眾站在一起，這就是需要「台灣文學」這個名字的理由，去年 11 月號的「文藝春秋」曾有邊疆文學特輯，其中一篇以台灣為背景的「沉醉」是「台灣文學」的一篇好樣本。[78]

〈沉醉〉是歐坦生在 1947 年底發表於上海《文藝春秋》的短篇小說，敘述下女阿錦如何受騙於外省公務員，自我「沉醉」於美麗謊言的生活。因為和呂赫若〈冬夜〉的故事相仿，皆聚焦在台灣女性的戰後際遇[79]，加

---

[75] 張俐璇：《建構與流變：「寫實主義」與台灣小說生產》（台北：秀威資訊科技，2016），第 2 章第 3 節「決戰時期的文體與國體——日本思想史的嫁接」。

[76] 陳建忠：〈行動主義、左翼美學與台灣性：戰後初期楊逵的文學論述〉，《被詛咒的文學：戰後初期（1945-1949）台灣文學論集》（台北：五南，2007），頁 137。

[77] 「海風」編者按。葉石濤：〈復讎〉，彭瑞金編：《河畔的悲劇：葉石濤小說選集》（高雄：春暉，2013），頁 8-9。原刊《中華日報》海風副刊，1948 年 6 月 25 日。

[78] 楊逵：〈「台灣文學」問答〉，陳映真、曾健民編：《1947-1949 台灣文學問題論議集》（台北：人間，1999），頁 164。原刊《新生報》「橋」副刊，1948 年 6 月 25 日。底線為筆者所加。

[79] 不同的是，呂赫若〈冬夜〉中的彩鳳，具有相當的「典型性」，藉由被騙女子寫出貧

上小說語言間雜著日本語及台灣話，因此曾有歐坦生是台灣作家藍明谷的推論[80]；而在證實歐坦生為外省作家丁樹南以後，上述加註底線的楊逵論述，成為左翼中國民族主義論者援引的心頭好：既是「台灣文學與祖國大陸文學同構化」的證明；亦可說是具有「超越二・二八陰影，促進民族理解與團結」的作用[81]。

不過，如果比較前述麥芳嫻的〈磁〉，同為外省作家的書寫，但小說內容是非關台灣現實的個人心理打轉，也就不難理解何以楊逵認為歐坦生的〈沉醉〉是為「台灣文學」的好樣本。針對〈沉醉〉和翌年的〈鵝仔〉，這兩篇歐坦生最具「台灣味」的小說，左翼中國民族主義論者一再指出「『階級矛盾』是當時社會的最主要矛盾，『省籍矛盾』是次要的、派生的。[82]」彷彿只要集結在共通的左翼大纛下，民族團結的想像就得以實現。這種階級與省籍共存的矛盾，是台灣共產黨所留意的，戰後初期曾經與葉石濤有書籍交流往來的老台共辛阿才，是台南支部書記，在解釋中共的理論之餘，不忘提醒「台灣歷史的特殊遭遇，與中共理論間的某些差距。[83]」

戰後初期確實是現實主義的時代，但促成左翼時代氛圍的力量，其實相當複雜。以歐坦生發表〈沉醉〉與〈鵝仔〉的《文藝春秋》雜誌來說：

> 創辦於上海、延續時間長、擁有廣泛讀者的《文藝春秋》，可說是「國統區文學」的一個縮影。雖然《文藝春秋》的老闆是資本家，

困不安的社會結構；而歐坦生〈沉醉〉中的阿錦，篇幅偏重在女子的痴情心理描繪，幾乎成為「痴心女子負心漢」的故事。呂正惠：〈發現歐坦生——戰後初期台灣文學的一個側面〉，歐坦生：《鵝仔：歐坦生作品集》（台北：人間，2000），頁 227-288。

[80] 藍明谷（1919-1951），本名藍益遠。1919 年生於岡山，台南師範學校畢業。1942 年赴中國北京就讀東亞經濟學院，開始從事創作，結識鍾理和。1946 年返台，1947 年任職基隆中學國文教師，1949 年因「基隆中學光明報案」流亡。曾健民：〈撥開歷史的迷霧——記探尋作家歐坦生的經過和感想〉，歐坦生，《鵝仔：歐坦生作品集》（台北：人間，2000），頁 256。

[81] 朱雙一：〈歐坦生、《文藝春秋》和光復後台灣文學的若干問題〉、陳映真〈序〉，歐坦生：《鵝仔：歐坦生作品集》（台北：人間，2000），頁 245、9。

[82] 朱雙一：〈歐坦生、《文藝春秋》和光復後台灣文學的若干問題〉，歐坦生：《鵝仔：歐坦生作品集》（台北：人間，2000），頁 248。

[83] 葉石濤：〈6 細說五〇年代的白色恐怖〉，《一個台灣老朽作家的五〇年代》（台北：前衛，1991），頁 98。

> 主編范泉當時也並非共產黨員，但刊物的傾向卻是「左傾」的，而「左傾」在當時，即是「進步」的代名詞。[84]

同樣是「進步左翼」，但彼時台灣文學場域中實則存有三種文化集團的詮釋角力，可分別以楊逵、揚風、雷石榆為代表。以楊逵為代表的日治台灣現實主義，在 1948 年前後的文學場域，是最為無力與無聲的。關於這一點，近期也有論者運用新興的數位人文研究方法，進行大數據分析，證實台灣文學機制在戰後初期文學場域的相對弱勢[85]。也因此出現「台灣文藝界對於新（寫）現實主義路線辯論不感興趣」[86]與「先後被國民黨、台獨派遮斷」[87]的誤解。出於語言與詞彙的隔閡障礙，以及後來「橋」副刊上的新現實主義文學論爭「幾乎是 1940 年代解放區與國統區的社會主義現實主義文藝，彼此之間關於理論與路線矛盾的在台翻版」[88]，是國共之間在中國的論戰延伸，非關台灣現實情境，也因此除了楊逵的回應外[89]，甚少台灣知識分子參與。譬如駱駝英雖然將文章名之為〈論「台灣文學」諸論爭〉，但在討論的實質內容上，一直是理論性質的，並且非關台灣，

---

84 朱雙一：〈歐坦生、《文藝春秋》和光復後台灣文學的若干問題〉，歐坦生：《鵝仔：歐坦生作品集》（台北：人間，2000），頁 239。

85 路丹妮、陳正賢：〈台灣戰後初期文學場域重建：數位人文方法的運用與實例分析〉，《台灣文學學報》（2015 年 12 月），頁 153-190。要說明的是，針對頁 174 的圖表（一）「戰後初期行動者群聚分布」，我與作者有不同的解讀，作者認為遠離權力核心場域的，相對地代表擁有文學自主性；我則認為那代表的是相對弱勢，才與權力核心有著最遙遠的距離。

86 吳宇棠：〈第 5 章　戰後初期台灣美術與「新現實主義」〉，《台灣美術中的「寫實」（1910-1954）：語境形成與歷史》（台北：天主教輔仁大學比較文學研究所博士論文，2009），頁 442。

87 石家駒：〈一場被遮斷的文學論爭：關於台灣新文學諸問題的論爭（1947-1949）〉，陳映真、曾健民編，《1947-1949 台灣文學問題論議集》（台北：人間，1999），頁 24。

88 吳宇棠：〈第 5 章　戰後初期台灣美術與「新現實主義」〉，《台灣美術中的「寫實」（1910-1954）：語境形成與歷史》（台北：天主教輔仁大學比較文學研究所博士論文，2009），頁 329。

89 在「新寫實主義」論爭之際，不同於中國左翼作家的論述，楊逵「幾乎沒有純粹理論上的辯難」並且「已然另闢戰場」，在《力行報》「新文藝」週刊徵求書寫日常生活的「實在的故事」、提出「用腳寫」的寫作觀點。陳建忠：〈行動主義、左翼美學與台灣性：戰後初期楊逵的文學論述〉，《被詛咒的文學：戰後初期（1945-1949）台灣文學論集》（台北：五南，2007），頁 126、129。

或是站在中國立場指導台灣的，也因此更確切地來說，這場論爭，是中國文化人的「現實主義論爭」。「民國文學機制」下的觀點與爭論，終究與「台灣文學機制」既是殊途，也不同歸。

四、結語：連橫與合縱的不可得

日治時期，為了抵抗日本法西斯，馬克思主義是武裝自身與解放運動的思想原動力；戰後初期社會凋敝的現實環境，再提供了左傾思想的溫床；其後，「民國」登台，輸入了中共的理論性著作，以及經由上海蘇俄新聞處，蘇聯電影與文學的中文譯本傳到台灣，「我們才獲知十月革命以後的布爾什維克如何改造了落後而封建的帝俄社會。[90]」因此，如果說日治時期影響台灣文藝思潮最鉅者是「日本思想史的嫁接」；那麼戰後初期最大的特色在於「民國左翼文化的匯入」，以及省籍內外文人的攜手合作，形成「現實主義」的重構。

1945-1949 年間現實主義在台灣的狀況：一是以許壽裳為代表中介登台、同時雜糅國父與魯迅思想的「三民主義現實主義」；二為省籍內外文人在族群與階級觀點上，小說書寫的分化；其三指出二二八事件後，《新生報》「橋」副刊上出現的「新現實主義」論爭，實則是中國國統區和解放區在文藝政策角力上的延長，雷石榆和揚風作為主要論戰的雙方，分別承接胡風和周揚的「現實主義」詮釋：前者是五四以來以「人」為主體、以「人性」為核心的寫實觀；後者則以「人民」為主體、從「人民性」或「階級性」出發。對後者來說，前者執「普遍人性」之名，行「資產階級」觀念之實。也因此戰後初期的「新現實主義」之所以為「新」在於更傾向社會主義、益發強調階級意識。於是，對於戰後初期「台灣文學」與「民國文學」交鋒後的「現實主義」發展，可以理解為三種意識形態的角力：台灣日治現實主義（楊逵、呂赫若），以及伴隨「民國文學機制」一併「橫的移植」而來的中國五四現實主義（許壽裳、雷石榆），與蘇聯社會主義現實主義（揚風）。戰後初期在「橋」副刊的新現實主義論爭，即是後兩

---

[90] 葉石濤：〈3 青年時代〉，《一個台灣老朽作家的五〇年代》（台北：前衛，1991），頁 55。

者將「民國問題」渡台的延長戰役。「台灣」現實主義被掩蓋在左翼的大纛下，只見（現實主義）理論而不見（台灣）實務。換句話說，試圖以「現實主義」行「連橫」策略的「民國文學」實際上並沒有真正與「台灣文學」有切中核心的交流；而戰後初期的「台灣文學」正疲於兩種「國語」頻道的切換，以及為他者澄清介紹自己是誰，也難以連結日治時期做到「縱的繼承」。職是之故，戰後初期台灣文學與民國文學交鋒的結果，實是合縱連橫的皆不可得。

「民國文學」真正以滂礴氣勢登台，成為「台灣文學」的一部分，還是要等到 1949 年中華民國到台灣，因為政策的主導，台灣「民國化」，文藝生產由左翼的「現實主義」右轉到「寫實主義」。除開小說書寫，「省展」的呈現，當屬最顯著的例子。始於 1946 年的「省展」全名是「台灣省全省美術展覽會」，係移植於日治時期的台灣教育會主辦的「台展」以及台灣總督府主辦的「府展」。在戰後初期的省展階段，王白淵依照自己對三民主義的理解，提出「民主主義的美術路線」，獲得許多畫家的呼應，例如李石樵也有「民眾的美術」的倡議[91]，其後幾屆的「省展」，陸續出現李石樵的〈市場口〉、〈建設〉[92]、楊三郎〈老乞丐〉、李梅樹〈黃昏〉、陳澄波〈製材工廠〉；蒲添生的〈魯迅坐像〉；鄭世璠的〈車廂〉等畫作。謝里法認為，此一現象是自日治時期「台展」中的鄉土描繪中，跨出了一大步，畫家的筆「直接捕捉到生活現實的裡層」；然而在 1949 年之後，「一隻無形的手」伸進「省展」，展出的只有「美好溫馨題材的畫面」[93]。文學與美術的生產，俱從左翼的現實主義，朝「健康寫實」轉向，左翼的

---

[91] 和王白淵觀點相彷的，李石樵曾在《新新》月報社主辦的座談會上表示：「只有畫家本人可以了解，但他人無法了解的美術，乃是脫離民眾。這種美術不配稱為民主主義文化。若今後的政治屬於民眾時，美術和文化亦應屬於民眾。」〈談台灣文化的前途〉，《新新》第 7 號，1946 年 10 月 17 日，頁 4-8。原文為日文，翻譯引自蕭瓊瑞：〈第 6 章 戰後初期的文化盛況與挫折〉，劉益昌、高業榮、傅朝卿、蕭瓊瑞著：《台灣美術史綱》（台北：藝術家，2009），頁 304。

[92] 李石樵的〈市場口〉、〈建設〉分別完成於光復的 1945 年以及二二八事件的 1947 年，「現實」意義別具；兩張畫作雖然超出謝里法《日據時代台灣美術運動史》的討論時間範疇，但亦列於李石樵的介紹之中（頁 124、125），是為有圖無文的弔詭存在，這一點或可對應於 1976 年《藝術家》雜誌創刊開始連載的寫作時間點。關於兩畫作的分析，可見蕭瓊瑞的分析，前揭書，頁 296-297。

[93] 謝里法：〈把台灣美術放在 49 年座標上〉，《文訊》286 期「回顧關鍵年代：1949 文化事件簿（下）」（2009 年 8 月），頁 65-66。

「現實主義」自此被遮斷，另一種「台灣」、另一種「（三民主義）寫實主義」誕生。換句話說，1949 年後「登台」的民國，很顯然地，與 1949 年前的民國文學機制大異其趣，極力將台灣民國化的，是另一個去左翼色彩的民國機制。

職是之故，「民國文學」作為嶄新的詮釋框架，究竟可以為「台灣文學」帶來什麼？以戰後初期台灣文學研究為例，至少表現在三方面：一是「民國視野」可以作為重新看待「橋」副刊論爭的方法，這場被視為台灣文學史上第二次的鄉土文學論戰，實際上亦是民國機制的問題，來到台灣另闢戰地的延長賽。二是關於「省籍」的問題，如果帶入民國歷史文化語境，那麼就不只是「本省／外省」的「人」的問題；而是背後更大的「台灣／民國」的「機制」碰撞的結果。三是深化與區隔，深化戰後初期以及 50 年代文學研究的討論，並為過去籠統的「中國」影響，有了「民國」與「共和國」的區隔。

主要參考文獻

一、專書

王福湘：《悲壯的歷程：中國革命現實主義文學思潮史》，廣州：廣東人民出版社，2002。
艾曉明：《中國左翼文學思潮探源》，北京：北京大學出版社，2007。
阪口直樹，宋宜靜譯：《十五年戰爭期的中國文學》，台北：稻鄉出版社，2001。
張俐璇：《建構與流變：「寫實主義」與臺灣小說生產》，台北：秀威資訊科技，2016。
張德祥：《現實主義當代流變史》，北京：社會科學文獻出版社，1997。
陳建忠：《被詛咒的文學：戰後初期（1945-1949）台灣文學論集》，台北：五南出版社，2007。
陳映真、曾健民編：《1947-1949 台灣文學問題論議集》，台北：人間出版社，1999。
陳順馨：《社會主義現實主義理論在中國的接受與轉換》，合肥：安徽教育出版社，2000。
黃英哲編：《許壽裳臺灣時代文集》，台北：台大出版中心，2010。
葉石濤：《一個台灣老朽作家的五〇年代》，台北：前衛出版社，1991。
葉石濤：《小說筆記》，台北：前衛出版社，1983。
劉益昌、高業榮、傅朝卿、蕭瓊瑞著：《台灣美術史綱》，台北：藝術家，2009。
歐坦生：《鵝仔：歐坦生作品集》，台北：人間出版社，2000。
橫地剛，陸平舟譯：《南天之虹：把二二八事件刻在版畫上的人》，台北：人間出版社，2002。
鍾怡彥主編：《新版鍾理和全集 6・鍾理和日記》，高雄：春暉出版社，2009。

二、期刊文章

呂赫若：〈冬夜〉，台灣文化協進會：《台灣文化》第 2 卷第 2 期，1947 年 2 月。
張冬芳：〈阿猜女〉，台灣文化協進會：《台灣文化》第 2 卷第 1 期，1947 年 1 月。

三、學位論文

簡明海：《五四意識在台灣》，台北：政治大學歷史學系博士論文，2009。

楊傑銘：《魯迅思想在台傳播與辯證（1923-1949）：一個精神史的側面》，台中：國立中興大學台灣文學研究所碩士論文，2009。
吳宇棠：《臺灣美術中的「寫實」（1910-1954）：語境形成與歷史》，台北：天主教輔仁大學比較文學研究所博士論文，2009。

書評書論

回到文學史常識的學術嘗試

——對《民國文學史論》的觀察與思考

■張堂錡
（政治大學中文系副教授）

一、「民國文學」的學術突破與糾結

圍繞著以「民國文學」為中心的討論，包括「民國文學史」、「民國史視角」、「民國機制」、「民國視野」、「民國性」等，在學界開始出現並受到注意的同時，許多好奇、不解與質疑、反對的聲音也沒有停止過。對於「民國文學」概念的提倡將會對行之有年的「現代文學」產生一定的衝擊，幾位提倡者包括李怡、張福貴、張中良、陳福康等人早已有著文學史的清醒認知與學術自信，但對諸多質疑與不解，卻可能有些意料之外。顯然，一個新的名詞與概念的提出，需要更多不同觀點的交鋒，以及學術論辯的交流，加上時間的檢驗與審視，才能逐漸被接受或理解。

自新世紀以來，一些試圖補充、扭轉、調整或取代「現代文學」的學術命名與新的思路陸續出現，例如王德威等人主張的「華語語系文學」、朱壽桐等人主張的「漢語新文學」，以及李怡等人主張的「民國文學」，這些名詞的提出所引起的論爭與思索，其熱烈的情況一如上世紀 80 年代以來出現的「20 世紀中國文學」（陳平原、錢理群等）、「中國新文學整體觀」（陳思和）、「百年中國文學」（謝冕）等。這其實是文學史自身發展的規律，「現代文學」一詞在使用多年之後，其優勢地位與學科穩定性已經久經考驗，不易撼動，但不可否認的，其缺失與不足也逐漸浮現，以上許多不同名詞的「誕生」，都是在「現代文學」的基礎上以其為主要參照所孕育而成，它們訴求的不在「打倒」或「取代」，更多的是一種「消解」或「修正」。還是不得不承認，「現代文學」仍是至今學術界不同立場與主張者最大的公約數。

「民國文學」的成立，原本是文學史的基本常識，在台灣仍使用「中華民國」至今，其文學以「民國文學」命名實為理所當然，而對大陸而言，即使認定「民國」是一段已經在 1949 年結束的「歷史時期」，對那一段「歷史時期」以「民國」來概括不也是順理成章、合乎史實嗎？但現實常識顯然要比文學史常識複雜得多。在台灣使用「台灣文學」要比「民國文學」更被學界接受，在大陸要使用「民國文學」則需要小心翼翼地界定。如此的「糾結」，正是幾位提倡者最初構想時所始料未及的。

假如從2000年張福貴教授在西南師範大學參加中國現代文學學會理事會的發言中對「民國文學」進行專門闡釋算起，至今已經 16 個年頭，但「民國文學」開始成為一個熱門話題則是在辛亥百年前後學術界興起歷史、文化「民國熱」的同時。這幾年來，兩岸與「民國文學」直接相關的會議舉辦了好幾場，各種學術刊物以專題形式討論「民國文學」的也超過了二十幾種，以「民國文學」為研究重心的學術機構陸續成立，相關的學術書籍更是洋洋灑灑接近百種之多，這樣的發展勢頭，使「民國文學」逐漸走出命名初期的模糊與粗略，讓人對迎向下一個階段的深化與完備有了更大的信心。實事求是地說，新世紀以來的幾個主張之中，「民國文學」可以說是受到較多矚目、成果也比較豐富的一次學術性的突破與嘗試。

《民國文學史論》六卷本的出版就是一個很好的例證。

二、在概念討論與個案分析中奠定民國文學史的基礎

這套試圖以「民國社會歷史框架」來建構「民國文學史」的叢書，並不是一部傳統認知體系下的文學史著，在兩位主編李怡、張中良的設計下，採用「史論」的形式，對民國文學的典型現象進行歷史文化視角的勾勒與梳理，藉此讓一些文學景觀更加清晰，讓一些文學細節浮出歷史地表，讓民國文學發展的規律與邏輯更加貼近歷史史實。全書分六卷，李怡、張中良、張福貴、陳福康四位作者是民國文學觀念與方法的提倡者，他們分別從概念、方法、架構與史料等不同角度建構起民國文學史的研究框架；周維東、姜飛這兩位年輕的作者，則是在認同民國文學理念之下，以其敏銳的才情與犀利的論述示範了民國文學研究方法的實踐與意義。這是

未來完成一部體大思精的《民國文學史》的前置作業，正因為這套叢書的問世，使我們對未來構想的實現有了較前更加充分的信心。

也許我們可以借用張福貴的書名《民國文學：概念解讀與個案分析》來說明叢書的架構。在六卷中，張福貴的著作、李怡的《民國政治經濟型態與文學》、張中良的《民族國家概念與民國文學》這三卷是屬於觀念的提出、解讀，而陳福康的《民國文學史料考論》、姜飛的《國民黨文學思想研究》、周維東的《中國共產黨的文化戰略與延安時期的文學生產》這三卷則是屬於個案的分析、討論。宏觀的理念建構與微觀的個案深究，共構成本叢書具體而微的「史」與「論」。

《民國文學：概念解讀與個案分析》一如書名所呈現，集中論述兩個重心，一是辨析「民國文學」概念的意義、學術價值、歷史發展關係、學科性，並反思民國文學史觀與文學研究範式；二是針對民國文學經典進行「再認識」的重新解讀，包括《家》、《京華煙雲》的廢墟意象，〈潘先生在難中〉的知識分子命運，《原野》中的傳統與人性，張資平小說中的性愛主題等。此書最大的意義應該是在學術前提下討論「民國文學」的內涵與本質，主張以「民國文學」來命名現代文學，以「共和國文學」來命名當代文學，也就是從意義概念回到時間概念。張福貴認為：「以政治時代作為標準來對現當代文學進行區分，不僅具有時間的明晰性，而且適應中國現代歷史的發展軌跡並且符合中國文學發展的本質規律。」（頁 15）他提出質疑，為什麼可以有《中華民國經濟史》、《中華民國教育史》、《中華民國新聞史》而不能有《中華民國文學史》？他語重心長地指出：「文學史的命名本來不是一個很複雜的問題，而且學術有時不需要高深的理論和複雜的論證，少一些學理之外的忌諱和限制，回歸於簡單和直接，可能會更接近於事實本身」。（頁 14）也就是讓看似複雜的討論回到「常識」本身，我認為，這樣「深入淺出」的提醒是發人省思的。此書因為統合了概念與個案的參照解讀，在這六卷中具有提綱挈領式的導論作用，整體架構最為完備而縝密。

張中良《民族國家概念與民國文學》也是從本質出發，對「民國文學」進行正本溯源的勾勒與定位。他運用民族國家理論詳述民國文學的起點，認為「沒有辛亥革命，就沒有民國的創立，也就沒有今天我們所看到的中國現代文學。」（頁 27）同時也提出「民國史視角」，強調應該回到民國社會文化的生態環境中去，關注生態系統的多樣性與複雜性。他一方面肯定民國文學豐富的生態環境，給了現代文學成長的勃勃生機，一方面以「民國史視角」梳理從五四到抗戰時期的國家話語、文藝政策與民族主義文學思潮。對民族主義文學思潮的重視是本書的亮點之一，以往現代文學史的敘述對民族主義文學思潮不是遺漏就是輕忽，似乎上世紀 30 年代的文學主潮僅有單一的左翼文學思潮，但作者透過文本與史實的考述，指出「左翼文學與自由主義文學、民主主義文學、民族主義文學同時並存，各應所需，各有所長，相互碰撞，相互交織，共同構成了 20 世紀 30 年代文學主潮。」（頁 66）事實上，從辛亥到抗戰，主張民族主義一直是民國鮮明的特性之一，對這方面的分析闡釋應該視為民國文學研究的重心，而本書作了清晰且富新意的歷史梳理，為未來的研究提供了可行的思路。

《民國政治經濟型態與文學》是由李怡發起成立的民間學術群體「西川論壇」成員的集體之作，展示了民國文學研究團隊的學術實力與基本構想。全書探討民國時期的政治、經濟、法制等因素對現代文學產生的複雜影響，深入挖掘了民國文學生存發展的國家歷史情態，透過有別以往的新視角，書中呈現了令人耳目一新的許多細節與觀點，對文本的重新闡釋與作家精神世界的重新認識，使這本書集中示範了「作為方法的民國」的研究範式與成果。方法與問題是相互依存的，新的研究方法是在問題的具體論述中逐漸成熟，而新的問題意識則能在方法的引導下浮現，此書最大的意義就在於「探討和貢獻一些新的文學研究的視角和方法」（頁 413）。提倡「文學的民國機制」的李怡，認為只有引進「新的政治經濟視野」才能「有效地揭示民國時期文學發生發展的豐富圖景」（頁 3），這樣的方法論，在本書中有精彩的演示，給現代文學研究帶來許多洞見，也為「民國文學」研究的歷史合理性提供了具說服力的論證。

陳福康的《民國文學史料考論》除了一篇認為「現代文學」的學科名稱應該退休的文章外，全書都集中在民國時期的史料鉤沈、作家交遊行蹤考、作品評點與掌故雜述，這是作者的學術強項，透過一個個文學史個案的分析，力圖還原歷史真相，探隱許多被遺忘的細節，尤其是有關魯迅的許多新的發現與見解，表現出扎實的研究功力與特殊眼光，近百篇的短文，就是近百個學術問題，他提出疑問，也試圖解決疑問，由於言之有據，應該說這些問題都在史料的推論中得到了令人滿意的解決。民國史料的挖掘與研究是基本功，最能顯示作者的深厚學養與嚴謹態度，一部完善的民國文學史就應該建立在這些經得起驗證的史料之上。

同樣屬於個案分析型態的是姜飛與周維東的著作，這兩部著作一論國民黨文學思想，一論共產黨文化戰略，在立場、理論與思想上形成別具深意的參照。姜飛在〈引論〉中的看法已經說明了將這兩部書並置同觀的必要性：「回顧國民黨的文學思想，也就是回顧共產黨的文學思想，國共各自的文學思想互相區隔而又互相映照，互為倒影而又交相發明，透過其各自的歷史和在歷史中相互纏繞的關係，我們也許會察覺，它們不僅對峙、批判、鬥爭，而且同源、同構、同趨。」（頁 5）此言甚是。姜著先從分析孫中山的民生史觀、互助仁愛、行易知難、民族主義等學說入手，指出國民黨的文學思想其實並沒有逸出孫中山學說所衍生的基本框架，接著，拈出「民族」、「時代」、「環境」這三個理解國民黨文學思想的關鍵詞加以闡述，特別著重在三民主義文學、民族主義文學的政策形成，以及王集叢、張道藩、任卓宣等人對此一思想體系與文藝政策的建構。對國民黨的文藝政策而言，此書的論點與分析儘管不夠全面，卻已探得其中蹊蹺，釐清了複雜現象背後的本質脈絡；周維東的著作探討了統一戰線、突擊文化、整風運動與延安文藝生產間的關係，採用史、論結合的方式，進行了具有「左翼文學史」性質的系統梳理，但它和過去傳統延安文學研究又有根本的差異，那就是作者有意將延安文學置於民國文學的宏大背景中來論述，這是一種民國文學研究方法論的自覺嘗試。周維東長期關注文學史研究的「空間」問題，此書將延安文學納入民國文學研究的空間，對「真人真事」創作、「窮人樂」敘事、「下鄉」運動進行細緻的析論，在方法論的指導下，使他的研究有了許多新的發現。

以上這六卷或是曲徑通幽，或是鳴鑼開道，都朝著民國文學的歷史建構前進。有的釐清觀念，有的解決問題，有的立足史料，有的運用理論，一起打開了「民國文學」研究的新視野與新路徑。

三、學術的民國，方法的民國

這套叢書的策劃，按照主編李怡、張中良的用意，是在為未來《民國文學史》墊基鋪路。李怡是「民國文學」提倡最力者，他聚合同道、主辦會議、擘畫叢書，展現了極大的學術熱情與活力。張中良是「民國史視角」的鼓吹者，他撰寫論文、挖掘史料、言之有據地表現出學術的成熟與穩重。他們兩人攜手合作，吹響民國文學研究的號角，但在奮力往前衝的激情背後，他們其實有著冷靜的思索與戰略的眼光。他們很清楚學界都在期待一部《民國文學史》的誕生，但他們更清楚，如果沒有全面而有系統地對許多現象和問題進行細緻研究，就不可能產生一部成熟的《民國文學史》，張中良在〈總序〉說：「與其現在匆匆忙忙地『湊』一部民國文學史，毋寧腳踏實地地考察民國文學與民國政治、經濟、法律、軍事、外交、文化、教育、自然災變諸多方面的關聯，考察文學所表現的民國風貌，考察民國文化生態對民國文學風格的影響（或曰民國文學審美建構不同於前後時代的特色），然後再進行民國文學史的整合性的敘述與分析。」這樣的構想不僅有助於學術目標的最終達成，而且也揭示了建立鴻圖所需的各項基礎工程。

在基礎工程的建構上，觀念與方法的形成是其中的關鍵。經過幾年的鼓吹，目前有關民國文學的觀念已經逐漸受到學界矚目和接受，就在這套叢書問世的同時，西南民族大學李光榮教授出版了《民國文學觀念——西南聯大文學例論》（北京：商務印書館，2014 年 7 月），他引入民國文學觀念來考察西南聯大文學，「把西南聯大作為一個個案進行考察，企圖把西南聯大做成民國文學研究的範例」（前言，頁 2），這對西南聯大的研究以及整個民國文學史的建構，都是別具意義的嘗試。他的體會清楚地說明了引進民國文學觀念的必要：

> 以民國意識研究西南聯大，並不是要研究者站在民國甚至當時國民黨的立場上看待西南聯大，而是要了解民國的國情，包括民國的社會、政治、法律、教育、文化、出版、軍事、外交、經濟、交通、信息、工礦、農業以及生活方式等，從民國社會文化的「網絡」中考察、認識和闡釋西南聯大的形成、變化、發展、堅持、結束的歷史過程，以及在此過程中取得的輝煌成就和重要貢獻，其中也包括西南聯大的局限和問題。簡單地說，即把西南聯大放在民國的社會歷史環境中去研究，放在民國的框架中去闡釋。（前言，頁 10、11）

正如他所自言，因為新觀念的啟發，使他的論述突破了自己以往的研究成果，有了新的視角與收穫。

從李光榮對西南聯大文學的研究，以及這六卷本的史論之作，我們還可以看到「民國文學」研究在方法上的強調與新意。首先，文史互證，還原現場。民國的歷史現場，是現代文學發生發展的時空場域，只有回到民國的歷史語境，民國文學觀念與創作才能得到符合事實的依托與詮釋。文本的解讀在與歷史社會文化自覺結合、相互參照之後，種種過去「意想不到」的現象與問題將可以逐一浮現出來，而許多問題的解決或解釋也只有「回到歷史」才能做到。其次，兼跨學科，多元思維。「民國文學」研究不僅涉及文學、歷史，還與民國時期的政治、外交、經濟、教育、社會、文化等政策和生活息息相關，舉凡民國的時間與空間之內所發生、存在的現象大多曾經透過文學表現、記錄下來，這使得「民國文學」研究必然要在兼跨學科的基礎上才能站穩「學科新話語」的地位，也只有多元思維，才能跳脫目前現代文學研究的慣性，開展具學術深度與廣度的發現與呈現，從而使現代文學的研究更為眾聲喧嘩，生機盎然。最後，立足學術，實事求是。研究「民國文學」不僅要研究「民國的文學」，更要研究「文學的民國」，不僅要認識「民國的學術」，更要認識「學術的民國」。排除各種意識型態的干擾，還原一個不必遮掩、無須美化的真實民國，只有在實事求是的學術立場上才有「接近的可能」。依我看，這套書的價值應該在此，作者們努力寫出了他們所理解的「學術的民國」，以及所追求的「方法的民國」。

民國文學史觀的提出與建立，將可以使得傳統現代文學研究獲得新的突破，迥異以往的文化視角、學術規範、研究目的、史料見解、審美追求等都可以在此一概念底下作各種各樣的嘗試，相信在更多的人力投入與更為周密的學術交鋒之後，這個概念的「合法性」與「合理性」會得到一定的認可。過去我們對「民國文學」的信心來自對文學史知識的判斷，現在有了這套叢書的具體示範，可以說，我們對這個學術主張的實現已經有了更為充分的把握與樂觀的期待。

撥雲見日，別開新境
——論《民國歷史文化與中國現代文學研究》叢書出版的學術史意義

■袁昊
（四川大學文學與新聞學院博士後）

中國現代文學歷經百年，到今天已產生豐碩的成果，文學大家林立，優秀作品難以數計，卓有建樹的學術著作也不斷出現。一時間，中國現代文學創作與研究交相輝映，成為人文學領域的領航者。但在熱熱鬧鬧、轟轟烈烈的研究熱潮之後，中國現代文學研究逐漸走向沉寂與內斂，甚至出現「低谷」與「邊緣化」[1]的趨勢。「低谷」與「邊緣化」是相對於同社會關係疏密程度而言，卻也道出了現代文學目前的生存境況。與這種注目於現代文學學科社會政治影響的角度不同，現代文學學科自身的確是存在著諸多困難。

困難之一就是如何對現代文學史定性，之前的「新文學」、「現代文學」、「20世紀中國文學」、「百年中國文學」、「現代漢語文學」等能涵蓋整個文學史敘述的宏大主題已經難以為繼，是否需要、能否找到一個新的敘述主題，重新實現對現代文學史的歷史建構，這成了一個迫在眉睫的亟待解決的問題。

要找到一個新的敘述主題完成對現代文學史重新定性，首先需要解決的是歷史觀的問題，即如何看待現代中國這段歷史。在後現代歷史觀念看來，一切歷史都成了語言敘述。歷史的真實性受到懷疑。中國歷史學界也受到後現代歷史觀的影響，各種「歷史重述」紛紛出現，形成了中國歷史

---

1 溫儒敏在〈談談困擾現代文學研究的幾個問題〉（《文學評論》2007年第2期）中對現代文學研究狀況進行觀察概括時，用「邊緣化」來描述其生存境況。他舉出的例證之一，是《中國現代文學研究叢刊》發行量的變化，1979年創刊時的發行量是三萬冊，1988年下降為三千冊，最近十年一直穩定在二千冊左右。

學界的「後現代轉向」，「新一代史學研究者將注意力從傳統的傾心於政治史的研究轉向新的社會史和文化史領域；從重大歷史事件和制度轉向普通民眾的日常生活；從主要社會階層和經濟領域轉向底層和邊緣行業；在方法論上，從基於二元假設的線性描述轉到基於地方原始材料調查的更複雜、多面的敘述。」[2]

中國現代史研究在這一歷史研究觀念影響下，取得了不俗的成績，出現了歷史研究的繁榮局面。在這一繁榮景象中，我們可以看到兩種非常明顯的新的歷史書寫模式。一種是借用後現代的一些概念和方法來進行本土化研究，比如地域史、邊緣社會史、文化史研究；另一種是對影響 20 世紀重大歷史事件進行重新解讀，像楊天石對蔣介石的解讀，楊奎松對西安事變的解讀，沈志華對蘇聯在國共內戰中作用的解讀等等。兩種研究模式的一個基本特點是對原始材料的重視，從具體材料中進行構架和闡釋，而摒棄主題先行的敘事模式。他們所使用的這些材料通常為之前宏大敘事所遮蔽，他們對其進行重新發現和全新的解讀，以此來重構別樣的歷史面貌。應該說這些歷史重構一定程度上彌補了之前宏大敘事的缺陷，使歷史樣態得到了補充和完善，有利於對歷史真相的廓清。

後現代歷史觀與方法實際上也影響了中國現代文學的研究，比如「文化研究」施之於文學研究，比如擱置價值爭議，試圖把通俗文學、舊體詩詞，以至海外華語文學都納入現代文學研究框架之內等，都或多或少受後現代史學影響。這些研究趨向的一個共同點就是「去」現代文學整體史觀。去中心去權威，甚至反對宏大敘事，確實一定程度上啟動了現代文學研究，產生了大量的研究成果。但這也存在不容忽視的問題，除了使一些被遮蔽的文學現象、文學史實被重新納入研究視野外，容易造成研究的「碎片化」，無法完整呈現現代文學的主體架構，導致研究的無序，進而危及到現代文學學科的存在與發展。歷史本身是一種建構，充滿敘事色彩，對其進行歷史重述有其不可否定的歷史價值。對於中國現代史研究，「不是放棄在一種敘事框架下重建歷史現實，而是拋棄現有敘事特有的目的論，特別是強加給中國近現代史的既定進程的人為『結局』，並重建一個能夠

---

2 李懷印，歲有生、王傳奇譯：《重構近代中國——中國歷史書寫的想像與真實》（北京：中華書局，2013 年 10 月），頁 261。

說明過去幾個世紀中國的經驗及當代發展之間的歷史與邏輯聯繫的主敘事，以此重新界定中國的近現代史。」[3]對於現代文學研究來講，不是用「革命性」、「現代性」、「民族性」等概念來先入為主地架構文學史，而是要尋找一種能夠說明現代中國歷史經驗和文學經驗的新的闡釋框架，進而實現對現代文學史新的書寫。

筆者以為，李怡教授提出的「民國文學」、「民國文學機制」概念與主張就是對該問題的成熟思考與積極回應。

既有的文學史敘述主題已經無法涵蓋日益溢出邊界的文學史現象，具體化或者零散化的研究又容易導致學科主體的迷失。「民國文學」的提出恰好彌補了既有文學史敘述主題的缺失。「新文學」這一概念存在無法改變的感性本質，在多大的範圍內、多長的時段內的文學才叫「新」，實在無法界定，這顯示了「新文學」概念的不確定性和隨意性，無法作為現代文學史的敘述主題。而「現代文學」雖避免了「新文學」命名的感性色彩，凸顯了其時代意義，但「現代」這一具有鮮明外來理論視野和理論邏輯的敘述主題，與中國社會歷史與文學經驗存在不小差距，用這種通約性的概念來指稱特殊社會歷史中的中國文學，實在有些隔膜。因此有人歸納出文學現代性的標準，進而不斷追溯現代文學的發生時間，晚清，甚至晚明都成了現代文學發生源頭。這無疑都是「現代文學」這一概念本身無法自圓其說的困境所在。稍後的「20 世紀中國文學」提出，試圖以時間的中性概念克服革命文學史觀和現代性文學史觀的局限，把文學自身發生發展的歷史階段作為文學研究的主要物件。但其所面對的問題是，用中性的歷史概念來概括具體歷史階段的文學經驗與文學事實，無形中模糊了該歷史階段內的文學特性。更為重要的是消解掉「五四」文學於整個 20 世紀中國文學的特殊意義。「民國文學」這一概念的提出卻正好彌補了諸上文學史概念的弊端，同時其自身又具有持久的學術解釋力，顯示了該概念作為現代文學史敘述主題的可望學術前景。

針對「民國文學」這一概念，李怡教授進行了詳細地學術史梳理，表明這是一個有學術基礎的概念，不是靈光一現頓悟式命名，它有著堅實的

[3] 李懷印，歲有生、王傳奇譯：《重構近代中國——中國歷史書寫的想像與真實》（北京：中華書局，2013 年 10 月），頁 276。

學術史基礎。「民國文學」指的是「一種近現代中國進入『民國時期』以後所有文學現象的總稱，既包括國統區的文學，也包括解放區的文學，因為『民國』不等於『黨國』，也代表了某種『革命者』共同的『新中國』的夢想。」[4]在民國這一歷史空間的所有文學現象與文學事實都是「民國文學」，「民國」不單是特定政權的概念，此處更多強調的是民國這一獨特的社會歷史情態，即李怡教授所概括的「民國性」具體生發之所在。「民國文學」而不是「民國時期的文學」，就是要凸顯文學與民國歷史情態的深度結合這一重要事實，「民國時期的文學」僅僅表明了民國這一歷史時段的文學，遺漏掉了民國空間的部分，民國作為一個獨特的歷史情態，既包括時間也包括空間，它們有機融合，共同孕育了民國經驗和民國精神，而民國文學就是對這一獨特經驗和精神的表現。「新文學」的「新」，「現代文學」的「現代」都與民國，與民國具體的社會歷史情態相連，或者說「新文學」的「新」與「現代文學」的「現代」就在於其獨一無二的「民國性」，因為沒有脫離於具體社會歷史情態卻具普遍性的所謂「新」與「現代」，歷史性質與特徵只能根深於該時期具體的社會歷史情態之中。這不是社會存在決定社會意識觀念的簡單運用，而是要使現代文學研究重新回到歷史現場，注重對特定歷史時空下複雜語境的分析，進而提煉與建構中國現代文學自身的文學獨特性與學術主體性。

李怡教授在展開「民國文學」理論建構的過程中，有一個非常重要的邏輯概念，即「國家歷史情態」。這一概念是「民國文學」與「民國文學機制」之間的理論槓桿，它既保證了「民國文學」概念的合理，又保證了「民國文學機制」方法論的可行。李怡教授是這樣論述「國家歷史情態」這一概念的：「一個民族和國家的文學歷史的敘述，所依賴的巨大背景肯定是這一國家歷史的種種具體情態。『國家歷史情態』指的就是一個國家在自身的社會歷史的發展中呈現出來的國家政治的情狀、社會體制的細則、生存方式的細節、精神活動的詳情等等。總之，『情態』就是國家歷史的種種細節，它來自於歷史事實的『還原』而不是抽象的理論概括。」[5]引入「國家歷史情態」的概念是為了凸顯政治歷史社會於中國文學的重要

[4] 李怡：《作為方法的「民國」》（濟南：山東文藝出版社，2015 年 6 月），頁 175。
[5] 同上，頁 32-33。

作用，揭示中國文學生存發展的基本環境，使中國文學研究不致於落入各種外來的理論陷阱之中而無法發出自己學術聲音的境地。

李怡教授「國家歷史情態」概念的提出，以及「作為方法的『民國』」理論主張的展開，都立足於他對中國學術主體性的批判性反思。無論是竹內好的「作為方法的亞洲」還是溝口雄三的「作為方法的中國」，其實質都是他者眼中的中國，是「日本內部的中國」而非是「中國人的中國」，李怡教授進而認為，「更能夠反映中國現代文學立場和問題意識的話語是『民國』。作為方法的『民國』，具體貼切地揭示了中國現代文學的生存發展語境，較之於抽象的『亞洲』或者籠統的『中國』，更能體現我們返回中國文學歷史情境，探尋學術主體性的努力。」[6]中國學術界包括中國現代文學研究界一直在尋找自我表達的學術話語，但一直未能找到適合中國自身社會歷史情境的話語體系。日本的中國學研究成為中國學界學習仿效的物件，竹內好與溝口雄三的主張某種程度上暗合了中國學界找尋的心理，他們的理論與方法被中國學界不假思索的模仿與運用。正如李怡教授所指出的那樣，「當我們不再追問『作為方法』的緣由與形式時，最終我們自己可能陷入某種『悖論』。」這個問題不僅表現在中國學界對日本「中國學」研究的拿來與借用上，也表現在對歐美「中國學」研究的粗率徵用上，柯文、孔飛力等的「中國中心觀」，杜贊奇的「分叉歷史」說等等，都被中國學界頻頻用來解釋中國社會歷史諸現象，其錯位與隔膜之處同日本「中國學」於中國研究的運用如出一轍。李怡教授提出的「國家歷史情態」概念，主張現代文學研究回到民國這一最根本的歷史場景中，深入細緻地梳理與研究，這無疑是對包括整個中國學界學術研究的一次及時糾偏，其意義自不待言。

實際上現在通行的諸多理論大都是立足於一定的社會歷史情態之中，在人文學領域沒有具有絕對普遍性的通行理論。比如我們所熟知的「共同文化」和「現代世界」這兩個概念，它們都是衍生於特定社會歷史背景。「共同文化」作為一個通行概念，最早是由雷蒙・威廉斯提出來說的，他在《文化與社會：1780-1950》這本書中詳細論述這一概念的生成與演變過程。對於概念本身及其適用性我們暫不討論，但看他所採用的方法。雷蒙・

[6] 李怡：《作為方法的「民國」》（濟南：山東文藝出版社，2015年6月），頁2。

威廉斯把文化與社會的整體性及互動關係連接起來，從整體社會形態中抽繹與提升其文化概念。他甚至用自然生長的比喻來論述文化與社會的有機性，「文化的觀念依賴一種隱喻：對自然生長的管理。當然，無論是作為隱喻還是作為事實，最終的強調必須是在生長上。」[7]這種有機性生長的文化觀念是雷蒙・威廉斯獨到的認識和理解，具有了他自身的理論特色。需要注意的是雷蒙・威廉斯採用的是從社會歷史的整體形態中去歸納與提升不同時期的文化概念，進而在英國工業社會時期提升出「共同文化」這一概念的方法，與李怡教授的「國家歷史情態」說有異曲同工之處。同雷蒙・威廉斯此方法相同的還有麥克法蘭對「現代世界」概念的推導，麥克法蘭的《現代世界的誕生》[8]，以英國社會歷史為基礎，分析從其內部產生的現代化因素，英國於此形成現代國家，現代世界的形成就是從英國推衍開來的過程。麥克法蘭的觀點可疑，但是他在分析英國社會變化過程時，牢牢抓住英國社會歷史情態的轉變，這一方法還是合理的且可資借鑒。

徵引雷蒙・威廉斯「共同文化」和麥克法蘭「現代世界」的兩個例子，意在說明我們在使用外來理論時一定不能盲目照搬，要清楚該概念或理論所使用的歷史前提和理論限度。同時也可以看到，在人文學領域，立足於其獨具的「國家歷史情態」這一理論視野和方法的合理性。李怡教授主張民國文學研究包括中國學研究亟待回到中國的「國家歷史情態」之中，顯示了其獨到的理論眼光和學術視野，對中國學界學術主體的建構有著重要的建設與導引作用。

李怡教授「國家歷史情態」這一概念在民國文學中的具體體現就是「民國文學機制」理論體系的建構。民國歷史情態孕育了各種機制，而這些機制屬於社會文化結構的產物，正是它們的存在推動了精神的發展與蛻變。具體來看，「『民國機制』就是從清王朝覆滅開始在新的社會體制下逐步形成的推動社會文化與文學發展的諸種社會力量的綜合。這裡有社會政治的結構性因素，有民國經濟方式的保障與限制，也有民國社會的文化環境的圍合，甚還包括與民國社會所形成的獨特的精神導向。它們共同作用，

---

[7] [英]雷蒙・威廉斯，高曉玲譯：《文化與社會：1780-1950》（長春：吉林出版集團公司，2011 年 8 月），頁 346。

[8] [英]艾倫・麥克法蘭：《現代世界的誕生》，清華大學國學研究院主編，上海：上海人民出版社，2013 年 8 月。

彼此配合，決定了中國現代文學的特徵，包括優長，也牽連著它的局限和問題。」[9]

清楚「民國文學機制」概念不是目的，更重要的是清楚為什麼要提出這一概念，以及在民國文學研究中怎樣去具體實踐。

李怡教授所提出的「民國文學機制」概念是「民國文學」理論體系的一部分，也是最為重要的一部分。這一概念除了具有理論體系結構性的功能與作用外，更為主要的是提出一種研究現代文學的全新闡釋方式，重新對現代文學進行全新研究，進而實現中國現代文學研究「新的學術超越」。如何實現這種超越，總體上有兩個大的方面，一是「通過充分返回民國歷史現場、潛入歷史細節實現對各種外來理論『異質關注』的超越」，二是「通過充分返回中國作家的精神世界、發掘其創造機能實現對文學的『外部研究』的超越，努力將『文學之內』與『文學之外』充分地結合起來。」[10] 在方法論上，可以從兩個方面入手展開研究，一方面是對「民國」各種社會文化制度、生存方式之於文學的「結構性力量」的考察、分析，另一方面是對現代作家之於種種社會格局的精神互動現象的挖掘。為了更好的闡釋其理論主張和方法實踐路徑，李怡教授通過具體研究，如〈憲政理想與民國文學空間〉、〈辛亥革命與中國文學「民國機制」的國體承諾〉、〈五四：文學的「民國機制」的形成〉等，為現代文學如何展開新的研究提供了範本，同時也開闢了研究的新境。

一種新的學術理念與方法的興起，需要學界同仁的積極參與，大家共同努力才能推進中國學術尤其是現代文學研究邁向新的高度。值得欣慰的是李怡教授的理論主張得到學界眾多有識之士的熱烈反應，他們紛紛參與這一新的學術潮流之中，各種有學術價值的文章與著作連連出現，顯示了學界對「民國文學」與「民國文學機制」的認同，同時也顯示了這一學術理論與方法的學術遠景。由李怡、張中良兩位教授主編的「民國歷史文化與中國現代文學研究」叢書[11]就是最近幾年這一學術新潮流的研究成果的集中展現。

---

[9] 李怡：《作為方法的「民國」》（濟南：山東文藝出版社，2015 年 6 月），頁 49。

[10] 同上，頁 165。

[11] 《民國歷史文化與中國現代文學研究》叢書，由李怡、張中良主編，山東文藝出版社 2015 年 6 月出版。該叢書包括十本著作，分別是：李怡《作為方法的「民國」》、

這套叢書，既有宏觀性的理論著作，如李怡的《作為方法的「民國」》、周維東《民國文學：文學史的「空間」轉向》，前者是總體性的理論構建，後者是對「民國文學『理論框架下的』空間問題」的延伸與補充；也有對史料的梳理與研究，如張堂錡《民國文學中的邊緣作家群體》、黃健《民國文化與民國文論》、譚桂林《民國佛教文學史話》，三者都偏重對史料的耙梳與整理，同時又結合民國歷史語境對其史料加以全新的解讀；還有對具體案例的細緻入理的分析，如李哲《「罵」與〈新青年〉批評話語的建構》、王永祥《民初政治文化生態與新文學的空間場域》、羅執廷《民國社會場域中的新文學選本活動》、張檸《民國作家的觀念與藝術——廢名、張愛玲、施蟄存研究》、馬睿《文學理論的興起——晚清民初的一份知識檔案》，前三者注重對民國社會歷史文化與民國文學關係的梳理與把握，從民國文學的某一側面探析其與民國社會歷史文化之間具體的聯繫，論述細緻周翔，且多有創新之處，一定程度證明了李怡教授所提理論主張與方法在現代文學研究上的切實可行，張檸的作家分析頗多新論，馬睿對文學理論的知識考古具有重要的學術史價值。

尤其值得注意的是《民國文學中的邊緣作家群體》這本書的重要意義。文學社團與流派研究實際上已非常成熟，但是對邊緣性的作家群體卻少有關注。而一個非常重要的事實是，民國文學之所以如此榮興豐富，其中非常重要的原因之一就是存在無以計數的小文學群體，即張堂錡所說的邊緣性的文學群體。這些小文學群體，規模小，持續時間也可能不長，很少受到研究界的重視。但是這些小文學群體的歷史與文學作用卻不容忽視，它們的存在構成了民國文學的整體面貌，甚至體現了民國文學的文學特色。張堂錡鉤沉幾個小文學群體的基本樣態，如南社與新南社、湖畔詩社、白馬湖作家群、立達文人群、開明派文人群、東吳女作家群，讓我們對這些被淹沒的文學群體有了完整清晰的認識與瞭解。其中的白馬湖作家群、立達文人群、東吳女作家群，文學史基本沒有提及，研究界也鮮有學

張堂錡《民國文學中的邊緣作家群體》、周維東《民國文學：文學史的「空間」轉向》、張檸《民國作家的觀念與藝術——廢名、張愛玲、施蟄存研究》、馬睿《文學理論的興起：晚清民初的一份知識檔案》、黃健《民國文化與民國文論》、譚桂林《民國佛教文學史話》、羅執廷《民國社會場域中的新文學選本活動》、李哲《「罵」與〈新青年〉批評話語的建構》、王永祥《民初的政治文化生態與新文學的空間場域》。

者關注過，僅此就能說明張堂錡該書的重要意義。更為重要的是這本書提醒我們應注重對民國文學文學生態的細緻梳理與分析，注重對民國文學群體的勘察，考察這些小群體的聚散關係、文學活動等，從而構建民國文學群體關係圖譜，探析民國文學之特性。

「民國文學」與「民國文學機制」理論與方法的建構與實踐也是一個不斷完善的過程，當然會遇到各種質疑的聲音，如有人認為這是否是「民國熱」的跟風，是否是「重寫文學史」的另一種變體，包括對研究方法的質疑，認為「民國文學機制」的研究方法是知識社會學的簡單運用，等等。李怡教授在《作為方法的「民國」》中對這些質疑都做出了詳細的理論回應，進一步闡明了「民國文學」、「民國文學機制」等概念，完善了其理論和方法。

「民國文學」與「民國文學機制」理論體系的提出與構建，既是對中國現代文學研究困境的正面突圍，又是探尋中國學術主體性的具體表現，理論的周詳與方法的有效，顯示了該理論具有非常廣闊的學術前景。「民國歷史文化與中國現代文學研究」叢書的即時出版，正是對該理論的有效實踐，具有重要的學術史意義。同時，這套叢書也是國內第一套從民國歷史文化的角度重新梳理中國現代文學發展的叢書，其學術價值與作用未可限量，正如叢書推廣語所說「該叢書的出版將刷新二十年來中國現代文學研究，為未來新的學術格局奠定基礎」。

圓桌座談

【圓桌座談】
民國史料與民國文學

■黃月銀
（政大中文所博士生）
記錄整理

【時　　間】2016年5月5日（週四）15：50-17：30
【地　　點】政治大學百年樓309會議室
【座談學者】主持：封德屏（文訊雜誌社社長）
出席：秦賢次（文學史料研究者）
黃美娥（台灣大學台灣文學研究所教授）
張中良（上海交通大學人文學院教授）
蔡登山（文學史料研究者）
劉福春（北京中國社會科學院文學所研究員）

封德屏：時移事往，從歷史罅隙覓研究良帖

圖一：圓桌座談主持人《文訊》雜誌社封德屏社長引言致詞

各位在座的老師、同學還有各位同好，我想同好這是一定的，不然，在這微涼的午後，剛剛外面又雷雨交加，我們一定都是對這個圓桌座談的主題感到興趣，或者正在研究它。

剛才下午第一場的論文發表，我聽了一大半，就有十分的收穫和十分的感慨。《文訊》雜誌在台灣擁有文藝資料中心，作為一個以文學史料、文學整理和研究為基礎，慢慢發展成為雜誌的主體，多年來在文學史料的圈子裡和一些朋友孜孜矻矻努力。在座的秦賢次老師、還有當代文學史料的陳信元、吳興文、鐘麗慧、應鳳凰等諸位台灣文學史料的先驅，在《文訊》創刊的前期發揮了很大的功用。前幾天跟鐘麗慧、應鳳凰見面，提到鐘麗慧第一個小孩和應鳳凰第二個小孩產後坐月子時，還一面為《文訊》寫稿，彼此在晚上通電話。都十二點了，有問題致電問秦賢次，他還沒睡，信元也沒睡，當眾生寂寂沉睡的午夜，這些為《文訊》專欄史料寫稿的作家尚未入眠，現在想來依然非常非常感動。

投身民國文學史料，一晃眼，自己在《文訊》的 32 年過去了，雜誌和文學圖書不一樣，花木蘭出版社複刻印行讓史料再現，剛剛聽張中良老

師講國民黨的文藝政策，我就一直在想，過去 32 年來《文訊》的專題和專欄是不是就這樣成為過眼雲煙。現在文藝資料庫已然完成，可是有一些史料似是可以進行專題的複刻。

例如已經過世很久的魏紹徵，他的「革命宣傳史話」寫了六、七萬字，寫國民黨文宣部的主要人物，每一期都有六、七千到一萬字，寫了十幾次。1987 年辦理「抗戰文學研討會」，附帶出版《抗戰時期回憶錄》、《抗戰文學概說》、《抗戰文學史料》三本書贈送與會者，可是發表的二十多篇論文尚未結集，還藏在櫃子裡。論及民國文學史料，我希望這一些有價值的史料能得以再現。

兩岸開通以後，80 年代秦賢次開始寫一些 2、30 年代的作家，我們讚賞那是第一手資料。接著，洪範書店出版朱湘、或是一些專題，已是當時所能看到比較完整的史料。有一次和堂錡教授、李怡教授討論到，在歷史的陰錯陽差中，總有些人被忽略犧牲，尤其是 1949 年來台灣的文人作家。

與會前，我稍微翻閱資料，心生無限感慨。像是提到國民黨文藝政策必須重視的王平陵，其公子這兩年來一直努力搜編父親的全集，據說會有一百多冊。然而我們能幫助的有限，因為他人在美國。我真心希望老師們能多給年輕的研究者一些提點，讓他們多認識王平陵、張道藩、魏子雲、鍾鼎文這些 1949 年以前從事辦報、寫稿等文藝活動的作家。當他們來到台灣，在以台灣文學為主體的研究中無意間被忽略不提，而大陸也不准提，有如此遭遇的民國文學作家，我資料一翻就是幾十個。

當他們 1949 年來到台灣，後來呢？有些是極度的被冷落，有些是擔任國民黨文藝政策的先鋒，有些是得意、有些是很不得意，他們改變原從事的文學創作，改編副刊或辦雜誌，這些人到底對國民黨的文藝政策產生什麼作用？對現代文學的發展有什麼貢獻？這些值得提供我們進一步研究。

這十年來，透過堂錡教授和李怡教授的努力，使兩岸在頻繁交流的過程中，打破以往分頭書寫、研究的疆界，開通以後，也許才知過去所寫為非，甚至誤會很大，大陸看到台灣資料才知道還可以再補充，在這交流過程中，我深信民國文學會有更好的發展。這是我開場的一番期許，其他時間留給台上的五位專家學者。

第一位我們請秦賢次，賢次兄比我們略年長，我個人非常佩服他，不但以前是《文訊》和幾個史料朋友的活字典，在職場上退休，把所有重要珍藏送給中研院，可說是退而不休，十幾年來還是不斷在過去深刻的研究基礎上挖深織廣，近作是〈民國時期文人出國回國日期考〉，將在《新文學史料》上連載一年，這是一個大工程。

接著，我們請他談談這些年來在民國文學和民國文學史料上有什麼新的發展和感觸。

秦賢次：條分縷析辨源頭，蛛絲馬跡尊史料

圖二：文學史料研究者秦賢次老師侃侃而談近作與研究

剛剛封社長所提抗戰文學三本書，其中《抗戰時期文學史料》為我所作，內容是大事記、期刊與書目索引，這是我進行文學史料研究時極為注重的。

個人得意近作是發表在 2013 年第 5 期《魯迅研究月刊》的〈《魯迅日記》人物註釋的補正與辨識〉，替《魯迅日記》人物進行註釋是最難的，《魯迅全集》歷經兩次大規模出版，每一出版，當中註釋就有許多研究者提出辯證。我在《魯迅月刊》上看到前行研究大多是一次提二、三個人物註釋的補正與辨識，而我根據 2006 年 12 月的新版《魯迅全集》一口氣就提出兩百多個人物註釋的補正與辨識，為何數量如此之甚？由於我掌握到

當時各主要大學的同學錄、校友錄，從中尋訪辨析這一批八、九十年前的人物，他們何時念書？念什麼科系？何時畢業等信息。這是以往大陸學者極少注意到的材料，何況 1949 年前後移居港、台的大陸人士，資料不易掌握。我耗費無數時間才能夠同時進行兩百多個人物補證，若是第三次《魯迅全集》大翻修，這些註釋勢必得依據史料重新編排。

我所運用的資料是個人平常所蒐集，而一般罕見的同學錄、校友錄等工具書。畢業紀念刊大多是一年期，校友錄則可能由創校以來持續累積。欲以此法進行研究工作，不易之處在於資料所見僅是一個個名稱，所幸我曾編有《民國作家筆名錄》（於台北《新知雜誌》雙月刊上連載），以此為基礎。舉例來說，我今天才拿到一冊最近大陸印的《南洋大學三十週年》，我注意觀看其中兩個人名，陳西瀅教授在南洋大學念書時，用的是原名「陳源」，如果不是作過筆名錄研究，我可能也查不出來。又如武漢大學名教授朱東潤，「東潤」是後來的字號，他本名世溱。人物註釋最重要的，必須辨別本名、譜名或學名、化名，以及字、號、筆名、別署等，才能準確掌握這些資料。運用筆名錄進行研究是非常難的，幸而現在可參考欽鴻所編《現代中國作家筆名錄》，聽說他拖著罹癌的病體還不斷努力編輯，我也提供他很多台灣的資料，欽鴻已溘然長逝，其夫人仍持續編輯著。

現在作家全集出版繁多，卻仍不斷找到新的文章對全集加以補充，這就是因為運用筆名、學名，可以查到在學刊、紀念刊物上，作家都可能有作品發表。以上是分享個人在《魯迅研究月刊》的〈《魯迅日記》人物註釋的補正與辨識〉研究經驗，運用手邊各著名大、中學校的同學錄、校友錄，把其中資料辨析得一清二楚，因為史料工作最重要的一點就是把來源交代清楚。

第二篇要與大家分享的是 2015 年即已撰妥，2016 年 1 月起在《新文學史料》上陸續發表的〈民國時期文人出國回國日期考〉。我曾任職於明台產物保險公司、中華民國產物保險公會水險委員會，接觸貿易公司，知道出國回國之船名船期等訊息有助於追蹤名人。資料上有每日註銷的《輪船進口報告》，以及分類的各航線航班的《輪船出口日期》。民國 8 年之後的上海《申報》會刊載比較詳細的訊息，之前的則很難找。我剛開始只注意到版面上船期的信息，後來慢慢發現另外有一廣告欄字非常小，記載出國回國之船名船期。但是只看船名可能毫無頭緒，我又根據遊記找出許多名人，即使一般看來可能查不出來，只要能有蛛絲馬跡，我就可以繼續追蹤下去。例如線索是「民國 18 年春，這位作家搭了什麼船」，我就從《申報》上一筆一筆資料去查詢相關人名信息，根據這些史料，陳寅恪、邵洵美等名人的出國回國時間都在我的考證下揭曉。

邵洵美何時由法國馬賽啟程歸國？其日期有多種說法，然而莫衷一是。我由趙友培執筆的《文壇先進張道藩》查證，這本回憶錄記載 1926 年 5 月 17 日張道藩離開巴黎，先乘火車到馬賽，換乘法國大郵船，與好友邵洵美一同回國，6 月中旬抵達滬。於是印證邵洵美與張道藩同船歸國，但各資料顯示的分歧疑點仍是無法兜起來。

邵洵美去世後，女兒邵綃紅為父親出版《儒林新史》，記載邵洵美在馬賽乘法國郵船「安德烈雷蓬」（一般譯為安德來朋）歸國，根據船名，我透過資料對比確知安德烈雷蓬到達上海的日期。這艘由法國郵船公司行駛中法航線的定期班輪，航期三十五天。他的妻子盛佩玉在《盛氏家族・邵洵美與我》說邵洵美和一位女醫師同行，剛好《申報》上記載著女醫師資料，姓相同、日期也一樣，我把資料一比對，原來邵洵美搭的是這艘「安德烈雷蓬」，其實他本來要搭的是德國船，盛佩玉把把船公司名當作船名，難怪一開始我苦尋不到正確資料。

我覺得這樣的研究相當有趣，也令人興奮。在以上資料中完全沒有看到「邵洵美」，而我竟能一步步找出解答。當邵洵美和張道藩決定一起回國，邵洵美先到劍橋整理行李，由巴黎北車站坐火車到加來，之後搭船到對岸英國的多佛，再轉火車到倫敦，兩人從巴黎搭火車到馬賽，在馬賽耽擱一天，隔天便乘法國郵輪回滬。我整理出邵洵美回國的經過，讓邵洵美與張道藩回國時間的歧異迎刃而解。

政治家方面，汪精衛何時去歐洲無從得知。我由蔡元培年譜考證出他第一次到歐洲時，隨行的有妻子、小姨子、曾仲銘和方君璧。蔡元培早汪精衛一班船期，搭德國船到檳城，預計兩三個小時抵達，蔡元培記載：「上岸去看汪精衛，船票已經買好了，隔幾天我會過去。」於是我從蔡元培抵達馬賽的時間推測汪精衛抵達馬賽的時間，並由《孫中山年譜長編》中記載 9 月初他回覆給汪精衛的電報，上載汪精衛人在巴黎，然而這是錯誤資料，9 月汪精衛其實人在檳城。

諸如此類又有趣，又可以考證，是我目前做的研究工作，雖做得很有興趣但也比較辛苦，因為必須不斷比對和查核。我每週都往國家圖書館觀覽《申報》，《申報》太厚重了，自己也買不起，只好影印回來慢慢做筆錄、對比，正確的考證要算準船期天數，但有時會誤差個幾天。像是船已經快要到上海了，卻因天候惡劣可能會停留一兩天，報紙上不會刊登這類信息，就會使研究者推測錯誤。

我根據平時閱覽的書籍、雜誌、回憶錄比對，完全以史料進行研究。不光看《申報》，也必須讀文學著作、序跋、日記與書信等。例如陳寅恪回國的日期，我是從羅家倫自巴黎寫給上海女友張維楨的信上說「他定於1月15日由馬賽上船回國，大約2月20日左右到上海」推測出來。因為當時在歐洲的留學生，大抵由法國馬賽搭船回國，航程約35、6天，由倫敦搭船回滬則約要 42 天，而自倫敦由陸路來馬賽則花不到一天的時間。於是我從《申報》1926年2月21日第11版「船期欄」上看到20日抵達上海的一艘法國輪船名為「包島斯」，推測出陳寅恪回抵國門的時間與搭乘船舶的名稱。

像這樣一筆一筆查證，我雖然越來越感興趣，但眼力也逐漸退減。當時《申報》付印的印刷技術不佳，影印版字跡模糊，有時候我老花眼看不清楚，得請年輕人幫我細究其字。逐步查詢累積下幾千筆資料。查出的人名中，最令我感興趣的是文學家，其中也有教育家，例如蔣夢麟出國回國的日期，可能是由蔡元培日記裡提到的一句話，我再追蹤他的回國日期。隨著經驗越多，考證速度越快。《新文學史料》刊登拙作〈民國時期文人出國回國日期考〉，編輯訝異竟有文章是這樣的寫法，我也自豪這個研究方法幾乎是前無古人，目前刊登了第一篇，約略要一年才能登載完畢。

封德屏：

一個好的史料專家必須上知天文下知地理，能夠觸類旁通，還須擁有福爾摩斯般的辦案精神，秦賢次老師誠然是我們的典範。接著我們請在台上最年輕的黃美娥教授，目前她擔任台灣大學台灣文學研究所的教授兼所長，專長在日治時期與台灣古典文學研究。美娥教授近幾年不論教學或研究成果都非常精采，在中生代學者中她在自己的研究和發現上持續創新，教學口碑更是秀異，我們請美娥教授。

黃美娥：「台灣」看「民國」的重層鏡像，延續？斷裂？嫁接？

圖三：台灣大學台文所黃美娥教授提出從台灣文學觀看民國文學的諸多問題

謝謝主持人封德屏社長，接續著秦賢次老師的發表，我剛剛是以尊敬而仰慕的眼神看著秦老師。驚艷從船期中竟可解決許多中國文學史上的問題，確實是非常獨特的切入角度。如果沒有中國文學史的豐富知識，當然無法觸類旁通，遊走於各類型史料中，絕對是秦老師數十年攢下的根柢，才能有如此深厚的功力。我並非史料領域的研究者，張堂錡老師惠予我機會發表，應當是期待我提出作為一個台灣文學研究者，怎麼思考民國文學的問題，以與在座的同好分享。

這場座談討論民國史料和民國文學，談起這個議題，於我作為一個台灣文學研究者而言，深覺民國文學的存在對個人研究充滿啟發性與極大的可能性。

2015 年我到韓國參加「韓國中國學學術會議」，那是一個韓國舉辦「何謂中國學」的學術研討會，來自各個不同國家的學者，我們以中文討論什麼是中國學。韓國人談中國學，我身為台灣的學者也談什麼是中國學。其實個人更納悶的是韓國為什麼舉辦「何謂中國學？」。這些年韓國人說什麼都是他們的，端午節是他們的，中秋節也是他們的，什麼都是他們的。於是當韓國舉辦這個會議時產生一個非常耐人玩味的思索，會議中提到中華人民共和國文學、中國古典文學和中華民國的文學等等。

2014年我參加歐洲漢學會議發表〈許琳事件與蔣基會——誰是漢學研究的正統〉討論何謂漢學正統？討論許琳事件與蔣基會等一些衝突的內容。我們現在在這個會議場所裡思考著民國文學是什麼、民國文學的位置的此刻，於此空間之外的其他國家，也正不斷上演著、思辨著、關注著關於中華民國文學、中國文學、中華人民共和國文學、台灣文學之間彼此交錯、協力、對抗、對峙等各種不同的關係。

討論民國文學的論述位置、思考位置、發言位置，其實有很多種可能性。許多問題牽涉到太多包括學術的、政治的、意識形態的方方面面，都是一些很有趣的問題。我個人也認為，如果永遠只停留在意識形態裡討論學術，那麼十年前、二十年前可能答案已然膠固，之後的答案如果也只是複製前行研究，今天的討論或未來的討論，在學術價值的深刻意涵其實將無從產生。我毋寧更相信的價值觀是，我們應該怎麼拋開制約在二元對立中的方式，思考民國文學的研究對我們各自關心的問題所可能帶來的啟發性，或有意義的思考。簡而言之，民國文學能提升我們的學術能量、學術地位與學術視野，今天舉辦這場研討會，我出席來學習、參與發言，所要談的是民國文學研究如何帶動我自己所從事的台灣文學研究，帶來新的能量與思考。因此，接著我想談的是自己如何在台灣文學中尋找民國文學蹤跡的問題，這其中包括影響、接受、傳播的問題，甚至對立等問題。

若果尋跡台灣文學史，日治時期《台灣民報》已然刊載許多中國文學，很多現代文學作品包括張我軍、比較左翼的作品也都陸續介紹到台灣。再往戰後初期推進，自己近幾年在台大開的課是「戰後初期台灣文學專題」，之所以會想開這個課程的原因，是希望透過各式資料庫，不須自己親自跑到大陸圖書館中尋覓關於作家與作品的資料。資料庫使研究者能夠把過去以來某一位文學作家的生命史往前追溯。此刻，我認為時機到了，應該重新討論台灣文學與原來在大陸的這一段中華民國文學兩者之間的關係，究竟該怎麼去思考。

1949年進入反共文學的階段，在台灣文學史中最常看到的問題是該怎麼描述民國文學這批人？可能冠之以反共文學，歸類為軍人作家，也可能劃分入懷鄉文學等等。我們也許更應該思辨其中的糾纏，以更豐富的角度去想：民國文學的內涵有什麼？民國文學的類型是什麼？創作者有什麼？

他們各自的位置是什麼？他們難道都是右翼的思想嗎？難道對社會主義不感興趣嗎？他們的發表場域曾經是哪些報刊？他們只在抗戰區的重慶活動嗎？曾經待過北平淪陷區嗎？這當中其實有很多屬於民國文學可以重新思考的問題，使內涵更具豐富性。每一個不同的位置和角色，都可以與台灣文學產生連結。連結可能是建立關係，也可能是產生比較，也可能是可以重新思考的諸多問題。

我想，從這些問題重新去思索台灣文學目前所撰就的文學史樣貌，或將有迥異面向。當 1990 年台灣本土主體論出現之後，我們發現所出版的書籍提出「台灣文學是如何產生」的說法。對我而言，民國文學這個提法出現時，恰恰提醒我是否可能從另外一個角度談這個問題。台灣文學本體論或本土論出現之前，我如何重新談台灣文學發展史，從殖民地時期的台灣文學，到戰後所謂的中華民國文學，當我把這個觀點或思考轉化為一個研究的可能路徑時，就能再發現許多問題。

如以戰後初期觀之，日治時代黃得時寫成《台灣文學史序說》，其中有很多關於日本人的內容，數年之後怎麼被納到中華民國文學來討論。根據劉心皇所寫，當中立即浮現的問題是：書籍中所談論內容歸屬於中華民國文學嗎？代表殖民地時期以前的台灣文學，與 1912 之後的中華民國文學間，由於區域關係不同，過去政權隸屬的不同，彼此之間產生一個很大的問題，亦即彼此之間有所延續，可能也有所斷裂，更面臨嫁接的問題。戰後台灣文學如果要被納入民國文學的範疇來討論，這將如何嫁接？那是純粹五四白話文的文字嗎？我們在當時「橋」副刊的論戰中看到很多討論，提出語言隔閡的問題。由於過去以日文書寫，當「去日本化，再中國化」這些問題，或「奴化論」的問題，都可以看到戰後初期該怎麼把台灣文學變成中國文學時，必須思考延續、斷裂與嫁接，以符合今天堂錡老師所談的民國文學。不純粹只是挖掘史料，可能還牽涉到思考角度的問題，觀點和研究方法的問題。

開設「戰後初期台灣文學專題」時，我提出一個新的詮釋框架，即延續、斷裂與嫁接，如何重新去思考戰後台灣文學新秩序的問題，我從中看到很多可能性。如果沒有國語運動，兩者之間白話文無法溝通，台灣文學與民國文學之間兩者要產生嫁接，最重要的一點就是在台灣大量推動國語運動，國語包含文字的寫法、國語的語法、注音的讀法。緊接著在戰後初期，大家討論的是誰的作品是最理想的學習典範，所以戰後台灣曾興起魯迅風潮，1947 年二二八事件之後，到後來的左右翼對抗的問題，台灣文學過去都注意左翼的問題，而很少去注意國民黨黨政軍右翼的問題。典範如果不再是魯迅的話，而可以是什麼？

在此，我必須特別感謝李怡教授，兩次有機會寫民國的研究都是托李怡教授的福，〈從魯迅到于右任——兼論新／舊文學地位的消長〉，注意到戰後我們可能還要留意民國文學或台灣文學，到後來左右翼對抗的問題，左翼魯迅的文學典範，右翼這一頭還包含新舊文學糾葛的問題。當國語運動推行的時候，那些寫文言文的人可慘了，因為漢字不同音、不同調，當中出現重新接納、接軌的問題。然而轉眼之間魯迅又因為左翼的關係無法成為典範，緊張張力的關係使得他們想要尋找新的典範。舊文學可以接受的典範和新文學可以接受的典範各自是誰？此時出現了于右任，作為一個革命的元勋，在孫中山之後，革命地位可與蔣介石相比擬，一位既有人品，又有道德，同時是文學創作典範的文人，我看到于右任接續的可能性。

于右任 1949 年來台灣之前，還有一個更有趣的人在台灣，我曾以(〈從「詞的解放」到「詩的橋樑」——曾今可與戰後台灣文學的關係〉）談曾今可的角色。曾今可在中國現代文學被視為小丑級人物，上海「詞的解放」的運動中被批得很慘，被魯迅嘲笑。後來他跑到日本，因為日文能力不錯，1945 年作為《申報》記者來到台灣的他，認識林獻堂，與之談對台灣文學的認識，在台灣辦很多刊物，並參加南社。起先去推動的時候是談柳亞子，但很有趣的是，1949 年之後于右任來了，于右任也是南社成員，這裡又牽涉到南社在台灣文學的問題。曾今可已經與這一批台灣古典文人非常熟悉了，再加上我剛剛所說左右翼的問題，三民主義在台灣的問題，革命精神在台灣的問題，曾今可把台灣文學的人脈與于右任等人連結在一起。

民國文學如何在台灣與台灣文學嫁接，其中過程很有趣，如果一個小丑型的曾今可來到台灣發下宏願，想當本省文人與外省文人的橋樑，從「詞的解放」到「詩的橋樑」角色，兩岸文學史上民國文學在台灣的空間意義是什麼？無論如何，對於拿筆寫作的文學家，有心於文學路上的人，也許我們去觀察他的生命史、精神史、一輩子所做的事情，才有辦法對作家做出更審慎而客觀的評價。

接著談我怎麼重新去思考、描述台灣文學，產生新的研究動力和方法論的問題。台灣作為中華民國所在地於空間角色上有何意義？民國文學時至今日對於台灣人而言，中華民國當然一直存在。我最近進行與金門相關的研究，金門過去是冷戰時期的反共前哨基地，2000 年被視為小三通實驗區，政治上提出海西文化經濟論述區、平潭實驗區，其實就是兩岸統一實驗區。2000 年之後金門做為小三通實驗地，金門是中華民國文學嗎？金門到今天所寫就的文學，金門人講閩南話，很多人卻又把他們視為大陸人，台灣本土化運動之後他們才解除戰地體制的問題。早期金門文學在我的研究中發現，1949 以前金門其實不是反共的，很多文人曾經還寫了左翼社會主義的內容。

到今天，2000 年以後的金門到底要怎麼寫？從反共文學到 2000 年的小三通，每天有很多廈門人進入金門。如果我們去讀楊樹清的文章，吳鈞堯的文章，就會看到很多有趣的，所謂中華民國文學。在金門，有很多變化的問題在裡面。民國文學在台灣，其實我們還要注意到的不只是群體區域創作類型的問題，包括于右任，我們可能注意他的書法，而不注意他的文學；提及曾今可，我們可能注意的是他的負面評價，而不去注意他來到台灣種種表現的問題。金門空間如何討論？如何形塑民國文學的問題，在在提醒我們注意台灣這個空間，中華民國的整個行政區域涵蓋的空間，對於思考民國文學可以提出更豐富的角度。

封德屏：

謝謝美娥教授，下次應該請主辦單位讓美娥老師把這些論點發展成一篇很棒的論文。從古典到現代，從現代到當代，美娥老師以其教學與研究提出民國文學與台灣文學如何嫁接、延續，空間意義上的關聯，以及研究方法，我們對她以後的繼續發展充滿期待。接著我們請張中良教授，張教授對中日文學的比較還有五四文學研究著作豐富，也長期從事文學史料和文學發展研究，我們請張老師談一談。

張中良：史料再掘，意義重啓

圖四：上海交大人文學院張中良教授昭示文學史觀與史料不容忽略的價值

民國文學史的研究，在有的學者看來，好像只是文學史觀的轉變，因為材料都可以是老材料，就像大陸的現代文學史界，有一種不好的想法、做法，總覺得材料那麼多，翻得差不多了，要想怎麼重寫文學史？僅只是文學史觀不同而已。其實我覺得文學史觀和文學史料二者是互動的，那些材料過去就有，只是在文學史觀中被淹沒，有的是耽擱了，這些情況都有。用新的民國文學史觀來看，就會發現一些新的材料。

例如我們所熟悉的作家田漢，《田漢全集》出了兩種版本，其他單行本和選本種類繁多，一時也說不清。田漢倒是有兩個作品沒有被收編到全集裡，一個是 1938 年武漢萬家嶺戰役結束以後，田漢到七十四軍採訪，被七十四軍的輝煌戰役所感染，寫下〈國民革命軍第七十四軍軍歌〉，第七十四軍是光復後整編為七十四師的前身，〈國民革命軍第七十四軍軍歌〉這作品《田漢全集》是不收的。還有田漢為萬家嶺戰役寫了話劇《德安大捷》，更創作出《勝利進行曲》話劇劇本與電影劇本，這在全集裡也都不收。像這樣的問題，由於過去的新民主主義歷史觀的作用，對這些史料是迴避的，是遮蔽的，重寫文學史就得下一番功夫。

1936 年田漢有一齣水平不見得很高的獨幕劇叫《械鬥》，1937 年抗戰爆發前夕，張道藩寫了一齣話劇叫《最後關頭》，一個是共產黨著名的作家，一個是國民黨的文宣高官，兩人的作品主旨卻有高度相似，都是寫兩個村子因爭自然資源鬥個不停，你傷害我，我傷害你，匪徒來進攻甲方，乙方就特別高興，因為自己沒事。可是後來當外敵侵略的時候，兩方憬然醒悟，覺得我們才是一家人，應該團結起來共同禦敵。這樣抗戰爆發之前國共兩黨的重要作家，不約而同寫出相似主題的作品，我們過去的文學史從來不提張道藩，張道藩在台灣大家都很尊重，可是在大陸的文學史裡說起張道藩，一個就是愛情問題，一個就是在看了夏衍的劇本《賽金花》以後，憤怒地把痰盂扔到舞台上的事件。張道藩翻譯了外國戲劇，還有劇本《救贖》，這些事文學史一般都不提，《最後關頭》由於政治原因就更不提了。用民國文學史的視角重寫文學史，像張道藩這樣的作家，同類的作品還有一批，都需要我們去認真發掘，並結合當時的歷史背景，才能看到在民族危機逼近眼前的時候，國共兩黨為什麼能夠合作，雙方合作並非七七「盧溝橋事變」以後才開始，在文化界、在其他各界，都有一些蛛絲馬跡，這件事值得印證書上所發掘的。

這是一個新民主主義文學史觀帶來的問題，過去的文學史都是新文學史，舊文學史裡舊體文學、詩詞、文言小說、文言散文等我們基本不提。大陸的文學史近十年來，倒是出現了一個可喜的現象，江西學者胡迎建專門出版一本《民國舊體詩史稿》，還有一位學者出版相類似的著作，至少我看見兩本了。社科院文學所張炯主編的《中國文學通史》專門列一章「舊體詩詞」，是我所主稿，所以印象深刻。2004 年中山大學黃修己先生主編《20 世紀中國文學史》把舊體詩詞作為附錄，不是正式的一章，到了張炯 2011 年出版時就已成為正式的一章，可以看出文學史觀的變化。整體上，舊體詩詞也好，文言也好，我們關注的遠遠太少。

這兩年我陸續到各地參加會議，順道拜謁烈士陵園。2009 年我到崑崙關戰役紀念館，看到在文革時期那麼艱困的情形下，當地老百姓把題有國軍高級將領和政府要員題字的楹聯作品、碑銘，都把它翻倒了。有些是糊上泥巴擱在地下，顯見老百姓對這些史料文物是懂得珍惜的，他們知道造反派要來，肯定把這些東西給破壞，提早抹上泥巴埋在地下，蔣介石故居溪口也是如此。

崑崙關抗戰紀念館由第五軍軍長杜聿明所題字，「第五軍烈士」，一個高高的紀念碑。白崇禧將軍，還有當時好多重要的軍事委員會的高級官員、出自在政府部門服務的高級將領，其文字有的寫得很動感情，文才很好。許多戰記在文學史從來不提。我覺得這些史料也應列入文學史關注範疇。現在讀唐宋八大家的散文也好，讀明清散文也罷，歸有光多篇散文都是祭祀文，也有墓誌銘，為什麼我們在看古代文學的時候，把這些當作文學來看待，現代則不把這些視為文學。這是不對的，都應該當作文學來看。

舉例來說，現代文學史提到魯迅在 1903 年自題小像「靈台無計逃神矢，風雨如磐暗故國」，這是一般都會提到的。還有郭沫若 1937 年抗戰爆發以後，從日本回國寫了一首給魯迅的和詩，那也是提的，但不就作為舊詩的整體現象來提，只是以之為作家個案，或者提到毛澤東〈沁園春・雪〉說他怎麼有雄才大略，也有學者認為他擁有帝王之氣，早就已經嶄露出來，這是另外一種看法。但那樣的看法不是作為一種文體來認識，而是作為一個人物、作家生存狀態的變化、民族立場的表現、以及政治人物的胸襟加以注意。現在我認為應該作為一種文體現象，列入現代文學的關注範疇。

我上一次到台灣，去國史館查資料，看到一批珍貴的史料，其中有政府給烈士寫的慰問褒獎文，這一類的文章，有的是在報紙上公開發表的，有些是文獻，保留在文件裡。我估計都送到烈士們家裡了。有的慰問辭寫得很動感情，要是文學史無所記載那還算是什麼文學史啊，這不對勁兒，祖宗的傳統是不能割斷的。上午有學者提到，傳統其實說斷未斷，欲斷還續，不絕如縷，我覺得是挺有道理的，非常認同這種看法。討論文學史，楹聯也必須深入探討。川軍一四五師師長饒國華在淞滬會戰壯烈犧牲，當時重慶和成都分別舉行隆重的追悼會，蔣介石給兩地的追悼會都題寫輓聯，饒國華是第一位在戰場上殉國的高級將領，追晉成為上將，像這樣的好多史料都值得我們注意。這些文學史料的發現和文學史觀的改變是相互作用的，並不是拿舊的史料，把眼光換一下，就能寫出新的內容來。

還有一個是學術惰性太重的問題。大陸現代文學界已經有好多學者投身其中，如果把王瑤先生算第一代，錢理群、吳福輝、溫儒敏算第二代，我歸到第三代，汪暉年輕但走得快歸入前一代。加上 6、70 的一群，算來已經有四代學者。但是我們發現，第四代學者沿用的文學史觀基本上是第一代所用的，王瑤《中國新文學史稿》的文學史觀仍統領著大陸六百多種文學史著作，這是一個很可怕的現象。我們後代對老師不能以這樣的方法來尊敬，這樣尊敬老師，只是對老師傳統的背叛、不尊重，我們用的史料，好多都滿足於前輩用過、用爛的史料，只是換一種說法。從 80 年代用發明論、控制論、系統論，也沒有找到多少新的史料。90 年代文學史重寫，也沒有多少新的史料，只是把過去被忽略的作家追加上。

這些已有的作家，像我前面提到的田漢，有一些史料為什麼我們不去關注呢？這應該引起我這一代，或比我年輕的一代高度自省。比如後來來到台灣的作家謝冰瑩、孫陵，由於我們對史料工作的不注意，在大陸文學史，謝冰瑩就只提北伐《從軍日記》。孫陵作為抗戰文學重要的東北作家，在文學史幾乎看不到名字，這是不對的。還有像王平陵，必須再找出他好多作品。學術開掘、發現，不把惰性破除，我們不可能做辛苦的工作，以上是來台文人，或有政府背景的文學家，和大陸關係比較疏遠的。那麼大陸的左翼傳統，關係比較近的，我們是不是都盡責了？

我看到有些案例以後，覺得非常傷感。有一位學者叫李增援，山東萊陽人，背景很好，原來在北大讀書，後來到南京戲劇學院，還學過美術，是個全才。抗戰爆發，他擔任新四軍話劇團負責人，作為共產黨新四軍重要的文藝幹部，在抗戰中期他得了重病，後來在日軍一次突襲中，為了掩護輕傷員，他暴露自己引開注意，最後犧牲在日軍的槍口下。那是我們的功臣，抗戰英烈，長期被埋沒達五十年之久。

後來李增援那兒去了呢？

根據一個被解放軍俘虜過的國民黨老兵說，曾經在濟南的俘虜兵隊伍裡看見過李增援，也沒進一步考證，後來就誤傳李增援是到台灣來了，或者戰死，或者投降國軍以後戰死在什麼地方。李增援的家鄉把李增援的家屬當成反革命分子來對待，他的妻子受到政治壓迫就不必說，他的姪子連上大學的機會都沒有。這個情況到世紀之交前後，一個哈爾濱出身搞黨史工作的學者，有知識分子情懷，他發現李增援的線索後，做了好多工作，花了七、八年時間才讓李增援的犧牲得到文學史重視。

我想，將來我們編纂抗戰文學史不能忽略「李增援」的事蹟，你看左翼線上的重要成員，一般的中國現代文學史都不太重視，像在因從事抗日文藝工作而被捕犧牲的共產黨員金劍嘯，上海文壇留他，他堅持回到故鄉，結果犧牲在日軍的槍口下。1932 年在上海《新中華雜誌》發表〈血戰歸來〉的王立川，1936 年犧牲在東北戰場。這樣的事情好多，他們都是共產黨的功臣，可是共產黨得了天下以後把自己的功臣都忘了，把對手忘了。這樣的事情讓人非常心寒，我們做史料工作應該要努力不負前人。

封德屏：

謝謝張教授，他提出了一個大的文學史觀，也提點新一代的史料文學研究者勇敢推翻前行研究者，要有新的創意。接著我們介紹蔡登山先生，他二十多年前在台灣拍了春暉影業公司「作家身影」紀錄片，在 90 年代初期，重要的 30 年代作家都還在，好在有蔡登山帶著一群導演，幫我們留下這些身影，包括中國大陸有一些都還沒看過的文人作家。這些年來，蔡登山在史料電影之外，編了很多民國時期的書，尤其擅長寫名人愛情，所以在座各位可得小心，現在的名人，幾十年後這些愛情都會被蔡登山寫在他的書裡面。

蔡登山：咬定線索不放鬆，千磨萬仞再解構

圖五：文學史料研究者蔡登山老師分享從追蹤史料到完成著述的豐富經驗

各位前輩，尤其是秦賢次老師，我是跟他學習的，劉福春老師我也是久仰大名，還有堂錡老師，他在《中央日報》就一直鼓勵我們寫文章

等等。我今天會從出版的角度來看這些史料，個人非常佩服花木蘭出版社能有這麼大的魄力發行這些文本，尤其是這些在出版史上有重要意義的初版本。

早上聽聞劉福春老師分享，我開玩笑說我們要搶救劉福春老師！深感於老作家的故去，在我作紀錄片的時候尋訪很多老作家，包括很多重要的研究者。劉福春老師不寫書，研究者可以作訪問紀錄，因為他的一生是如此精彩。還有像是秦賢次老師研究的點點滴滴，後人可能很難超越，可供後人作為典範繼續追尋，我覺得這點非常重要。

要研究民國文學最先必須要有文本，假使沒有文本，一切都是空談。文本彙集後，除了成書的篇章，還有一些未成書的作品可以再次出版。他們很可能發表在《晨報》等早期報紙或雜誌，我親身經驗的例子是研究王世瑛和鄭振鐸的愛情故事，我讀廬隱記載北京女高師有廬隱、王世瑛、陳定秀和程俊英四位知名女性。王世瑛的初戀情人是鄭振鐸，王世瑛在讀書時寫了很多散文、旅行日記，有的發表在《晨報》，有的發表在鄭振鐸編的《小說月報》，幾乎每一篇都採用，我把文章蒐集起來居然成了厚厚一本書。王世瑛後來沒有嫁給鄭振鐸，兩人交往未果。鄭振鐸後來跟商務印書館元老高夢旦的女兒高君箴結婚，王世瑛嫁給了張君勱。

我打電話給張君勱女兒張敦華，說我蒐集妳母親很多文章，必須得到後人授權才能出版，她懷疑我是詐騙集團，「我媽媽從來沒有寫過文章，怎麼可能？」我就從王世瑛的旅行日記講起，「你是不是有一個親戚去日本」抽絲剝繭家人種種，她才相信。說：「我住在新店，你趕快來！」張敦華提供了很多照片，讓我編成原本世上永遠不會有的一本書《消逝的虹影——王世瑛文集》。

另一個例子是我在徐芳過世前三年才認識她，徐芳來到台灣並沒有加入婦女寫作協會，我查了老半天，問了很多人都無人知其去處。她著有《中國新詩史》、《徐芳詩文集》出版。這些東西已經壓在她箱底七十年，還好沒有被蠹蟲吃掉。有一次我到南京，有一個很重要的詞曲家吳梅的學生盧前（字冀野），他雖然做詞曲研究，晚年卻寫了很多散文，登在陳蝶衣編的《中華日報》。《中華日報》出版盧前的集子，有收了幾篇。我無意間跟他四公子盧佶聊，他說還有很多，我建議他趕緊從圖書館把所有能找到的作品影印出來出來打字，後來這些文本交給我出版了四本《柴室小品》。

這些短文寫得非常好，就像是現在我們看的博客文章，裡面非常有意思，包括盧前在抗戰的時候，在重慶禮樂館，張允和也在那兒，但是不同館，他們經常見面，寫到說某一個男生在追求張允和，但不是卞之琳。我有一次跟董橋先生聊天，說我從這些事情追出很多線索，他說「我和充和老人是好朋友，你不要再把它抖出來。」這些散文非常好看，他們都是一代文人，這些隨筆、筆記有非常大的史料價值。

我最近作的《民初大詞人況周頤說掌故：眉廬叢話（全編本）》，是從《東方雜誌》看到出生於晚清，生活在民國，大家非常熟悉，名號與王國維齊等的況周頤。他研究詞學，寫筆記一下筆就是數則，我蒐集後統計總共有五百多則，這些都有相當的史料價值。他因為民國 15 年過世，來不及出版，沒有單行本。作研究我們可以把範圍擴大，包括舊報紙、老雜誌，由於當時出版不容易，可以重新整理這些文本。

像封社長整理王旭初的回憶錄，共有一百多萬字，非常精彩，最薄的一本是單行本《我的母親》，其他都沒有出版過，因為 60、70 年代在香港出版困難，最主要散在《春秋》雜誌，還有其他刊物。他寫回憶錄並不是很連貫的依時序寫就，而是每一期寫到誰就整理誰，必須把秩序對調一下，依照時間順序整理主題，例如這個主題跟李白黃三個人有關係，就把它整理在一起，跟蔣介石有關係的，就把它整理在一起。有的寫到辛亥，有的寫到抗戰，這些都要依賴整理的功夫。

史料工作第一是文本的發現，第二是與老作家、文學史料研究者的接觸。談一談我接觸徐芳老太太的經驗。一開始她的記憶力非常好，八、九十歲，我一週去她家一次，等她午睡結束就開始一直聊，聊到陪她吃晚飯。她的子女、後人都不懂這一行，她就把我當乾孫子。徐芳後來嫁給徐培根將軍，有一個很會作菜的侍衛。聊一陣子後，我發現事態嚴重，這些史料應該記錄下來。她說：「不要啦！我跟你閒聊為什麼要錄音？」後來我徵求她同意，找中研院近史所做口述歷史，但是時間不定，且因為有機器架在那裡，她反而省略了很多東西。研究做到後來她精神不濟，每講半個小時就要休息，思想沒辦法集中。後來口述歷史出版了，依稀可看到一些脈絡。

誠如劉福春老師所說，我們追蹤一個作家，滾雪球似的從事情找文本印證，這是百分之百正確的。比如說我有一天偶然與文友聊起當時正在看常任俠的日記，他的日記在大陸已出版，但是刪節太多，我覺得這個日記太重要，趕緊連絡研究常任俠和滕固的學者沈寧，請他把全部沒有刪的文稿給我。我看常任俠的《戰雲日記》印證徐芳所講，真的找到常任俠之前的情人汪綏英來到台灣嫁給陳紀瀅，徐芳腦袋非常清楚，他說汪綏英嫁給陳紀瀅之前還跟政大教授有過一段婚姻，後來尉天驄老師印證是對的，但是他們後來離婚。徐芳奶奶還告訴我：「你去查民國多少年的晚報！」還好那時晚報只有三種：《民族》、《自立》、《大華》，我翻晚報，上頭記載這件事約莫連續報導了半個月，當中有非常豐富的資料，像徐賢樂和蔣夢麟的事也都刊載在報紙上。

必須先有人指點你這個方向，追蹤下去才能真確了解，史料研究我注重與當事者，或經歷過的人談這些事，他能指明一個非常正確的方向。雖然他給出的日期可能無法記那麼準確，假使當時有報紙、文件，打撈式搜查資料還是可以把史料還原出來。文學史料研究首先是要能夠有文本出現，再來是回憶錄等等可以補充歷史背景的材料出現，然後運用新的觀念、方法，可能會解構出不同意義的內涵。

封德屏：

真的很佩服像秦賢次和蔡登山這麼用力拼命的學者，有時候我也很怕接到蔡登山的電話，又很興奮，他告訴我這個線索，我要不要追？要不要登？要不要繼續？有時候覺得有「無可承受之重」。然大部分時間還是非常佩服有像他們這樣日積月累認真去使史料呈現的史料工作者，我們在此基礎上，才能再做研究、再發現。接著我們請劉福春教授，他是我久仰的研究者，是現代詩研究專家，也跟台灣很多詩人結為好友。我從這些詩人口中久仰劉福春大名，今天才認識他，非常佩服。

劉福春：樂以無窮，為有新詩活水來

圖六：中國社會科學院劉福春教授是恆然孜孜矻矻於新詩研究的快樂學者

謝謝大會，在所有參加會議裡，連續三次發言，這經驗還是第一次。

堂錡老師鼓勵我多說，我第一想表達的還是感謝，這不是客套話而是實際，這幾位坐在台上的，比如說秦賢次先生，我們已經認識 28 年，我囊中羞澀看著他一本一本買民國書刊，他非常知道我的心情，所以打包的時候，把兩本詩集放在外邊送給我。還有前兩年他買到卞之琳的《三秋草》，不能托海運要放在口袋裡裝回台北。我提起這件事，他說我有兩本，其中一本捐給圖書館了，結果他又去圖書館給要了出來，送給我，這是實實在在的。

還有封社長，其實我的很多著作，後記中都要檢討自己，台灣的文獻我是非常缺的。前年忽然有一次機會來台北，去了《文訊》，封社長給我提供非常優厚的條件，「這邊書庫開了，那邊是複印機，你想複印什麼就複印什麼。」我覺得複印還是太慢了，拿著相機在裡邊照，拍了一直想看的台灣新詩文獻，我覺得收穫非常大。

我 2006 年 6 月出版《中國新詩書刊總目》，中國社科院給我評了一個三等獎，只拿到同等獎項三分之一的獎金，追問原因，他說：「你那個是其他」。1986 年我印《中國現代新詩集編目》小冊子，傳到了瘂弦先生手裡，他再給張默，張默在為《台灣現代詩編目》寫序的時候，當中有一大段進行地毯式搜索，給我非常大的鼓舞，瘂弦先生是我崇敬的。創世紀把六十年的詩獎頒給我，雖然沒有獎金，是詩歌界對我承認的第一個獎，這是實實在在地感謝，感謝坐在台下的杜潔祥總編輯把我的夢圓得那麼好。

接著我要說明及糾正兩個問題。做史料蒐集整理真的不容易，有空間、經濟問題等等，我一直認為史料工作和文獻整理工作是快樂的工作，這是我的真實感受。像剛剛秦先生、蔡先生講述時的那種得意，大家也聽得津津有味，可以證明我的想法一點兒不錯。

前些年，我曾經在一個史料會上分享：「我不敢說理論是灰色的，但我敢說史料是豐富多彩的，這裡有細節、有血有肉，有發現，還有成功的快樂。」剛才秦先生所講充滿發現和成功的快感，蔡先生也是，發現大家並不重視的小問題，但他的那種得意、快樂，只有我們這些人才知道。

再來我想舉一個例子，認識老詩人鍾鼎文是 1992 或 1993 年他去北京參加艾青討論會，他當初在大陸用「番草」的筆名寫詩，告訴我說那些作品已經找不到了。我一聽挺得意，回去給他列出大陸發表詩的目錄，他一看：「你怎會知道這麼多！」鍾鼎文特別高興，說：「有一首詩對我太重要，你能不能給我找來？」過了一天我把這首詩複印下來，詩題為〈向日葵〉，是寫給他夫人的情詩，幾十年他從沒拿出過這筆證據。我找到之後，他馬上打電話給人在美國的夫人：「我給你找到證據了！」這讓我有一種成功、愉快的感覺，原來我那麼有用，是非常快樂的事情。

還有一個小故事，遼寧有一個作家叫馬加，寫小說，在 30 年代用白曉光的名字出版詩集，我當時在圖書館找到了之後就給他寫信，老詩人告訴我「這本詩集沒出」，為什麼沒出，還寫了一大堆理由，我告訴他：「不對，我在哪個圖書館裡見到了！」他大吃一驚，我說：「我見到兩本，還有一本」，他說：「根本不可能！」「要不，你去圖書館找找吧！」後來他的兒子給他編著作時寫信給我，我告訴他兩本詩集在哪個圖書館可以找到。

我感到這種成功是非常快樂的，我要糾正：史料研究並不是一種乾乾巴巴的事情。常常被人家誤解，看著我這個人，說我坐不住板凳，說我這個人不會笑。前些年我的《中國新詩書刊總目》出版時，國家圖書館一個年紀大的老先生見到我時，他問我是劉福春嗎？以為我是一個不會笑的人。我告訴他，不對，作史料研究很幸福，也會笑。

第二個就是大家常常說我是無私的，恰好相反，我是非常非常的貪婪，特別在新詩文獻上，那種貪婪的程度無以比擬。我剛才還跟堂錡老師在談這個，我說「我理解了我們那邊貪汙犯貪了一兩億還在貪，普通老百姓說那麼多錢花不完，你還在貪什麼？」我現在那麼多了，還那麼貪婪，我說：「有了還想要，缺了就難受」，所以越做越大，越做越貪婪，而且是非常摳門，要想從我這兒借一本書好像不大容易，也弄得自己很累。有人要借資料，我說我給你拍照，給你掃描，但是我不願意借給他，因為回來以後遍體鱗傷，令人心疼。所以我不是無私，是非常自私、非常貪婪的一個人。

我想要提醒，剛才張中良老師講到一個問題，我們大陸出版的文集和全集，年輕朋友作研究一定要小心再小心，除了《魯迅全集》我覺得還可以用之外，其他全集還有什麼可用的我不知道。真的是不能用。我曾經寫文章談全集不全，後來大家以為我說的不全是在技術層面上的。在技術層面上，每一個全集都是不全的，《魯迅全集》投入那麼大力量，還是不斷有新的發現，我講的不全有兩種：

第一種是知道的，但是不能收，例如《艾青全集》。艾青後來被批判，他曾義憤填膺批判胡風，這些篇章當然不能收，像這樣的現象極多。在大陸怎麼能敢於面對我們的過去，這是成了一個非常重要的問題，也是我們對於作家的一個衡量的標準。所以我特別欽佩邵燕祥先生，他那時被劃成了右派，著有《沈船》、《人生敗筆》，過去北京謝冕教授曾編其文集，我很欽佩邵燕祥先生，其實他有很多的作品只有我和他知道。曾經為《人民日報》所寫的文章，都已經打出清樣了，但因為好多原因所以沒有發表，邵燕祥先生把這些作品都拿出來了。謝冕老師編的文集我只想改一個字，就是五十年代的「匪」字，這個「匪」字太難受了，一個朋友勸他「歷史就是這樣，你就別動了」，所以最後這個「匪」字還在他的編年文集裡。

還有一個問題就是收錄了篇章，但是刪改得太多。像《馮至全集》。這是我參加編的全集。馮至批判艾青的詩集這是大家都知道的，當初要不要把這篇文章收到集子曾發生爭議，我主張一定要收，如果不行的話，作為附錄也得收。後來全集一出，我對照之下發現短少一千多字，可說是面目全非。曾經的右派，人家現在不是了，反革命、全集不全成為通病，這是大家做研究時一定要注意的事。

有的內容是作者改的，還有好些是編者改的。因為大陸刊物採三審制，編輯部、主編，你也不知道哪個爺就在這個地方給你動一下手腳。上午所講，你比如說謝冕在八十年代初寫徐志摩詩歌〈沙揚娜拉〉，結果編輯就給改成「沙揚娜拉那個少女」。書本出來以後編輯公開道歉，但這個文章一直還在，又不能銷毀。過了一些年，有人發現這篇文章，就寫了一篇〈謝教授我教你怎麼做學問〉。這是一個非常複雜的問題，好多歷史現象不是那麼單純能解決的問題。（註：徐志摩〈沙揚娜拉》詩中的「沙揚娜拉」當然不是指人，是日語再見的音譯。1982 年中國青年出版社編文學賞析的一位責編亂改謝冕文章，以至於中學教師余雲騰在 1998 年第 1 期《文學自由》上發表〈請問謝冕教授，「沙揚娜拉」是人嗎？〉加以抨擊〉。）

封德屏：民國文學、史料研究的欣樂與創發

謝謝劉教授，我們作史料的都會越來越貪婪，總想找來得不到，或正好缺的。像我辦公室的同事很開心，本來遍尋不著的《筆匯》哪一期，現在有人捐贈，我們就齊了。《文訊》建立藝文中心，資料也怕破損因而不外借，這與劉教授的想法一致。

我們今天快樂的座談會就到這裡結束，謝謝各位。

新鋭園地

論王平陵與民國文學

■汪時宇、曹育愷、盧靖

作者簡介

汪時宇，政治大學中文所博士生。

曹育愷，政治大學中文所碩士生。

盧　靖，政治大學中文所碩士生。

內容摘要

今日學界對民國時期的文人多有關注，然而本文所關注的對象「王平陵」卻如缺席般極少見到與其有關的研究成果和討論。王平陵和身處清末民初的文人相同，面對的均是西方列強進逼下遭受戰火摧折的國家，從其現存作品中可以發現，王平陵有意識的不斷在其撰寫的作品當中，期望能夠扭轉當時中國所面臨的處境。此種保衛家國存亡的使命感，轉化為對文學作品的要求及觀照，雖然王平陵並未有系統地建構自身的文學觀，但這些觀念散佈於他曾撰寫的作品之中。因此本文企圖從王平陵的著作中梳理出他看待文學作品的方式，以及對文學所嘗試進行的改革，觀察一名民國文人，對當時國家遭遇所提出的改革和呼喊。王平陵不僅試圖替中國自有的文學提出界定，更在接觸西方思潮後鎔鑄中國與西方，藉由兼容二者達成對中國的「啟蒙」。又，本文所關注的另一個面向在於，民初文人開始有意識的改革舊有文學觀，可用「民國性」一詞理解此種新興的對於文學和社會的想像，而王平陵此時創作的文學亦可納入「民國文學」的討論範圍。最後，本文梳理論述王平陵所構建的新興文學想像，並試圖替此種異於過往的觀點尋得一個可能的安置之所。

關鍵詞：王平陵、民國文學、民國性、新文學想像、啓蒙

一、前言

作為一名無可略去的民國文人，後人對於王平陵的相關著述及研究相當缺乏；當今台灣學界對於「民國文學」一詞的使用及探問，亦囿限於極為曖昧的分野之中，如何談論「民國」以及安置此時文人之歷史定位，是一值得著力所在。古遠清在《幾度飄零：大陸赴台文人浮沉錄》一書中曾言：

> 王平陵的名字不僅在大陸文壇，而且當下在台灣也鮮為人知。如果讀《魯迅全集》的註解，就會知道它是一位「國民黨御用文人」。不過，這種評價欠全面。王平陵在現代文學史上雖是以「御用文人」身分稱著，但他還有作為抗日愛國作家及清貧文仕的一面。[1]

其實民國文人之所以常常承受這樣的誤解，與當時的民國背景密切相關。當時，西方強權的入侵使中國被動的改變國家的型態，西方幾乎參與了現代中國意識的建立[2]，所以當西方國家以國家主義和民族主義的姿態崛起之時，民國的文人由此開始思考中國意識的重新建立，除了清末以來思考制度方面改變，民國時期更重視精神上的寄託，可是國家認同與中國的政治認同出現矛盾，在中國古代忠義的傳統價值影響之下，仍有許多人雖處於民國時期，卻心懷清帝國美好的想念，也有一些人雖思索國家認同，卻只是向西方學習各種知識理論，這些思潮並無法深入到普羅民眾的內心，因此，許多的文人開始大聲疾呼「民族主義」，蔣介石更是親自鼓吹以民族主義為根本的「三民主義文學」，王平陵也毅然決然扛起這個責任，希望將國家的認同上升到中華民族的認同，在精神上能夠有所寄託。民族主義在西方曾經一度被當作整合國家的重要推力，到了清末民初開始傳入中國，也成為民國時期的文人急需依循的中心思想。王平陵之所以會振臂疾呼，便是因為在此危急存亡之際，急需國家人民的團結統一，以抵抗西方強權的入侵，所以民國 19 年王平陵參與起草〈民族主義文藝運動宣言〉，

---

1 古遠清：《幾度飄零：大陸赴台文人沉浮錄》（桂林：廣西師範大學出版社，2010），頁 143。

2 楊霞：《清末民初的「中國意識」與文學中的「國家想像」》（南京：南京師範大學出版社，2012），頁 7。

強調「中心意識」的建立，這種中心意識即以民族主義為核心，在其文學理論中，不斷的強調文學的選材、文學的功用，都應該以激起民眾的民族意識為目的。所以在這震盪激烈的民國時期，大家不斷的尋求對國家民族的認同，而這樣的時代情懷也影響到民國文人，他們承擔了身為傳統中國知識分子的社會責任與政治責任，所以王平陵雖然曾被魯迅批為「御用文人」，但是不該抹滅的卻是那為國為民的情懷，而這些出現於民國時代的相應口號，更不應該成為評價王平陵的符號表徵，而是應該凸顯出民國特殊的時代性，與文人特質結合，展現出民國文人的特殊風範。

王平陵因為魯迅的一句「御用文人」，時至今日仍沉逝於歷史的長河中。若按魯迅的說法：「認為王平陵這種吃國民黨官飯的人，所寫的文章不過是『十足的官話』，不理會也罷。」而將王平陵安置在黨國政治的書寫脈絡當中，或有將王平陵過於政治化的傾向，反而未能全面觀照，且我們往往忽略王平陵的創作與作品，其實有其特殊的風格和價值，如同陶希聖曾說：「平陵的文章，志趣勝於詞藻，風格高於情景。讀平陵之文，可使貪夫廉，儒夫立。」[3]陶希聖給予了王平陵的作品極高的評價。所以在王平陵的著作中蘊含著其面對當時處境所提出的探問和革新之法，實不能忽略王平陵文學價值的展現，不管從哪一個角度切入，都可以發現王平陵具有值得探究的面向。

二、時代折射：民國與文人

王平陵（1898-1964），本名王仰嵩，字平陵，江蘇溧陽縣人。出生於書香世家，父親為清末秀才，幼年隨父就讀私塾，所以曾接受中國四書五經的傳統教育，小學畢業後考入杭州第一師範，獲官費補助就讀。曾經有許多筆名，例如時事評論用「西冷」、文藝批評論文用「史痕」、散文創作用「秋濤」、短篇小說用「草萊」。王平陵於杭州第一師範就學時得到李叔同之青睞，並在李叔同落髮為僧前，獲贈其所有文藝書籍。畢業後便到奉天第一師範任教，期滿一年後在家鄉溧陽縣同濟中學任教。王平陵於

---

3 張放：〈一顆亮星在天際——《卓爾不群的王平陵》讀後〉，《文訊》第166期（1999年8月），頁27。

民國 9 年（1920）在《時事新報》副刊首次發表小說〈雷峰塔下〉，並有獨幕劇《回國以後》在《婦女雜誌》刊出。民國 11 年（1922）轉任南京美專執教，同時在震旦大學南京分校攻讀法文，於此時始用王平陵之名於各媒體發表文學作品，王平陵的知名度漸漸打開。

（一）大陸時期——與左翼論戰

民國 13 年（1924）主編《時事新報》副刊《學燈》，到了民國 18 年（1929）年應當時《中央日報》社長嚴慎予之聘，主編《大道》和《清白》兩刊物，與魯迅等左翼文人展開論戰，以「民族主義文學」反擊「普羅文學」。我們可以想見，王平陵在當時頗富盛名的《中央日報》有此一番言論，在當時的文藝界和政界都有相當的震撼力，所以在民國 19 年（1930），王平陵正式進入國民黨中央宣傳部，由教育界轉往政界，是年 5 月，王平陵與鍾天心、左恭等人在國民黨中宣部策劃下，於南京成立中國文藝社，作為鼓吹「三民主義文學」和「民族主義文學」的基地，以此和左翼文藝運動相對抗。甚至在兩方文人論戰激烈之時，參與起草〈民族主義文藝運動宣言〉一文，批評左翼文藝運動是「畸形的病態發展」，引來魯迅、茅盾、瞿秋白等人先後撰文攻擊右翼文人實有法西斯主義的影子。王平陵也以此諷刺左翼作家：「常常在上海的大跳舞場拉斐花園裡，可以遇見他們伴著嬌美的愛侶，一面喝香檳，一面吃朱古力，興高采烈地跳著狐步舞，倦舞意懶，乘著雪亮的汽車，奔赴預定的香巢，度他們真個銷魂的生活。」[4] 批評當時一些左翼文人於現實生活中仍是資本主義的生活樣態。

民國 21 年（1932），王平陵任職正中書局出版委員會，主編《大時代文叢》、《新生活叢書》、《讀書顧問季刊》，這些書籍多刊載美、英、法等國名作，這與曾在震旦大學學習法文的經歷有關。民國 25 年（1936），受陳立夫委派主編電影年鑑，也因此於電影界具有舉足輕重之地位。

民國 22 年（1933）王平陵直接和魯迅筆戰，是年 2 月，魯迅發表〈不通兩種〉[5]批評國民黨報紙新聞的「不敢通」和「不願通」。王平陵立刻還以攻擊：「對蘇聯當局搖尾求媚的獻詞」，才是這些左翼作家心目中「最

---

[4] 古遠清：《幾度飄零：大陸赴台文人沉浮錄》（桂林：廣西師範大學出版社，2010），頁 146。

[5] 何家干（魯迅）：〈不通兩種〉，《申報・自由談》，1933 年 2 月 11 日。

通的文藝」。[6]王平陵前後與魯迅為首的左翼發生多次論戰，贏得國民黨官方的肯定和讚揚，並尊他為「文藝鬥士」，而當時的有識之士及文藝界甚至將其譽為「王平陵精神」[7]。

（二）大陸時期——抗戰

民國 27 年（1938）南京淪陷後，文藝重鎮轉移至武漢。此時因為抗戰的需要，希望成立一個超越黨派組織，國民黨中宣部便將此重任交給王平陵完成。他努力協調馮玉祥派系的作家及以郭沫若為首的左翼文人之間的關係，終於在是年 3 月，成立「中華全國文藝界抗敵協會」，簡稱「文協」。因左右派文人鬥爭激烈，所以文協不設理事長一職，但在八年抗戰的消耗下，最終被左翼所控制。抗戰時，王平陵曾寫詩集《獅子吼》描寫抗戰軍民的英勇，民國 28 年（1939）冬，王平陵甚至一度擔任戰地記者，親赴前線採訪桂南崑崙關之役實況，隔年元旦，崑崙關光復，王平陵為此也寫了一篇詳實的報導，希望能鼓舞軍心。[8]並於民國 29 年（1940）春創作劇本《狐群狗黨》揭露漢奸禍國殃民的行為，於重慶上演時獲得極高的迴響，繼而創作五幕劇《維他命》描寫商人唯利是圖的醜陋樣貌。

（三）大陸時期——抗戰勝利

民國 34 年（1945）抗戰勝利後，王平陵應劉以鬯之邀填補老舍於《掃蕩報》副刊所連載的《四世同堂》的空缺，撰寫長篇小說《歸舟返舊京》。並為商務印書館主編《大時代文叢》，此段時期國民政府將《掃蕩報》改為《和平日報》。同時王平陵由劉同繹（劉以鬯）推薦任《和平日報》副刊主編。民國 35 年（1946）5 月，王平陵在正中書局發表了〈七年來的中國抗戰文學〉，文中對左翼作家如田漢、蕭軍等作品亦予肯定，[9]這篇論著目前被列為研究抗戰文學史的重要參考文獻，也就是說王平陵並非一味的

---

[6] 王平陵：〈最通的文藝〉，《武漢日報・文藝周刊》，1933 年 2 月 20 日。

[7] 王書川：〈文藝鬥士——懷念王平陵先生〉，《文訊》第 219 期（2004 年 1 月），頁 127。

[8] 王允昌：〈一生奉獻文藝——懷念父親王平陵先生〉，《文訊》第 339 期（2014 年 1 月），頁 64-68。

[9] 王允昌：〈一生奉獻文藝——懷念父親王平陵先生〉，《文訊》第 339 期（2014 年 1 月），頁 64-68。

攻擊左翼文人，王平陵重視作家作品，以及對於文學本身是有其高度客觀評價的。抗戰勝利後，選擇留在重慶的王平陵，於民國 37 年（1948）擔任重慶文化運動委員會委員，積極推動重慶的文藝運動，由此可以看到，無論是於內戰或是外患的衝擊下，都影響不了王平陵為了人民奮鬥的心意，因為他深刻知道，內在的精神寄託才會是維繫中國人民的一條救命繩，在這個重要的基礎上疲力奔走，並不能有所荒廢。

（四）台灣時期

民國 38 年（1949）冬日，當人民解放軍來到重慶之時，王平陵在老友倪炯聲的安排下，攜帶長子王允昌搭乘最後一架飛往台灣的班機來台。渡台後因與家人離散，曾寫一篇近兩千字的散文〈離散〉敘述當時之情。

王平陵到台灣後，以賣文維生，生活極不安定。民國 39 年（1950）3 月，受邀出席《新生報》副刊所舉辦之文藝作家座談會，會議內容討論「戰鬥文藝」的開展和希望成立一個全國性的文藝團體，5 月時便成立「中國文藝協會」，王平陵也擔任了文藝協會的常務理事。他並於同年（1950）任職《半月文藝》專稿撰述委員。民國 41 年（1952）擔任《中國語文》編委並同時主編當時的官方刊物《文藝創作》、《中國文藝》。在此期間，曾為雷震《自由中國》撰寫多幕劇《自由魂》，並運用意識流寫法創作《六十年代》等長篇小說，囿於身體因素且公務繁重，此時諸多作品皆未完成付梓。民國 45 年（1956）王平陵離開台灣，赴曼谷擔任《世界日報》總編輯，因不適應當地氣候於一年後回台。然而為支家用，已近花甲的王平陵再次離開台灣，赴菲律賓馬尼拉華僑師範專科學校講學，並幫助華僑展開戲劇相關之文藝活動。三年後，王平陵回到台灣，接手主編《薰風月刊》同時擔任《創作》月刊社社長。民國 50 年（1961），獲聘台北政工幹校（現為國防大學政戰學院）擔任教授，深受學生愛戴。民國 53 年（1964）晚間因積勞成疾突發腦溢血昏迷，病逝於醫院。

王平陵一生於 30 年代，因與左翼文藝運動論爭而發表諸多文章外，其餘作品皆因各項因素而散逸。於王平陵出殯當日正中書局方出版其長篇小說《愛情與自由》，亦是生平初次正式出版的長篇作品。王平陵一生清貧，為理想而奮鬥，卻在晚年為生活疲於奔命，仍然沒有放棄為國為民的熱忱。他的個性親切樸實，受到許多文人的喜愛，如謝冰瑩得知王平陵去世的消息之後，悲慟萬分的寫下〈王平陵先生之死〉一文[10]，感慨萬千的悲嘆老作家命運之悲，再回首觀看王平陵的一生，令人不勝唏噓。

三、王平陵的文學觀與創作

王平陵今日可見的著述並不多，而在閱讀的過程中得以發現，王平陵試圖去建構自身的文學史觀，從文學的本質開始，提出自身所獨有的見解，而若是從更為上層的角度關照，王氏在此時所面對的正是五四以來文人共同的焦慮。在西方制度、器物、思想傳入時對中國所帶來的震盪，此種全然相異的文化，使得當時人開始對於自身的主體進行反思，隨後展開的五四運動即是在此脈絡下興起。同樣處身於此一時代，王平陵的書寫及觀照文體的意識，即是民國時期文人共同體現出在西學衝擊下的反思，例如胡適於民國 6 年（1917）1 月於《新青年》所發表的〈文學改良芻議〉，他提出文學的八項改革，其中第二項及第五項提及文學所涉及的寫實問題：

> 二曰不摹倣古人：而惟實寫今日社會之情狀，故能成真正文學，其他學這個，學那個之詩古文家，皆無文學之價值也。今之有志文學者，宜知所從事矣。
> 五曰務去濫調套語：吾所謂務去濫調套語者，別無他法，惟在人人以其耳目所親見親聞、所親身閱歷之事物，一一自己鑄詞以形容描寫之。但求其不失真，但求能達其狀物寫意之目的，即是工夫。其用濫調套語者，皆懶惰不肯自己鑄詞狀物者也。[11]

正如胡適所言「實寫今日社會之情狀，故能成真正文學」，此時，真切反映現實的文學才能被大力高舉，並鄙夷僅是摹習過往的文學寫作，當民國文人反思過往文學之時，多從傳統的「文學屬於特定階層，且被特定群體把持」的角度切入，認為文學應當切合現實人生，試圖從中提取一條自身所認定的書寫途徑，尤其王平陵的論述當中更能夠窺見此種——文學

---

[10] 王平陵先生遺著編輯委員會編：《王平陵先生紀念集》（台北：正中書局，1975 年），頁 27-32。

[11] 胡適：〈文學改良芻議〉，《五四新文學論戰集彙編》（北京：長歌出版社，1975），頁 93、96。

應當書寫現實題材——想法的提出，若是將此兩相映照即可發現，王平陵之文學觀念所體現出的時代共性。

（一）本質論

觀看王平陵的著作，可清楚看見其對於現實的極度關切及重視，在其《文藝家的新生活》一書中曾如此談到：

> 文藝是離不開生活而存在的。文藝不僅是有著關於生活現象的判決的意義，不僅是一種生活的偶然的部分的再現，他是說明生活的全體的，他是具體的生活的反映。明顯地說，文藝是由大眾的現實生活裡，所發出的怨苦的叫喊，是從現實的環境裡所壓榨出來民族的最沉痛最熱烈的悲哀……所以，在某一種時代，就應該有某一種文藝；換句話說，在某一種文藝正在流行著的時代，便不難推判是某一種時代正在支配著人類的生活。[12]

王平陵首先點出「文藝是離不開生活而存在的」，此段話已先劃定了文學存有的位置，即是和「生活」無從割離的。從此一命題出發，文藝本身的有效性已被化約於生活當中；其《戰時文學論》亦曾如此說道：「文學是把握著人類的現實生活，從人類掩蔽的部分——即人類看不見的內心深處，加以深刻而赤裸的分析。」[13]因此，當王平陵在面對「文藝／文學」時，說明了文學即是「生活的反映」，所以作為民族生活的再現，王平陵面對此時的文學作品，亦是面對著當下的人民生活情境。他的論述充分反映了當時中國戰亂頻仍，生活動盪，因此，此時的文學作品必然是「民族的最沉痛最熱烈的悲哀」。王平陵對於文學的期待，於本質上是上升至對於國族的觀照，對於生活、存有及時代的呈現，因此其在文末如此論道：「在某一種文藝正在流行著的時代，便不難推判是某一種時代正在支配著人類的生活。」文學作為時代的彰顯，昭示著當代人群存有的共象表現，而此種文學的論述不僅適用於現下的中國，王平陵更從過往的文學遺產中，提出對其文學論述的佐證，他曾如此談論《離騷》與《紅樓夢》：「（作

---

[12] 王平陵著：《文藝家的新生活》（南京：正中書局，1934），頁 30。
[13] 王平陵著：《戰時文學論》（上海：上海雜誌公司，1938），頁 7。

者）乞靈於文學，運用詩歌小說的形式，來抒洩胸中的塊壘的……（他們）志在『立德、立功』，並沒有把立言當作不朽的事業」。[14]由此可見，在觀看過往經典的文學作品時，王平陵以「立德立功」的角度切入，認為作者創作的目的在於指陳當時的社會現況，反映出真實的世界表象。從王氏的論述中可知，在其對於文學本質的談論過程中，一再回應了關於「現實」的叩問，在對現實提出詢問的過程中，作者將所獲得的回應具象化為文學作品，並在書寫時不斷回應此一命題，他曾如此論道：

> 作者寫作的目的，應該永遠抱定是為了解決現實生活中所發生的那一個問題。[15]

王平陵所設定的書寫母題即是「解決現實生活中的問題」，此處即可看出，對於作者而言，生活必然存在有待探討的困境及苦難，然而，他的論述並非可以無限上綱的，對於個人書寫現實的反應亦有著其所認定的有效性範圍，於關照現實時王平陵亦是有著自身所認可的題材，他反對過於變本加厲的極端個人主義，例如肉慾奔縱的小說和詩歌，如《枕上隨筆》、《雪茵情書》，其所關注的社會現實，乃是龐大的社會歷史面向，並非個體生活中的瑣碎小事。

由上述可知，從反映社會的角度切入，王平陵聚焦於當時社會所反映出的大時代困境，民族和族群的共同情感，以及從人民的生活中榨取出的痛苦。此種觀念，清楚可見西方思潮的影響，如同面對社會所呈現的痛苦時，或可回歸至西方《聖經》所談論人所擁有的原罪（sin），人生於世便擔負著原罪，其書寫必然是含有著「怨苦」與擔負著「悲哀」的。而文學家的使命即是將此種原罪記敘下來，呈現於人民眼前使人得以知曉。若是從政治的角度切入，作為一名官方文藝創作主編，是時國民黨推行的「新生活運動」當中即強調中國傳統的道德觀，恢復禮義廉恥，仍舊需要關照人曾有的傳統價值。從此點觀察王平陵的論述，或可更為合理的看待王平陵對於文學本質的談論，應是反映現實的、應是為了解決社會現實中所發生的問題。從此二角度切入，王氏的書寫不僅可視為自身對西方思潮的吸納與轉

---

14 王平陵著，王平陵先生遺著編輯委員會編：〈曹雲〉，《王平陵先生論文集》，頁364。

15 王平陵著，王平陵先生遺著編輯委員會編：〈故事的主題與結局〉，《王平陵先生論文集》，頁28。

化，更是具有著對中國傳統的召喚與回歸，雖然其中也許可能隱含著政治力的介入，但其學說裡所具有的家國關照情懷是無以抹滅且不容忽視的。

（二）文體論

王平陵於擔任官方刊物《文藝創作》的主編期間（1952），每期至少刊登五篇與文學評論有關的論文，一改前任主編胡一貫不重視評論的情況，目的是鼓吹官方所倡導的文藝，並輔導青年創作。王平陵認為文藝批評的建立是極為重要的：

> 文藝批評主要是挖掘作品的真理，指出正確的創作方向，把至高至美的涵義，深入淺出，成為家喻戶曉的常識，……普遍提高一般人的文藝鑑賞力。[16]

西方思潮的傳入，對於文體的概念影響著我國文學批評的發展，我國自古即有文學批評的傳統，然而，關於「文類」的界定，如小說的觀念，乃至於史詩觀念的傳入，均使得中國文人急切回返中國的文學遺產中尋覓相應的文學類別，而在王平陵的文學觀念中，亦清楚的點出各式文類，並針對各文類提出其所各自應具備的寫作內涵。於他的書中可見其反覆提倡標舉文學批評的重要，他說：「人們對於自己趣味所近的事業，是應該讓人家來指導的；自己往往狃於成見和偏見，說不出一個所以然來。至於除小說以外的其他各部門，以作者個人的趣味及努力的時間來說，是門外漢；但是，旁觀者清，我相信所提出的意見，倒是比較忠實的。」[17]按此段引文可知，王平陵認為作者的書寫往往會滲入個人所具有的「成見和偏見」，為此，應該以更為超脫的視野及更高的視域觀照，立身於文本及個人寫作之外，回望文本的書寫與創造，方能「忠實」的面對其該何以書寫的命題。回首王氏所處的清末時期，所面對的乃是殘破的國土和列強進逼的政治現況，在這樣困頓而艱難的時刻，知識分子所懷有的使命感更為深切，而積極推動各種學說。他曾稱文藝批評家為「時代的推動者」[18]，於

---

[16] 王平陵著，王平陵先生遺著編輯委員會編：〈建立嚴正的文藝批評〉，《王平陵先生論文集》，頁 116。

[17] 王平陵著：〈短序〉，《戰時文學論》，頁 1。

[18] 王平陵著，王平陵先生遺著編輯委員會編：〈論文藝批評〉，《王平陵先生論文集》

此角度討論文藝批評與時代的關係，企圖將其文學及文藝的觀看，以整個時代為場域，期待獲得更為深邃的意義詮解。

在王平陵的文體分類中，曾舉出「詩歌」、「小說」、「散文」、「話劇」、「電影」等五種作為文體的劃分，並各自提出其所認定相異文類所應具備的特徵及書寫方式：

> 民族的熱烈情緒所賴以表白的最適宜的武器……詩歌的構成，是詩人靈感的自然流露，不借修飾的技巧，掩蓋率真的情緒。
> 詩是人類痛苦的結晶，假定這話是不錯的那麼我但求詩人寫不出詩。[19]
>
> ——詩歌

> 硬性地說明那一類的作品應納入散文的形式，是頗為困難的。……除了韻文之外的各種文藝形式，即都是散文的分支，無疑的，散文這一種文體，當然是各種文藝形式的基礎。能寫散文的作家，不一定能做詩、編劇、寫小說；可是，不能寫散文的人，就同畫家的未經過石膏像的長期練習，決無法嘗試各種文藝形式的習作；勉強習作，徒然最浪費精力和時間。……我們學寫散文的時間，都相當悠久，因為這是寫作的基本練習，是任何作家必經的階段。[20]
>
> ——散文

> 小說是運用刻劃人物，描寫故事的方法，來透示作者對社會、人生的一種看法，及解答現實問題的藝術。[21]
> 「小說」在諸種文藝部門中，是最能討好的一種，他是客觀的描寫，透入現實向最深一層的剖解，而不是主觀的批判，是一種浮相似的敘述……小說是澈底排除主觀，純粹是客觀的分析和描寫這一種手法，假使不是在寫作技術有過長時期修養的作家，是絕對不可能的。[22]

頁 201。

[19] 王平陵著：《戰時文學論》，頁 44。

[20] 王平陵著，王平陵先生遺著編輯委員會編：〈論散文〉，《王平陵先生論文集》，頁 103-105。

[21] 王平陵著，王平陵先生遺著編輯委員會編：〈小說的故事結構〉，《王平陵先生論文集》，頁 15。

[22] 王平陵著：《戰時文學論》，頁 48。

寫小說最要緊的一點，不僅是作家需有熟練的技術，尤其是作家有沒有豐富的閱歷和經驗，透視人生的哲學的根底，分析人性的心理學的基礎，解剖各種社會問題的社會科學的較高深的知識。[23]

——小說

戲劇對於社會國家所應負的使命，實在太重大了！牠是民族文化的總表現，當我們欣賞某一地，某一國的舞台藝術，從劇作者找到的主題上，可以反映時代性、民族性及當前急於要解決的課題；……我們假使忽略了戲劇工作，就無異是扼殺了新興的文化，斲喪了社會的生氣，使啟迪民眾的社會教育，缺少推動的利器！。[24]

——戲劇

即使在攝製技術上，或不能做到理想的完美，只需內容是真實的，敘述是明朗的，故事是緊張的，我想不僅能深深把握宣傳的效果，在營業上的勝算亦有切實的把握。[25]

——電影

上引資料為王平陵替各文類所化約的範疇，儘管不同文類間有著相異的寫作需求，但從中仍可發現相通之處。首先，作品必須表露作者的真實情感，於文本當中蘊蓄著作者對現實社會的感應和懇切的觀照，他曾說：「文藝的真，就是『修辭立其誠』，『言必由衷』的意思。……在文藝史上決沒有無病呻吟，立意不誠，感情不真的東西，而能發揮戰鬪的精神，成為不朽的名著的。」[26]此外，在書寫過程中對於「現實」的反映是必須的，從詩歌是「靈感的自然流露」，必須不借修飾的創作，而在小說中更將此種文類視作「解答現實生活的藝術」，戲劇則擔負起民族性的體現和反映時代性，能夠作為「啟迪民眾的社會教育」。由此三者觀看其所提出的文學觀，便是社會現實的表現和對民智啟迪的作用。再者，於非書面表

23 王平陵著：《戰時文學論》，頁 48。

24 王平陵著，王平陵先生遺著編輯委員會編：〈論現階段的劇運〉，《王平陵先生論文集》，頁 249。

25 王平陵著：《戰時文學論》，頁 72。

26 王平陵著，王平陵先生遺著編輯委員會編：〈戰鬥文藝的重點〉，《王平陵先生論文集》，頁 156。

現的作品中——即其所論的戲劇和電影——他曾引用辛克萊之言：「凡是文藝，都是宣傳」，來宣稱此二種文學媒介的最大功用就是作為一種意識型態的展現和傳達。對他而言，戲劇承擔起社會國家的使命，而電影則是在其既有的視覺表現上，以和過往不同的方式來呈現作者所欲表露的思想內涵。從王平陵對文類的全面檢視和觀照可知，對其而言，文學在此一時代必然需要再被定義，因此其重新定義了上引的五種文類。對是時的寫作者而言，他所提倡的文學觀或可視作新興的文學寫作基準，若是將之安置於其思想體系當中，即可發現這樣的文學觀之所以重要，是因為文學是精神的基礎，在民國時期有其強調的必要性。連結到時代的脈絡底下，不只呈現個人的思想還有整個時代的共性，後人可以更加清楚明朗的觀看這個時代，並能發現其與現代的相互承繼之處。

（三）目的論

從王平陵所注重的「真誠」、「反映現實」、「宣傳」可知，作者所關注的乃是當時的社會現況，期望作者於書寫時真實地將當下的社會情境記敘流傳。其中所具有的宣傳要求，或可視為其欲召喚人民所共有的情感，以文本作為媒介，作者藉由文本體現當下人民的共時處境，而讀者藉此直臨被書寫者身處的苦難。當讀者接受作者在文本裡昭然若揭的現實性時，其所欲喚起的民族情感，仍舊呈現出民國文人對於救亡圖存之情的迫切，因此才會如此注重並要求文學需反映現實。

此種文學觀的提出亦正是呼應當時知識分子所共同求索的改革之方，此種對文學須有所用於社會，要能反映社會現實的思潮，表現在同時代之文人的論述當中，正如陳獨秀於民國 6 年（1917）2 月於《新青年》所發表的〈文學革命論〉所言：

> 今欲革新政治，是不得不革新盤踞於運用此政治精神界之文學，使吾人不張目以觀世界社會文學之趨勢及時代之精神，日夜埋頭故紙堆中，所目注心營者，不越帝王，權貴，鬼怪，神仙與夫個人之窮通利達，以此而求革新文學，革新政治，是縛手足而敵孟賁也。[27]

[27] 陳獨秀：〈文學革命論〉，《五四新文學論戰集彙編》，頁 110。

文中即已點出，若欲革新政治則需先改良文學，對此時的知識分子而言，文學已被認知為擔負思想的載體，當中必然會有所寄託，而在當時最為重要的思想，便是應當喚起民眾對於國家的關注以及新觀念的接受和理解。從此一角度關照，王平陵仔細的劃分出不同文體，並針對不同文體提出相應的書寫方式，此類辨體觀念的發明正是隨此一時代而起。當文學被安置中心思想時，必然開始關照現實，王平陵所提出的論述正是不斷回應此一命題。他十分清楚的意識到文學乃是作為思想宣傳的媒介，並以此出發，其最終的目的仍舊是欲喚起全體國民對家國的關注。

四、民國性：文學與文化表徵

觀看清末民初的文人，不論在其思想和文學表現以及文學相關論述的提出均可發現，是時文人具有著不同於過往的文學思潮，此種位居於中西思潮交會時所產生的改變及激盪，文人體現出一種新興的創作意識和論述架構，以今日術語談論，或可以「民國性」一詞概括，張堂錡曾論：

> 文學的「民國性」一詞，作為在有關現代文學史思考架構下，與「現代性」相對的一種概念，是文學的「民國機制」與「民國風範」交互運用、共同體現的一種獨特的民國文學精神內核、人文傳統與審美特徵，它既對民國文學產生直接間接的制約與影響，又同時在各種文學作品與藝術形式中被書寫，被彰顯，被證明。

此段引文中替讀者揭示了觀看民國文學的幾個面向，從精神內核、人文傳統及審美特徵等角度切入，在文化交融的社會處境當中，如何從文人所書寫的作品裡看見民國，係為十分需要關注的議題，而在民初時期自五四以降，文人對於國民性[28]改造，期望透過對民智的「啟蒙」以達到救亡

[28] 樊星曾如此論道：「晚清以來，『改造國民性』的主題一直牽動著有志於改造中國的思想家、文學家和政治家的注意力。從梁啟超的『新民說』、魯迅的『立人』思想到毛澤東『六億神州盡堯舜』的浪漫理想，都體現了偉人們關於『改造國民性』的理想主義設計；而在魯迅的〈阿Q正傳〉、〈祝福〉和毛澤東關於『嚴重的問題在於教育農民』的教導以及一次次旨在批判資產階級思想和封建主義傳統的政治運動中，則顯示了他們對民族劣根性的深深憂慮。」以上論述見氏著《中國當代文學與國民性》（台北：秀威資訊科技公司，2012），頁21。

圖存之能，亦是當中極為重要的部分，以下從幾個面向分別觀照是時文人的民國性展現。

（一）人文傳統：中西交流下的新人文想像

處身民初時期的文人，其立身於中西文化交流正值繁盛的時代，大量的西方思潮傳入中國，此時的文人大量吸納西方新興思潮，在傳統文化及西方思潮中兩相擺盪，在對於西方的學習及思索上，無可迴避《聖經》對於文化的影響，從王平陵的文學論中即可看出端倪。關於文學乃是苦難的榨取和書寫，可回歸至《聖經》中對於人的描寫，王平陵曾以西方為例如此談到：

> 直到今天，偉大的《聖經》，就是一切思想的出發點，各種文藝名著的創造，大抵接受了《聖經》的啟示，故事的中心思想，作品的重點，都不會離開《聖經》的範圍，……有一位英國的批評家柏格思，Burgess 寫了一本『莎翁作品中的聖經』，其中有幾句肯定的話：『……聖經底正義、寬容、仁愛、救贖等教訓，以及寶貴的金科玉律，仍全部保留在莎翁的名劇中。』……我在莎劇中信手找出一連串與《聖經》有關的例證，無非是為了證實莎翁一生的努力，是在《聖經》中捕獲了靈感，盡量發揮高度的睿智，優美的詩，卓越的戲劇技巧，使超絕的哲理，變成趣味化，普遍化的常識，深入觀眾和讀者的心坎，充分展開教育的實效，而有助於社會的進步，直接為文學奠定鞏固的基礎。[29]

王平陵提及《聖經》乃是「一切思想的出發點，各種文藝名著的創造，大抵接受了《聖經》的啟示」，將所有文藝創作及思想的原點均上溯至《聖經》。對王氏而言，其所受西方思潮的影響於此可見。然而，儘管他接受外國傳入的文化，所思考的仍舊是如何將文學發用於社會當中。王平陵從教育的角度，期望文學能獲致實效，此種效用可推動社會的進步，於此可見，在面對西方的新文化所帶來的衝擊時，其所欲凝縮運用的乃是當中所蘊藏的文化底蘊，而並非一味地接受西方，他並不贊同盲目且一味地跟從西方文化，並進而鄙棄自身所具有的文化傳統，在其論著中曾如此談到：

---

[29] 王平陵著，王平陵先生遺著編輯委員會編：〈建立批評的原則〉，《王平陵先生論文集》，頁 174-176。

> 在日本文化界……尤其是文學的部分，除了從歐美譯述一些名著，或由中國盜取的文化，略加燒直便冒充為自己的文化以外，我們要發現日本人自己創造的文化是不可能的，至於配稱為偉大不朽的作品……堪與歐美大作家並駕齊驅的作品，更是少到等於零。[30]

王平陵批評日本文化界在自身的文學作品上已然失卻了自身的主體性，也失去創造自身文化的可能。除卻對西方效法外，日本更盜取了中國的文化資產，而其以如此方式創作的結果即是最終所說「堪與歐美大作家並駕齊驅的作品，更是少到等於零。」從主體性的失落回望，王平陵並不反對效法西方文化，在其論述中更直接點出西方思潮對其所造成的影響，然而，此種影響的效用在其心中並非以顛覆及剷除的方式出現，而是透過自身的吸納化用，儲蓄於自身，因此認定應在《聖經》當中「捕獲」靈感，立植於西方文藝思想的養分之上，開展出自身文化所能獲得的可能，這才是中國的特色。這樣的文化自覺，就是民國時期所展現的一種獨特性，面對西方思潮的大舉入侵時，我們仍應包容學習，更要創造出屬於中國的獨特性，所以這種民國性是中國的、民主的，若是如同日本般，在面對自身的文化時，並不思考該如何與自身的文化交融，而僅是一味地接受並直接「冒充」為自身的文化，將會一無所獲。

處身於中西文化交流繁盛的時代，王平陵並非一味地接受西方文化，全盤的西化僅會招致自身文化主體的失落，在其對日本的評論中可發現，對他而言，西方思潮的進入乃是不可抵抗的歷史必然，但在面對此種文化時，應當觀照的是其中的「哲理」，並藉由作者的理解將之「趣味化」使閱讀者得以理解並接受。若從創作者的角度看待此問題，王平陵實為一名極有自覺的作者，處身於跌宕之時，不隨波逐流深陷於西方文化當中，而是以中國文化作為主題，進而去思索外來文化如何附加於中國文化之上，如何使得本國文化於此基礎上更進步，且如何於吸收外國文化後有助於社會。他的人文想像根植於中國士大夫自古即擔負起的救亡圖存任重道遠的使命，並且在以此為本的同時，不斷地在西方文化中尋找面臨現狀的超脫之法。從此一角度看待王平陵於中西文化交會下所折射出的新人文傳統，或可更為深切地看待其所提出的學說和相關論述。

---

[30] 王平陵著：《戰時文學論》，頁 9。

（二）精神內核：今後中國文藝家應該怎麼樣？

談及文人在面對西方思潮應當如何內化與轉圜後，王平陵亦曾論述處身新時代的文藝家應當如何安放自身於歷史中的定位，在面對中國不同以往的社會情境時，文藝家該如何不同於過往的文人，該以何種角色立身於社會當中，亦是極為迫切且重要的問題。他說：

> 從五四到北伐，再從北伐到抗戰的初期，應運而起的新文藝工作者，確實是向著「民主與科學」的目標，亦即「五四」的精神，勇往邁進的，因為，科學的障礙，是迷信、虛偽、懶惰；民主的暗礁，是固執、自私、武斷。[31]

由此可看出，身為一名「新文藝工作者」所朝向的應當是「民主與科學」，面對此種新興的思潮，王平陵所回望的乃是過往中國文人所可能具有的陋習即「迷信、虛偽、懶惰；固執、自私、武斷」，這些是推行「民主與科學」的阻礙，是需要革除的。對王平陵而言，其所繼承的是五四以降的改革精神，而作為新文藝推行者的知識分子而言，此更是不可不堅定行進的方向。王平陵更進一步具體談論新文藝推行者該如何影響當時的中國人民，他以中西方的文藝家相比較，以莎士比亞為例，認為中國知識分子不應僅是關注自身的作品流傳與否，更應該擔負起自身所應具有的社會責任，亦在談論中國的作家時，提出他所認為的問題及亟待改進之處：

> 在中國的作家之林，當然也有人承認修養的重要，但都缺少持久忍耐，沒有確定的中心思想，往往因為現實的不安定，厭惡實際的人生，不斷的接收一切幻想的戲弄。雖然，也有極富於天才的作家，但是是病態的，不健全的，我們看到這些人的作品，滿溢著憂鬱、怨恨、甚至對自己也表示不滿的那種情緒，就可以知道。[32]

從此段文字可知，當時的文人儘管可能已有部分對於新文化有修養的自覺，但大多數的人仍舊是囿限於過往舊習當中。對王平陵而言，作家不

[31] 王平陵著，王平陵先生遺著編輯委員會編：〈文藝節的感想〉，《王平陵先生論文集》，頁 65。

[32] 王平陵著：《文藝家的新生活》，頁 81。

應缺乏「中心思想」，即便是中國具有「極富於天才的作家」，當王平陵看到這些作家仍舊是病態的不健全的面對著生活，其實是痛心疾首。既然文人擔負著較人民大眾更為重要的社會責任，且作為改革社會的先聲，因此王平陵在〈文藝家的新生活〉一文中才會提出從衛生習慣乃至於審美眼光的培養，這些看似陳腔濫調的具體主張，其實是希望能夠從生活素養上澈底改變文人的「氣質」，而不至於病態、怨恨。這在民國時期已是非常先進且現代的價值觀，所以我們不應忽略王平陵大聲疾呼的時代背景，而去鄙夷這些說法的必要性，這其實是中國文人乃至人民逐漸現代化的重要特徵。這些從生活習慣到眼光的拓展，雖然看似細碎，卻是一種屬於民國時代的獨特性，我們也可以從此看出人民生活素養轉變的過渡痕跡，並體會王平陵對全體人民的用心和盼望。

王平陵不僅重視生活素養的培養，同時認為文藝家有其更重要的文化傳承使命，而提出新文藝家應當具有的最終文藝指向：

> 所以今後文藝家必須能準確的辨明自己的生活的中心，是站在集團的意義上，盡量發揮為集團犧牲服務的精神，同時，把過去那種個人主義的劣根，抱著絕不寬假的態度，摧毀了他，才算是克盡文藝家的天責，我想，誰都沒有理由可以否駁的。[33]

王平陵具體提出文藝家必須站在「集團」的意義上，發揮為集團服務的精神，對其而言，中國作家須將自身安置於中國整體的大我關懷當中，現下的中國作家或已深陷於個人主義的窠臼之中。他強調喚回過往文人「先天下之憂而憂，後天下之樂而樂」的家國關照情懷。當時的中國作家在王平陵眼中，早已淪為僅僅圖存傳世不朽而寫作的存在，然而，面對當時中國的社會現狀，此種寫作的態度是無益於社會發展的。他銳意提出其所認定真正的知識分子所應關照的部分，便是應該拋下極端的個人主義，不再只是關注自身的創作，如果創作無法回歸時代，無法回到集體當中，僅作為一種個人的呈現時，是無法「克盡文藝家的天責」的。

從上述引文可知，王平陵將藝文家的地位提昇至極為崇高的層次，然而，在立身於如此之高的位置時，更應負起社會責任，而不只是在書寫的

---

[33] 王平陵著：《文藝家的新生活》，頁 91。

過程中做為自我的表露呈現。他以五四以降的精神為始，論說文人應當負起社會責任，其內在精神應是以「民主和科學」為根柢。這種客觀性的思考方式，來自西方的影響，王平陵在此基準下，反思民國文人的萎靡以及缺失，進而說出他認為文人應該具有的大我關懷——「盡量發揮為集團犧牲服務的精神」，以犧牲奉獻為首要目標。儘管王平陵提出文人應具有的精神乃是西方思潮所帶進的「民主和科學」，但當中的內核仍結合了中國自古所具有的文人精神，或可以說是更為深切的家國關懷。在他的思考脈絡裡，或許已將對文藝家的啟發和期望所產生的改變，視為整個中國人民的縮影，若能率先扭轉中國文人的思想，使其成為自身認知底下的文藝家典型，或許能夠翻動龐大的中國人民所具有的陋習和文化中較為劣勢的部分。《文藝家的新生活》此部作品，當中的新生活不只是生活本身，更暗喻著整個國體與家國的革新和創造，此種對於精神上的思索，正是民國時期所具有的特殊現象，民國的精神內核，應該在中國的、民主的、現代的三者當中展現，當我們思考革新改變之時，就是這個時代所有人的期盼——一個進步的現代化社會，其實已在王平陵的理論當中勾勒出一幅草圖。王平陵滿懷著積極主動的熱情，便是希望這樣的草圖能夠實現，希望在危急存亡之際外能與西方接軌，內能自我提升，王平陵的想法不得不說是非常有遠見的。

（三）審美層次：通俗書寫與思想傳遞

王平陵承繼了晚清以來菁英文學與通俗文學交流的觀念，強調書寫必須向各階層學習，文學不再是被特定階級所壟斷的產物，而是須讓更多人得以知曉。民國文學極為重要的內涵之一是「啟蒙」，為達此目標，讓以往並非被劃入知識階層的民眾能夠讀懂並理解接受當中的內容是極為重要的，而在王平陵的學說中亦能看見他對於此部分的關注：

> 我覺得為民眾看得懂，讀得通，容易引起興趣，發生感動的通俗文學，仍然是攻心戰鬥中最有效的武器！……要把通俗文學寫到理想的標準，即在通而不俗，俗不傷雅，雅俗共賞的原則下，使作品發生教化的功能。[34]

---

[34] 王平陵著，王平陵先生遺著編輯委員會編：〈莫輕視通俗文學〉，《王平陵先生論

王平陵指出，文學應當「看的懂，讀的通，容易引起興趣」，儘管他將文學視為攻心戰鬥的武器，但若是回到其所身處的年代，為了啟迪民智，乃至於作為一種啟蒙的作用，當文學以擔負起某種時代的責任時，作者的意圖直接進入文學作品當中，並有意識的主導書寫的進行，或許已是無可避免的。從王平陵的論述可發現，其所提出的通俗文學有著自身範疇，秉持「通而不俗，俗不傷雅，雅俗共賞」此三點原則下所書寫的，使民眾看得懂的文學作品並不等同於書寫俗爛主題的作品，王平陵更為重視的是當中所具有的思想內涵，作為思想載體的文字如何發生效用，此方為他所關注的。因此其於談論時才會稱說此種文學應該是俗不傷雅的，要將所欲傳達的內容包裝於極為易懂的文字裡頭，需要透過作者書寫上的轉化和文字的調度。從王平陵此種說法的提出即可知曉其和當時的文人相同，主張為使當時的人民百姓可以接受新的觀念及思想，文字書寫的通俗化是不可迴避的，為了開發過往所不被籠罩的讀者群體，此種書寫上的變革，自有其不得不然的歷史成因。

五、結語

從過往學者對於民國文學的認知中可知，在民國的特殊歷史文化社會情境中，孕育出不同過往的書寫精神，此種精神或可以「民國性」含括，在張堂錡〈從民國文學的現代性到現代文學的民國性〉一文中已清楚說明：

> 「民國」最動人也最成功的價值就在於「新氣象」與「新想像」。這些氣象與想像，最終因為連年的戰事而被迫中斷或轉向，但他仍在很大程度上凝塑了一個時代的特殊氛圍與文化風貌。這正是民國文學與文化研究想要努力挖掘、重視的核心價值。[35]

不同於過往的「新氣象」和「新想像」便是民國文學最為重要的內涵，當時的中國社會，不僅受到西潮的影響，文藝家更於此主思想的進入下，開始去思考自身的文學乃至於國家的主體性，並在其中開展出「新」的文

文集》，頁 229-231。

[35] 張堂錡：〈從民國文學的現代性到現代文學的民國性〉，《國文天地》第 28 卷第 5 期（2012 年 10 月），頁 67。

學書寫面貌以及現實面中「新」的現代意識，當我們稱這樣的特徵就是「民國性」時，更能突出背後的時代因素、思想轉變。王平陵在這樣的時代下，正是此種文藝家的典型，他具有古代文人心繫家國存亡的信念支持，並藉由西方的思潮、中國的傳統，書寫出一篇篇文章，大聲呼籲中國的知識分子如何有所追求，更提出自身的文學觀念，試圖去翻轉過往的作品裡，可能需要被革新的部分，來加深中國本身的文化底蘊。儘管王平陵曾有過的政治立場，可能會模糊了其創作的作品和所提出內容的重要性，但這樣的原因並未能夠減弱王平陵身處民國時期，所發出對於國家的呼喊與關懷。

作為一名民國文人，王平陵處於中西文化碰撞後，文人開始思考該如何改革自身進而抵抗外在勢力，從五四以降知識分子對於民智的啟迪即可發現其正試圖塑造出新興的「國民」想像。此種國民具備著現代西方的文化優勢，但在此當中仍保留著——去蕪存菁的中國文化底蘊。自晚清以來，文人對國民所進行的改造，以其欲形塑出的新興「國民性」為根基，逐步建構出新國民的過程中，體現出的新興文化氛圍即是「民國性」的展現。民國性不僅是一種對過往文化的承接和突破，更可視為此時文人對於中國救亡圖存思潮中，所具體呈現出的新中國的文化想像。在民國性的體現下，中國開始流露出不同於以往的文化氛圍，回溯追想自身的文化，不僅可從文學分科等新式教育的面向觀得，更可從書寫文體的改變，以及探討文學作品的本質來印證。在此種革新下，最為源頭的精神內涵仍舊是救亡圖存的思想，但在往後的發展裡逐漸變形，開展了不同的面向。王平陵身處此一時代，從其論著中可見貼合此一時代的文學思潮，當中的救國意識痕跡已清楚於文中呈現。在望向民國文學的途中，儘管今日王平陵留存的著作並不豐富，但得以看出其對於當時中國的關切和呼喊，他不僅吸收了西方的文化思想，更回到中國的傳統文學觀念中去找尋自身的本體，在這本體與外來的交互辯證中，覓得自身在民國歷史脈絡中的書寫位置，也替往後民國文學的研究者帶來一個研究對象的典型和思考路徑。在國體—作家—人民的交互指涉下，王平陵所關照的大我，不僅包含自身、藝文家、人民，更是整個共時中國的寫照，企圖在這當中找尋出於殘破國土崩離下，所得以踩踏前進的道路。

主要參考文獻

一、王平陵著作

王平陵：《戰時文學論》，上海：上海雜誌，1938 年。
王平陵：《愛情與自由》，台北：正中書局，1964 年。
王平陵：《殘酷的愛》，台北：正中書局，1978 年。
王平陵：《文藝家的新生活》，南京：正中書局，1934 年。
王平陵：《幸福的泉源》，台北：正中書局，1978 年。
王平陵：〈最通的文藝〉，《武漢日報‧文藝周刊》，1933 年 2 月 20 日。
王平陵先生遺著編輯委員會編輯：《王平陵先生紀念集》，台北：正中書局，1975 年。
王平陵：〈七年來的中國抗戰文學（轉載）〉，《文訊》第 7、8 期（1984 年 2 月）。

二、專著

古遠清：《幾度飄零：大陸赴台文人沉浮錄》，桂林：廣西師範大學出版社，2010 年。
胡適編：《五四新文學論戰集彙編（上）》，台北：長歌出版社，1975 年。
胡適編：《五四新文學論戰集彙編（下）》，台北：長歌出版社，1976 年。
張新民：《期刊類型與中國現代文學生產（1917-1937）》，北京：中國社會科學出版社，2014 年。
楊春時：《現代性與中國文學思潮》，北京：生活‧讀書‧新知三聯書店，2009 年。
楊霞：《清末民初的「中國意識」與文學中的「國家想像」》，江蘇：南京師範大學出版社，2012 年。
樊星：《中國當代文學與國民性》，台北：秀威資訊科技公司，2012 年。
蔡翔：《革命／敘述：中國社會主義文學——文化想像（1949-1966）》，北京：北京大學出版社，2010 年。
魏朝勇：《民國時期文學的政治想像》，北京：華夏出版社，2005 年。

三、報刊文章

王允昌：〈一生奉獻文藝——懷念父親王平陵先生〉，《文訊》第 339 期，2014 年 1 月。

王書川：〈文藝鬥士——懷念王平陵先生〉，《文訊》第219期，2004年1月。
何家干（魯迅）：〈不通兩種〉，《申報・自由談》，1933年2月11日。
邵父：〈我的摯友王平陵——民族文藝創始者〉，《江蘇文獻》第4期，1977年11月。
張放：〈一顆亮星在天際——《卓爾不群的王平陵》讀後〉，《文訊》第166期，1999年8月。
張堂錡：〈從民國文學的現代性到現代文學的民國性〉，《國文天地》第28卷第5期，2012年10月。

《民國文學與文化研究》稿約

一、本刊為設有專家外審制度之純學術性刊物，園地公開，長期徵稿，舉凡與民國文學相關的作家作品、文學社團、流派、現象、思潮、文化等研究均歡迎賜稿。常設欄目有「觀念交鋒」、「專題論文」、「一般論文」、「書評書論」、「圓桌座談」、「新銳園地」等。

二、來稿限用中文或英文發表，中文稿件以不超過 2 萬字為原則，英文稿件以不超過 A4 紙 30 頁為原則。稿件請以 word 檔橫排，撰稿格式參照本刊撰稿體例。

三、文章須未曾在其他正式刊物上發表。在大陸及海外刊物上發表除外。

四、一般論文來稿請附上：3 至 5 個「中文關鍵詞」、300 字左右「中文論文摘要」、100 字左右「作者簡介」、不超過 2 頁的「主要參考文獻」。特稿、書評、專訪、會議紀錄等則無須附上。

五、來稿請以 e-mail 寄送，無須紙本，並請註明服務機構、職稱、通訊地址、手機等，以便聯繫。

六、專題論文及一般論文來稿均送請同行專家學者進行匿名學術審查。三個月內未收到錄用通知可自行處理。文章一經刊出，文責自負。

七、通過審查之稿件，於刊登後將致贈當期刊物 1 冊，不另致酬。

八、來稿請寄：

116　臺北市文山區指南路 2 段 64 號政治大學中文系　張堂錡

E-mail：minguo1919@gmail.com

《民國文學與文化研究》撰稿體例

一、格式：由左至右橫式寫作，每段第一行前空二格。

二、標點符號：採用新式標號，惟書名、期刊名、報紙名、劇本名、學位論文改用《　》，文章篇名、詩篇名用〈　〉。在行文中，書名和篇名連用時，省略篇名號，如《胡適文存・文學改良芻議》。如以英文撰寫，書名請用斜體，篇名則用“　”。

三、章節符號：各章節使用符號，依一、(一)、1、(1)……等順序表示。

四、引文：所有引文均須核對無誤。獨立引文時，每行低三格，上下不空行；正文內之引文加「　」；引文內別有引文則用『　』；引文之原文有誤時，應附加（原誤）；引文有節略而必須標明時，概以節略號六點……表示。

五、註釋：採隨頁註。註釋號碼用阿拉伯數字隨文標示，置於句尾標點符號後。註釋格式如下：

（一）首次徵引：

1. 專著：作者：《書名》(出版地：出版者，年份)，頁碼。
2. 論文集：作者：〈論文名〉，收於編者：《書名》(出版地：出版者，年份)，該文起訖頁碼。
3. 期刊論文：作者：〈篇名〉，《期刊名》卷期（年月），頁碼。
4. 學位論文：作者：《學位論文名》(出版地：出版者，年份)，頁碼。
5. 報紙文章：作者：〈篇名〉，《報紙名》版次（或副刊、專刊名稱），年月日。

（二）再次徵引：

1. 再次徵引的註如不接續時：作者：書名或篇名，頁碼。
2. 同出處連續出現在同頁時：同上註或同上註，頁碼。

（三）多次徵引：如論文中多次徵引同一本書之材料，可不必加註，而於引文下改用括號註明卷數、篇章名或章節等。

六、數字：

（一）萬位以下完整數字用阿拉伯數字，如 2300 人；萬位以上之整數則用國字，如三千五百萬人。

（二）不完整之餘數、約數用國字，如五百餘人。

（三）屆、次、項等用阿拉伯數字，如第 2 屆、3 項決議。

（四）世紀、年、月、日，包括中國歷代年號用阿拉伯數字，如 20 世紀、康熙 52 年、民國 93 年、西元 2004 年 6 月等。

（五）部、冊、卷、期等用阿拉伯數字。

七、參考文獻：

一般論文文末一律附加「主要參考文獻」，並以不超過 2 頁為原則。特稿、書評、專訪和會議紀錄則無須附上。中文書目請依作者姓氏筆劃為序，如有必要得以出版時間為序，英文則以字母為序，同時以專著、期刊論文、會議論文集、學位論文之序編排。中文在先，外文在後。出版時間統一以西元書寫。撰寫格式如下：

（一）作者：《書名》，出版者，出版時間。

（二）作者：〈篇名〉，《期刊名》卷期，出刊時間。

（三）作者：〈論文名〉，《書名》，出版者，出版時間。

（四）作者：《學位論文》，出版者，出版時間。

第三輯主題徵稿：國民黨文藝政策與民國文學

研討民國文學，無須迴避政治。民國文學曾經參與民國政治，民國政治也曾徵用民國文學。民國歷史在內憂外患和攘外安內的進程中蹣跚以行，而國民黨作為長期的執政黨，曾試圖動員其可以動員的最大社會力量，以應對其不同歷史時段的政治難題和政治需要。民國 18 年 6 月，北伐基本成功，南京情勢已穩，「總理奉安大典」甫一完竣，國民黨中央宣傳部即召開全國宣傳會議，通過《確立本黨之文藝政策案》，決議「創造三民主義的文學（如發揚民族精神，闡發民治思想，促進民生建設等文藝作品）」，「取締違反三民主義之一切文藝作品（如斫喪民族生命，反映封建思想，鼓吹階級鬥爭等文藝作品）」。是為國民黨文藝政策的正式發端。

國民黨文藝政策及其實踐，曾經深刻影響民國文學，而相關的議題，譬如，制定文藝政策的內外緣由，文藝政策的流變，文藝政策的徵召效能，文藝政策對左翼、右翼和自由主義文藝分別發生的真實作用，黨派文藝的出版、發表機制，文藝社團，文藝論戰，文藝查禁，文藝獎助，潘公展、張道藩、任卓宣等相關人物，以及「剿共」、「新運」、「抗日」等相關任務，凡此等等，皆有知識生產的可能和思想檢討的價值。故此，本刊第三輯以「國民黨文藝政策與民國文學」為主題，向海內外學者徵稿，敬請學術先進惠賜佳作。

截稿時間為 2016 年 10 月 15 日。
稿件請寄：minguo1919@gmail.com 或 tanchi101@gmail.com　張堂錡收。

第四輯主題徵稿：
日記中的抗戰與文學

抗日戰爭這段歷史，既濃縮了中國多災多難，也見證了中華民國政府和民眾的不屈不撓，是中國受奴役掙扎於生死存亡的關鍵時刻，也是中國反侵略走向現代中國的輝煌時期。然而，有關抗戰歷史和文學的研究，卻遠遠不夠，各方對此都有所遮蔽或曲解，大陸甚至出現了極度誇張和歪曲的所謂「抗日神劇」。還原和揭示真實的抗戰無疑是學界的首要任務，文史互證會是非常不錯的一種思路。回到抗戰的歷史現場也許並不能完全做到，不過，最大限度的接近抗戰歷史和抗戰文學是我們應該努力的目標。因此，除了重新翻閱抗戰時期的原始報刊雜誌，各種檔案檔資料等，進而撫觸抗戰歷史和文學的點點滴滴，我們還可以有一個更好的切入點，那就是探究抗戰時期人們所記錄的日記。

從日記中發現抗戰與文學，也許未必都是在戰火紛飛中拼死抗爭的歷史，也許並非都是值得我們反覆賞玩的藝術珍品，但是，抗戰時期的日記，尤其是作家及文化人的日記，真實地記錄了其在抗戰時期的思想、個性和情懷，真真切切地揭示戰爭與人的遭遇之命題。

日記中的抗戰與文學，給研究者提供一個回到歷史現場的方式和途徑，兼顧歷史性與文學性，還原抗戰時期歷史情境下文學活動及人的遭遇，這方面的深化探討將會帶來抗戰文學與民國文學研究的新氣象。

截稿時間為 2017 年 4 月 15 日。

稿件請寄：minguo1919@gmail.com 或 tanchi101@gmail.com　張堂錡收。

編後記

端午四天連假，我埋首於《民國文學與文化研究》第二輯的稿件整理，二十篇文章，二十五萬字的篇幅，多年來報社編輯的習慣養成，我在文稿編排、校對上花了許多心力，但忙碌之餘，卻有著更多的欣慰與喜悅。儘管只是第二輯，但篇幅幾乎比第一輯擴增了一倍，我從中看到了這半年來「民國文學」研究的風氣漸開，一些觀念與方法逐漸被接受、討論，這一輯文章中有來自兩岸、美國、澳門的稿件，也有探討「民國文學」觀念、史料、媒體、出版等豐富面向的成果。相信隨著一年兩輯的成果積累，「民國文學」研究的寬闊前景是可以預期的。

從第二輯起，除了原有的「經典重刊」、「專題論文」、「一般論文」、「書評書論」等常態性欄目，新增了「觀念交鋒」、「圓桌座談」、「新銳園地」等欄目。這是本刊自創刊始即試圖呈現的學報新型態，既有傳統學院具審查制度的「專題論文」與「一般論文」，又有不同類型的學術短文、文化隨筆、書評書介及座談記錄等，在傳統學報與文學雜誌之間，我們希望能有更多元寬廣的發表園地，也有更活潑自由的編輯型態，這是我們的嘗試，也是我們的理想。

本輯「觀念交鋒」有陳芳明、李怡、劉福春的文章，或考察魯迅文學在台灣的傳播，或談民國文學史料的意義，儘管篇幅不長，卻都在觀念、思想上有所闡發與創見，這是一個長期徵稿的欄目，歡迎不同意見者給我們指正，也歡迎學術同行共同切磋，文長二千至四千字；「圓桌座談」欄目則邀請學者以輕鬆對話的方式，針對與民國文學相關的議題進行討論，在深入淺出的談話中各抒己見，交換心得，本輯特別以「民國史料與民國文學」為題，邀請文學史料研究者秦賢次、蔡登山、中國社科院文學所劉福春、上海交大張中良、台灣大學台文所黃美娥等學者參與座談，由《文訊》雜誌社社長封德屏主持。這幾位都是蒐集和研究史料卓有所成的專家，他們對史料長期而堅持的執著精神，以及其中難與外人道的甘苦經驗，都讓人印象深刻且深具啟發性。

「新銳園地」是本刊鼓勵研究生發表優秀論文的長期性欄目，也許這些學術起步者的觀念、方法與論述深度仍嫌不足，但他們的用心構思與偶有新見，還是應該給予適當的支持與肯定。本輯特別刊出由政大中文所研究生汪時宇、曹育愷、盧靖三人共同撰寫的〈論王平陵與民國文學〉。王平陵在民國文學史上的地位，特別是在鼓吹「三民主義文學」和「民族主義文學」並與左翼文壇論戰方面的表現，並沒有得到學界應有的重視，在台灣相關的研究甚少，本文作了一些基礎性的探討，從民國文學角度的切入亦有可觀，故予刊出，並希望在王平陵研究上得到更多的關注。

「經典重刊」欄目特別刊出丁帆、張中良、李怡三位學者的代表性論文。他們三位所分別提出的「民國文學風範」、「民國史視角」、「民國文學機制」，已然是研究民國文學時不可繞開的方法與觀念，值得溫故知新。未來除了與民國文學有關的論文外，其他相關的研究成果，只要是具有重要影響性的論文，也會不定期在本欄目刊出，以饗讀者。

本輯推出的專題為「《中央日報》副刊與民國文學」，由西南大學張武軍教授策劃組稿，共發表了張武軍、趙麗華、田松林、陳靜、金黎、王婉如等六人的論文。在民國文學史的發展上，《中央日報》以其獨特的黨政地位，以及近八十年的歷史，先後在上海、南京、武漢、重慶、台北等地出刊，見證和承載了時代的滄桑與歷史變遷。對民國文學的研究，《中央日報》副刊無疑是一個重要的切入點，但這方面的研究成果在兩岸都稱不上豐碩，可以討論的空間還相當寬廣，本輯的六篇論文，不論是宏觀探討《中央日報》的發展，還是微觀不同時期副刊的面貌，都從不同角度深入勾勒了這份代表性刊物的歷史地位與關鍵影響，正如專題主持人張武軍教授所言：「這些論述既帶給我們對國民黨文藝的更深入了解，也帶給我們對整個民國文學歷史進程的全新認知，同時對『副刊學』研究產生了部分的推進性作用。」

「一般論文」欄目，本輯刊出了周質平、黃文輝、陳信元、張俐璇四人的文章，特別是美國普林斯頓大學周質平教授的論文〈張弛在自由與威權之間：胡適，林語堂與蔣介石〉，經過三次修訂，將最終定稿交由本刊發表，長篇鴻論，擲地有聲，甚具參考價值。其他幾位或分析穆旦的詩歌修辭，或勾勒台灣省編譯館的脈絡，亦或討論戰後初期「民國文學」與「台灣文學」的交鋒，都在史料、觀念上有紮實的考證和新穎的見地，為深入解讀「民國文學」提供了新的視角。

本刊是海內外唯一以「民國文學」研究為宗旨的學術性刊物，很希望得到各方的指正與支持。「一般論文」長年徵稿，隨到隨審。「專題論文」部分，2016 年 12 月第三輯徵稿主題為「國民黨文藝政策與民國文學」，2017 年 6 月第四輯徵稿主題為「日記中的抗戰與文學」，歡迎投稿。

最後，要特別感謝秀威資訊出版公司對本刊出版的支持，尤其是發行人宋政坤先生和副總編輯蔡登山先生，以及實際負責這份刊物的編輯辛秉學先生，在此致上我個人由衷的謝意。

張堂錡

劉福春、李怡主編

《民國文學珍稀文獻集成・新詩舊集影印叢編》第一輯（1-50 冊）

全套 16 開精裝　　定價新台幣 120,000 元整
ISBN 978-986-404-622-5　　2016 年 4 月出版

1000 種民國新詩舊集即將逐年出版，完整展現新詩誕生初期詩集出版的原貌！

《民國文學珍稀文獻集成・新詩舊集影印叢編》計劃編收 1949 年 12 月前出版的新詩集千餘種，按詩集出版時間分批影印出版，是新詩研究者、民國文獻收藏者和各大圖書館必備之典藏。

《民國文學珍稀文獻集成》第一輯，共編入 1920 年至 1924 年出版的新詩集及相關著者的其他新詩集六十餘種。既有初期新詩有影響的名著，像胡適《嘗試集》、郭沫若《女神》、康白情《草兒》、俞平伯《冬夜》、汪靜之《蕙的風》等；也有鮮為人知的詩集，如李寶梁《紅薔薇》、朱采真《真結》、黃俊《戀中心影》、陳志莘《茅屋》等；更有新詩史上珍稀的版本，像第一部新詩集 1920 年 1 月出版的《新詩集》和胡適《嘗試集》、郭沫若《女神》的初版本等，基本收全了早期所出版的全部詩集，完整地展現了新詩誕生初期詩集出版的原貌。

《民國文學珍稀文獻集成》編收的圖書文獻以初版本為主，同時也收入了一些不同的版本。像胡適的《嘗試集》，作為第一部個人新詩別集影響極大，此次收入了初版、再版和第四版修訂本三個版本。康白情的《草兒》版本也較多，此次編入的有初版、三版修正版和四版補遺版三個版本。

《民國文學珍稀文獻集成》的編輯出版是一項浩大的系統工程，是對已經遠去的歷史的打撈、搶救和保存。

《民國文學珍稀文獻集成・新詩舊集影印叢編》第一輯（1-50冊）書目

冊	作者	書名	版本
第1冊	新詩社編輯部（編）		
		新詩集（第1編）	1・上海：新詩社出版部 1920年1月初版
			2・上海：新詩社出版部 1920年9月再版
第2冊	胡適	嘗試集	上海：亞東圖書館 1920年3月初版
第3冊	胡適	嘗試集	上海：亞東圖書館 1920年9月再版
第4冊	胡適	嘗試集	上海：亞東圖書館 1922年10月增訂四版
第5冊	葉伯和	詩歌集	1922年5月一日版
	李寶樑	紅薔薇	上海：新文書社 1922年七月版
第6冊	許德鄰（編）	分類白話詩選（一名：新詩五百首）	
			上海：崇文書局 1920年8月版
第7冊	胡懷琛	大江集	上海：國家圖書館 1921年3月版
	胡懷琛	胡懷琛詩歌叢稿	上海：商務印書館 1926年七月版
第8冊	郭沫若	女神	上海：泰東圖書局 1921年8月版
第9冊	郭沫若	星空	上海：泰東圖書局 1923年10月版
第10冊	郭沫若	瓶	上海：創造社出版部 1927年4月版
	郭沫若	前茅	上海：創造社出版部 1928年2月版
	郭沫若	恢復	上海：創造社出版部 1928年3月版
第11冊	郭沫若	沫若詩集	上海：創造社出版部 1928年6月版
第12冊	郭沫若	戰聲	戰時出版社 1938年1月版
	郭沫若	蜩螗集	上海：群益出版社 1948年9月版
第13冊	康白情	草兒（上）	上海：亞東圖書館 1922年3月版
第14冊	康白情	草兒（下）	上海：亞東圖書館 1922年3月版
第15冊	康白情（署名：康洪章）		
		草兒在前集	上海:亞東圖書館 1924年七月三版修正版
第16冊	康白情（署名：康洪章）		
		草兒在前集	上海:亞東圖書館 1929年4月四版補遺版
第17冊	俞平伯	冬夜	上海：亞東圖書館 1922年3月初版
第18冊	俞平伯	冬夜	上海：亞東圖書館 1923年5月再版
第19冊	俞平伯	西還	上海：亞東圖書館 1924年4月版
第20冊	俞平伯	憶	北京：樸社 1925年12月版
第21冊	漠華等	湖畔	杭州：湖畔詩社 1922年4月版
	雪峰等	春的歌集	杭州：湖畔詩社 1923年12月版

第22冊	朱自清等	雪朝	上海：商務印書館1922年6月版
第23冊	汪靜之	蕙的風	上海：亞東圖書館1922年8月版
第24冊	汪靜之	寂寞的國	上海：開明書店1929年3月版
第25冊	徐玉諾	將來之花園	上海：商務印書館1922年8月版
第26冊	北社（編）	新詩年選（1919年）	上海：亞東圖書館1922年8月版
第27冊	朱采真	真結	杭州：浙江書局1922年10月版
第28冊	冰心	繁星	上海：商務印書館1923年1月版
	冰心	春水	1・北京：新潮社1923年5月初版
			2・上海：北新書局1925年8月再版
第29冊	冰心	冰心詩集	上海：北新書局1932年8月版
第30冊	黃俊	戀中心影	上海：新文化書社1923年1月版
	汪劍餘	菊園	上海：新文化書社1926年1月版
第31冊	張近芬（CF女士）著譯		
		浪花	陽光社1923年5月初版
第32冊	張近芬（CF女士）著譯		
		浪花	上海：北新書局1927年七月三版
第33冊	查猛濟（編）	抒情小詩集	上海：古今圖書店1925年版
第34冊	綠波社社員	春雲	天津：新教育書社1923年七月版
第35冊	陸志韋	渡河	上海：亞東圖書館1923年七月版
第36冊	陸志韋	渡河後集	1932年版
	陸志韋	申酉小唱	1933年版
第37冊	王秋心、王環心		
		海上棠棣	上海：新文化書社1923年七月版
第38冊	聞一多	紅燭	上海：泰東圖書局1923年9月版
	聞一多	死水	上海：新月書店1929年4月版
第39冊	謝采江	野火	保定：三塊協社1923年10月版
	謝采江	夢痕	北京：明報社1926年1月版
第40冊	謝采江	荒山野唱	北京：海音書局1926年11月版
	謝采江	不快意之歌	北京：海音書局1928年12月版
第41冊	宗白華	流雲	上海：亞東圖書館1923年12月版
	宗白華	流雲小詩	上海：正風出版社1947年11月版
	張篷舟	波瀾	1923年自印版
	張篷舟	消失了的情緒	上海：上海文華美術圖書印刷公司1933年版
第42冊	劉大白	舊夢（上）	上海：商務印書館1924年3月版
第43冊	劉大白	舊夢（下）	上海：商務印書館1924年3月版

第 44 冊	劉大白	郵吻	上海：開明書店 1926 年 12 月版
	劉大白	再造	上海：開明書店 1929 年 9 月版
第 45 冊	劉大白	丁寧	上海：開明書店 1929 年 11 月版
	劉大白	賣布謠	上海：開明書店 1929 年 11 月版
第 46 冊	劉大白	秋之淚	上海：開明書店 1930 年 1 月版
第 47 冊	曼尼	斜坡	上海：新文化書社 1934 年 4 月版
	歐陽蘭	夜鶯	薔薇社 1924 年 5 月版
第 48 冊	陳勣	愛的果	上海：時還書局 1924 年 5 月版
	沙刹	水上	1924 年 6 月版
第 49 冊	卜弋雲	一片	上海：梁溪圖書館 1924 年七月版
第 50 冊	陳志莘	茅屋	上海：新文化書社 1924 年 8 月版

秀威經典　語言文學類　PG1636　新視野 25

民國文學與文化研究　第二輯

主　　編 / 李怡、張堂錡
責任編輯 / 辛秉學
圖文排版 / 莊皓云
封面設計 / 陳招財、蔡瑋筠
封面題字 / 唐翼明先生

出版策劃 / 秀威經典
發 行 人 / 宋政坤
法律顧問 / 毛國樑　律師
印製發行 / 秀威資訊科技股份有限公司
114 台北市內湖區瑞光路 76 巷 65 號 1 樓
電話：+886-2-2796-3638　傳真：+886-2-2796-1377
http://www.showwe.com.tw
劃撥帳號 / 19563868　戶名：秀威資訊科技股份有限公司
讀者服務信箱：service@showwe.com.tw
展售門市 / 國家書店（松江門市）
104 台北市中山區松江路 209 號 1 樓
電話：+886-2-2518-0207　傳真：+886-2-2518-0778
網路訂購 / 秀威網路書店：http://www.bodbooks.com.tw
國家網路書店：http://www.govbooks.com.tw

2016 年 6 月　BOD 一版
定價：500 元

國家圖書館出版品預行編目

民國文學與文化研究. 第二輯 / 李怡, 張堂錡主編. -- 一版. -- 臺北市 : 秀威經典, 2016.06
面 ; 公分. -- (語言文學類 ; PG1636)(新視野 ; 25)
BOD版
ISBN 978-986-92973-5-6(平裝)

1. 中國當代文學 2. 文化研究 3. 文集

820.908 105012548

讀者回函卡

感謝您購買本書，為提升服務品質，請填妥以下資料，將讀者回函卡直接寄回或傳真本公司，收到您的寶貴意見後，我們會收藏記錄及檢討，謝謝！

如您需要了解本公司最新出版書目、購書優惠或企劃活動，歡迎您上網查詢或下載相關資料：http:// www.showwe.com.tw

您購買的書名：＿＿＿＿＿＿＿＿＿＿＿＿＿＿＿＿＿＿＿＿

出生日期：＿＿＿＿年＿＿＿＿月＿＿＿＿日

學歷：□高中(含)以下　□大專　□研究所(含)以上

職業：□製造業　□金融業　□資訊業　□軍警　□傳播業　□自由業

□服務業　□公務員　□教職　□學生　□家管　□其它＿＿＿

購書地點：□網路書店　□實體書店　□書展　□郵購　□贈閱　□其他

您從何得知本書的消息？

□網路書店　□實體書店　□網路搜尋　□電子報　□書訊　□雜誌

□傳播媒體　□親友推薦　□網站推薦　□部落格　□其他＿＿＿＿＿

您對本書的評價：（請填代號　1.非常滿意　2.滿意　3.尚可　4.再改進）

封面設計＿＿　版面編排＿＿　內容＿＿　文／譯筆＿＿　價格＿＿

讀完書後您覺得：

□很有收穫　□有收穫　□收穫不多　□沒收穫

對我們的建議：＿＿＿＿＿＿＿＿＿＿＿＿＿＿＿＿＿＿＿＿

＿＿＿＿＿＿＿＿＿＿＿＿＿＿＿＿＿＿＿＿＿＿＿＿＿＿

＿＿＿＿＿＿＿＿＿＿＿＿＿＿＿＿＿＿＿＿＿＿＿＿＿＿

＿＿＿＿＿＿＿＿＿＿＿＿＿＿＿＿＿＿＿＿＿＿＿＿＿＿

請貼
郵票

11466
台北市內湖區瑞光路 76 巷 65 號 1 樓
秀威資訊科技股份有限公司 收
BOD 數位出版事業部

....

（請沿線對折寄回，謝謝！）

姓　　名：____________　年齡：________　性別：□女　□男

郵遞區號：□□□□□

地　　址：______________________________

聯絡電話：(日) ____________ (夜) ____________

E-mail：______________________________